RUTH RENDELL

Die Werbung

BUCH Seit seiner frühesten Jugend liebt der wohlhabende Guy Curran – jetzt Ende zwanzig – Leonora Chisholm, ein Mädchen aus bescheidenen Londoner Stadtrandverhältnissen. Damals handelte Guy mit Drogen, und Leonora liebte ihn abgöttisch, ohne jede kritische Einschränkung. Doch dann, eines Tages, hat sie begonnen, sich Guys Einfluß zu entziehen. Guy ist es lediglich gelungen, eine von tötender Regelmäßigkeit geprägte Kameradschaft mit der Angebeteten aufrechtzuerhalten. Täglich ruft er bei Leonora an, um sich nach ihrem Wohlbefinden zu erkundigen, und jeden Samstag treffen sie sich zum Mittagessen. Doch dies hilft wenig, um Leonora für sich zurückzugewinnen. Eines Tages eröffnet das Mädchen ihm, daß sie William Newton, einen scheinbar langweiligen, mittellosen Spießer, liebe. Guy ist wie vor den Kopf gestoßen. Er ist fest davon überzeugt, Opfer eines niederträchtigen Komplotts zu sein. Denn eines steht für ihn unerschütterlich fest: Leonora liebt nur ihn allein, und wenn er sie nur erst den schlechten Einflüssen ihrer Umgebung entzogen hätte, würde alles wieder wie früher. Als Leonora Guy dann eröffnet, daß sie in wenigen Wochen William zu heiraten gedenke, sieht sich Guy in seiner Verzweiflung gezwungen, andere Methoden zu Hilfe zu nehmen: Die Person, die Leonoras Herz vergiftet hat, muß von der Bildfläche verschwinden!

AUTORIN Ruth Rendell wurde 1930 in South Woodford/London als Tochter eines Lehrerehepaares geboren. Ihr erstes Buch erschien 1964; seitdem hat sie mehr als 30 Romane geschrieben. Dreimal schon hat sie den Edgar-Allan-Poe-Preis erhalten; außerdem wurde sie zweifach mit dem »Goldenen Dolch« der Crime Writer's Association für den besten Kriminalroman ausgezeichnet. Auf deutsch erschienen zuletzt: »Das Haus der geheimen Wünsche« und »Eine entwaffnende Frau«.

Im Goldmann Taschenbuch Verlag sind außerdem lieferbar:

Stirb glücklich. Stories (41294)
Die Brautjungfer. Roman (41240)
Das Haus der geheimen Wünsche. Roman (41169)

RUTH RENDELL

Die Werbung

Roman

Aus dem Englischen
von Christian Spiel

GOLDMANN VERLAG

Die englische Originalausgabe erschien unter dem Titel
»Going Wrong« bei Hutchinson, London.

Umwelthinweis:
Alle bedruckten Materialien
dieses Taschenbuches
sind chlorfrei und umweltschonend.

Der Goldmann Verlag
ist ein Unternehmen der Verlagsgruppe Bertelsmann

Genehmigte Taschenbuchausgabe

Umschlaggestaltung: Design Team München
Made in Germany · Verlagsnummer: 42518

ISBN 3-442-42518-2

Für Fredrik und Lilian

I

Samstags traf sie ihn immer zum Mittagessen. Das war eine unumstößliche Regel, von der es keine Ausnahme gab, es sei denn, einer von ihnen beiden war nicht in der Stadt. Es war so gewiß wie die Tatsache, daß morgens die Sonne aufgeht, daß Funken nach oben fliegen und Wasser abwärts fließt. In schlechten Zeiten fand er darin Beruhigung und Trost. Was auch geschehen mochte, einerlei, ob ihn Zweifel oder Angst plagten, er wußte, am Sonnabend würde er mit ihr zu Mittag essen.

Wenn er sich samstags auf den Weg machte, um sich mit ihr zu treffen, war er zumeist voll Zuversicht. Diesmal würde er sie vielleicht bewegen können, nächste Woche mit ihm zum Abendessen auszugehen oder sich von ihm in ein Theater führen zu lassen. Ja, vielleicht erklärte sie sich diesmal bereit, sich mit ihm schon unter der Woche zu treffen. Eines Tages würde sie das tun, es ging gar nicht anders, es war nur eine Frage der Zeit. Sie liebte ihn. Für sie wie für ihn hatte es nie einen anderen Menschen gegeben.

Als er sich nun unterwegs diese Worte stumm wiederholte, durchzitterte ihn ein Angstgefühl. Ihm schwante Böses. Er dachte daran, was er gesehen hatte. Doch dann sagte er sich zum hundertsten Mal, alles sei in Ordnung, er mache sich unnötig Sorgen. Er hob den Kopf und nahm seinen Mut zusammen.

Er war auf dem Weg zu einem Weinlokal, ganz in der Nähe der Gegend, wo er ihr zum ersten Mal begegnet war. Sie hatte das Lokal ausgesucht, da sie wußte, er hätte etwas Teureres ausgewählt. Wenn er in einem Taxi ankäme, würde sie ihm seinen Reichtum vorhalten, und deswegen ging er zu Fuß, nachdem er am oberen Ende der Kensington Church Street aus dem Taxi gestiegen war. Er war wohlhabend nach den Maßstäben aller, die wirklich Reichen ausgenommen, und machte auf die meisten Leute, die sie kannte, den Eindruck eines Millionärs. Bei diesen Leuten handelte es sich um linke Typen, »grüne« Humanitätsapostel, in deren Augen es sich aus moralischen Gründen gehörte, auf ein Tiefkühlgerät oder einen Mikrowellenherd zu verzichten, den Urlaub auf dem Campingplatz zu verbringen und sich mit dem Fahrrad fortzubewegen. Er hätte ihr alles geben können, was sie sich nur wünschte. Mit ihm zusammen hätte sie das schönste Leben haben können.

Sie kam auf ihrem Weg zu der Verabredung sicher durch die Portobello Road. Die malerische Straße, die Verkaufsstände, die sonnabends dort aufgeschlagen waren, der Menschentrubel, das alles sagte ihr zu. Er hingegen verabscheute es; es erinnerte ihn zu sehr an die Schattenseiten seiner Kindheit und Jugend, an das, was er hinter sich gelassen hatte. So nahm er statt dessen die lange, breite, unpersönliche Kensington Park Road Richtung Norden. Es war heiß, die Sonne ließ die Gehsteige weiß schimmern, die Luft über der Fahrbahn wurde von der Hitze zu tanzenden, gläsernen Wellen verzerrt. Sie hatte etwas gegen seine Sonnenbrille, sagte, daß er damit wie ein Mafioso aussähe, und deshalb wollte er sie abnehmen, sobald er in das schummrige Dunkel des Lokals trat. Er hoffte jedoch, ihr schon vorher auf halbem Weg zu begegnen. Dann würde sie sehen, daß er nicht mit dem Taxi gekommen war.

Er blickte kurz die Reihe der zu Wohnungen umgebauten, ehemaligen Kutscherhäuschen zur Linken entlang. Er konnte nicht anders, obwohl es ein bißchen weh tat, und es geschah mit einem bittersüßen Gefühl der Nostalgie. In einem dieser rosafarbenen getünchten Puppenhäuschen mit Blumenkästen vor den Fenstern hatte sie mit ihren Eltern gewohnt; in jenem mit dem Balkon, der aussah wie ein Kamingitter, und der weiß wie Schlagsahne lackierten Haustür. Es war, als hätte sie diese Gegend ganz bewußt für ihr gemeinsames Mittagessen heute ausgesucht – um ihn zu quälen. Nur gehörte sie nicht zu den Leuten, die dergleichen tun. Nein, sie hatte natürlich nicht geahnt, daß es ihn quälen würde, sie verstand seine Gefühle nicht mehr, und er mußte es ihr wieder beibringen. Er mußte sie dazu bringen, daß sie ihm gegenüber wieder so empfand wie früher, wenn sie an dem Haus mit den Sozialwohnungen vorbeikam, wo *er* aufgewachsen war, ein paar Straßen weiter, in Westbourne Park. Einen Augenblick lang überlegte er, wie es wohl wäre, wenn er wüßte, daß sie sich genauso nach ihm verzehrte wie er sich nach ihr, daß der bloße Anblick eines Hauses, in dem er einmal gewohnt hatte, sie mit wehmütigen Erinnerungen und der Sehnsucht nach einer sonnigen Vergangenheit überströmte. Hartnäckig wiederholte er sich: Ich kann sie dazu bringen, daß sie wieder so empfindet.

Als er vierzehn und sie elf gewesen war, hatten sie

diese Straßen unsicher gemacht. Die Typen aus seiner Bande. Durchaus keine unschuldigen Kinder, sondern abgebrühte Jungs, weiße wie schwarze, die meisten zu groß für ihr Alter, ausgepichte Ladendiebe und eingefleischte Marihuanaraucher. Das waren seine Anfänge als Dealer gewesen, und er hatte sehr gute Geschäfte dabei gemacht, ein kleines Vermögen, indem er Schulkinder auf die schiefe Bahn brachte. Manche von ihnen waren aus reichen Familien gekommen, die auf der »richtigen« Seite der Holland Park Avenue wohnten. Wo er sich herumtrieb, hatte seine Mutter nie erfahren, und es war ihr auch gleichgültig gewesen, solange er ihr keinen Ärger machte, und warum hätte er das tun sollen? Er war beinahe einsachtzig gewesen damals und hatte schon einen Bart bekommen, war mit einer Achtzehnjährigen befreundet gewesen und an den meisten Tagen noch in die Schule gegangen, aber er hatte genug Geld gehabt, um auf all das zu pfeifen. Er hatte sich in Taxis umherkutschieren lassen, wenn er nicht den Wagen seiner Freundin gefahren war.

Aber sie ... Er hatte sie von Anfang an geliebt, seit dem Augenblick, als sie die Talbot Road entlanggekommen und dort an der Ecke stehengeblieben war, um ihnen zuzusehen, ihm und den anderen drei, die auf der Mauer gesessen und sich den ersten Joint des Abends reingezogen hatten. Sie war klein und noch sehr, sehr jung gewesen, mit einem ernsten Gesicht und voller Erlebnishunger. Die anderen waren an ihr nicht interessiert gewesen, doch er hatte sie unverwandt angesehen, und sie ihn ebenso: Es war für sie beide Liebe auf den ersten Blick. Und als er mit dem Joint an die Reihe kam, steckte er ihn auf eine Stecknadel, gab ihn ihr und sagte: »Da, nimm mal – sei kein Frosch!«

Das waren die allerersten Worte gewesen, die er zu ihr sagte: »Da, nimm mal – sei kein Frosch!« Er hatte es so sanft gesagt, daß Linus ihn mit seinem Muhammed-Ali-Blick ansah und in den Rinnstein spuckte. Sie nahm den Joint und steckte ihn zwischen die Lippen, wobei sie ihn natürlich naß machte. Das taten sie alle beim ersten Mal. Aber ihr wurde nicht übel davon, sie machte keinen Blödsinn, sah ihn nur mit diesem herzzerreißenden Lächeln an, das mit einem leisen Kichern endete.

Ihre Eltern waren einen Monat später eingeschritten. Sie hatten den »Spielereien auf der Straße«, wie sie es bezeichneten, ein Ende gesetzt. Das sei nur gefährlich und alles Mögliche könne ihr dabei zustoßen. Natürlich hatten sie sich auch weiterhin getroffen, nach der Schule, auf dem Weg zur Schule und zurück nach Hause. Seit damals hatte er sie nie mehr aus den Augen verloren; natürlich hatte es Unterbrechungen gegeben, für drei oder vier Monate jeweils, als sie auf dem College war, aber nie eine richtige Trennung. Es ist unmöglich, daß sie mich verläßt, sagte er stumm zu sich, als er das Weinlokal betrat und die Wendeltreppe hinabging.

Er blieb stehen und nahm die Sonnenbrille ab. Das Lokal war im Stil der dreißiger Jahre gehalten, und die Musik, die gespielt wurde, war eine Auswahl aus Filmen mit Fred Astaire und Ginger Rogers. Überall an den Wänden sah man Fotos alter Filmstars wie Clark Gable und Loretta Young sowie längst vergessener Leute, die ihm nichts sagten. Sie war bereits da, saß mit einem Glas Orangensaft an der Theke und plauderte mit dem jungen

Franzosen, der hier als Barkeeper waltete. Kein Grund zur Eifersucht; außerdem betrachtete er sie gern, wenn sie sich unbeobachtet glaubte.

Sie hatte einen sehr dunklen Teint, den Teint von Menschen keltischer Herkunft, der ganz anders getönt ist als jener von Indern oder Levantinern oder selbst Spaniern. Ihre Haut war, sommers wie winters, immer dunkel, aber jetzt, in diesem heißen Sommer, war sie tief gebräunt. Sie war nicht eigentlich schön, bis auf die dunkelblauen Augen, aber diese gaben ihr einen Zauber, der sie bildschön und unwiderstehlich aussehen ließ. So, sagte er zu sich, soll eine nette, brave, intelligente und interessante Frau von sechsundzwanzig Jahren aussehen. Er sah ihr Gesicht jetzt im Profil, die kleine, gerade Nase, das eine Spur zu ausgeprägte Kinn, die Lippen, die einem Rosenblatt, das sich im Teiche spiegelt, glichen, die Augenbrauen, die sich zum Haaransatz emporschwangen. Das Haar war wie das eines Pagen auf einem Gemälde von Rossetti geschnitten. Das hatte einmal ihre Mutter gesagt, *ihre* Mutter. Es war von jenem Braun, so dunkel, daß es gerade noch nicht schwarz war, und hing wie eine Metallglocke bis knapp unter die Ohren hinab, an der Stirn zu einer Ponyfrisur geschnitten. Sie hatte eine weiße, knielange Hose an, ein weißes Hemd mit weit geschnittenen, hochgekrempelten Ärmeln und um die winzige Taille einen Gürtel in Rot, Weiß und Blau, der locker zwischen Hemd und Hose saß. Ihre gebräunten Beine waren sehr lang und so wohlgeformt, daß sie dicke, weiße Strümpfe und Turnschuhe tragen konnte und trotzdem schön aussah. Und diese absurden Ohrringe! Schwarze Vasen mit doppelten Henkeln, als stammten sie aus einem Pharaonengrab. Sie rührten ihn so, diese Ohrringe, daß ihn eine beinahe unerträgliche Zärtlichkeit überkam.

Der Barkeeper mußte ihr etwas zugeflüstert haben, denn sie drehte sich um. Er hätte alles dafür gegeben, erleben zu dürfen, daß ihr Gesicht aufleuchtete, wie es ihm selbst jedesmal geschah, wenn er sie sah. Wenn er sich nur hätte einreden können, daß der Ausdruck auf ihrem Gesicht nicht *Bestürzung* war. Er verschwand zwar sofort, weggewischt von der Pflicht zur Höflichkeit und jener ihr ganz wesenseigenen Anständigkeit, war aber gleichwohl im ersten Augenblick dagewesen. Bestürzung, Enttäuschung, daß er schon da war, daß er sich nicht verspätet oder im letzten Moment hatte ausrichten lassen, er könne nicht kommen. Es kam ihm vor, als bohrte sich ihm eine lange, dünne Nadel ins Herz. Doch dann redete er sich ein, er habe sich alles nur eingebildet. Sie freute sich, ihn zu sehen. Warum traf sie sich sonst jeden Samstag mit ihm, warum hielt sie sonst ihre Verabredungen immer ein? Man mußte sich doch nur ihr Lächeln ansehen. Sie strahlte über das ganze Gesicht.

»Hallo, Guy«, sagte sie.

Anfangs fiel es ihm immer schwer, etwas zu sagen, selbst wenn sie ihn schon begrüßt hatte. Einen Augenblick lang jedenfalls. Er nahm ihre ausgestreckte Hand und küßte sie zuerst auf die linke, dann auf die rechte Wange. So wie er jede Frau küssen würde, mit der er befreundet war. Und er spürte, wie ihre Lippen sich auf die übliche Weise an seine linke, seine rechte Wange drückten.

»Wie geht's dir?« Er hatte es geschafft. Das Eis, das seine Zunge an der Wurzel umklammert hatte, war gebrochen.

»Gut.«

»Möchtest du jetzt etwas Richtiges trinken?«

Sie schüttelte den Kopf. Wein trank sie manchmal, scharfe Sachen nie, und meistens hielt sie sich an Fruchtsäfte und Sprudel. Die Tage waren längst vergangen, als sie sich noch nach der Schule im Friedhof von Kensal Green auf einen Grabstein gesetzt und den Brandy getrunken hatten, der, wie Linus behauptete, hinten von einem Lastwagen gefallen war. Man verträgt eine Menge Brandy, wenn man achtzehn und fünfzehn ist. Da ist der Kopf noch stark und der Magen aus Eisen.

Er bat den Barkeeper um ein zweites Glas Orangensaft und einen Wodka Tonic. Irgendwo in der Welt mußte es doch vollkommene, sonnengereifte, kernlose Orangen geben, so groß wie Grapefruits und süß wie Heidehonig. Solche Orangen sollten jetzt hier sein, sollten eigens für sie ausgepreßt und in ein hohes Kristallglas gefüllt werden, das frisch und ganz überfroren aus dem Gefrierfach kam und das dann zertrümmert wurde, nachdem sie es leergetrunken hatte. Bei dieser Vorstellung lächelte er. Sie fragte ihn, was er so lustig fände, und als er es ihr erklärte, runzelte sie die Stirn.

»Guy, ich möchte, daß du aufhörst, so über mich zu denken. Hör auf, in dieser Art über mich zu denken.«

»Und was ist das für eine Art?« fragte er.

»Romantische Schwärmerei. Das alles hat doch nichts mit der Welt zu tun, in der wir leben. Es ist wie in einem Märchen.«

»Ich denke nicht nur so über dich.« Er blickte ihr tief in die Augen und sprach langsam, gemessen und vernünftig. »Ich glaube, ich sehe dich so, wie ein Mann die Frau, die er liebt, überhaupt nur sehen kann. Für mich bist du das netteste Mädchen, das ich kenne, und das schönste. Für mich bist du einzigartig, klug und begabt, alles, was ein Mädchen sein sollte. Ich sehe dich als meine Frau und die Mutter meiner Kinder, die mit mir alles teilt, was ich besitze, und die mit mir alt wird. Und ich glaube, daß ich in fünfzig Jahren noch immer so in dich verliebt sein werde, wie ich es jetzt bin. So denke ich über dich, Leonora, und wenn du mir sagen kannst, wie ein Mann den hellsten Stern an seinem Himmel sonst noch sehen kann, dann werde ich dich auch so noch sehen. Bist du jetzt zufrieden?«

»Ich zufrieden? Es geht nicht darum, daß ich zufrieden bin.«

Er wußte, sie hatte diese Erklärung schon öfter von ihm gehört oder jedenfalls etwas sehr Ähnliches. Er hatte sie lange Zeit zuvor verfaßt, hatte sie auswendig gelernt. Trotzdem war sie deswegen nicht weniger wahr, und was konnte er anderes sagen als die Wahrheit? »Dann sagen wir, erfreut. Ich möchte, daß du dich freust. Aber das weißt du ja, auch ohne daß ich es dir noch mal sage.«

»Ich weiß, daß ich nicht deine Frau, nicht die Mutter deiner Kinder werde.« Sie hob den Blick, als der Orangensaft kam, und schenkte dem Barkeeper ein Lächeln, das sie eigentlich ihm hätte schenken sollen. »Ich hab' dir das schon oft genug gesagt, Guy. Ich habe mich bemüht, es dir möglichst nett zu sagen. Ich habe versucht, in diesem Punkt aufrichtig zu sein und das Richtige zu tun. Warum willst du mir nicht glauben?«

Er antwortete ihr nicht. Er blickte sie nur düster an. Vielleicht nahm sie diesen Blick voller Ernst als einen Vorwurf, denn sie sagte ungeduldig: »Was ist denn jetzt wieder?«

Es fiel ihm schwer, aber die Frage mußte heraus. Wenn er sie jetzt nicht stellte, würde er es später tun. Wenn nicht heute, dann morgen am Telefon. Besser jetzt. Besser jetzt Klarheit. Er mußte wissen, gegen was er kämpfen mußte und ob er einen Nebenbuhler hatte. Seine Kehle wurde ein bißchen trocken. Er wollte auf keinen Fall heiser werden.

»Wer ist es?«

Er *war* heiser. Seine Stimme klang, als hätte ihn jemand an der Kehle gepackt. Leonora war überrascht. Er hatte sie überrumpelt.

»Was?«

»Ich hab' dich mit ihm gesehen. Wie ihr die Ken High Street entlanggegangen seid. Letzten Dienstag oder Mittwoch.« Atemlos, wie er war, versuchte er sich ganz locker zu geben. Dabei hatte sich ihm nicht nur der Tag unauslöschlich eingeprägt, sondern auch die Stunde, die auf die Minute genaue Uhrzeit und die präzise Stelle. Er würde sie finden, wenn er jetzt hinginge, als wären ihre Schuhabdrücke in den Gehsteig eingraviert. Ich könnte sie, dachte er, blind oder im Schlaf finden. Und er sah sie vor sich, die beiden in seiner Erinnerung zu Stein gewordenen Bilder, die glücklichen Gesichter – nein, das nicht, das war jetzt Erfindung – vor dem Kensington Market.

»Ein lächerlicher Zwerg«, sagte er und verlor die Fassung. »Mit gelbbraunem Haar. Wer ist der Kerl?«

Sie hatte nicht gewollt, daß er es erfuhr. Das war immerhin ein kleiner Trost. Ihre Wangen röteten sich. »Er heißt William Newton.«

»Und was bedeutet er dir?«

»Du hast kein Recht, mir solche Fragen zu stellen, Guy.«

»Ich habe ein Recht darauf. Ich bin der einzige Mensch in der Welt, der ein Recht darauf hat.«

Er erwartete fast, daß sie das bestreiten werde, aber sie sagte nur schmollend: »Schön, aber mach keine große Geschichte daraus. Vergiß nicht: Du hast gefragt, also mußt du dich auch mit der Antwort abfinden.« Ahnte sie, wie ihm dabei das Herz sank? Er sah ihr ins Gesicht und hielt dabei die Luft an. »Ich kenne ihn seit ungefähr zwei Jahren, wenn du es genau wissen willst. Wir unternehmen seit einem Jahr Sachen zusammen. Ich habe ihn sehr gern.«

»Was soll das heißen?«

»Wie ich sage – ich habe ihn sehr gern.«

»Ist das alles?«

»Guy, es fällt mir schwer, darüber zu sprechen, wenn du mich so ansiehst. William bedeutet mir immer mehr, und ihm geht es umgekehrt genauso. So, jetzt weißt du es.«

»Schläfst du mit ihm?«

»Ist das wichtig? Ja. Ja, natürlich.«

»Ich glaub' dir nicht.«

Sie versuchte es leichthin zu sagen. »Warum denn nicht? Bin ich nicht attraktiv genug, um einen Liebhaber zu haben? Ich bin erst sechsundzwanzig, und ich sehe nicht übel aus.«

»Du bist schön. Das hab' ich nicht gemeint. Ich spreche von ihm. Sieh ihn dir an. Keine einssiebzig, sandfarbenes Haar, ein Gesicht wie ein Zebra ohne Streifen – und was ist ein Zebra ohne Streifen? Was tut er? Hat er Geld? Nein, antworte nicht. Ich hab' ihm angesehen, daß er keins hat. Ein bettelarmer zimtfarbener Zwerg, ich kann es nicht glauben. Was findest du denn an ihm? Sag, um Himmels willen, was du an ihm findest!«

Sie sah die Speisekarte an und sagte gleichmütig, ohne auch nur den Blick zu heben: »Möchtest du es wirklich wissen?«

»Natürlich! Deswegen frage ich ja.«

»Wie er spricht.« Sie hob die Augen. Er glaubte, einen schwachen Seufzer zu hören. »Selbst wenn er sich den ganzen Tag mit mir unterhielte und ich, solange ich lebe, nie jemand anders reden hörte, würde es mir nie langweilig werden. Er ist der interessanteste Mann, den ich kenne. So, Guy, du wolltest es ja wissen.«

»Bin ich langweilig?«

»Das hab' ich nicht gesagt. Ich meine nur, daß du nicht so interessant bist wie William. Und nicht nur du – niemand. Du hast mich gefragt, warum ich etwas mit ihm habe, und ich habe dir geantwortet. Ich habe mich in William wegen der Dinge verliebt, die er sagt und – nun ja, weil er so denkt, wie er denkt. So einfach ist das.«

»Du hast dich verliebt!« Wie grauenvoll, diese Worte auszusprechen! Er hätte eigentlich erwartet, lieber tot umzufallen, als sie auszusprechen, oder daß es ihn umbringen würde, wenn er sie je sagte. Er fühlte sich schwach und konnte das Zittern seiner Hände nicht mehr beherrschen. »Du bist in ihn verliebt?«

»Ja«, sagte sie steif.

»O Leonora, du bringst es fertig, das zu *mir* zu sagen?«

»Du hast mich gefragt. Was soll ich tun? Dir Lügen auftischen?«

O ja, tisch mir Lügen auf, tisch mir lieber jede Lüge auf, nur nicht diese schreckliche Wahrheit! »Und du gehst mit ihm ins Bett, weil er so gut reden kann?«

»Du möchtest es ins Lächerliche ziehen, das ist mir klar, aber *ja,* in gewisser Weise trifft das doch zu, so merkwürdig es sich anhört.«

Sie bestellte *melone con prosciutto,* aber ohne Schinken, und als zweiten Gang ein Nudelgericht, Guy *gamberi* und Tournedos Rossini. Er bemühte sich, zu sprechen, irgend etwas zu sagen, doch was er herausbrachte, hörte sich an wie die Predigt einer Gouvernante. »Bestell dir doch einmal etwas Anständiges zu essen, etwas richtig Teures.«

Er merkte ihr an, daß sie über den Themenwechsel erleichtert war. Vielleicht glaubte sie auch, er habe das Thema ihr zuliebe gewechselt, während er es in Wahrheit nur nicht ertragen konnte, weiter darüber zu sprechen. Die Worte schmerzten. Ihre Worte hallten in seinen Ohren nach, sie hämmerten und trommelten: Ich habe mich in ihn verliebt.

»Übrigens«, sagte sie, »hab' ich es nicht gern, wenn du für mich zahlst. Ich gehöre nicht zu der Welt, in der der Mann ganz selbstverständlich der Frau das Essen bezahlt.«

»Red keinen Unsinn. Es geht nicht um das Geschlecht, es geht darum, daß ich ungefähr fünfzigmal so viel verdiene wie du.« Kaum hatte er das gesagt, wußte er schon, daß er es nicht hätte sagen sollen. Es war ein Fehler von ihm, daß er es nicht lassen konnte, Stolz auf seinen hart erkämpften Erfolg zu zeigen. Wieder erschien ein düsterer Ausdruck auf ihrem Gesicht, und ihn überkam Zorn und zugleich ein elendes Gefühl. Das war das Dumme, wenn sie beisammen waren, viel zu selten und immer am hellen Mittag, immer in der Öffentlichkeit: Er war unfähig, ruhig zu bleiben.

»Ich weiß, du findest es gräßlich, wie ich mein Geld verdiene«, sagte er und starrte auf die beiden Stirnfalten, die ihn unverwandt anblickenden blauen Augen. »Das kommt nur davon, daß du es nicht verstehst. Du kennst die Welt nicht, in der wir leben. Du bist eine Intellektuelle und denkst, alle Leute hätten denselben Geschmack wie du und wüßten, was gut ist und was nicht. Du kannst das eben nicht verstehen, daß gewöhnliche Leute zu Hause einfach gewöhnliche, hübsche Sachen haben wollen, Dinge, die sie ansehen und, schön, wenn du willst, mit denen sie sich identifizieren können, Sachen, die nicht hochgestochen oder fauler Zauber sind.«

»Er hielt es mit der Religion so, wie es der Geflügelhalter mit dem Aas hielt, das er seinen Tieren fütterte: Aas ist ekelhaft, aber das Vieh liebt es, und deshalb ist es gut und richtig, es dem Geflügel zu füttern!«

Guy spürte, wie ihm die Röte bis zu den Augen hochstieg. »Wo hast du das wieder her?«

»Es ist von Tolstoi.«

»Mein Kompliment zu deinem guten Gedächtnis.

Hast du es auswendig gelernt, um es heute anzubringen? Oder sagt *er* solche Sachen, wenn er seine großartigen Reden hält?«

»Es ist eine Passage, die mir gut gefällt«, sagte sie. »Sie paßt auf viele der schrecklichen Dinge, die Menschen heute einander antun. Mir gefällt nichts von dem, womit du dein Brot verdienst, Guy, aber das ist nur ein Teil der Geschichte.«

»Willst du mir nicht den Rest erzählen?«

Ihre Melone und seine Garnelen erschienen. Er bestellte eine Flasche Macon Lugny. Er war keineswegs Alkoholiker, aber er hatte sich angewöhnt, jeden Tag zu trinken, und zwar eine ganze Menge, mittags einen Aperitif und Wein, vor dem Abendessen zwei, drei Glas Gin und zum Abendessen eine Flasche Wein. Wenn die Person, mit der er gerade zusammen war, mit ihm den Abend über noch ein, zwei Flaschen leeren wollte, hatte er nichts dagegen einzuwenden. Nicht einmal Leonora zuliebe war er bereit, so zu tun, als läge ihm nichts an einem Gläschen, oder sich die Zigarette zu versagen, die er nach seinem Steak anzuzünden pflegte.

»Du hast es eigentlich noch nicht richtig klargemacht, weißt du. Du hast gesagt, warum du dich zu dem Zimtzwerg hingezogen fühlst. Aber warum hast du mich nicht gern? Richtiger gesagt, nicht mehr? Früher hast du's doch getan. Mich gern gehabt, meine ich.«

»Damals war ich fünfzehn, Guy. Das war vor elf Jahren.«

»Trotzdem, ich war deine erste Liebe, und die erste Liebe ist bei einer Frau immer die größte.«

»Altmodischer, sexistischer Blödsinn ist das. Und

wenn du William noch einmal einen Zimtzwerg nennst, stehe ich auf und gehe.«

»Ich bleib' nicht hier sitzen und höre mir Beleidigungen an«, höhnte er mit einer Fistelstimme im Cockneytonfall.

»Ganz richtig. Danke, daß du es gesagt hast. Es hat mir die Mühe erspart.«

Er schwieg, vor Zorn unfähig, etwas herauszubringen. Wie so oft, wenn sie sich trafen, war er zu zornig oder zu unglücklich, um sein Essen anzurühren, obwohl er noch ein paar Minuten zuvor hungrig gewesen war. Er würde sich statt dessen ans Trinken halten und am Schluß mit gerötetem Gesicht aus dem Lokal hinauswanken. Aber noch war es nicht soweit. Er sah sich in der schwarzen Glasscheibe an der Wand gegenüber, neben dem Standfoto von Cary Grant aus *Intermezzo:* ein sehr gut aussehender Mann mit kräftig geschnittenen, klassischen Zügen, einer edlen Stirn, schönen dunklen Augen und einer dunklen Strähne, die ihm lässig in die gebräunte Stirn fiel. Er stellte Cary Grant in den Schatten. Doch paradoxerweise machte ihn sein Spiegelbild noch zorniger. Da schien er bereits alles zu haben, gutes Aussehen, Geld, Erfolg, Charme, Jugend – was also mußte er sich noch zulegen, was finden, um sie zurückzugewinnen, wenn doch alles unzureichend war?

»Ich möchte kein Dessert«, sagte sie. »Nur Kaffee.«

»Ich nehme auch nur Kaffee. Hast du was dagegen, wenn ich rauche?«

»Du rauchst doch immer«, sagte sie.

»Ich würde es sein lassen, wenn du was dagegen hättest.«

»Natürlich hab' ich nichts dagegen, Guy. Bei mir brauchst du nicht zu fragen. Denkst du denn, ich kenne dich nicht inzwischen?«

»Ich werd' mir einen Brandy bestellen.«

»Tu, was du möchtest, Guy. Ich fände es schön, wenn wir uns nicht zankten. Wir sind doch Freunde. Ich möchte, daß wir immer Freunde bleiben, wenn das möglich ist.«

Das hatten sie schon mal gehabt. »Ich habe mich in William verliebt.« Die Worte summten in seinen Ohren. Er sagte: »Wie geht's Maeve und Rachel und Robin und Mami und Papi?« Er wußte, er hätte »deinen Eltern« sagen sollen, und es genierte ihn etwas, daß es ihn freute, als sie leicht zusammenzuckte, weil er statt dessen von »Mami« und »Papi« geredet hatte. Trotzdem konnte er es sich nicht versagen, noch eins draufzusetzen: »Und ihr Anhang, Stiefmama und Stiefpapa, wie geht's dem? Noch immer verliebt? Schließen sie noch immer späte Zweitehen, jetzt, da sie alt genug wären zu wissen, was sie wollen, die Schwachköpfe?«

Sie stand auf. Er packte sie am Handgelenk. »Geh nicht. Bitte, geh nicht, Leonora. Es tut mir leid. Es tut mir schrecklich leid, bitte verzeih mir. Ich drehe durch. Wenn man so unglücklich ist wie ich, dreht man durch. Es ist einem egal, was man sagt.«

Sie befreite ihr Handgelenk von seinem Griff, sehr sanft. »Warum bist du nur so ein Idiot, Guy Curran?«

»Setz dich wieder hin. Trink deinen Kaffee. Ich liebe dich.«

»Das weiß ich«, sagte sie. »Glaub mir, ich zweifle nicht daran. Ich weiß, es ist so, und ich wollte, es wäre anders. Wenn du einsehen könntest, wie mir das zusetzt, wie es mir das Leben vergällt, daß du nicht aufhören kannst, mich nie in Frieden läßt, würdest du es dann nicht vielleicht – wie soll ich sagen? –, würdest du es dann nicht aufgeben, Guy?«

»Ich werde nie aufgeben.«

»Eines Tages wirst du müssen.«

»Nein! Ich weiß nämlich, daß diese ganze Geschichte nicht stimmt. Du sagst, du hättest dich in diesen Wie-heißt-er-doch-gleich verliebt, aber es ist nur eine Vernarrtheit, die vorübergehen wird. Ich weiß, daß du in Wirklichkeit mich liebst. Es wäre dir furchtbar, wenn ich die Finger von dir ließe. Du liebst mich.«

»Ich habe gesagt, daß ich dich in einer gewissen Weise liebe. Nur...«

»Laß uns nächsten Sonnabend wieder zusammen mittagessen.«

»Das tun wir doch immer.«

»Und ich rufe dich morgen an.«

»Ich weiß«, sagte sie. »Du rufst mich jeden Tag an und gehst jeden Samstag Mittag mit mir essen. Es ist wie mit Weihnachten: Man kann sich darauf verlassen, daß es kommt.«

»Aber sicher«, sagte er, hob ihr das Brandyglas entgegen, nippte daran und nahm dann einen Schluck, als tränke er Wein. »Ich bin so zuverlässig wie Weihnachten und auch so – wie sagt man doch gleich? – unerbittlich. Und ich will dir was sagen: Du würdest nicht kommen, wenn du mich nicht wirklich lieben würdest. Der Ing..., dieser William, in den bist du nicht verliebt, nur vernarrt. *Ich* bin der Mann, den du liebst.«

»Ich hab' dich gern.«

»Warum triffst du dich dann noch mit mir?«

»Guy, sei vernünftig. Ich tu's nur noch, weil... ach, ich muß es doch nicht weiter erklären.«

»Doch, du mußt. Warum tust du's ›nur noch, weil‹?«

»Also gut, wenn du es unbedingt wissen willst – weil ich weiß, wie es in dir aussieht, beziehungsweise weil ich mich in dich einzufühlen versuche. Ich möchte nett zu dir sein, ich möchte nicht gemein sein. Ja, ich habe dir Versprechungen und weiß Gott was gemacht, als wir Kinder waren. Niemand, der bei Verstand ist, würde diese Versprechungen für bindend halten, aber gemacht habe ich sie. O Gott, Guy, siehst du nicht, daß ich deinetwegen ein schlechtes Gewissen habe? Deshalb gehe ich sonnabends mit dir mittagessen, deshalb höre ich mir dieses ganze Zeug an und lasse zu, daß du meine Eltern und meine Freunde und... William beleidigst. Und ich habe noch einen anderen Grund. Ich tue es, weil ich hoffe – oder vielmehr *gehofft habe* –, ich könnte dich zur Vernunft bringen. Ich habe gehofft, ich könnte dich überzeugen, daß die Sache hoffnungslos ist – tut mir leid, daß du dir etwas vorgemacht hast –, ich habe gehofft, du würdest schließlich einsehen, daß es für dich und mich keine gemeinsame Zukunft gibt. Ich hatte die Vorstellung, ich würde dich überzeugen, wir könnten Freunde bleiben wie bisher, und du würdest dich bereit finden, mein Freund zu sein – nein, eigentlich *unser* Freund, Williams und mein Freund. Hab' ich mich jetzt klar ausgedrückt?«

»Eine richtige Ansprache«, sagte er.

»Ich habe mich so kurz gefaßt wie möglich.«

»Leonora«, sagte er, »wer hat dich gegen mich aufgehetzt?« Es war ein neuer Gedanke. Er kam ihm, wie einem Gläubigen eine Erleuchtung, eine Offenbarung zuteil werden mochte. Ihr Gesichtsausdruck, schuldbewußt, argwöhnisch, auf der Hut, zeigte ihm, daß er recht hatte. »Jetzt ist mir alles klar. Es war einer von ihnen, hab' ich nicht recht? Einer von ihnen hat dich gegen mich aufgehetzt. Ich bin ihnen nicht gut genug, ich entspreche nicht ihren Vorstellungen, wer der Richtige für dich ist. Das ist es, oder?«

»Guy, ich bin eine erwachsene Frau. Ich treffe meine eigenen Entschlüsse.«

»Du willst doch nicht bestreiten, daß ihr in eurer Familie ganz eng zusammengluckt, oder? Daß die anderen großen Einfluß auf dich haben.« Sie konnte es nicht bestreiten und sagte nichts. »Ich wette, sie sind von diesem William ganz hingerissen, ich wette, er ist der erste, den der ganze Verein für gut befunden hat.«

Sie sagte wohlüberlegt: »Sie mögen ihn, ja.« Dann stand sie auf, berührte seine Hand und sah ihn mit einem Blick an, den er nicht verstand. »Ich sehe dich nächsten Sonnabend.«

»Wir sprechen vorher miteinander. Ich ruf' dich morgen an.«

In einem gelassenen, fröhlichen Ton sagte sie: »Ja, das tust du ganz sicher.«

Er ging in die eine Richtung und sie in die andere. Als sie nicht mehr zu sehen war, winkte er einem Taxi. Er überlegte, ob er sich zu dem Haus in der Portland Road fahren lassen sollte, wo sie wohnte, damit er sich dort mit ihr aussprechen konnte, vielleicht sogar in Gegenwart von Newton. Sicher war Newton dort, hatte auf sie gewartet, hörte ihr jetzt mitfühlend zu, während sie über das Mittagessen und ihn klagte und jammerte, wie ihr das alles auf die Nerven gehe, und sicher ließ er sie dann in den Genuß seiner brillanten Konversationsgabe kommen.

Aber nein, so etwas würde sie nicht sagen. Sie würde nicht über ihn herziehen und ihn einen Langweiler nennen. Er war sich ziemlich sicher, daß sie niemandem gegenüber auch nur von ihrem Treffen erzählen würde. Denn es war ja unbestreitbar, daß sie ihn liebte. Würde sie sich sonst auf diese Weise mit ihm treffen? Wie sollte man diesen ganzen Schrott glauben, daß sie Gewissensbisse habe und ihn überzeugen wolle, sie könnten doch Freunde bleiben? Wenn eine Frau sich täglich von einem Mann anrufen ließ und sich mit demselben Mann einmal die Woche verabredete, dann einzig und allein, weil sie ihn liebte.

Guy bezahlte den Taxifahrer am Eingang zu seiner Straße. Scardale Mews. Er hatte das Haus zehn Jahre zuvor, mit neunzehn, gekauft – damals war das etwas ganz Unerhörtes gewesen. Aber er hatte das Geld dafür gehabt. Das war kurz vor dem Immobilienboom gewesen, als sich der Wert des Hauses in drei Jahren verdreifachte. Die zweitbeste Lage in London, so nannte er die Gegend. Er hatte das Haus gekauft, weil es ein ehemaliges Kutscherhäuschen war, eines wie das, in dem damals ihre Eltern wohnten. Nur war seines größer, und die Lage ungleich vornehmer. Zu seinen Nachbarn gehörten ein Mitglied des Hochadels, ein berühmter Romanautor und ein Talk-Show-Star. Als er sie zum ersten Mal gebeten hatte, seine Frau zu werden, war er zwanzig und sie siebzehn gewesen, und er hatte sie in sein tolles Haus mitgenommen und ihr den ummauerten Garten mit den Orangenbäumen in römischen Vasen, den Salon mit alten Lissaboner Kacheln an den Wänden und einem Gendje-Teppich gezeigt. Das Haus hatte den allerersten Whirlpool, der in London installiert worden war. In seinem Schlafzimmer hatte er ein Himmelbett aus dem achtzehnten Jahrhundert und auf dem Boden einen Joshagan-Läufer. Das Haus übertraf alles, was ihre Eltern ihr eigen nannten. Er führte sie zum Abendessen ins *Ecu de France*, wo die Kellner angetanzt kamen und einem das Essen auf großen Silberplatten zeigten, und dann ging er mit ihr nach Hause, wo im Kühlschrank Piper Heidsieck und wilde Erdbeeren warteten.

»Der große Gatsby«, sagte sie.

Das war der Name eines Buches. Sie sprach immerzu über Bücher. An dem Ring, den er ihr gekauft hatte, war ein großer Saphir, so groß wie die Iris in einem ihrer Augen. Ihretwegen und nur für sie hatte er das in seinen jungen Jahren zusammengeraffte Vermögen ausgegeben.

»Nein, ich kann nicht, ich bin ja erst siebzehn«, hatte sie gesagt, als er sie bat, ihn zu heiraten.

»Okay, dann später«, hatte er geantwortet. »Ich werde warten.«

Den Ring hatte er noch. Er befand sich oben im Tresor, zusammen mit ein paar anderen, weniger achtbaren Dingen. Er würde die Hoffnung nicht aufgeben, ihn ihr eines Tages über den Finger streifen zu können. Sie liebte ihn, das war klar. Wenn es nicht so wäre, würde sie sich einfach weigern, ihn jemals wiederzusehen. So verhielten sich nämlich die Leute, so machte er es mit den Mädchen, die ihm nachstellten. Er schloß die Haustür auf, ging geradewegs in den Raum, den er nach ihrer Meinung nicht als Salon bezeichnen sollte – er tat es natürlich, was denn sonst? – und goß sich ein Glas Brandy ein. Er erinnerte ihn, wie es dieses köstliche Getränk immer tat, an Linus Pinedos Kognak, den sie in Kensal Green getrunken hatten. Betäubt von Liebe und Alkohol, waren sie einander in dem hohen Gras zwischen den Gräbern in den Armen gelegen, während über ihnen in der warmen Sommerluft Schmetterlinge schwebten.

»Ich werde dich mein ganzes Leben lang lieben«, hatte sie gesagt. »Für uns, Guy, kann es niemals einen anderen Menschen geben. Denkst du auch so?«

»Das weißt du doch.«

Sie liebte ihn, sie hatte ihn immer geliebt. Irgend jemand hatte sie gegen ihn aufgehetzt. Einer von ihnen. Einer oder auch mehrere von ihnen hatten sie gegen ihn beeinflußt: William oder Maeve oder Rachel oder Robin oder die Eltern, ihr Vater Anthony und ihre Mutter Tessa. Übrigens hatten sie beide nach ihrer Trennung noch einmal geheiratet, weshalb sie sich keine kleinen Kutscherhäuschen in der zweitbesten (beziehungsweise in ihrem Fall dritt- oder viertbesten) Gegend Londons leisten konnten. Guy lächelte. Jetzt waren es vier: Anthony und Susannah, Tessa und Magnus.

Sie hatten sie planmäßig gegen ihn aufgehetzt. Es gehörte zu einer wohlgeplanten Operation, Leonora so zurechtzubiegen, wie sie es richtig fanden, und sie von »unerwünschten Elementen« zu trennen. Ihr Vater Anthony, der Architekt, und Tessa, ihre Mutter, mit den metallisch-glänzenden Fingernägeln und der hochmütigen, besserwisserischen Stimme. Ihre Stiefmutter, die hübsche, sanfte Susannah, eine dilettierende Psychotherapeutin, und ihr Stiefvater Magnus, der Anwalt mit dem Gesicht eines Totenschädels und dem Gehabe eines Richters, der mit Todesurteilen rasch zur Hand ist.

Und die Randfiguren: William und Robin und Rachel und Maeve. Sie hatten sich gegen ihn zusammengerottet – die acht gegen Guy Curran.

2

Beim Schulwechsel kam sie auf die Gesamtschule Holland Park, auf die auch er ging. Ihre Mutter sah es nicht gern, daß sie an den Winternachmittagen, wenn es um vier Uhr dunkel zu werden begann, alleine nach Hause ging. Um zu verhindern, daß sie sie mit dem Wagen abholte, erzählte Leonora, ein paar »größere Freunde« würden sie begleiten. Das waren er selbst, Linus und Danilo, ein Trio, das in der örtlichen Unterwelt gerade als »Dream Traffic«, als Traumhändler, bekannt zu werden begann.

Ihre Eltern wären vermutlich nicht bloß ausgeflippt, wenn sie dahintergekommen wären, sondern gleich möglichst weit weggezogen. Andererseits wurde sie nach einiger Zeit ohnehin nur noch von ihm allein nach Hause begleitet. Linus hatte die mittlere Reife geschafft und war an eine andere Schule übergewechselt, um dort schließlich die Reifeprüfung zu machen, und Danilo war in Schwierigkeiten, weil er bei einem Einbruch ertappt worden war. Der »Traumhandel« war auf ein Einmannunternehmen zusammengeschrumpft, gedieh aber trotzdem immer prächtiger. Eines Tages, an einem Herbstnachmittag, saßen er und sie am Prince's Square auf einer Hauseingangsstufe. Sie rauchten weder, noch taten sie sonst etwas Verbotenes, tranken nur zusammen eine Dose Cola und aßen Kartoffelchips, als ihre Mutter in ihrem Wagen vorüberfuhr. Sie fuhr durch die Hereford Road nach Hause. Er dachte, sie werde anhalten, aber sie winkte nur Leonora zu und fuhr weiter.

»Drück mir den Daumen, wenn ich nach Hause komme«, sagte Leonora.

»Warum? Was wird passieren?«

»Ich bin mir nicht sicher. Vielleicht macht sie eine große Szene. Vielleicht werd' ich ein paar Wochen mit dem Auto zur Schule gebracht und abgeholt. Mein Gott, hoffentlich nicht, das wäre wirklich Mist.«

»Meinst du? Ich wette, sie tut, was in der Frauenzeitschrift meiner Großmutter steht.« Er sprach mit einer Fistelstimme: »Verbieten Sie Ihren Kindern nicht, ihre Freunde zu treffen. Es ist viel besser, Sie ermutigen sie, ihre Freunde zu sich nach Hause einzuladen. Auf diese Weise können Sie sie kennenlernen. Denken Sie daran, daß die meisten Menschen auf die Atmosphäre in einer glücklichen Familie positiv ansprechen.«

Das brachte sie zum Lachen. Er erinnerte sich noch an jedes Wort dieses Gesprächs, ganz genau an Ort und Zeit und natürlich an sie selbst. Sie trug Bluejeans, ein weißes Hemd und ein dunkelblaues Sweatshirt mit einem Teddybären an der Vorderseite, eine nette, kuschelig wirkende, mit Schaffell gefütterte blaue Jeansjacke, braune Lederstiefel und einen langen rosa, blau und gelb gestreiften Schal. Ihr Haar war damals lang, richtig lang, reichte ihr beinahe bis zur Taille. Sie hatte keine Mütze auf, dafür war es noch nicht kalt genug, erst Oktober. Sie war dreizehn und hatte sich gerade Löcher in die Ohren stechen lassen. Er hatte sie begleitet. Es gefiel ihm, was Mädchen mit sich selber machten, im Unterschied zu dem, was Männer taten, der Kontrast gefiel ihm. Schon damals malte er sich aus, daß er ihr später einmal Diamantohrringe kaufen werde. Ihre Mutter war wütend gewesen und hatte erklärt, es sei »ordinär«, sich so etwas in so jungen Jahren machen zu lassen. Damals hatte Leonora diese fantasievollen Ohrringe zu tragen begonnen, die sie noch heute gerne anlegte. Als sie dort auf den Stufen gesessen waren, trug sie an den Ohren zwei winzige Telefonapparate, von denen die Hörer an Strippen herabbaumelten.

Er erinnerte sich an alles ganz genau, weil sie ihm damals zum ersten Mal gesagt hatte, daß sie ihn liebe. Das hatte er noch von keinem Mädchen gehört, nicht einmal von der Achtzehnjährigen (sie war inzwischen zwanzig), deren Bettcouch in einem winzigen Apartment er manchmal teilte und deren Wagen er fuhr. Warum hätten Mädchen so etwas zu ihm sagen sollen? Oder sonst jemand? Schon gar nicht seine Mutter. Nicht einmal seine Großmutter, die seine Mutter überredet hatte, ihm den Namen Guy zu verpassen, weil, wie sie sagte, Guy Fawkes der erste Katholik gewesen war, der das britische Parlament in die Luft hatte sprengen wollen.

Doch als er mit Fistelstimme prophezeite, zu ihr nach Hause und in die glückliche Familienatmosphäre eingeladen zu werden, begann Leonora zu lachen. Sie lachte in einem fort, legte den Kopf auf die Knie, schüttelte das lange, dunkelbraune Haar und die Telefonohrringe, blickte zu ihm hoch und sagte: »Oh, Guy, ich liebe dich, ich liebe dich so!« Damit legte sie ihm die Arme um den Hals und drückte sich an ihn.

Sie hatte es gern, wenn er lustige oder intelligente

Sachen sagte, und so bemühte er sich, sich möglichst oft so etwas einfallen zu lassen. Das war nicht leicht, aber er versuchte es. Er strengte sich noch immer an. Und sie lachte noch immer, wenn in ihrem Lachen auch ein Ton mitschwang, der ihn beunruhigte. Es war Überraschung.

Interessanterweise tat ihre Mutter genau das, was er prophezeit hatte, und trug ihr auf, ihn zu sich nach Hause einzuladen. Das war sein erstes Zusammentreffen mit jemand anderem aus ihrer Familie. Robin, ihr Bruder, war nicht da. Er war auf der Schule, ging auf irgendein hochgestochenes Internat.

Ihre Mutter mußte damals um die achtunddreißig gewesen sein. Sie sah genau wie eine ältere, verhärtete Version von Leonora aus, die gleiche olivfarbene Haut, das gleiche Pagengesicht, das gleiche dunkle Haar, obwohl ihres zu einer Art Knoten auf dem Hinterkopf hochfrisiert war, die gleichen dunkelblauen Augen, allerdings berechnend und wachsam. Guy fielen ihre Fingernägel auf. Sie waren silbern bemalt, sehr lang und wie Klauen nach unten gebogen, aber spitz zugefeilt, und sie wirkten wie aus Metall, wie Messerwaren. Wenn er Leonoras Mutter später wiedersah, waren die Nägel jedesmal mit einer anderen Metallfarbe bemalt, Gold, Bronze, Messing oder wieder dieses Silber. Leonora stellte ihn nicht vor. Wozu auch? Jeder wußte, wer der andere war, es konnte niemand sonst sein. Trotzdem fiel die Bemerkung, auf die es keine Antwort gab: »Das ist also Guy?«

Es regnete. In dem Kutscherhäuschen war es ziemlich dunkel. Ein paar Lampen brannten und warfen kleine, goldene Lichtteiche in düstere Ecken. Die großen, golden lackierten Heizkörper strahlten eine intensive Hitze aus.

Es roch nach Möbelpolitur, nach chemisch erzeugtem Zitronen- und Lavendelduft. Guys eigenes Zuhause war eine Bruchbude, kaum möbliert. Die Einrichtung bestand aus Obstkisten und Matratzen auf dem Boden, einem riesigen Fernsehapparat, einer Stereoanlage und indischen Tagesdecken, die mit Reißnägeln an der Wand über den Fenstern befestigt waren, um diese abzudecken. Aber er wußte, was geschmackvoll war, was er sich eines Tages zulegen würde. Er blickte um sich auf das spätviktorianische Kunterbunt, die rosafarben bezogene Chaiselongue, die Parker-Knoll-Sessel und die Kopie eines georgianischen Eßzimmertisches.

Leonoras Mutter sagte: »Wo wohnst du denn, Guy? Nicht weit von hier, nehme ich an.«

Er sagte es ihr ungeniert, in dem sicheren Bewußtsein, daß sie sofort verstehen werde. Sie würde auf der Stelle wissen, daß »Attlee House« wohl kaum die Bezeichnung für ein nobles Gebäude mit teuren Eigentumswohnungen war. Er konnte sehen, wie es in ihrem Gehirn arbeitete, wie sich die Rädchen drehten, Dinge eingepaßt, Notfallpläne geschmiedet wurden. Leonora war unruhig, von alldem gelangweilt.

»Komm, Guy, gehn wir hinauf in mein Zimmer.«

Eine Hand streckte sich zu Leonoras Arm hin und blieb darauf liegen, eine lange, hellbraune Hand mit, wie ihm schien, unnatürlich langen, schmalen Fingern und Nägeln, die glitzerten wie irgendwelche Gerätschaften, wie Dinge, die dafür entworfen worden waren, zerquetschte oder sonstwie beschädigte Stückchen aus einem Teller voll Essen herauszuholen.

»Nein, Leonora, laß das mal lieber bleiben.«

»Warum denn?«

»Weil gegessen wird, sobald Papi nach Hause kommt.«

Sie saßen dicht nebeneinander auf der rosafarbenen Chaiselongue und sahen sich etwas im Fernsehen an. Sie hätte seine Hand genommen, er spürte ihr Verlangen, aber er schüttelte ganz leicht den Kopf und rückte ein Stückchen weg von ihr. Ihr Vater kam herein. Er hatte mehr Ähnlichkeit mit einem netten Teddybären als irgendein anderer Mann, den Guy je gesehen hatte, blondes Haar und ein derbes Gesicht. Er war untersetzt, aber nicht dick, und er sprach Leonoras Mutter mit »Tessa« an, worin sich Guy ihm anschloß, wenn er sich an sie wenden mußte. Für ihn gab es niemanden, den er mit »Mr.« oder mit »Mrs.« anredete, er hatte es noch nie getan und wollte es auch nicht einführen. In der Schule hatte er deswegen immer wieder Scherereien bekommen. »Tessa«, sagte er also, und sie sah ihn an, als hätte er sie eine Schlampe oder Hure oder sonstwas genannt. Ihre Augenbrauen, die auch Leonora hatte – abgesehen davon, daß bei der Mutter die Haut um sie herum alt, braun und gesprenkelt war –, zogen sich bis ins Haar hoch.

»Du schmeichelst mir, Guy«, sagte sie sarkastisch. »Mir ist gar nicht bewußt geworden, daß wir schon auf so vertrautem Fuß stehen, kaum daß wir uns kennen.«

»Oh, halt doch den Mund, Mami, bitte«, sagte Leonora.

Tessa achtete nicht darauf. Guy hätte schwören können, daß ihm der alte Mann – na ja, er war vielleicht vierzig – andeutungsweise zuzwinkerte. Tessa sagte: »Du hast sicher ein sehr warmherziges Naturell und gehst leicht aus dir heraus. Ich weiß das zu schätzen, aber wenn es dir nicht zuviel ausmacht, wäre es mir lieber, für dich vorläufig noch Mrs. Chisholm zu bleiben.«

Er hätte am liebsten geantwortet, wenn die Dinge so lägen, könne sie ihn ja mit Mr. Curran anreden. Aber natürlich sprach er das nicht aus, weil er nicht wollte, daß man Leonora von ihm fernhielt. Während des Essens sprachen sie, das heißt, die Eltern, über nichts anderes als Drogen. Es hörte sich an, als hätten sie es geprobt. Sie konnten nichts über ihn wissen, hatten sich aber einiges schlau zusammengereimt. Leonoras Vater sagte, Dealen sei abscheulicher als Mord oder der Mißbrauch von Kindern, und ihre Mutter sagte, so sehr ihr der Gedanke auch zuwider sei, einem Menschen das Leben zu nehmen, so solle doch für Rauschgifthändler ihrer Meinung nach die Todesstrafe wieder eingeführt werden.

Er wurde nie mehr zu ihnen eingeladen, aber sie verboten Leonora auch nicht den Umgang mit ihm. Ohne Zweifel war ihnen bewußt, daß sie ein solches Verbot nicht hätten durchsetzen können. Sie hätten schon wegziehen müssen. Hin und wieder sah er Tessa beim Einkaufen und einmal, wie sie aus dem »Gate«-Kino herauskam. Sie war eine Frau, die sich anzuziehen verstand, das mußte man ihr lassen, und hatte eine fantastische Figur. Sie hatte jene schlanken, eleganten Fesseln und langen Beine, gegen die die anderer Frauen wie Beine von Ackergäulen wirkten. Doch die Falten in ihrem Gesicht vermehrten sich in Windeseile. Jedesmal, wenn er sie sah, hatte sie eine neue, noch tiefer eingegrabene. Als er, mehr oder weniger »offiziell«, mit Leonora zu gehen begann, hielt er sich manchmal uneingeladen in ihrem Haus auf. Dann behandelte ihn Tessa mit Eiseskälte, oder sie erwischte ihn mit ihren kleinen, scharfen Stacheln an den verletzlichen Stellen. Es war, als stieße sie ihm die silbernen oder kupfernen oder zinnfarbenen Dolche an ihren Fingerspitzen in die Augenhöhlen. Er mußte die Augen schließen und es über sich ergehen lassen.

Er mache also keine Berufsausbildung. Wie es seinem Vater gehe. *Wo* sein Vater sei. Ob er meine, seine Mutter könne irgendwann die Zeit erübrigen und sie, die Chisholms, besuchen. Er sei sich doch bewußt, daß er Leonora, wenn sie erst auf die Universität ginge, vielleicht drei Jahre lang nicht sehen würde.

Doch bald danach gingen sie auseinander, Tessa und Anthony Chisholm, das Kutscherhäuschen wurde verkauft, und Leonora war einige Zeit völlig aus dem Geleise, am Boden zerstört wegen dieser Scheidung, die sie niemals erwartet hätte. Ihr Vater hatte eine andere Frau, ihre Mutter einen anderen Mann gefunden. Leonora gestand ihm, daß sie alle hasse, daß sie ihre Eltern nicht mehr sehen wolle, und er frohlockte insgeheim. So jung er war, verstand er doch damals schon, welch großen Einfluß sie auf sie hatten. Nun, da sie nicht mehr mit ihnen sprach und sich danach sehnte, sich irgendwo selbst zu etablieren, den Staub ihrer Haustüren von den Füßen zu schütteln, wußte er, daß sie zu ihm kommen würde. Er würde sich ein Haus zulegen, um ihr ein Heim bieten zu können, und sie würden heiraten. In ihm würde sie Mutter und Vater wie auch Ehemann und Liebhaber finden.

Dann beruhigte sie sich wieder. Der Bruch währte nicht länger als ein paar Wochen, und über Nacht versöhnten sie sich, die beiden Paare waren plötzlich ein

Herz und eine Seele, gingen miteinander zum Essen aus. Leonora sprach wieder davon, was Mami sagte und Papi tat und, unglaublicherweise, auch davon, was Susannah dachte und Magnus empfahl. Sie nannte es zivilisiertes Benehmen.

Guy fand sich damit ab, es blieb ihm nichts anderes übrig. Außerdem hatte er andere Dinge im Kopf, und er sagte sich, daß Leonora ihm trotz allem sicher sei. Eines Morgens dann wurde ihm klar, daß er ein reicher Mann war. Mit achtzehn war er viel reicher, als die Chisholms jemals sein würden.

All die Jahre hatte er jeden Tag mit ihr telefoniert. Oder fast jeden Tag. Er hatte es zumindest jeden Tag *versucht*, sie anzurufen. An den meisten Tagen hatte er sie erreicht. Es war für ihn gewissermaßen eine Herausforderung oder eine ritterliche Suche, ein »Minnedienst«.

Als sie dann zu studieren begann, sagte sie, sie wolle nicht, daß er sie täglich anrufe, es sei ihr peinlich. Er nahm das nie sehr ernst. In den Ferien rief er sie bei Tessa oder Anthony an, je nachdem, wo sie sich gerade einquartiert hatte. Sie ging anschließend auf die pädagogische Hochschule, und er versuchte, sie jeden Tag im Studentinnenheim zu erreichen. Ziemlich häufig gelang ihm das nicht, aber er blieb hartnäckig. Er rief an, als sie zu Anthony und Susannah zog, und er rief an, als sie zusammen mit Rachel und Maeve Kirkland die gemeinsame Wohnung bezog.

Zumeist hob jemand anders ab. Warum das so war, wußte er nicht zu sagen. Als sie bei ihrem Vater gewohnt hatte, kam Anthony oder Susannah an den Apparat, und jetzt in der Wohnung meldete sich zumeist Rachel oder Maeve. Es war schon etliche Jahre her, daß sie noch bei ihrer Mutter gelebt hatte, und er hatte Tessas Stimme seit der Einzugsparty in der Portland Road nicht mehr gehört. Aber sie war unverkennbar. Tessa also war es, die den Hörer abnahm, als er am Tag nach ihrem gemeinsamen Mittagessen in dem Weinlokal in Leonoras Wohnung anrief.

Ein mattes »Hallo?«. Tessas Stimme war stets entweder matt oder scharf.

Er sagte knapp: »Leonora bitte.«

»Wer ist am Apparat?« Als wüßte sie es nicht.

»Ich bin's, Guy Curran, Tessa.« Er holte ausgiebig Luft. »Und wie geht's Ihnen nach so langer Zeit?«

Es war, als hätte sie zwei Wasserhähne in ihrem Kopf. Aus dem einen kam ein träge fließendes Rinnsal, aus dem anderen ein Sturzbach. Sie drehte den zweite Hahn auf.

»Ich bin froh, daß ich die Gelegenheit bekomme, mit dir ein Wörtchen zu reden. Leonora ist einfach zu nett und gutartig, um zu sagen, was einmal gesagt werden muß. Ein anderes Mädchen hätte dir längst die Polizei auf den Hals gehetzt. Mindestens. Ist dir nicht klar, daß sie ohne weiteres eine gerichtliche Verfügung erwirken könnte, die es dir verbietet, ihr nachzustellen?«

Er schwieg. Er hielt den Hörer auf Armeslänge von sich weg und kramte in seinen Taschen nach einer Zigarette. Zornig krächzte die Stimme aus dem Hörer. Er klemmte ihn zwischen Kinn und Schulter und zündete den Glimmstengel an.

»Ich weiß, daß du noch dran bist«, hörte er sie sagen.

»Ich höre dich atmen. Du bist wie einer dieser Telefonunholde und genauso bösartig. Ja, du bist bösartig. Du bist eine Art Gangster. Entsetzlich, daß meine Tochter mit jemandem wie dir verkehrt – diese schrecklichen Anrufe, Tag für Tag, diese Geschichte mit dem Mittagessen sonnabends – es kommt mir wie eine Art Durchhaltetest vor. Ich verstehe es nicht, es geht über meine Begriffe, falls du sie nicht irgendwie hypnotisiert hast.«

Das einzig Vernünftige war vielleicht, aufzulegen und es später noch einmal zu versuchen. Doch da hörte er Leonora sagen: »Komm, Mutter, gib mir den Hörer.« Immerhin nannte sie die Frau nicht mehr »Mami«. »Es tut mir leid, Guy«, sagte sie. »Meine Mutter ist zu Maeve in die Küche gegangen. Ich möchte nicht, daß du glaubst, ich hätte mich über dich beklagt. Sie denkt sich das alles wirklich nur selbst aus. Leider ist sie dir gegenüber sehr negativ eingestellt, war es von jeher.«

»Solange du nicht darauf achtest, mein Schatz«, sagte er.

Sie verwies ihm das »Schatz« nicht. »Es ist schwer, nicht auf die eigene Mutter zu achten, besonders wenn man sich so nahesteht wie wir.«

Wieder lief es ihm kalt über den Nacken. Also übte diese Person tatsächlich einen Einfluß aus. Leonora hörte auf sie. Warum suchte sie eine so enge Bindung an jemanden wie Tessa? Weil es sich um ihre Mutter handelte? Er selbst hatte seine Mutter seit sieben Jahren nicht gesehen, und es konnte keine Rede davon sein, daß sie ihm etwas bedeutete. Dieser Zusammenhalt zwischen Familienangehörigen war für ihn unbegreiflich, aber er merkte, wohin die Sache führte.

Er lauschte Leonoras Stimme, deren Klang für ihn ebenso wohltuend war wie das, was sie gerade gesagt hatte. Sie unterhielten sich eine Zeitlang. Sie habe vor, sagte sie, mit ihrer Mutter, ihrem Stiefvater, ihrem Bruder und – warum auch immer – Maeve irgendwo an der Themse essen zu gehen, und später wolle sie sich mit Newton treffen. Tags darauf beginne die letzte Woche an der Grundschule, wo sie unterrichte, und danach kämen die Sommerferien.

»Ich ruf' dich morgen wieder an«, sagte er.

Während des ganzen Gesprächs war ihr Ton sehr lieb und zärtlich gewesen. Wenn erst der üble Einfluß oder die bösartigen Einflüsse, die sie gegen ihn einnehmen wollten, beseitigt waren, würde auch die Liebe wiederkehren, die sie einst für ihn empfunden hatte. Er berichtigte sich: nicht »einst empfunden«, sondern nach wie vor »empfand«. Sie konnte niemals erlöschen, nur unterdrückt werden. Irgend jemand hatte ihr eingeblasen, lag ihr vermutlich ständig damit in den Ohren, daß der Zimtzwerg ein zuverlässigerer Typ als er wäre, ein vertrauenswürdigerer, passenderer Partner fürs Leben. Dieselbe Person hetzte Leonora gegen ihn persönlich auf, indem sie ihn als einen Gauner bezeichnete.

Es war interessant – oder hätte es vielleicht sein können, wenn es für sein Glück nicht so grundwichtig gewesen wäre –, darüber zu spekulieren, wie sich die Situation verändern mochte, wenn Tessa Chisholm – oder wie sie jetzt hieß, Mandeville? – einfach aus dem Weg geräumt würde. Er schenkte sich einen Campari mit Orangensaft und viel Eis ein und ging hinaus in den ummauerten Garten. Der Sommer war in diesem Jahr herrlich, jeder

Tag sonnig und warm. Seine Orangenbäume in den blauweißen chinesischen Vasen trugen Früchte, die zwar noch grün waren, aber heranreiften und deren Wangen bereits zitronengelb erblühten.

Die Gartenmöbel stammten aus Florenz und waren aus bronzefarbenem Schmiedeeisen, und auf einer Insel in dem kleinen Teich war ein Delphin aus Bronze zu sehen. An den Mauern rankte sich Clematis hoch, Nelly Moser und Ville de Lyon, hell- und dunkelrosa vor dem dunkel glänzenden Efeubehang. Schon seit einer Ewigkeit war Leonora nicht mehr in seinem Haus gewesen. Sie hatte im vorigen Sommer kommen wollen, fiel ihm jetzt ein, dann aber telefonisch abgesagt, weil ihre Mutter krank geworden sei. Schon wieder Tessa. Er hatte keinen Augenblick lang geglaubt, daß sie wirklich krank war. Diese Frau hatte eine Pferdenatur. Sie aß auch wie ein Pferd, obwohl sie doch so mager war. Im Geist sah er sie jetzt im Garten irgendeines Hotels in Richmond unter einem gestreiften Sonnenschirm an einem Tisch sitzen und Avocado und gebratene Ente und weiß Gott was noch hineinschlingen, wobei ihre langen Finger mit den goldenen Spitzen eifrig mit Messer und Gabel hantierten.

Es war mehr als nur möglich, daß sie Leonora mit diesem William Newton bekannt gemacht hatte. Sie war die Sorte Frau, die es sich einfallen ließ, einen Heiratskandidaten für ihre Tochter zu suchen und die beiden zusammenzubringen. Aber er wehrte solche Gedanken ab. Er würde sie nicht einmal in gedachte Worte kleiden, die Vorstellung, daß Leonora einen anderen heiraten könnte. Tessa schon. Tessa dachte vermutlich die ganze Zeit daran.

Er hatte schon seit langem den Kontakt zu Linus verloren, mit Danilo hingegen kam er noch zusammen. Danilo würde nicht zögern. Ein paar Riesen, mehr brauchte er nicht, und Tessa Mandeville würde unauffällig aus diesem Leben entfernt werden, ohne daß Danilo selbst davon etwas zu hören oder zu sehen bekam. Er würde saubere Hände behalten und weder den Zeitpunkt noch den Schauplatz ihres Todes erfahren. Nein, sagte sich Guy, natürlich meine ich das nicht ernst. Aber warum eigentlich nicht? Warum aus allem einen Scherz machen, mit leichten Schritten oberflächlich darüber hinwegtanzen? Warum nicht die Dinge, so wie sie lagen, offen und ehrlich ins Auge fassen, warum sich nicht der unbezweifelbaren Tatsache stellen, daß Tessa Mandeville zwischen ihm und seinem Lebensglück stand, das Objekt seiner Liebe von ihm fernhielt?

Guy blickte den Inhalt seines Glases an, das köstlichste Getränk auf der Welt, von der himmlischen Farbe einer Rose, mit Rosa- und Orangetönen, setzte sich in seinen bronzefarbenen Sessel und gab sich Erinnerungen hin. Es war lange her, neun Jahre, daß sie zum ersten Mal hierhergekommen war. Sie waren hier in seinem Garten gewesen, und sie hatte ihm in die Augen geblickt und gesagt: »Ich bin du, Guy, ebenso wie ich Leonora bin. Ich bin Guy.«

Sie hatte damit sagen wollen, sie seien einander so nahe, daß sie ineinander aufgingen. Und dann, sehr bald, nur zu bald, war Tessa Mandeville zwischen sie getreten. Sie einfach nur umzubringen – nein, sie hatte mehr verdient.

Tessa hatte einen Mann namens Magnus Mandeville geheiratet. Ein absurder Name, den man allerdings nicht vergaß. Er war Anwalt, ja, der Anwalt, den sie aufgesucht hatte, als sie und Anthony Chisholm sich hatten scheiden lassen wollen. Kein Wunder, daß sie soviel über das Beantragen von einstweiligen Verfügungen wußte.

Die Mandevilles waren in irgendeinen Vorort am äußersten Rand von Süd-London gezogen; oder vielleicht hatte Magnus Mandeville schon vorher dort gewohnt. Tessa hatte nie gearbeitet, zumindest nicht seit der Geburt Robins, der zwei Jahre älter als Leonora war, und Guy erinnerte sich, von Leonora gehört zu haben, daß Tessa nach Abschluß ihrer Ausbildung mit einundzwanzig geheiratet hatte. Sie hatte die Kunstakademie besucht und galt in Kunstdingen als allwissend. Das war ein wichtiger Faktor in seiner Beziehung zu Leonora gewesen, beziehungsweise es hatte sich als wichtig für die *Veränderung* dieser Beziehung erwiesen.

Wenn er zurückdachte, erkannte er, daß es einen ganz präzisen Zeitpunkt gegeben hatte, an dem Leonora sich ihm gegenüber veränderte. Oder vielmehr, an dem sie aufgehört hatte, ihm gegenüber die liebende, unkritische Anhänglichkeit von vordem an den Tag zu legen. Irgend jemand hatte sie ihm entfremdet, das stand für ihn ganz fest. Es hatte sich abgespielt, als er zweiundzwanzig und sie neunzehn gewesen war. Denn damals, als sie für die Sommerferien nach Hause gekommen war, hatte sie anscheinend das Verlangen verloren, ihn zu berühren. In jenem August, auf den er sich den ganzen Sommer lang so unendlich gefreut hatte, hatte sie immer wieder Vorwände gefunden, um nicht mit ihm allein zu sein, hatte sie begonnen, sich sanft aus seiner Umarmung zu lösen.

Am wahrscheinlichsten war, daß Tessa hinter ihr Verhältnis gekommen war und erklärt hatte, daß sie es aufs schärfste mißbillige. Daran hatte er vorher nie gedacht. Doch Tessas Gezeter am Telefon hatte ihm die Augen geöffnet. Je mehr er darüber nachdachte, um so offenkundiger wurde, daß Tessa die treibende Kraft gewesen war, die gegen ihn arbeitete.

Sobald Leonora seiner Schätzung nach von der Schule nach Hause gekommen war, rief er an. Diesmal kam Rachel an den Apparat. Leonora hatte Rachel an der Universität kennengelernt, und seitdem waren die beiden Freundinnen. Guy hatte nicht viel übrig für die Sorte junger Frauen, die übergewichtig und hyperintellektuell waren, die stahlgeränderte Brillen trugen, nicht auf ihr Äußeres achteten und deren höchstes Lebensziel darin bestand, es zur Vorsitzenden irgendeiner »grünen« Bewegung zu bringen.

»Bist du krank geschrieben?« fragte er. »Auf die Tour schaffst du es nie nach oben.«

»Ich habe hier einen Klienten bei mir«, sagte sie. »Es war zufällig praktischer so.«

Er wußte, was sie mit dem »Klienten« meinte. »Irgend so einen Kindsmißhandler, nehm' ich an, oder?«

»Wie hast du das erraten? Leonora ist noch nicht da. Ich bin weg, wenn sie kommt, und kann ihr nicht ausrichten, daß du angerufen hast, aber das weiß sie ja sowieso. Den Tag, an dem du nicht anrufst, den möcht' ich erleben.«

Leonora kam nach Hause, bevor Rachel den Hörer

auflegte. »Was hat sie eigentlich gegen mich?« fragte er. »Was hab' ich ihr denn getan, dem reizbaren Trampel?«

»Vielleicht behandelst du sie auch nicht sehr nett, Guy.«

»Hast du einen angenehmen Tag gehabt?« fragte er. »Bist du sehr müde? Gehst du mit mir abendessen?«

»Natürlich nicht. Das tu ich doch nie. Ich gehe mit dir Samstag zum Mittagessen.«

»Leo«, sagte er. Manchmal sagte er »Leo« zu ihr, im gleichen Ton, wie er sie »Schatz« nannte. »Leo, deine Mutter geht nicht arbeiten, oder?«

Sie war vermutlich so überrascht, von ihm eine gewöhnliche Frage zu hören und nicht eine inständige Bitte, ihn zu lieben, daß sie ohne nachzudenken *dankbar* antwortete: »Nein, sie geht nicht arbeiten, ist nie arbeiten gegangen. Ich dachte, das wüßtest du. Sie arbeitet unentgeltlich in irgendeinem Krankenhaus dort in der Gegend. Es könnte das Mayday Hospital sein. Dienstags und donnerstags, soviel ich weiß. Ach ja, und Mittwoch vormittags macht sie irgendwas im BBB.«

»Im *was?*«

»Im Bürgerberatungsbüro. Ich glaube, den Job hat sie durch Magnus bekommen. Und sie arbeiten beide für die Grünen.« Immerhin fand sie die Frage aus seinem Mund sonderbar. »Warum um Himmels willen willst du denn das wissen?«

»Eine der Frauen, die für mich arbeiten, hat erzählt, sie hätte Tessa auf der Kunstakademie kennengelernt. Sie hat gefragt, ob Tessa arbeitet, und ich habe ihr gesagt, ich werd' mich erkundigen.«

Das war pure Erfindung, wurde aber akzeptiert. Leonora neigte dazu zu glauben, was man ihr sagte, wie es bei Leuten der Fall ist, die gewohnheitsmäßig die Wahrheit sagen. Das ermutigte ihn weiterzubohren. »Sie wohnen Sanderstead Way Nummer fünfzehn, richtig?«

»Nummer siebzehn, und die Straße heißt Sanderstead Lane.«

»Wohin sollen wir am Samstag zum Essen gehen? Laß dich ins *Clarke's* ausführen.«

»Eine Weinbar wäre mir genauso recht, Guy. Oder meinetwegen sogar *McDonalds.* Mir macht das Essen eigentlich keine Freude, wenn ich weiß, mit dem Betrag, den du dafür ausgibst, könnte in Bangladesch eine ganze Familie einen Monat lang leben.«

»Würde es dir eine Freude machen, wenn ich die Summe, die ein Mittagessen im *Clarke's* kostet, nach Bangladesch schicke?«

»Ja, sehr, aber trotzdem möchte ich da nicht hin.«

»Ich ruf' dich morgen wieder an«, sagte er.

Als sie fünfzehn und er achtzehn gewesen war, hatte er auf dem Friedhof von Kensal Green zum ersten Mal mit ihr geschlafen. Wenn man den Leuten so etwas erzählte – was er natürlich nicht tat–, sagten sie: Wie abscheulich! Oder: Wie makaber! Aber es war nicht abscheulich und auch nicht makaber gewesen. Wer so redete, kannte den Friedhof nicht, der in Wirklichkeit wie ein riesiger verwilderter Garten war, der zufällig verwitterte Grabsteine im hohen Gras und wunderbare Grabmäler wie kleine Häuser hatte. Große dunkle Bäume und wild wachsende Blumen waren zu sehen und im Hochsommer Kränze, die auf neuen Gräbern welkten. Der Friedhof war ein Paradies für Schmetterlinge, kleine blaue und große braune und orangefarbene, denn hier wurden keine Gifte gespritzt, die sie umbrachten.

Wo sie gewesen waren, war es so still und romantisch und schön – mit hohen, schwankenden Halmen, die an der Spitze ihren Samen trugen, und cremig-gelbem Fingerhut, der zwischen den Gräsern wuchs, mit hohen rosafarbenen Blumen, deren Namen er nicht kannte, und Moos, das eine eingesunkene Grabplatte überwucherte und auf dem wiederum winzige gelbe Blümchen wuchsen –, daß es ihm vorkam wie ein verlorenes Paradies. Hier standen Büsche mit silbernen, spitzen Blättern und kleine Fichten wie blaue Weihnachtsbäume, und über ihnen breitete ein großer Baum seine mit grünen Zapfen behängten Äste aus. Die Gerüche Londons drangen nicht hierher. Es duftete, als ob man an den Kräutertöpfen im Bioladen schnupperte.

Sie hatte ein sehr dünnes, weiches Kleid in gleichsam rauchigen blauen und malvenfarbenen Tönen angehabt; es war weit ausgeschnitten, mit Puffärmeln und nicht tailliert. Es war einer der wenigen heißen Tage eines kalten Sommers gewesen. Sie hatte das Kleid, einen Schlüpfer, blaue Stoffsandalen und sonst nichts angehabt. Als sie sich auf den Rücken legte, breiteten sich ihre Brüste wie kleine, weiche, seidenbezogene Kissen aus. Er legte sie in ein Nest aus Gräsern und darüber gewehten Holunderblütenblättern. Er hob das Kleid und schob es ihr bis zum Hals hoch, um den es sich wie ein Schal drapierte. Sie hatte keine Angst, sondern war sehr erregt, und als er in sie eindrang, tat es ihr nicht weh. Hinterher sagte er zu ihr, das sei so gewesen, weil sie ihn liebte und begehrte.

Er erfuhr nie, was Tessa gesagt hatte, als sie das zerknitterte und über und über mit grünen Flecken bedeckte Kleid sah. Vielleicht hatte Leonora es so einrichten können, daß ihre Mutter es nicht zu sehen bekam. Aber zu jener Zeit kam Tessa schließlich dahinter, daß die Dinge sich verkehrt entwickelten. Wenn man mit fünfzehn jemanden so liebte, so sehr liebte, daß es einem nicht weh tat und kein Blut floß, dann konnte sich diese Liebe nicht verändern. Sie konnte nicht einfach vergehen, sie gehörte zu einem wie die Liebe zu den Eltern oder zum eigenen Bruder, wie die Liebe zu sich selbst.

»Ich bin *du*, Guy. Ich bin Guy, und du bist ich.«

Wenn Tessa nicht im Wege wäre, würde diese Liebe zurückkehren, wieder zu dem werden, was sie einmal gewesen war. Wenn niemand mehr da wäre, der schlecht über ihn sprach, ihn einen Kerl aus der Gosse und Kriminellen nannte, seine Intelligenz bezweifelte, würden Leonora und er wieder ein Herz und eine Seele werden. Trotzdem, der Gedanke, Tessa etwas anzutun, erschien grotesk. Als Danilo aus der Jugendstrafanstalt zurückgekommen war, hatten sie in Kensal mit erpreßten Schutzgeldern einen ordentlichen Reibach gemacht, und einmal hatten sie sich einen Wirt ein bißchen vornehmen müssen, um ihm zu zeigen, daß es ihnen ernst war, aber der Mann hatte dabei nur ein paar Prellungen und ein blaues Auge abbekommen. Natürlich, der abschließende Showdown mit dem »Dream Traffic« und Con Mulvanneys Tod... Aber daran war niemand schuld gewesen, und schon gar nicht er. Es hatte – ja, so könnte man es nennen – zum Berufsrisiko gehört.

Er wollte jetzt nicht über Con Mulvanney nachdenken. Was diesen betraf, ließ er allein den Gedanken zu, daß der Vorfall das Ende seiner Zeit als Dealer markiert hatte. Er konnte mit seinem bisherigen Leben zufrieden sein, hatte ein Vermögen zusammengebracht und *Attlee House* und alles, was damit zusammenhing, hinter sich gelassen. Seine Hände waren sauber, sein Leumund flekkenlos.

Es konnte nichts schaden, Danilo vorzuschlagen, mit ihm abendessen zu gehen und ihn dabei auszuhorchen, wie es mit Profikillern stand, wie man die Sache anpakken könnte und was sie kosten würde. Ach was, die Kosten waren ihm einerlei.

3

Wenn in einem Pub auf dem Lande oder sonst in einer geeigneten Lokalität eine Verkaufsausstellung seiner Bilder stattfand, fuhr Guy manchmal hin, um nachzusehen, wie die Geschäfte gingen. Es war nicht seine Gewohnheit, sich bei diesen Gelegenheiten zu erkennen zu geben. Er beobachtete gern die Reaktionen der Kunden und war selten bereit, seinen Beauftragten Glauben zu schenken und die Verkaufsergebnisse einfach hinzunehmen. Es war am besten, selbst zu kontrollieren, ob der derzeitige Renner unter den Gemälden beispielsweise »Des Menschen bester Freund« oder »Nur so weiter, Miezekätzchen« oder »Die Lady aus Thailand« war.

In dieser Woche fand eine der Verkaufsausstellungen in einem Pub in Coulsden statt, das mehr in der Nähe eines Sportklubs für begüterte Städter lag. Das Wetter war gut, und der Verkehr im August ja nie besonders schlimm. Alles war im Urlaub. Guy fuhr in seinem Jaguar hinaus. Der Wagen war champagnerfarben lackiert, obwohl der Farbton offiziell »mattbeige« hieß, hatte eine cremefarbene Lederpolsterung und eine so vorzügliche Klimaanlage, daß Guy an stickig-heißen Tagen in London manchmal in die Versuchung geriet, in die Garage zu gehen, sich in den Wagen zu setzen und den Motor anzulassen, um sich die Wohltat der kühlenden Brise zu verschaffen. »Du wirst todkrank, wenn du das tust«, hatte

Celeste gesagt, als er es ihr erzählte, und ihre Worte waren gar nicht so unvernünftig gewesen.

Das Pub hieß *Die Kutsche ohne Pferd*, ein mühsam erdachter Name, wie er nur selten einen gehört hatte. In den Blumenkästen an den Fenstern nach vorne hinaus waren mehr Blumen, als man sie auf der großen Frühjahrsausstellung in Chelsea zu sehen bekam. Auf zwei großen gelben Plakaten vor dem Lokal stand zu lesen: »Verkauf von Originalgemälden, zwischen sieben und siebzig Pfund, sämtlich echt handgemalte Unikate«. Er zuckte nicht heimlich zusammen, weil er sich genierte, sondern erst beim Gedanken an Tessa Mandevilles Reaktion. Immerfort dachte er an sie. Das Miststück wollte ihm nicht aus dem Kopf gehen.

Die Verkaufsausstellung fand im rückwärtigen Teil des Hauses statt, in einem großen Raum mit einer Doppeltür, die auf die Terrasse und einen ziemlich verlotterten Garten ging, wo der Rasen zu einer Staubmulde verkommen war und niemand die abgestorbenen Rosenknospen abgeschnitten hatte. Für jeden Besucher gab es ein Glas Rot- oder Weißwein. Das nächste Glas mußte man selbst bezahlen. Zwei junge Frauen nahmen die Kaufwünsche entgegen. Er kannte sie nicht, hatte sie nie zuvor gesehen, registrierte aber anhand der immer länger werdenden Listen auf ihren Schreibbrettern, daß die Aufträge nur so hereinströmten.

Und warum auch nicht? Es handelte sich ja um Originalgemälde, und jedes einzelne von ihnen war von einem Künstler verfertigt, der ganz individuell arbeitete. Die Ergebnisse waren viel erfreulicher als neunundneunzig Prozent von dem, was man an einem Sonntagvormittag längs der Bayswater Road präsentiert bekam. Die Bilder waren harmlos und hübsch, die Sujets unschuldig: Kinder und junge Tiere, Mädchen, Häuschen auf dem Land oder Seestücke. Wenn er dagegen an einige der Kunstwerke dachte, die er gesehen hatte und die allgemein als besonders gut galten, Bilder vom Krieg und niedergemetzelten Männern, oder an Gemälde, die er auf einem Ausflug mit Leonora nach Blenheim Palace betrachtet hatte, schiefe Vasen und deformierte Äpfel, oder an nackte Frauen in Vogelgefieder und Pelzen, die Bilder in diesem Guggenheim-Palazzo in Venedig! Er war ja weiß Gott ein aufgeschlossener Mensch, aber die Sachen hatten ihn angewidert. Es war unglaublich, daß Tessa Mandeville seine Bilder als Schund bezeichnete. Und was hatte sie noch darüber gesagt? »Obszön.« Diese anderen Machwerke, *sie* waren wahrhaft obszön.

Er ging umher und betrachtete jede einzelne Schöpfung. Sogar noch in diesem späten Stadium vergewisserte er sich gern, daß zwischen allen Kopien desselben Sujets winzige Unterschiede bestanden, zum Beispiel kleine Veränderungen am Lockenkopf des »Weinenden Knaben«. Auf den runden, rosigen Wangen glitzerten Tränen, aber bei manchen Versionen waren auf der linken Wange drei Tränen, auf anderen hingegen vier zu sehen. Die »Lady aus Thailand« führte wieder einmal die Verkaufsliste an. Seine Angestellten hatten es sich zur Gewohnheit gemacht, an Bildern, die bereits verkauft waren, rote Ankleber zu befestigen – »wie bei einer echten Vernissage«, habe Tessa Mandeville dazu bemerkt, war ihm berichtet worden. Was an seinen Verkaufsausstellungen unecht sein sollte, hatte niemand genauer erklärt.

Alle vier Exemplare der »Lady aus Thailand« waren verkauft, und dabei lagen sie in der Preisklasse von siebzig Pfund. Er fragte eine der jungen Frauen, ob sie Vorbestellungen für dieses bestimmte Bild entgegennehme, und erhielt zur Antwort, ja, sie habe bereits zwölf notiert, es sei das beliebteste Gemälde. Guy verstand gut, warum das so war. Das abgebildete Mädchen war noch sehr jung, fünfzehn oder sechzehn, und wirkte überaus unschuldig. Aber mit den üppigen Lippen und den leuchtenden Rehaugen war sie auch sexy, und ihr goldbesticktes Oberteil war tief ausgeschnitten, so daß sich zwischen der Umklöppelung und den goldenen, edelsteinbesetzten Halsketten, die sie trug, die glatten Ansätze der jungen, knospenden Brüste zeigten. Sie schien den Blick des Betrachters zu erwidern, und dieser Blick war liebreizend, doch auch scheu bittend und zugleich provokant.

Irgendwo mußte das Original dieses Konterfeis existieren, denn alle Bilder waren nach fotografischen Vorlagen gefertigt. Sie basierten tatsächlich auf Fotos, die, in einer blassen, überbelichteten Version auf Fasergipsplatten übertragen, von Guy in großen Mengen aus Thailand importiert wurden. Dann wurden sie in der Fabrik in Isleworth von seinen Angestellten nach einer vorgeschriebenen Methode übermalt. Als Guy einmal Leonoras Familie den Zweck seines Unternehmens erklärt und dabei erwähnt hatte, daß viele seiner Leute die Kunstakademie absolviert hätten, hatte sich Tessa Mandeville doch tatsächlich geschüttelt und gesagt, das mache die Sache nur noch schlimmer.

»Sie sind dankbar für diese Arbeit, glauben Sie mir«, hatte er geantwortet.

»Da wär's noch besser, sie würden auf den Strich gehen«, hatte Tessa gesagt. »Sie würden sich einen Standplatz bei der King's Cross Station suchen.«

Was verstand sie denn davon? Sie hatte immer jemanden gehabt, der sie ernährte, der ihr ein Dach über dem Kopf bot und ihr Geld gab, um die bedrohten Wale zu retten und den sauren Regen zu stoppen, und ein Atelier, wo sie mit ihren Malfarben herumpfuschen konnte. Sie hatte doch keinen Schimmer, was es bedeutet, wenn man sein Geld verdienen muß. Das hätte er gern laut gesagt, aber er konnte es nicht, weil er sich diesen Leuten noch immer verkaufen, sich ihnen als ein Mann darstellen mußte, der sich erlauben durfte, Leonora den Hof zu machen. Das Komische dabei war – falls man solche Dinge überhaupt komisch nennen konnte –, daß er dorthin, in dieses Hotel, wo sie Leonoras Geburtstag und den Abschluß ihrer pädagogischen Ausbildung feierten, mitgekommen war, um sich bei der ganzen Sippe lieb Kind zu machen. Er hatte ihnen zeigen wollen, daß er sein Leben am Rand der Kriminalität aufgegeben und eine neue Karriere als achtbarer Geschäftsmann eingeschlagen hatte.

Während er die Bilder betrachtete, das Thai-Mädchen und den weinenden Knaben, das mit der Bezeichnung »Der alte Mühlbach« und die zwei Persianerkätzchen, ging ihm der Gedanke durch den Kopf, daß jener Abend eine weitere Zäsur im Niedergang seiner Beziehung zu Leonora markiert hatte. Zwar hatte sie inzwischen völlig damit aufgehört, mit ihm zu schlafen, aber das war, obwohl es ihn begreiflicherweise störte, nicht seine größte Sorge gewesen. Sie hatte ihm einmal erklärt, sie finde es schlecht, wenn ein Mädchen länger als vier Jahre nacheinander die Pille nehme. Und sie habe Angst davor, schwanger zu werden, während sie sich auf ihr Diplom vorbereite. Dann war sie lange fort gewesen, und er hatte sie zwar jeden Tag angerufen, aber sie waren monatelang nicht zusammengekommen. Unter diesen Umständen waren natürlich Schwierigkeiten und Anwandlungen von Verlegenheit oder Kälte zu erwarten gewesen.

Aber sie hatte ihn damals noch geliebt. Sie hatte ihre Liebe zu ihm in aller Öffentlichkeit und unverstellt gezeigt. Hatte sie nicht an jenem Juliabend vor vier Jahren dafür gesorgt, daß er den Platz neben ihr bekam, er auf ihrer einen und ihr Vater auf ihrer anderen Seite? Robin war am anderen Ende des Tisches gesessen und hatte die gräßliche Rachel am Hals gehabt. Später hatte Leonora mit ihm getanzt. Sie hatte gesagt, er solle nicht darauf achten, was Tessa von sich gab. Aber sie selbst hatte am nächsten oder am übernächsten Tag sehr wohl darauf geachtet. »Philister«, war eines von Tessas Lieblingswörtern, aber »Philister« war sicher noch die geringste von den Bezeichnungen, die sie ihm verpaßt hatte. Lump, Ganove, verkommenes Subjekt – er konnte es sich vorstellen. Leonora hörte auf Tessa, stand Tessa »nahe«.

Guy nahm sich das Gratisglas Wein vom Tablett. Es war ein Rioja, rot und herb. Er spürte plötzlich das Verlangen, Tessa zu sehen, so wie man manchmal tatsächlich einen Feind sehen möchte, vielleicht ohne von ihm gesehen zu werden. Der Wunsch geht dahin, den Feind im Unglück, geschlagen zu sehen. Hatte sie sich verändert? War sie ergraut? Sie war inzwischen fünfzig, die Frau eines Anwalts, wohnte in einem Vorort und war anscheinend mit guten Werken beschäftigt. Sie wohnte, wurde ihm plötzlich bewußt, in einer Gegend, gar nicht weit von der, in der er sich jetzt befand.

Er ging durch das Lokal zur Saloon Bar. Eine junge Frau, ungefähr fünfundzwanzig, die auf einem Barhocker saß, peilte ihn an. Guy war es gewohnt, daß Frauen ihn ansahen, und es bereitete ihm auch ein gewisses Vergnügen, obwohl er nur selten reagierte. Er bat um einen trockenen Martini und überlegte, was man ihm wohl vorsetzen würde, sehr wahrscheinlich einen warmen französischen Wermut. Doch was ihm dann serviert wurde, war passabel. Er malte sich einen Augenblick lang aus, die junge Frau wäre Leonora, die jetzt bei ihm war. Gleich würden sie ihr Mittagessen einnehmen und anschließend noch lange mit ihren Getränken am Tisch sitzen, über die Vergangenheit und die Zukunft und ihre Liebe sprechen. Dann würden sie vielleicht hinunter an die Küste fahren und in der Abendkühle am Strand entlangspazieren. Sie würden im besten Hotel übernachten, in der Suite für Hochzeitsreisende. Merkwürdigerweise nahm nicht der Gedanke, mit ihr zu schlafen, die erste Stelle ein. Natürlich wollte er das auch, er brannte vor Verlangen nach ihr, aber es war nicht das Wichtigste, nur ein Teil des Ganzen. Und was war das Wichtigste? Daß er mit ihr zusammen war, daß er *sie* und sie *er* war. »Ich *bin* Guy ...« – das wollte er noch einmal aus ihrem Munde hören.

Er trank noch ein Glas und aß ein angetrocknetes Sandwich mit Räucherlachs. Dann ging er hinaus, stieg in den Jaguar und fuhr zur Sanderstead Lane. Die Nummer siebzehn war keineswegs so, wie er sie sich vorgestellt hatte, sondern bestand aus der einen Hälfte eines weitläufigen Doppelhauses, drei Etagen hoch, mit imposanten, in Stein gefaßten Fenstern, mit einem Vorbau, dessen Dach von Säulen getragen wurde. Offensichtlich stand es schon seit hundert Jahren oder noch länger hier, viel länger als die übrigen Häuser. Der Vorgarten war ebenso lang wie die Gärten, die andere Häuser nach hinten hinaus hatten. Und unter einer ausladenden Zeder waren weiß lackierte Gartenmöbel gruppiert.

Guy hoffte schon lange nicht mehr, Tessa mit seinem Wohlstand und seinem Erfolg imponieren zu können – sie war nie davon beeindruckt oder gab sich wenigstens so –, und so lag ihm sehr daran, nicht als der Fahrer des Jaguars erkannt zu werden. Aber es war niemand da, der ihn hätte erkennen können. Tessa tat ihm nicht den Gefallen, sich aus einem Fenster zu lehnen und ihm das Grau in ihrem Haar und ihre neuesten Falten zu zeigen, Magnus Mandeville hatte sich nicht für einen Tag aus seiner Kanzlei verabschiedet, um im Garten herumzuwerkeln, dieses hohläugige Skelett in Menschenhaut.

Wie ein Anwalt in irgendeiner Dickens-Serie auf dem Bildschirm. Diesen Eindruck hatte er auf Guy gemacht, als sie sich auf jener Feier kennenlernten. Er hatte sich gefragt, was eine Frau an diesem klapperdürren, gebeugten Mann mit dem kleinen Büschel grauer Haare auf dem mit Pergament überzogenen Schädel reizvoll finden konnte. Sein Geld vielleicht. Wie er Tessa kannte, war es das wohl. Magnus Mandeville hatte einen Hals wie ein Hühnermagen, wie er in dem Plastikbeutelchen in einem gefrorenen Hähnchen steckt. Seine Stimme war hoch und kalt, und er sprach in dem gekünstelten, affektierten und einschüchternden Tonfall des alten Eton-

Zöglings. Man konnte ihn sich gut in der Rolle des Richters mit einer Perücke auf dem Kopf vorstellen, der irgendeinen armen Teufel dazu verurteilte, am Galgen zu baumeln, bis er tot war.

Guy fuhr die Sanderstead Lane zur Hälfte hinunter und wieder zurück. Er bog in eine Seitenstraße ein und sah, daß hinter der Rückseite der Häuser eine Gasse war, die von hohen Hecken eingesäumt wurde. Von ihr aus führten Zugänge zu den Gärten. Er kehrte auf die Hauptstraße zurück. Das Haus Nummer fünfzehn, an das der Mandevilles angebaut, wirkte leer. Hinter den Fenstern waren keine Vorhänge zu sehen, und in dem verwilderten Vorgarten war die Tafel eines Immobilienhändlers aufgestellt, auf der das Haus zum Verkauf angeboten wurde.

Wenn die Gegend hier in den alten Zeiten sein Revier in Kensal gewesen und Tessa Mandeville als Geschäftsinhaberin mit den Schutzgeldern, für die er ihren Laden davor bewahrte, auseinandergenommen zu werden, in Verzug geblieben wäre, hätte er es ihr gezeigt. Er (oder jemand, der für ihn arbeitete) wäre hier hereinmarschiert und hätte sie ein bißchen vermöbelt oder dafür gesorgt, daß die Einrichtung nicht mehr ganz so aussah, als ob sie gerade aus der Ausstellung »Das ideale Haus« gekommen wäre. Die beste Zeit wäre mittags gewesen, wenn nicht viele ihrer Nachbarn zu Hause waren, aber nicht an einem Dienstag, Mittwoch oder Donnerstag. Wenn man durch diese Gasse hinter den Häusern kam, hatte man gute Chancen, daß die Gartentür nicht abgeschlossen war, selbst wenn sie sich abschließen ließ, und dann versuchte man es mit der hinteren Tür des Hauses. Ließ sie sich nicht öffnen, klopfte man, und wenn sie erschien, nicht lange gefackelt, kein Schmonzes, man sei ein Vertreter, Marktforscher oder weiß Gott sonstwas, sondern rasch mit der Hand ihren Mund zugedrückt, ihr die Hände auf den Rücken, mit hartem Griff festgehalten, und ab mit ihr ins Haus hinein, und kein Ton, während geschah, was geschehen mußte.

Phantasien – oder doch nicht? Er trat die Fahrt nach Hause an. Für den Abend hatte er Danilo zum Essen eingeladen. Ganz unvermittelt erschien in jenem Teil seines Hirns, der Bilder produzierte und Videofilme ablaufen ließ, der Anblick Magnus Mandevilles, wie er ihn, Guy, während der Geburtstagsfeier beäugt hatte. Mandeville hatte ihn über die geraden Ränder seiner Halbbrille betrachtet, wie ein Richter vielleicht den Kretin auf der Anklagebank mustert, verwirrt, forschend, scharf, erstaunt und unerbittlich. Magnus Mandeville hatte möglicherweise Einfluß auf Leonora. Er war ja ausgerechnet Anwalt. Angenommen, er hatte eine gewisse Ahnung von seinen, Guys, Geschäften, die damals noch am Rand der Legalität oder auch jenseits davon abliefen, hätte er dann Leonora gewarnt? Guy fuhr an den Straßenrand und stellte den Motor ab. Diese kurzen Szenenausschnitte erweiterten sich zu einem Bild, einem Panorama oder Gruppenfoto der Tischgesellschaft am Abend des 25. Juli. Er konnte sich jetzt nicht auf die Straße konzentrieren; er mußte eine Pause einlegen. Wo war das wieder gewesen, dieses Dinner? Nicht in einem sehr vornehmen Lokal, nicht in einem angesehenen Restaurant oder berühmten Hotel, wie es *ihm* für die Feier eines wichtigen Ereignisses im Leben seiner Tochter vorschweben würde. Aber er konnte den Gedanken, daß er vielleicht einmal eine Tochter oder einen Sohn haben könnte, kaum ertragen; er war zu schmerzlich. Solche Ideen waren ihm schon früher gekommen, und sie schienen irgendwo in seinem Inneren eine Wunde aufzureißen und zum Bluten zu bringen. Wenn er sagen könnte, wenn er tatsächlich *wüßte*, daß er und Leonora irgendwann Kinder haben würden, würde er vor Seligkeit sterben.

Das Panorama entfaltete sich in seinem Kopf. Elf Personen waren an dem Tisch gesessen: am Kopfende Leonora selbst, mit Anthony Chisholm links und ihm, Guy, rechts von ihr. Leonora hatte ein dunkelblaues Kleid getragen, schmucklos, aus irgendeinem seidenen Stoff, streng und eigentlich zu einer älteren Frau passend. Natürlich sah sie schön aus, das verstand sich von selbst. Sie trug die Halskette, die ihr Vater ihr geschenkt hatte, aus Azursteinen, in Silber gefaßt, hübsch, aber nach Guys Maßstäben nicht teuer. Anthony Chisholm war ein gutaussehender Mann mit einem jungenhaften Gesicht, das immer einen jugendlichen Zug behalten würde. Neben Anthony saß dessen Mutter, eine alte Schachtel, die inzwischen verstorben war, Leonoras Großmutter. Den Platz rechts neben ihm nahm Janice, eine Kusine von Leonora, ein, die später heiratete und nach Australien ging, und neben ihr saß Robin Chisholm mit Rachel Lingard zu seiner Rechten. Maeve war nicht zu sehen, war in keinem Wortsinn im Bild, da Leonora sie damals noch nicht gekannt hatte. Die alte Mrs. Chisholm saß neben Magnus Mandeville, und neben diesem war Susannah, Anthonys Ehefrau. Susannah sah nett aus, sehr schlank, mit glänzendem dunklen Haar; sie war damals nicht älter als drei- oder vierunddreißig, eine Frau, von der Leonora gesagt hatte, sie trage kaum je Kleider oder Röcke, und die an diesem Abend tatsächlich in einem schwarzseidenen Hosenanzug steckte. Janices Verlobter, an dessen Namen Guy sich nicht erinnern konnte, saß zwischen Susannah und Tessa.

Er ließ sein geistiges Auge von Gast zu Gast um den Tisch schweifen. Die Anzüge der Männer hatten sich ihm nicht eingeprägt, aber er glaubte sich zu erinnern, daß Robin eine rosafarbene Krawatte getragen hatte. Robin, der seinen Vater vorzog, hatte viel helleres Haar als Leonora. Er hatte Anthonys jungenhaftes Aussehen geerbt und wirkte absurd jung für seine vierundzwanzig Jahre. Er war Devisenmakler – beziehungsweise er wurde später einer. Er machte Devisengeschäfte mit potentiellen Geldnehmern und verschaffte so beispielsweise Kunden in Deutschland rasch Dollar und Kunden in Brasilien rasch Deutsche Mark, und Guy hatte den Verdacht, daß Robin auf eine seriöse Weise ebenso unehrlich und aufstiegsbesessen war wie früher er selbst.

»Ich müßte ihm eigentlich sympathisch sein«, hatte Guy einmal zu Leonora gesagt. »Ich versteh' nicht, warum er mich nicht mag. Wir sind doch von der gleichen Sorte, oder nicht?«

»Er ist ein Snob.«

»Was soll das heißen – mein Akzent gefällt ihm nicht?«

»Wollen wir hoffen, er legt das einmal ab. Er ist noch immer in einem Stadium, wo er abfällige Witzchen über Leute macht, die nicht auf einer Privatschule waren. Es tut mir leid, Guy. Ich liebe Rob, und ich werde ihn immer lieben, aber er ist der einzige Reaktionär in meiner Familie. Ein richtiger altmodischer Tory.«

»Das leuchtet mir ein«, sagte er, obwohl ihn die Politik nicht interessierte. Wenn er überhaupt etwas war, dann ebenfalls ein altmodischer Tory, ein Konservativer.

Tessa haßte ihn, weil er ein sogenannter Philister war, ihr Mann, weil er ihn als einen Gauner beziehungsweise gewesenen Gauner betrachtete. Und Robin, hatte er seine Schwester gegen ihn eingenommen, weil er nicht aus den richtigen Verhältnissen kam oder nicht im richtigen Tonfall sprach? Guy schloß die Augen und sah wieder diese zehn Leute vor sich, neun ohne Leonora. Tessa in einem grünlich-goldenen Kleid aus irgendeinem plissierten, seidigen Stoff, um den Hals eine dünne Goldkette, an der Hand der neue, glänzende Ehering und die Nägel dazu passend bemalt. Susannah in ihrer schwarzen Hose und der gut sitzenden Jacke, der oben geöffneten weißen Seidenbluse und der klotzigen Bernsteinkette. Die alte Mrs. Chisholm in brauner Spitze und Perlen, und Rachel, diese häßliche Brillenschlange, in einem geblümten Baumwollrock mit zipfelndem Saum und einer hellroten Bluse, vermutlich aus dem Kaufhaus. Die Männer. Janice, pummelig wie Rachel, breithüftig, auf der Nase eine rosa Kunststoffbrille mit modischer Fassung. Er selbst und Leonora.

Sie aßen mit Garnelen gefüllte Avocados. Nein, wirklich allerhand, um nicht zu sagen: toll! Der nächste Gang bestand aus uninteressant zubereiteten Hühnchen. Guy hatte irgendwo gelesen, daß Hühnerfleisch, wenn auch nicht das am meisten geschätzte, so doch weltweit das am meisten konsumierte proteinhaltige Nahrungsmittel war. Als die Profiterolen serviert wurden, sagte Anthony Chisholm zu ihm: »Und wie geht's derzeit beruflich so, Guy?«

Sie wußten, daß er reich war. Niemand sonst hatte einen Armani-Anzug an und Manschettenknöpfe aus Imperialjade mit Fassungen aus 22karätigem Gold. Und dabei war er noch nicht einmal halb so alt wie Anthony Chisholm. Er beantwortete die Frage, erzählte ihnen von den Gemälden und ließ seine Nebenbeschäftigungen natürlich unerwähnt. Sie würden ohnehin schon bald ein Ende nehmen. Mit Con Mulvanneys nahem Tod, der gleichsam in der unbekannten, ungeahnten Zukunft auf sein Eintreten wartete, sollte dann aufgelöst werden, was vom »Dream Traffic« noch geblieben war. Der gewisse Handel, über den sich, auf ihn gemünzt, Tessa und Anthony Chisholm bei seiner ersten Begegnung mit ihnen mit solcher Empörung, solcher Heftigkeit geäußert hatten, war beinahe an sein Ende gelangt.

Wie ein Geier war Tessa auf dieser Abendgesellschaft gewesen, hatte zugesehen, wie die anderen ihn umbrachten, und war dann herabgestoßen, um ihn auszuweiden. Zuerst ihre Bemerkung, daß es besser wäre, vor King's Cross auf den Strich zu gehen, dann, um ihm den Rest zu geben, vor den versammelten Gästen ein Vortrag über den Untergang von Kunst und Kultur im Westen (was immer das auch bedeuten sollte), und Leonora hatte zugehört, hatte ohne Zweifel später noch mehr zu hören bekommen, noch mehr...

Er ließ den Motor an und fuhr nach Hause.

Später war Leonora in den Ferien nicht mehr zu ihrer Mutter, sondern zu ihrem Vater und ihrer Stiefmutter gezogen. Der Grund dafür war, daß sie im Zentrum von London sein wollte. Und in der Nähe von Rachel Lingard. Wenn er ehrlich zu sich selbst war, mußte er das zugeben. Rachels Mutter hatte eine Wohnung in der Cromer Street, und Rachel wohnte dort, weil ihre Mutter krebskrank war und dem Tod entgegenging. Er hatte Rachel gleich am Anfang als Bedrohung erkannt und war dagegen gewesen, daß seine Freundin mit ihr Umgang hatte. Mädchen sollten unbeschwert und leichtsinnig, manchmal auch ein bißchen albern sein, verrückt aufs Einkaufen, auf Kleider und Parfums versessen, sich in jedem Spiegel begucken, sollten es gern haben, wenn Männer sie anstarrten und ihnen nachpfiffen. Sie sollten eitel und launisch und eine Spur gehässig gegenüber anderen Frauen sein. Rachel dagegen war Feministin. Sie trug nie Make-up. Sie aß, was ihr schmeckte, und wurde fett. Sie pflegte zu sagen, daß ihr die Gesellschaft von Frauen lieber als die von Männern sei. Sie redete hochgestochen und für ihn oft unverständlich daher. Die Hälfte der Zeit wußte er buchstäblich nicht, worüber sie sich ausließ.

Jetzt beschäftigte ihn der Gedanke, ob Leonora durch Rachel diesen William Newton kennengelernt hatte. Daß sie einen solchen Typen in ihrem Bekanntenkreis hatte, sah ihr ähnlich. Er hatte gleichfalls jene Eigenschaft, die Leonora anscheinend so sehr schätzte: Er konnte quasseln. Guy hatte nie eingesehen, was das sollte, all diese Diskussionen und Haarspaltereien, diese geistreichen, supergescheiten Reden. Wozu sich die Mühe machen? All das war vielleicht notwendig gewesen, als es nichts anderes zu tun gab, als noch keine Zeitungen, Zeitschriften, Videofilme, keine Musik, kein Fernsehen zur Hand gewesen waren, als es weder richtige Lokale noch Strom gegeben hatte. Aber heutzutage war die Kunst der Konversation ebenso obsolet wie die Kunst des Briefeschreibens. So sah er die Sache.

Eigentlich hatte der Riß in ihrer Beziehung erst in dem Augenblick wirklich begonnen, als Leonora ihren Entschluß umstieß, mit ihm in Urlaub zu fahren. Er hatte den Grund nie erfahren. Und er wußte auch nicht, warum sie beinahe *schockiert* gewirkt hatte, als er ihr später vorschlug, bei ihm einzuziehen. Sie reagierte fast, wie ihre Mutter es vielleicht getan hätte, nicht wie ein zweiundzwanzigjähriges Mädchen. Schließlich gingen sie ja seit Jahren fest miteinander. Er liebte sie, und sie liebte ihn, und es war ihnen beiden klar, daß sie eines Tages Mann und Frau werden würden.

»Das ist doch nicht dein Ernst, Guy?«

»Ist das bei Leuten wie uns nicht üblich? Ich habe ein Haus, das bereitsteht und auf dich wartet. Es ist in einer Gegend, die du magst. Ich nehme an, du magst *mich* – beziehungsweise du liebst mich, und ich liebe dich.«

»Wer sind diese Leute wie wir?«

Das war eine jener spitzen Bemerkungen, die sie immer öfter von sich gab. Sie packte ihn bei alten Redewendungen, die er benutzte, Ausdrücken, die allgemein gebräuchlich waren, die sie aber als Klischees bezeichnete. Früher hatte sie das nie getan. Sie hatte es Rachel abgeschaut. Und jetzt wollte sie mit Rachel in eine winzige »Wohnung« ziehen.

»Wir haben an Fulham gedacht, weil ich ja dort unterrichte. Ein großes Zimmer mit einer Küche, während wir uns nach einer richtigen Wohnung umsehen.«

Rachels Mutter war mittlerweile im Krankenhaus, aus dem sie sicher nicht mehr zurückkehren würde. Leonora zeigte Guy das Apartment, das so schrecklich wie das Heim seiner Jugend im *Attlee House* und dazu noch viel kleiner war. Die dicke Rachel, deren Brille ihre Kugelaugen noch vergrößerte, sah seine Miene, flüsterte Leonora etwas zu und sagte wie eine Schauspielerin auf der Bühne: »Sagt an, warum so fahl und bleich? Soll, wenn Gesundheit sie nicht rührt, ein krankes Antlitz sie gewinnen euch?«

Die beiden Mädchen brachen in Kaskaden von Gelächter aus und kicherten, wie er es bei Mädchen gern hatte, allerdings nicht, wenn er selbst die Zielscheibe war. Er verstand den Sinn der Bemerkung, sie stammte aus einem Gedicht, ein Zitat, irgend sowas, obwohl Rachel vielleicht dachte, es wäre ihm nicht klar. Der Ausspruch bedeutete, daß ein Jammerlappen Leonora nicht imponieren würde, weshalb er sich bemühte, nicht gekränkt zu wirken, sondern die Sache mit einem Lachen zu überspielen. Kurz danach starb Rachels Mutter, was für einige Zeit das Lächeln von ihrem Gesicht wischte. Allerdings war es ihr bestimmt angenehm, daß sie nun ihr Erbe verkaufen konnte, denn trotz ihres Gehabes war sie ebenso geldgierig wie das nächstbeste Mädchen. Zusammen mit Leonora machte sie sich auf die Suche nach einer Wohnung.

Sobald er erfuhr, daß sie sich um eine Hypothek bewarben – eine enorme Summe –, erbot er sich, Leonora das Geld zu leihen. Natürlich würde es sich eigentlich nicht um ein Darlehen handeln, sondern, unumwunden gesagt, um ein Geschenk. Von Anfang an war dies seine geheime Absicht, aber natürlich wollte er sie in dem Glauben lassen, der Betrag sei ein zinsfreies Darlehen.

Warum nur mußte sie in alles ihre Angehörigen und Freunde hineinziehen? Sie war doch beinahe dreiundzwanzig, Herrgott noch mal! Warum konnte sie sich nicht von ihrer Familie lösen? Weil die es nicht zuließ. Sie hingen wie Kletten an ihr und aneinander. Ihre Eltern, die nicht einmal mehr miteinander verheiratet waren, steckten immerfort beisammen, sahen sich, so schien es ihm, so oft wie früher, als sie noch ein Heim geteilt hatten.

An jenem Abend, als er sein Angebot machte, hatte sie sich bei Anthony und Susannah in der Lamb's Conduit Street aufgehalten, um dort zu übernachten. Um bei ihnen zu *übernachten*, man stelle sich das vor, obwohl sie nur fünf Meilen davon entfernt ein eigenes Zuhause hatte. Rachel war nach Norden zu einem Treffen von Leuten gefahren, die sie »alumnae« nannte, was sich für seine Ohren anhörte wie Bakterien, die Sorte, die man sich holt, wenn man Leberpastete aus dem Supermarkt ißt. Natürlich hatte er sein Angebot nicht vor anderen Leuten gemacht. Er und Leonora waren allein gewesen, nach dem Kino bei einem gemütlichen Gläschen gesessen.

»Das ist sehr großzügig von dir, Guy«, hatte sie gesagt, und er hatte ihr angemerkt, daß sie gerührt war. Er dachte schon, ihr kämen die Tränen.

»Das ist für mich doch eine Kleinigkeit«, sagte er. Und wußte sofort, daß er es nicht hätte sagen sollen.

»Wenn es nur möglich wäre«, sagte sie und nahm seine Hand.

Sie gingen zu ihrem Vater nach Hause. Anthony und Susannah Chisholm waren beide da und außerdem auch Leonoras Onkel, Anthonys Bruder Michael, ein hohes Tier beim Fernsehen, Präsident einer TV-Firma, und ihr Bruder Robin, das Bürschchen mit dem Babygesicht und den blonden Locken. Und dem schwarzen Herzen, dachte Guy.

Er war verlegen, als sie die Sache zur Sprache brachte. Er war auch stolz. Schließlich hatte er mit nichts, mit weniger als nichts begonnen, während sie alle studiert hatten, in glücklichen Familien aufgewachsen waren, einflußreiche Leute kannten.

»Du hast Guy hoffentlich gesagt, daß etwas Derartiges auf gar keinen Fall in Frage kommt«, sagte Anthony Chisholm.

Herablassender konnte man nicht werden. Herablassend und – welches Wort führte Rachel immer im Mund? – patriarchalisch.

Anthony sah an sich wie ein netter Teddybär aus, mit einem jungenhaften Gesicht und zwinkernden Augen. Guy hatte ihn noch nie so erlebt wie damals. Voll verletzten Stolzes. Richtig entrüstet. Er wirkte, als hätte Guy ihn beleidigt und nicht seiner Tochter angeboten, ihr vierzigtausend Pfund zu leihen.

Der Onkel, eine korpulentere, ältere und irgendwie *pelzigere* Ausgabe von Anthony, spitzte die Lippen und gab einen leisen, dünnen Pfiff von sich. Robin sagte: »Wie man eine Frau mühelos in die Tasche steckt.«

Der Scheißkerl! Guy hatte ihn schon immer gehaßt.

»Ich wollte nur, daß ihr es alle erfahrt«, sagte Leonora, »weil es so überaus nett von Guy war.« *War?* Was wollte sie mit diesem *war* sagen? Er war sich bis dahin halbwegs sicher gewesen, daß sie den anderen zum Trotz das Geld annehmen würde. Aber der Einfluß der Familie war zu stark für sie. »Es war ein großartiges Angebot«, sagte sie, »aber ich könnte es nicht einmal im Traum annehmen.« Und dabei sah sie so traurig aus, daß er am liebsten die Arme um sie gelegt und sie geküßt hätte, um den Kummer zu verscheuchen.

Aber er hatte nicht die Waffen gestreckt. In den folgenden Wochen hatte er sie immer wieder gedrängt, das Geld doch zu akzeptieren. Zur gleichen Zeit begann sie, unter Ausflüchten, immer weniger mit ihm wegzugehen. Jahrelang hatte er jeden Tag mit ihr gesprochen, obwohl es nicht einfach war, sie in Fulham zu erreichen, wo das Telefon im Erdgeschoß war und von ungefähr acht Leuten benutzt wurde.

Eine Art Panik ergriff ihn, als er merkte, daß sie sich von ihm lösen wollte, noch stärker als damals während ihrer Abwesenheit, als sie auf dem College war. Ohne sie wäre das Leben undenkbar. In manchen Augenblicken tat sich vor ihm das Bild einer kalten Leere aus, einer grauen Wüste, aus der sie fortgegangen war und wo sie ihn allein zurückgelassen hatte.

Eines Tages nahm er seinen ganzen Mut zusammen und sagte: »Was ist zwischen uns passiert?« Er fürchtete ihre Antwort. Was, wenn sie sagte: »Ich liebe dich nicht mehr?«

Sie sagte es nicht. »Nichts ist passiert. Wir sind Freunde wie immer.«

»Leonora, wir sind mehr als nur Freunde. Ich liebe dich, du liebst mich. Du bist *alles* für mich.«

»Ich finde, wir sollten uns weniger oft sehen. Wir sollten mehr mit anderen Leuten zusammen machen. Diese schon beinahe monogame Situation zwischen uns ist nicht sehr zuträglich, wenn man jung ist.«

So hatte Rachel es ausgedrückt. Er konnte sie es sagen hören.

»Ich muß dich sehen.«

Es war an einem Sonnabend gewesen. Sie aßen zusammen zu Mittag in einem französischen Restaurant in der Charlotte Street. Damals war sie noch nicht auf diesen vegetarischen Mumpitz abgefahren. Er wußte noch, was sie angehabt hatte: ein dunkelblau und dunkelgrün gestreiftes Baumwollkleid mit einem gelbbraunen Gürtel und gelbbraunen Turnschuhen. In jenen Tagen, vor drei Jahren jetzt, hatte sie sich noch immer recht nett angezogen.

»Ich will dir was sagen«, hatte sie gesagt. »Ich werde jeden Samstag mit dir mittagessen.«

4

Er hatte es zuerst als einen Witz genommen. Das konnte sie doch nicht ernst gemeint haben. Er konnte sich kaum an eine Zeit erinnern, in der sie beide nicht etwas zusammen unternommen hatten. Das Mädchen mit dem möblierten Zimmer und dem Wagen, mit dem er etwas gehabt hatte, ehe er Leonora kennenlernte, lebte nur noch schwach in seiner Erinnerung, war zu einem Phantom verblaßt. Leonora konnte doch nicht gemeint haben, daß sie sich in Zukunft nur noch wie Leute sehen sollten, die sich regelmäßig zu einem Geschäftsessen treffen.

Sie am Telefon zu erreichen war sehr schwierig; manchmal meldete sich niemand, häufig kam ein anderer Hausbewohner an den Apparat, versprach, ihr etwas auszurichten, und vergaß es dann. Zwei Tage vergingen, ohne daß er mit ihr sprach, und diese Erklärung aus ihrem Mund, diese Absichtserklärung, wurde langsam weniger real. Er begriff, daß sie ihn hatte necken wollen. Wie, so tadelte er sich, habe ich nur so dumm sein können, mich davon verunsichern zu lassen?

Als er sie schließlich an den Apparat bekam, bat er sie, am nächsten Tag mit ihm ins Kino zu gehen.

»Erinnerst du dich nicht mehr an unsere Abmachung?« sagte sie.

Ihm wurde kalt. »Welche Abmachung denn?«

»Ich habe doch gesagt, daß ich dich jeden Samstag zum Mittagessen treffen werde.«

»Das kann doch nicht dein Ernst sein, Leonora.«

Es war ihr ernst damit. Sie werde ihn am Sonnabend sehen. Und wo würde er gern zu Mittag essen?

Erst lange danach hatte er sich zu fragen begonnen, was der Grund dafür sein mochte. Er hatte nicht einmal in Betracht gezogen, es könne etwas mit dem Darlehen, das er ihr angeboten hatte, zu tun haben oder damit, wie er sein Geld verdiente, oder gar mit Con Mulvanney. Zu diesem Zeitpunkt lag die Con-Mulvanney-Affäre sechs, sieben Monate zurück. Er sagte sich, der Umzug mache ihr zu schaffen, desgleichen die Probleme für sie und Rachel, bis die Verträge unterschrieben waren und bis über einen Fertigstellungstermin entschieden war. In ein, zwei Monaten, wenn sie die Wohnung in der Portland Road bezogen hätten, würde es wieder anders aussehen. Sie würde zu ihm zurückkommen.

Manche hätten vielleicht auch gesagt, sie habe sich nie von ihm abgewandt. Das begann er sich selbst einzureden. Er sah sie regelmäßig, es gab keinen anderen für sie und auch für ihn nichts, was ernst zu nehmen war, was zählte. Er rief sie täglich an, was jetzt, da sie ein eigenes Heim und ihr eigenes Telefon hatte, viel leichter war. Sonnabends trafen sie sich zum Mittagessen. Jeden Tag hörte er ihre Stimme, und einmal in der Woche sah er sie. Er wußte, es gab Paare, die sich nicht so oft sahen. Wenn man irgend jemandem erzählte, daß man seine Freundin einmal in der Woche sah und jeden Tag mit ihr telefonierte, würde es heißen: Ihr habt ein festes Verhältnis. So sprach er sich beruhigend und tröstend zu.

Aber man kann von einem Mann nicht erwarten, daß er wie ein Mönch lebt, und so gab es andere Mädchen. Das war nur natürlich. Es wäre nicht so gewesen, hätte sie sich ihm nicht verweigert. Bekäme er die Chance, wäre er der zuverlässigste Liebhaber, der treueste aller Ehemänner. Er erzählte ihr nie von den Mädchen, sie fragte ja nicht, und er fragte auch sie nicht, ob es andere Männer in ihrem Leben gab. Aber es war für ihn eine Selbstverständlichkeit gewesen, daß er – er war ja schließlich ein Mann – eine Geliebte hatte, sie dagegen keinen Liebhaber. Sie konnte ohne Sex leben.

»Ein schönes Beispiel für Doppelmoral«, hatte Rachel im Zusammenhang mit einem anderen Paar gesagt, das sie kannten.

Ganz so war es nicht. Er schloß diesen Kompromiß, weil er sich einer grausameren Realität nicht stellen konnte, weil es diese für ihn nicht geben durfte. Die Realität sah so aus: Sie hatte kein starkes sexuelles Verlangen, als Umgang zog sie Frauen vor. Aber sie liebte ihn – warum sonst sprach sie jeden Tag mit ihm am Telefon, traf sie sich jeden Sonnabend mit ihm zum Mittagessen?

Eines Tages, so hatte er sich gesagt, werden sich die Dinge wieder ändern. Sie genießt jetzt ihre Freiheit, sie hat ihren Spaß daran, sich selbst zu ernähren, ihren Job auszufüllen, zu versuchen, mit ein paar Pennys einen Haushalt zu führen, ihre absurden Prinzipien in die Tat umzusetzen. Doch eines Tages wird der Reiz des Neuen verblassen. Sie wird heiraten wollen, schließlich wollen das *alle* Frauen, und keinen andern als mich wird sie heiraten. In gewisser Weise war es so, als wären sie Verlobte, einander seit ihren Kindertagen versprochen, wie es bei manchen asiatischen Völkern der Brauch ist. Heute wollten sich die jungen Frauen selbst bewähren, zeigen, daß sie ihren Mann stehen können, bevor sie taten, was alle Frauen tun: mit einem Mann einen Hausstand gründen. Er sprach sogar ungefähr in diesem Sinn, als er eines Sonnabends nach dem Mittagessen Leonora zu der neuen Wohnung zurück begleitete.

Unglaublich, die Zahl der Stufen, die sie erklimmen mußten. Er hätte es nicht für möglich gehalten, wie viele Häuser in London ohne Lift waren. Rachel war da und hatte ihre typischen Edelklamotten an, einen uralten Rock aus einem *Monsoon*-Schlußverkauf (wahrscheinlich dem allerersten) und dazu einen grauen Pullover aus einem *Oxfam*-Laden. Er sah ihre Zimmerpflanzen und die Poster an den Wänden an, ihr Geschirr aus einem Billiggeschäft und das Sofa, das sie auf dem Trödelmarkt in der Shepherds Bush Road vom Gehsteig weg gekauft hatten, und nach einiger Zeit machte er diese Bemerkung über Frauen, die selbst ihren Mann stehen wollen.

»Ich will dir was sagen, Guy, du bist ein Viktorianer«, sagte Rachel. »Der letzte von der Sorte. Du gehörst eigentlich in ein Museum. Ins *Natural History Museum*, was meinst du, Leonora? Oder ins *Victoria and Albert*?«

»Nein, du hast mich nicht richtig verstanden«, sagte er, bemüht, ruhig zu bleiben. In einem mit Fliegendreck verunzierten Spiegel erblickte er sein junges, gut geschnittenes Gesicht, seine magere, sportliche Figur – er ein Viktorianer! »Du hast mich falsch verstanden. Ich bin für die Gleichberechtigung von Mann und Frau. Ich weiß, Frauen brauchen einen Beruf und ihr eigenes Geld und einen Arbeitsplatz, an den sie zurückkehren können, wenn die Kinder groß sind. Ich weiß, was die Frauen brauchen.«

Sie brachen in ein schallendes Lachen aus und suchten aneinander Halt. Rachel sagte irgend etwas über Freud. Er wußte noch immer nicht, was verkehrt oder komisch an dem war, was er gesagt hatte. Aber es störte ihn nicht lange, denn die Bemerkung hatte Rachel, nicht Leonora gemacht.

Er durchlebte eine lange Phase, in der für ihn einfach *feststand*, sie würde sich eines Tages dazu entschließen, ihn zu heiraten. Die Möglichkeit, daß sie einen anderen Mann kennenlernen könnte, kam ihm eigentlich nie in den Sinn. Oder vielmehr: Sie kam ihm schon in den Sinn, streifte ihn kalt wie der erste Frosthauch in der herbstlichen Luft, und dann rief er Leonora an, um sich zu beruhigen. Nicht um ihr seine Gefühle zu beschreiben, denn es waren ja nur Gefühle, die sich nie zum Argwohn steigerten, sondern um ihre Stimme zu hören, ob sich daran vielleicht eine Veränderung entdecken ließ. Aber sie blieb sich immer gleich, nicht?

Sie plauderte, wie sie es immer tat, über die alten Zeiten, über ihre gemeinsame Jugend und dann über ihre Familie und ihre Freundinnen, was sie getan und gesagt hätten. Nichts daran interessierte ihn, aber er hörte sie gern sprechen. Es war wirklich komisch, was sie über die Redekünste dieses William Newton gesagt hatte, während es bei ihr selbst damit eigentlich nicht weit her war. Nie verlor sie ein Wort übers Fernsehen oder Popmusik oder das neueste Erfolgsstück im West End, über Mode oder Sport. Er versuchte, sich den Inhalt dieser tollen

Gespräche, die sie mit Newton führte, vorzustellen, doch seine Phantasie ließ ihn im Stich.

Es war mittlerweile eine Woche her, daß er sie mit Newton gesehen hatte. Er war auf der einen Seite der Kensington High Street mit ihrem reißenden Verkehr in Richtung Church Street gegangen und hatte die beiden auf der anderen Seite gesehen, Hand in Hand. Seine Leonora und ein zaundürrer Typ mit zimtfarbenem Haar, nicht viel größer als sie selbst.

Hand in Hand. Er hatte gespürt, wie ihm das Blut in den Kopf schoß und sein Gesicht rot anlief, als wäre er peinlich berührt, als *schämte* er sich. Er hatte auf keinen Fall, auf gar keinen Fall von ihnen gesehen werden wollen, und sie hatten ihn auch nicht gesehen. Danach, bei einem Brandy zu Hause, hatte er den Vorfall als einen der schlimmsten Schocks seines Lebens empfunden, vergleichbar jenem, der ihn an dem Tag getroffen hatte, als diese Frau in sein Haus kam und ihm die Sache mit Con Mulvanney berichtete.

»Du siehst nicht gerade gesund aus«, sagte Danilo.

»Mir geht es bestens.«

Einen Augenblick lang war Guy verletzt. In seinem neuen Ungaro-Sakko und dem dünnen Perry-Ellis-Pullover war er mit seiner Erscheinung zufrieden gewesen. Es war nicht seine Gewohnheit, viel Zeit vor dem Spiegel zu verbringen. Ein rascher Blick genügte, um ihm den erwünschten Eindruck zu verschaffen: die Haut tief gebräunt, ein Hauch Sepia auf den kantigen Kiefern, weiße Zähne, eine schwarze Haarsträhne in der Stirn. Und der feste, muskulöse, doch magere Körper. Aber der Blick in den Spiegel vor zehn Minuten beim Verlassen des Hauses hatte ihm noch etwas anderes gezeigt – einen Ausdruck von Müdigkeit und Abgespanntheit vielleicht, etwas *Vergrämtes*.

»Ich hab' in letzter Zeit ein bißchen Probleme«, sagte er. »Die Migräne meldet sich wieder.«

»Du mußt *Feverfew* essen.«

»Was ist denn *Feverfew*, zum Teufel?«

»Weiß der Himmel. Ich hab' in einer von Tanyas Zeitungen was drüber gelesen. Sie ist auf dieses ganze alternative Zeug abgefahren. Aber im Ernst, du siehst nicht gerade gesund aus.«

Sie saßen in einem Restaurant in der teuren Gegend, die sich an den Sloane Square anschließt. Danilo war ein kleiner, magerer Mann mit einem Löwenhaupt und gelblichbraunen Augen wie bei einem Tier – einem kleinen, grimmigen Raubtier. Obwohl er nur gut einssechzig groß war, noch ein paar Zentimeter kleiner als William Newton, und obwohl er ziemlich langes, gekräuseltes sandfarbenes Haar hatte, hätte Guy ihn niemals einen Zimtzwerg genannt. Danilo trug einen sehr saloppen, aber ungemein teuren Anzug aus beinahe schwarzem Seersuckerleinen, mit hochgerollten Ärmeln, damit das blaue Seidenfutter zum Vorschein kam. Dazu hatte er ein blaues Hemd mit feinen, dunkelgrünen Streifen an, aber keine Krawatte. Seine beiden Ringe waren aus Weißgold, einer mit einem runden Buckel aus Lapislazuli, der andere mit einem viereckigen Jadestein besetzt. Ein paar Jahre vorher, als so etwas noch möglich war, hatte Danilo Imperialjade aus China importiert und damit viel Geld gemacht. Guys Manschettenknöpfe stammten daher.

Danilo war keineswegs spanischer oder südamerikanischer Abstammung; sein Taufname war eigentlich Daniel, aber da in seiner Klasse in der Grundschule nicht weniger als fünf Mitschüler Daniel hießen, hatte er sich umgetauft. Danilo importierte nicht nur diverse illegale Substanzen, sondern war auch jemand, der Morde in Auftrag gab. Jedenfalls glaubte Guy das.

Nur in einer einzigen Hinsicht war Danilo kein Macho: was das Trinken betraf. Er hatte sich eine Weißweinschorle in einem hohen Glas bestellt. Guy trank mehr, als er aß. Das kam bei ihm oft vor, obwohl er auch jetzt etwas zu sich nahm, ein schönes, dickes schottisches Filetsteak, das als Ganzes, außen fast verkohlt, innen bläulichrot, an ihren Tisch gebracht und mit einem einzigen geschickten Messerhieb für sie beide geteilt wurde.

Danilo sprach über die Villa in Grenada, die er verkauft, und das Gebäude, das er im Wye-Tal erstanden hatte, eine walisische Burg mit viel Grund, die er mit Barockmobiliar aus einem schwedischen Herrenhaus des 18. Jahrhunderts einzurichten plante. Nach schwedischem Recht war es zwar untersagt, diese Tische und Stühle und Bilder außer Landes zu bringen, aber Danilo war dabei, diese Hürde mit Hilfe von Schmiergeldern zu überwinden. Er war kein besonders egozentrischer Mensch und wenn auch abgebrüht, so doch nicht hartherzig gegenüber seinen Freunden. Und er war zu diesem Essen nicht eingeladen worden, damit er über sich selbst sprach.

»Na, wie geht's Celeste? Läuft das noch?«

Guy zog die Schultern hoch. Es war ihm immer peinlich, wenn Celeste erwähnt wurde.

»Und die Gemälde – bringen sie dir noch genug für deinen Lebensstil?«

»Ich habe keine Geldsorgen, Dan«, sagte Guy. »Darum geht es nicht. Für uns beide wird das nie ein Problem sein, hab' ich recht?« Sie hatten, zwei Jahre vorher, einmal darüber gesprochen und waren sich einig gewesen, daß man kein ganzer Mann war, wenn man es nicht schaffte, reich zu werden.

»Dann muß es um die kleine Miss Leo gehen.«

Guy hätte niemandem erlaubt, von Leonora als der »kleinen Miss Leo« zu sprechen, aber Danilo nahm er es weniger übel, als es bei anderen der Fall gewesen wäre. Danilo liebte sie ebenfalls, natürlich auf eine mehr brüderliche Art. Er hatte sie zwar seit Jahren nicht gesehen, empfand ihr gegenüber aber noch immer jene zärtlichen Gefühle, wie sie der nostalgischen Sehnsucht nach alten Zeiten entspringen, in denen man es toll getrieben hat. Geschickter als jedes männliche Mitglied ihrer Clique hatte sie im Drogeriemarkt *Boots* Sachen von den Ladentischen geklaut. Einmal hatte sie auf einen Schlag eine elektrische Zahnbürste, einen Haartrockner und einen Lockenwickler abgeräumt und verschwinden lassen. Als Guy daran zurückdachte, fiel ihm ein anderer Freund ein, was ihm zu einem kleinen Aufschub verhalf.

»Hörst du manchmal etwas von Linus?«

Danilo lachte. »Der, mit dem hat es ein böses Ende genommen. Nun ja, *genau* weiß ich es nicht. Irgend jemand hat mir erzählt, er ist nach Malaysia gegangen und dort am Galgen gelandet, weil er ein bißchen Gras bei sich hatte.«

»Und das glaubst du?«

»Nein, das meiste von dem, was ich erzählt bekomme, glaube ich nicht. Also, wie steht's mit Leonora? Los, spuck's schon aus, du erzählst es mir ja doch. Sie heiratet, ja?«

Er war der Wahrheit unangenehm nahe gekommen. Guy sagte beherzt: »Nein, das wird sie nicht tun. Das heißt, keinen andern als mich. Ich möchte dich fragen, Dan, weißt du, wenn ich ...« Er blickte um sich. Es war zwar niemand in Hörweite, aber er senkte trotzdem die Stimme: »... jemanden aus dem Weg haben wollte, könntest du ... na ja, die Sache regeln?«

Die Iris in den gelben Augen veränderte sich nicht, wohl aber die Pupillen. Sie schienen in die Breite zu gehen, wurden aus runden Flecken zu schwarzen Stengeln. Danilo berührte mit der Zunge seine schmale Unterlippe.

»Ihr Freund?« fragte er.

Guy war bestürzt. »Woher weißt du, daß sie einen hat?«

»Ein Freund ist immer im Spiel. Soll er umgelegt werden?«

Wieder machte Guy die Schulterbewegung, die Ungeduld ausdrückte. »Ich glaube nicht, nein. Ich weiß es nicht.« Wieder sah er diesen Tisch in dem Hotel vor sich, setzte Maeve auf den Platz der alten Mrs. Chisholm und William Newton an die Stelle, wo Janice und ihr Verlobter gesessen waren. »Irgend jemand hetzt sie gegen mich auf, Dan, aber ich weiß nicht, wer. Ich weiß nicht, wer von ihnen. Ich dachte, ich wüßte es ... Wenn ich es wüßte, würde ich ... aber *ich weiß es einfach nicht*.«

»Es ließe sich machen«, sagte Danilo gelassen. »Einem

Freund zuliebe könnte ich für drei Riesen jemanden finden, der gute, saubere Arbeit leistet.«

»Und der für dreißig Riesen zehnmal gute, saubere Arbeit leistet? Ich kann doch kein Massaker veranstalten lassen. Dan, ich weiß, nur einer von ihnen hetzt sie gegen mich auf, einer oder höchstenfalls zwei, einer oder zwei, bei denen sie lieb Kind sein will. Die haben ihr jede erdenkliche Lüge erzählt, die sie sich nur ausdenken konnten.«

»Der Verlobte wird es sein.«

»Ich glaube nicht. *Ich weiß es nicht*. Herrje, wenn ich's nur wüßte! Ich bin ein Vollidiot, Dan. Ich habe dich für nichts und wieder nichts hierherkommen lassen. Ich weiß nicht, wen ich dir nennen soll. Ich hab' dich völlig sinnlos hierherbestellt.«

»Das Steak war ein Traum«, sagte Danilo. »Ich werd' mir mal ausnahmsweise einen kleinen Chivas Regal genehmigen.«

Guy sagte: »Dan, warum hast du das gesagt? Warum hast du das über diesen Newton gesagt?«

»Was hab' ich gesagt?«

»Du hast ihn den ›Verlobten‹ genannt.«

»Das mußt du gesagt haben.«

»Hab' ich nicht. Ich hab' nur gesagt, sie ist nicht ... sie würde nicht ... Ich will damit sagen, diesen Newton gibt es, natürlich gibt es ihn, aber er ist nur so ein Typ, der mit ihr weggeht, er bedeutet ihr nicht mehr, als mir Celeste bedeutet.«

Danilo sah ihn mit einem durchdringenden, doch nicht unfreundlichen Blick an. »Okay, jetzt fällt's mir wieder ein. Tanya hat es mir erzählt. Sie hat es in irgendeiner Zeitung gesehen. Gestern oder vorgestern. Sie hat gesagt, schau dir das mal an, und ob das nicht die Leonora Chisholm wäre, die ich kennen würde. Ich hab' gesagt, das übliche Zeug, eine Verlobungsanzeige und die Ankündigung der bevorstehenden Hochzeit. Leonora Chisholm und William Newton. Ja, daher kenne ich den Namen des Burschen, es muß so sein, du hast ihn nie genannt. Deswegen dachte ich, daß er es ist, den du aus dem Weg geschafft haben möchtest.

5

Guy schlief in einem lackierten Himmelbett mit einem Baldachin im chinesischen Stil, hergestellt 1753 bei William Linnell. Von den geschwungenen, scharlachroten Hörnern an der pagodenartigen Spitze schienen vergoldete fliegende Drachen gerade abgehoben zu haben. Die Vorhänge waren aus gelber Seide. Ein ganz ähnliches Exemplar stand im *Victoria and Albert Museum*. Die Schlafzimmerwände waren mit einer Seidentapete bedeckt. Auf dem Parkettboden lagen statt eines Teppichs chinesische Säulenbrücken mit Drachen, Tiermasken und Wolkenmotiven.

Am Samstagmorgen um halb neun Uhr lag Guy zusammen mit Celeste Seton in seinem Himmelbett. Sie schlief noch, er hingegen war wach und überlegte, ob er Kaffee machen, irgend etwas Kleines, Leichtes – was, hatte er noch nicht entschieden – zu sich nehmen und danach auf ein, zwei Stunden in seinen Fitneßklub gehen sollte. Er sah Celestes makelloses Gesicht, das einer kostbaren, fein gearbeiteten Bronzemaske glich, auf dem Kopfkissen an und dachte, wie wunderschön sie war, vermied es aber, weiter über sie nachzudenken. Denn sobald er über sie nachdachte, überkamen ihn Schuldgefühle. Der Gedanke, daß er eine Frau liebte und eine andere für sexuelle Zwecke benutzte, war für ihn beschämend und abstoßend.

Es war natürlich nicht ganz so, es war *nicht* so. Er war zu Celeste immer ehrlich gewesen. Sie hatte gewußt, daß er Leonora liebte, oder er hatte es ihr gesagt, er war ganz offen gewesen. Es war nicht seine Schuld, wenn sie die Sache so hartnäckig verkehrt sah.

»Es macht mir nichts aus, mein Süßer, warum sollte ich etwas dagegen haben? Ich weiß, daß ich nicht die erste Frau für dich bin. Es wäre verrückt von mir, so etwas zu erwarten. Du bist ja schließlich nicht mein Eigentum.«

Er wollte das nicht auf sich beruhen lassen. »Ich bin in Leonora verliebt, ich liebe sie. Ich kann mir ein Leben ohne sie nicht vorstellen. Ich würde sie morgen heiraten, wenn es nach mir ginge.«

Sie hatte ihn angelächelt. »Na klar. Du gehst mit ihr einmal die Woche mittagessen. Du bist anderthalb Stunden mit ihr zusammen. Ich denke, das kann ich verkraften. Wenn die Konkurrenz so aussieht, ist es auszuhalten.«

Ihr Vater stammte aus Trinidad, wo die Menschen indianisches Blut haben. Ihre Mutter war aus Gibraltar. Sie hatte ein vollkommenes, kaukasisches Gesicht, das zufällig die Farbe von Teakholz hatte, und einen Körper wie eine junge Ägypterin auf einer Vasenmalerei. Sie arbeitete als Model. Ihr Haar, von einem dunklen Rostbraun, war ungeheuer dicht und wuchs in vollen, langen Wellen, wie Dorothy Lamours Haar in einem Südseefilm aus den Dreißigern.

Wenn Guy mit ihr ausging, drehten sich die Männer um und schauten ihr nach. Wenn er dagegen mit Leonora ausging – beziehungsweise *ausgegangen war*, denn das kam inzwischen ja nur mehr sehr selten vor –, blickte niemand sie an. Natürlich pfiffen ihr Maurer auf ihren Gerüsten oder Tiefbauarbeiter nach, denn sie hatte hübsche Beine, war jung und attraktiv. Aber ihretwegen kam der Verkehr nicht ins Stocken, und niemand blieb stehen und starrte sie an. Das Merkwürdige war, daß ihn das gleichgültig ließ. Die glühende, geradezu atemlose Bewunderung, die Celeste entgegengebracht wurde, und die Gleichgültigkeit, mit der man Leonoras Erscheinung quittierte, hatten nicht die geringste Wirkung auf ihn. Manchmal dachte er sogar, er würde es mit einiger Erleichterung aufnehmen, wenn Celeste ihn verließe – es sei nett mit ihm gewesen, aber sie habe einen andern kennengelernt.

Er machte sich Vorwürfe, das Ganze sei fürchterlich, sei unfair. Aber was konnte er tun? Er hatte Celeste nicht darum gebeten, ihm nachzulaufen, er forderte sie nicht auf, hier auf ihn zu warten, bis er nach Hause kam. Er hatte ihr nicht einmal einen Schlüssel gegeben. Sie hatte einen Ersatzschlüssel geklaut und ihn nachmachen lassen. Sie war in ihn verliebt, wie er in Leonora verliebt war, und das ging ihm auf den Geist. Aber für sie war es nicht so schlimm wie für ihn. Zumindest wies er sie nicht ab, er zeigte ihr nicht die Tür, ließ das Schloß nicht austauschen oder sagte zu ihr, sie solle sich zum Teufel scheren. Er beschränkte ihre Begegnungen nicht auf ein Mittagessen jeden Sonnabend. Er war nett zu ihr. Er ging mit ihr ins Bett, obwohl ihn oft der etwas traurige Gedanke beschäftigte, daß er darauf notfalls hätte verzichten können. Er hätte seinen Körper ignorieren, seinem Kopf und seinem Herzen folgen und, wie ein Ritter, der auf die Dame seines Herzens wartet, keusch bleiben sollen.

Sie trank keinen Kaffee. Er machte Tee, stellte die Tasse auf das Bettischchen neben ihr, berührte sie leicht an der Schulter und sagte: »Tee, Schatz.«

Mit halbgeöffneten Augen sagte sie, was sie beim Aufwachen immer zu ihm sagte: »Hallo, Guy, ich liebe dich, mein Süßer.«

Sie brauchte immer lange, bis sie richtig wach war, besonders samstags, wenn sie am Abend zuvor zufällig hereingeschneit und über Nacht hiergeblieben war. Manchmal fragte er sich, wobei er an seinen eigenen Schmerz dachte, ob sie samstags das Erwachen hinauszögerte, weil er sich an diesem Tag immer mit Leonora zum Mittagessen traf, ob sie die Erkenntnis dessen, was der Tag bringen würde, möglichst lange hinausschieben wolle. Aber vielleicht war es doch nicht so, vielleicht projizierte er nur seine eigenen Gefühle auf sie, beurteilte er sie danach, wie er sich selbst sah. Es hat etwas Schmähliches, wenn man die Empfindungen eines Menschen, der einen unerwidert liebt, zu taxieren versucht, und Guy wußte das.

Er ging zu Fuß zu *Gladiators*, dem Machofitneßklub in der Gloucester Road, wo er Mitglied war. Eine dreiviertel Stunde Arbeit an den Gewichten, danach das Dampfbad, anschließend unter die kalte Dusche und schließlich dreißig Runden im Schwimmbecken. Er beschloß, das Frühstück auszulassen, obwohl er sich an der Saft- und Körnerbar einen gesunden Imbiß hätte zu Gemüte führen können. Die Waage zeigte ihm, daß er beinahe ein Kilo zugenommen hatte. Ein stummer Kommentar zu

Danilos Bemerkungen über seine, Guys, gesundheitliche Verfassung.

Es war gleichwohl erst elf. Wenn es ihm eingefallen wäre, hätte er zum Schießsportklub in der King's Road fahren und eine Übungsstunde einlegen können, aber er hatte nicht daran gedacht, und außerdem benutzte er gern seine eigenen Waffen. Plötzlich hatte er überhaupt keine Lust mehr, in die Scardale Mews zurückzukehren. Celeste war vermutlich noch dort. Sie lag wahrscheinlich nach wie vor im Bett und würde ihm die Arme entgegenstrecken. Die meisten Dinge, die sein Verhältnis zu Celeste und Leonora mit sich brachte, waren auszuhalten, wenn auch mit zusammengebissenen Zähnen. Unerträglich wäre es hingegen, erst mit der einen und gleich danach mit der anderen beisammen zu sein, selbst wenn Celeste Bescheid wußte und Leonora sich daran nicht stören würde.

Augenblick – wirklich nicht? Es fiel ihm ein, daß er Leonora nie explizit gesagt hatte, daß Celeste mit ihm ins Bett ging, daß sie häufig die Nacht, bevor er Leonora traf, bei ihm verbrachte, daß sie ihn *liebte* und immer wieder schwor, ihn auf ewig zu lieben. Vielleicht sollte er versuchen, Leonora die Augen zu öffnen. Der Gedanke, daß sie eifersüchtig werden könnte, machte ihn schwindelig, so daß er sich auf eine Parkbank setzen mußte.

An diesem Tag waren sie zum Mittagessen im *Cranks* verabredet, in Soho. Nur die Liebe konnte Guy bewegen, dieses Etablissement aufzusuchen. Natürlich war er noch nie im *Cranks* gewesen, aber es war ihm bekannt, daß es ein vegetarisches und, soviel er wußte, auch noch alkoholfreies Restaurant war. Nachdem er beschlossen hatte, vorher nicht noch nach Hause zu gehen, es Celeste – beileibe nicht zum ersten Mal – einfach zu überlassen, ihrer Wege zu gehen und ihn vielleicht später anzurufen, begann er ungefähr die Richtung Hyde Park Corner einzuschlagen. Vielleicht, sagte er stumm zu sich, steige ich in der Park Lane in ein Taxi, oder ich gehe sogar den ganzen Weg zu Fuß.

Der Himmel war von einem weichen, zarten Blau und übersprenkelt mit einem feinen Netz winziger Wolken, das die Sonnenstrahlen nicht im geringsten behinderte. Die Sonne schien wohltuend warm, aber nicht heiß vom Himmel. Die Luft war unbewegt, ohne den Hauch einer Brise oder plötzlichen Bö. Auf den Rasenflächen links von ihm, die an den »Serpentine« genannten Teich grenzten, tummelten sich an diesem Morgen Wasservögel, Enten mit rostbraunen Köpfen und schwarzweiße Enten mit langen Hälsen, Ringelgänse und Gänse mit rosafarbenen Füßen, rotbärtige Moschusenten und Stockenten mit grünen, seideähnlich schimmernden Kämmen. Ein kleines Stück Wegs von ihm entfernt, dort, wo die »Rotten Row« beinahe ans Ufer stößt, fütterten ein Mädchen und ein Mann aus einer Tüte mit Brotwürfeln die Enten, beziehungsweise das Mädchen fütterte sie, während der Mann dastand, ihr zusah und mit einem Papiertaschentuch eine Sonnenbrille blank rieb. Guy verlangsamte seinen Schritt. Das Mädchen knüllte die Tüte zusammen und steckte sie in die Tasche, nachdem es vergeblich nach einem Abfallkorb Ausschau gehalten hatte. Zusammen mit seinem Begleiter begann es wegzugehen. Sie befanden sich auf der »Rotten Row« selbst, etwa zwanzig, fünfundzwanzig Meter vor ihm, und gingen offensichtlich in die gleiche Richtung. Guy hatte sie erkannt: Maeve Kirkland und Robin Chisholm.

Im ersten Augenblick war er einfach erstaunt, daß sie sich kannten. Dabei lag natürlich nichts näher als das. Robin war Leonoras Bruder, und er stand ihr sehr nahe; Maeve war seit drei Jahren eine ihrer Mitbewohnerinnen. Sie hielten sich nicht bei den Händen und gingen auch nicht sehr nahe nebeneinander, sie gingen nicht, wie Leonora und der Zimtzwerg gegangen waren. Nichts deutete darauf, daß sie ein Liebespaar oder auch nur enge Freunde waren.

Guy wollte nicht von ihnen gesehen werden. Er ließ die Entfernung zwischen sich und ihnen immer größer werden. Sollte einer der beiden sich umdrehen, würde er einfach quer über den Rasen in Richtung auf den South Carriage Drive gehen. Er fragte sich, wohin sie wohl unterwegs waren und worüber sie sich unterhalten mochten. Beide trugen Jeans und T-Shirts, Robin ein weißes, Maeve eines in schrillem Purpurrosa. Trotz ihres Namens war Maeve keine Irin. Sie war eine große Blondine, gut zweieinhalb Zentimeter größer als Robin, der selbst über einsachtzig maß. Zehn Jahre zuvor hatte es den Frauen noch etwas ausgemacht, wenn sie größer waren als ihre Männer (oder es hatte *diese* gestört), und damals hätte Maeve sicher Schuhe mit flachen Absätzen getragen. Jetzt aber trug sie hohe Absätze zu ihrem kurzen Jeansrock, die unbequem wirkten, es aber vielleicht nicht waren, und in den hochhackigen Schuhen überragte sie Robin um etliches.

Leonora hatte Maeve kennengelernt, als sie und Rachel ein Inserat aufgegeben hatten, um eine dritte Mitbewohnerin für ihre Wohnung zu finden, die sich als viel teurer herausstellte, als es zunächst den Anschein gehabt hatte. Sie waren entsetzt, als sich herausstellte, wie hoch die monatlichen Abzahlungen auf die Hypothek waren, doch anstatt ein zweites Hilfsangebot von seiner Seite zu akzeptieren, gaben sie die Idee auf, sich zwei Schlafzimmer und einen gemeinschaftlichen Wohnraum einzurichten, machten aus der Wohnung praktisch drei Wohnschlafzimmer und inserierten nach einer Untermieterin. Maeve bewarb sich mit Erfolg. Mysteriöserweise, wie Guy fand, mochten die beiden Mädchen Maeve gern, sie freundete sich mit ihnen an, war oft dabei, wenn diese andere Freunde zum Abendessen einluden, wenn die Familie in einem Restaurant zu Mittag aß, oder auch bei anderen Gemeinschaftsunternehmungen, die Leonora so zu lieben schien.

Guy fand sie herrschsüchtig und laut und viel zu groß. Ebenso wie Rachel, wenn auch auf eine andere Art, wollte sie ihm vorschreiben, wie seine Beziehung zu Leonora auszusehen habe, nämlich daß es sie, wenn es nach ihr ginge, besser überhaupt nicht geben solle. Sie verhielt sich in diesem Punkt weniger unklar und tückisch als Rachel. Aber dafür war sie unverschämter. Seine Großmutter hatte manchmal einen Ausdruck benutzt, den er für Maeve passend fand: Fischweib.

Vielleicht hatten Robin und Maeve schon seit Jahren etwas miteinander. Leonora hatte darüber nichts gesagt, aber er fürchtete, daß es in ihrem Leben vieles gab, wovon sie ihm nichts erzählte. Er beobachtete die beiden, wie sie, nun etwas langsamer, vor ihm in Richtung Hyde Park Corner gingen, und dann hob Robin plötzlich – oder es erschien zumindest Guy, der davon elektrisiert war, als eine plötzliche Geste – den rechten Arm und legte ihn um Maeves Schultern. Beinahe gleichzeitig, als fürchte sie, jemand hinter ihr könne es sehen und unschicklich finden, oder als spüre sie Guys Nähe, wandte Maeve den Kopf um und schaute in seine Richtung.

Er war überzeugt, daß sie ihm zuwinken würde. Sie fand ihn vielleicht unsympathisch, ja, er mißfiel ihr sicher, aber sie kannten einander, waren häufig am selben Tisch gesessen, sprachen oft am Telefon miteinander, wenn er Leonora haben wollte und zufällig Maeve abhob. Er begann den Arm zu heben, um ihre Geste zu erwidern, wie es sich gehörte. Aber sie warf ihm nur einen scharfen Blick zu und drehte den Kopf wieder weg. Sie winkte nicht. Guy war unangemessen betroffen und verärgert, ja, er war empört. Maeve und Robin hatten jetzt die Köpfe zusammengesteckt und schienen sich flüsternd zu unterhalten, obwohl es ihm ein Rätsel war, warum sie hier im Freien, wo im Umkreis von vierzig Metern niemand in ihrer Nähe war, flüstern mußten. Sie sprachen über ihn, das war ganz eindeutig. Es war nur natürlich, daß ihm nicht nur die Frage durch den Kopf ging, was sie sagten, sondern auch, was sie wohl alles bereits *gesagt hatten*, zu Leonora nämlich.

Die beiden Köpfe waren jetzt so nahe beieinander, daß das bei beiden füllige Haar – wenn auch Maeves Schopf länger und von einem helleren Blond war – sich zu einer goldbraun leuchtenden, sonnendurchfluteten Masse zu verbinden schien, zu einer großen, seidigen Blume. Und jetzt – zweifellos dadurch veranlaßt, daß Robin sich beifällig die bösartigen Verleumdungen anhörte, die Maeve von sich gab – legte sie ihm in dem Bedürfnis nach noch größerer Nähe den Arm um die Taille. Sie waren verklammert, zu siamesischen Zwillingen geworden, an den Hüften verbunden. Er malte sich diese Verleumdungen aus, erfundenes Zeug darüber, wie er seinen Lebensunterhalt verdiente, über sein Privatleben. Robin, der vielleicht die gleichen Nachtlokale wie er selbst frequentierte, könnte ihn leicht mit Celeste gesehen haben. All dies hinterbrachten sie vermutlich Leonora. Und es war wahrscheinlich, daß Leonora auf das, was ihre Altersgenossen sagten, mehr hörte, sich davon mehr beeinflussen ließ als von den Redereien dreißig Jahre älterer Leute.

Bei ihm wäre es jedenfalls so. Er stellte sich vor, wie unterschiedlich er auf einen Rat oder eine Warnung von Danilo oder von dessen Vater, einem geriebenen Alten und Besitzer eines Wettbüros, reagieren würde. Er würde zehnmal mehr auf Danilo hören. Und er würde zehnmal mehr auf einen Ratschlag von Celeste als beispielsweise auf einen von seiner eigenen Mutter achten, sollten sie jemals wieder zusammentreffen.

Das Paar vor ihm bog jetzt von der »Rotten Row« auf den Weg zu »Serpentine Road« und zur Achillesstatue ab. Maeve blickte nicht mehr zu ihm zurück. Es konnte sein, daß sie sich irgendwo mit Leonora zu einem Drink vor dem Mittagessen treffen wollten. Vielleicht waren sie auf dem Weg zu ihr, um ihr Warnungen in die Ohren zu blasen, so daß sie, wenn er sich um ein Uhr mit ihr traf, gewappnet und auf der Hut vor ihm war. Es war ohne Zweifel verkehrt von ihm gewesen, die Schuld an Leonoras Sinneswandel – oder an dem Wandel ihres Benehmens ihm gegenüber – allein Tessa zuzuschreiben. Andere waren genauso schuldig oder sogar noch mehr. Maeve und Robin waren noch mächtigere Feinde als Leonoras Mutter.

Es war immer noch früh. Guy ging ein Stückchen denselben Weg zurück, durch das Albert Gate nach Knightsbridge hinein, blieb vor dem Schaufenster bei Lucienne Phillips stehen und betrachtete die Sachen, die alle an Celeste wunderbar aussehen würden, und ein kurzes, dunkelblaues Satinkleid, das für Leonora hätte entworfen sein können.

»Ich nehme an, du hast diesen Blödsinn deiner Familie zuliebe in die Zeitung setzen lassen«, sagte Guy.

Leonora und Guy waren im *Cranks*, wo großer Andrang herrschte. Es gelang ihnen nicht einmal, einen Tisch für sich zu bekommen. Sie saßen praktisch an die Wand gedrückt da, während fünf sehr junge Frauen den Tisch mit Beschlag belegten, laut kicherten, vom Essen der anderen probierten und über Rivalitäten im Büro sprachen. Guy hatte Leonora bereits Vorwürfe gemacht, daß sie dieses Lokal vorgeschlagen hatte. Es war sehr lange her, daß er zum letzten Mal in einem Selbstbedienungsrestaurant gewesen war. Er hatte sich für sein Essen anstellen müssen – Quiche Lorraine und Salat, die noch am wenigsten anstößigen vegetarischen Gerichte, die hier angeboten wurden. Immerhin war es ihm gelungen, wenigstens ein Glas – genauer gesagt, drei Glas – Wein zu bekommen.

Sie sprachen beide gezwungenermaßen mit gedämpfter Stimme, obwohl die anderen Leute am Tisch keine

Notiz von ihnen nahmen. Leonora trug ebenfalls die sommerliche Samstagsuniform aus Bluejeans, einem weiß und malvenfarben gestreiften T-Shirt und weißen Turnschuhen. Sie hatte ein malvenfarbenes Stirnband zwischen den Stirnfransen und dem Haarschopf. Guy fand, daß sie selbst in diesem Aufzug reizend aussah, hätte sie aber trotzdem gern in einem Kleid gesehen, wenn sie sich mit ihm zum Essen traf.

Zu seiner großen Erleichterung hatte er nicht gefunden, wonach er zuallererst Ausschau gehalten hatte. Das Fehlen eines Verlobungsrings an ihrer linken Hand hatte seine Bemerkung mit veranlaßt.

Sie sagte in einem freundlichen, ausgeglichenen Ton: »Wenn es nur auf William und mich angekommen wäre, hätten wir uns wohl kaum die Mühe gemacht, die Sache publik zu machen. Ich glaube auch nicht, nebenbei bemerkt, daß wir uns ›verlobt‹ hätten. Aber meine Eltern wollten es und seine ebenfalls. Es tut ja nicht weh, und man kann damit soviel Freude bereiten, findest du das nicht auch?«

»So.« Er lachte ein bißchen. »Ich weiß, du tust immer, was deine Eltern von dir wollen.«

Sie bestritt es nicht. »Warum hast du von ›Blödsinn‹ gesprochen, Guy? Ich hab' dir doch gesagt, daß ich William liebe.«

»Das würde ich auch einen Blödsinn nennen.« Er trank sein erstes Glas Wein aus. Leonora, die sich Apfelsaft bestellt hatte, schaute ihn über den Rand ihres Glases mit einem Blick an, den er als schmollend interpretierte. Er wechselte das Thema. »Du hast mir nie etwas davon gesagt, daß Maeve mit deinem Bruder geht.«

»Ich habe wohl angenommen, es würde dich nicht interessieren.«

»Alles, was auch nur entfernt mit dir zu tun hat, interessiert mich, Leo, das müßtest du eigentlich wissen. Ich habe sie im Hyde Park gesehen. Sie sind vor mir herspaziert. Hast du sie getroffen, bevor wir uns getroffen haben?«

»Wie, vorhin meinst du? Natürlich nicht, Guy. Wozu auch? Sie wollen doch ihre Samstage nicht mit mir verbringen.«

»Wo wohnt er derzeit?«

»*Derzeit* wohnt er in Chelsea, er ist gerade umgezogen. Ich glaube, er hätte gern, daß Maeve bei ihm einzieht, und vielleicht tut sie's, wenn ich fort bin.«

Das überging er. Die Mädchen verließen das Lokal. Der Tisch war übersät mit dem Wust, den sie hinterlassen hatten, wenigstens aber war er vorläufig ihm und Leonora überlassen. Er beugte sich etwas zu ihr hin.

»An deinen Gefühlen mir gegenüber hat sich eigentlich nichts geändert, oder? Du empfindest für mich das gleiche wie immer, aber du denkst oder hast dir einreden lassen, es wäre nicht klug, wäre nicht gut für dich, eine enge Beziehung zu mir zu haben. So ist es doch, nicht?«

Sie sprach überlegt und rücksichtsvoll. »Ich liebe dich wirklich, Guy. Ich habe dich immer geliebt und werde dich, glaube ich, immer lieben. Es hat viel mit dem zu tun, was wir in unserer Jugend füreinander waren.«

Sein Herz, so kam es ihm vor, machte einen kleinen Sprung vor Glück, tanzte in seiner Brust umher. Er spürte, wie ihm das Blut ins Gesicht stieg, und ergriff ihre Hand, die auf dem Tisch lag.

»Aber wir haben nichts mehr gemeinsam, Guy, wir haben nicht den gleichen Geschmack. Und ich finde es widerlich, wie du dein Geld verdienst. Wenn ich zurückdenke, muß ich sagen, es widert mich an, was du getan hast.«

Das brachte ihn zum Lachen. »Jetzt mach mal halblang. Wie steht's denn da mit dir? Erst neulich hab' ich daran gedacht, wie toll du im Klauen warst. Erinnerst du dich noch, wie wir immer die Sachen in der Portobello Road verscheuert haben?«

Sie sprach jetzt sehr leise. »Du weißt ja nicht, wie ich mich für all die Dinge schäme. Mich ekelt es vor mir selber, wenn ich daran denke. Aber du findest noch immer, das war alles in Ordnung. Du denkst, alles ist erlaubt, solange man dabei Geld verdient.«

Ihre Hand lag flach und schlaff unter der seinen. Er zog seine Hand zurück, sah sie an, als wäre sie von etwas gestochen worden, und beobachtete, ob der Stich anschwoll. »Ich mache nichts mehr, was ungesetzlich ist«, sagte er. »Nichts.« Nicht mehr seit Con Mulvanneys Tod, dachte er, aber er sagte es nicht laut. Sie wußte nichts davon und würde, wollte Gott, nie etwas davon erfahren.

»Es geht nicht nur um ungesetzliche, es geht, ja, um unmoralische Dinge. O Guy, du verstehst nicht, wovon ich spreche, hab' ich nicht recht? Das ist ja eine unserer Schwierigkeiten: Wir sprechen nicht dieselbe Sprache. Du hast nur das eine Lebensziel, eine Menge Geld zu scheffeln und im Luxus zu leben und Macht zu haben und immer mehr Geld zu scheffeln. Und überhaupt: Dadurch, daß man einfach sagt, man tut manche Dinge nicht mehr, kann man die Vergangenheit nicht ungeschehen machen. Von irgend jemandem hab' ich gehört, daß du früher sogar Schutzgelder erpreßt hast. Mein Gott, Guy!«

»Wer hat dir das erzählt?« fragte er kalt.

»Ist das denn wichtig?«

»Ja. Ich wüßte es gern.«

»Na schön, Magnus war's.«

Er hatte es ja gewußt! Hatte er nicht auf Magnus getippt? »Und weiter?«

»Er hat für einen Mandanten einen Verteidiger gesucht, du weißt ja, wie das geht, und dieser Mann hatte irgendwas auf dem Kerbholz und hat deinen Namen im Zusammenhang mit einer Bande erwähnt, die in Kensal Schutzgelder erpreßte.«

»Und Magnus hat dir das erzählt?«

»Er hat gesagt, es kann nicht der gleiche Guy Curran sein, aber Mami hat gemeint, doch, und natürlich war es so. Ich wußte es.«

»Du hörst dir an, was diese Leute über mich sagen, nicht, Leonora? Du hörst auf sie alle miteinander.«

Sie sagte leise: »Das spielt doch gar keine Rolle, was irgend jemand sagt. Uns trennen Welten. Wir sind grundverschiedene Menschen.«

Er ging darauf nicht ein, sondern sagte ziemlich langsam und absichtlich gedehnt: »Ich habe eine sehr schöne Freundin. Sie heißt Celeste. Sie ist dreiundzwanzig, ein Model und ganz bezaubernd. Vergangene Nacht war sie bei mir. Wahrscheinlich ist sie noch in der Scardale Mews und wartet darauf, daß ich zurückkomme.«

Einen kurzen, entsetzlichen Augenblick lang glaubte

er schon, Leonora sei drauf und dran, zu lächeln und zu sagen, wie sehr sie sich für ihn freue, daß sie ganz begeistert sei. Aber ein Schatten war über ihr Gesicht gegangen. Ihr Ausdruck war starr, die dunklen Augen blickten unbewegt, die Lippen waren zusammengepreßt. Sie war eifersüchtig! Er konnte es sehen, es konnte keine Täuschung sein.

»Hast du dir das ausgedacht?«

»Schatz, wenn diese Frage nicht von dir käme, würde ich sie wirklich übelnehmen.« Er merkte, daß er nachsprach, was sie gesagt hatte, als er ihr die Sache mit Newton nicht hatte glauben wollen. Wie nahe sie sich doch wirklich waren! Jeder konnte die Gedanken des andern lesen! »Es heißt, ich wirke auf Frauen *attraktiv*«, sagte er und lächelte sie an. »Ruf sie an, nur zu, frag sie. Geh schon und ruf bei mir zu Hause an.«

Irgend jemand, eine Frau, hatte einmal zu ihm gesagt, daß wir immer eifersüchtig auf die Menschen seien, die von unseren früheren Liebespartnern geliebt werden. Selbst wenn wir uns nichts mehr aus ihnen machen, selbst wenn wir einen neuen Partner haben, eine Liebe, die ewig währen wird, sind wir gleichwohl eifersüchtig. Noch immer schmerzt der Stachel der Zurückweisung, denn wir sind alle unsicher, ängstigen uns alle vor dem Verlassenwerden, sehnen uns alle danach, der erste und einzige oder wenn schon nicht der erste, so doch der letzte zu sein. Sie war eifersüchtig, seine Leonora war eifersüchtig, weil er eine andere hatte.

»Es freut mich sehr für dich, Guy«, sagte sie. »Ich hoffe, daß es wirklich gutgeht. Ich bin sehr froh darüber.« Da fiel ihr etwas ein. »Aber Guy, vielleicht hätte sie etwas dagegen, daß wir uns so wie jetzt treffen. Weiß sie davon? Ich will damit sagen, wir sollten damit aufhören, wenn sie etwas dagegen hat.«

»Natürlich hat sie nichts dagegen«, sagte er ungeduldig und fuhr dann fort: »Wenn du fertig bist – wollen wir gehen? Wollen wir irgendwo anders hingehen, und wenn wir uns nur auf dem Soho Square ins Gras setzen?«

Er war sich sicher, daß sie nein sagen würde, aber sie tat es nicht. »Einverstanden, auf eine halbe Stunde, nicht mehr.«

Er überlegte, was wohl geschähe, wenn er jetzt ihre Hand nähme. Nein, lieber das Risiko nicht eingehen. Sie gingen nebeneinanderher. Die Wolken hatten sich verzogen, und der Himmel war zu einem heißen, stählernen Blau geworden. Er ertappte sich dabei, daß er plötzlich an einen Urlaub dachte, den sie vier Jahre vorher um diese Zeit geplant hatten. Sie hatten auf eine vom Tourismus noch kaum berührte griechische Insel fliegen wollen, und er hatte gehofft, natürlich ohne mit ihr darüber zu sprechen, daß sie in dieser Umgebung wieder mit ihm schlafen würde. Das Meer dort unten, so hieß es, war dunkel wie der Wein, und die Nächte waren warm. Sie würden in einem wunderbaren Hotel ganz eigener Art logieren, wo die Zimmer sämtlich aus kleinen, mit Gras gedeckten Hütten bestanden und jedes seinen eigenen Weg hinab zum silbernen Strand hatte.

Dort würde sie zu ihm zurückkehren, buchstäblich in seine Arme zurückfinden, und bald nach ihrer Rückkehr würden sie heiraten, und der Job, den sie annehmen, und das Apartment, das sie mit Rachel teilen wollte, würden vergessen sein.

Keine zwei Wochen davor hatte sie abgesagt. Weil er alles bezahlen wolle, sagte sie. Sie könne ihren Anteil nicht bezahlen, könne es sich nicht leisten, und sie könne nicht akzeptieren, daß er für sie zahlte, und so müßten sie es bleibenlassen. Noch heute schmerzte die Erinnerung daran sehr. In seinen Augen erkannte eine Frau die Liebe des von ihr geliebten Mannes dadurch an, daß sie ihn zahlen ließ. Es war eine Art liebenden Sichverkaufens, wenn es sich auch so ausgedrückt nicht gerade erfreulich anhörte.

Er warf einen Blick auf ihr ägyptisches Profil, den ausgeprägten Mund, das feste Kinn, die recht streng geschnittene Nase, den Haarvorhang, der ein Stück von ihrer Wange bedeckte. Sie hielt den Kopf gesenkt, als sei sie tief in Gedanken verloren.

»Du fährst heuer nicht in Urlaub, oder?« sagte er und dachte daran, daß er vielleicht um seine kostbaren Samstage gebracht würde, daß ihm möglicherweie zwei oder drei seiner Samstage entgehen könnten.

»In Urlaub eigentlich nicht«, sagte sie. »Das heißt, wir werden später eine Reise machen.«

Das Herz sank ihm, schwer wie Blei. »Wer ist ›wir‹?«

»Ich hab's vor mir hergeschoben, es dir zu sagen, Guy. Aber jetzt, da du mir von Celeste erzählt hast, sieht die Sache anders aus. Ich heirate am sechzehnten September, und danach gehen wir auf Hochzeitsreise.«

6

Bis dahin waren es noch fünf Wochen.

Die Trauung sollte auf dem Standesamt von Kensington stattfinden, die übliche Routinezeremonie, mit Maeve und Robin als Trauzeugen. Am Abend wollten Leonoras Vater und seine Frau eine Party für sie geben. Anthony und Susannah Chisholm wohnten in London, nicht in dem ehemaligen Kutscherhäuschen in Notting Hill, sondern in einem Duplex in einem Haus in der Lamb's Conduit Street, das aus dem frühen neunzehnten Jahrhundert stammte und Susannah und ihrem ersten Ehemann gehört hatte. William Newtons Eltern lebten in Hongkong und würden nicht an der Hochzeit teilnehmen, da sie über Weihnachten nach England kommen wollten. Hingegen hatten sich seine Schwester und sein Schwager angesagt.

Sie erzählte ihm alles darüber.

»Es geht dir aber nicht um ihn selbst, oder? Du würdest mich auch nicht wollen, wenn er zum Beispiel tot wäre, hab' ich recht? Es ist etwas anderes.«

»Er *ist* aber nicht tot und wird es auch so bald nicht sein, Guy. Er ist erst dreißig und gesund!«

»Wenn ich den Eindruck hätte, es geht dir um ihn, würde ich ihn mit Freuden umbringen. Es würde mir Spaß machen, mich mit ihm zu schlagen, ihn zu einem Duell zu fordern und zu töten.«

»Red kein so lächerliches Zeug!«

»Kann er mit einer Waffe umgehen? Nein, sag's mir nicht. Ich will nichts über ihn wissen. Außerdem ist er sowieso nur vorgeschoben. Jeder andere, nur nicht ich. Ich wüßte gern, warum, Leonora. Ich wüßte gern, wer dich eigentlich gegen mich eingenommen hat.«

Dieses Gespräch fand nicht auf dem Soho Square, sondern am darauffolgenden Samstag in einem Restaurant statt, das sie ihn dies eine Mal hatte auswählen lassen. Es befand sich in Hillgate Village, einem Teil von Notting Hill, an der Südseite der Bayswater Road. Leonora hatte diesmal ein Kleid an. Es war ein heißer Tag, und das Kleid war kurz geschnitten und aus irgendeinem durchsichtigen Material, das sich an den Körper schmiegte, weiß mit blaßrosa und malvenfarbenen Blumen, und dazu ein schlichter malvenfarbener Gürtel. Sie trug eine weiße Strumpfhose und flache, rosafarbene Schuhe. Sie hatte ihren schönen, weißen Strohhut mit fliederfarbenen Bändern an den Kleiderständer am Eingang des Restaurants gehängt. Nach dem Mittagessen wollte sie zu der Hochzeit eines Freundes von William Newton gehen, deren Erwähnung den Anlaß dazu geliefert hatte, daß sie über ihre eigene sprach.

Guy hätte es schön gefunden, wenn sie sich immer so gekleidet hätte. Er hörte, wie seine eigene Stimme sie ins Kreuzverhör nahm, und er verübelte sich seinen kommandierenden Ton, die insistierenden Fragen, aber er mußte die Wahrheit herausbekommen. Sie sah ihn mit einem gekränkten, schmollenden Blick an. Nein, sie wolle kein Dessert, keinen Käse oder Kaffee, um sich nicht zu verspäten. Auf sein Drängen sagte sie, es sei nichts geschehen, was sie gegen ihn eingenommen hätte. Nein, sein Angebot, ihr eine Wohnung zu kaufen, sei nicht daran schuld, nichts sei daran »schuld«, es sei ein gradueller Prozeß gewesen, der begonnen habe, als sie auf die Zwanzig zuging. Sie habe sich innerlich von ihm entfernt und wünsche, daß es bei ihm umgekehrt auch so kommen werde.

»Du warst eifersüchtig, als ich dir das mit Celeste erzählt habe«, sagte er. »Ich habe es deinen Augen angesehen. Das bedeutet, daß du mich immer noch liebst.«

»Das ist doch Unsinn, Guy.«

»Wenn du ihn heiratest und gleichzeitig mich noch liebst, begehst du ein Verbrechen an dir und an mir.«

Sie lachte ihn aus. Er fand das sehr grausam von ihr, begriff aber, daß es ein abwehrendes Lachen war. Hätte sie nicht gelacht, wäre sie in Tränen ausgebrochen. Es klang hart, unweiblich, dieses Lachen, in dem mehr Schmerz als Erheiterung lag.

Danach brach sie zu der Trauung von William Newtons Freund auf und ließ ihn am Tisch mit seinem Glas Brandy zurück.

Maeve und Robin, Anthony und Susannah, Tessa und Magnus, Rachel Lingard, einer oder mehrere von ihnen hatten das auf dem Kerbholz. Aber was? Sie hatten Leonora eingeredet, er sei ganz und gar der Verkehrte für sie, so daß sie sich, dem Druck nachgebend, dem ersten Mann, der dahergelaufen kam, in die Arme geworfen hatte. Vermutlich hatten sie den Kerl selbst angeschleppt, ihn irgendwo aufgetan, seinen Leumund überprüft und ihn mit Leonora bekannt gemacht.

Wie gewohnt rief er sie am Sonntag an, dann am Montag und am Dienstag. Er weigerte sich, die Möglichkeit zur Kenntnis zu nehmen, daß sie tatsächlich am sechzehnten September heiraten werde, aber sollte trotzdem etwas so Undenkbares und *Niederträchtiges* geschehen, war er entschlossen, auch weiterhin jeden Tag anzurufen. Manchmal malte er sich aus, daß er sie noch anriefe, wenn sie beide alt wären, sie eine grau gewordene Großmutter und er ein betagter Millionär, unverheiratet, aber mit einer ganzen Schar schöner, ungeliebter Mätressen. Aber dazu würde es nicht kommen, weil sie ihn eines Tages heiraten würde, wenn nicht in diesem oder im nächsten Jahr, so im übernächsten oder im Jahr darauf. Er würde alle, die zwischen ihnen standen, aus dem Weg räumen.

Am Sonntag kam Rachel ans Telefon, am Montag und Dienstag Maeve. Rachel sagte: »Ich hole sie.« Und daran schlossen sich ein schwerer, theatralischer Seufzer und eine Bemerkung, die ihn mit den Zähnen knirschen ließ. »Sie hat geahnt, wer es sein wird. Sie bekommt diese Vorahnungen wie übersinnlich begabte Leute kurz vor einem Autounfall.«

Als er zu Maeve sagte, er möchte Leonora sprechen, antwortete sie: »Muß das sein?«

Er war wütend. »Was soll das heißen? Was geht denn dich das an?«

»Ich bitte mir einen anderen Ton aus. So bekommst du Leonora nicht an den Apparat.«

»Was du nicht sagst! Ich werde diese beschissene Nummer anrufen, bis sie drangeht. Übrigens, vielen Dank, daß du mich vergangene Woche im Park ignoriert hast. Reizende Manieren habt ihr, du und dein Freund.«

»Ich hab' dich nie im Park gesehen, weder vergangene Woche noch sonst.«

Sie legte den Hörer hin, und Leonora kam an den Apparat. Am nächsten Tag hob Rachel wieder ab und sagte, es gebe ja die Möglichkeit, die Nummer ändern zu lassen. Ob er das wisse. Er würdigte sie keiner Antwort.

Sie haßte ihn wirklich, aus ihrer Stimme spritzte Gift. Sonderbar, daß diese Frauen, Tessa, Rachel oder Maeve, glaubten, *Leonora gegenüber loyal zu sein*, wenn sie sie gegen ihn aufhetzten. Dabei könnten sie für Leonora nichts Besseres tun, als ihr zuzureden, ihn zu heiraten und sich damit, von Liebe und Romantik ganz abgesehen, eine finanziell sorgenfreie Zukunft und ein Leben in Glück und Luxus zu sichern.

Guy blieb abends nie zu Hause. Was sollte er da tun? Er hatte nicht deswegen ein Vermögen zusammengebracht, um zu Hause herumzusitzen, irgendwas zu essen, was er sich aus einem Restaurant geholt hatte, und sich Videofilme anzusehen. Susannah Chisholm, die zu ihm immer netter gewesen war als der übrige Verein, hatte einmal eine Geschichte über einen Mann erzählt, den sie in New York kennengelernt hatte. Der habe gesagt, seit er nach Manhattan gezogen sei, habe er noch nie zu Hause abendgegessen. Die anderen hatten verständnislos gelacht, aber er, Guy, hatte sich stumm über die allgemeine Verblüffung gewundert, schließlich hatte auch er ja seit seinem Einzug in der Scarsdale Mews noch kein einziges Mal abends zu Hause gegessen. Abends auszugehen hieß, irgendwo etwas zu trinken und zu essen und anschließend einen Klub aufzusuchen und dort weiterzutrinken.

Er ging nur selten ins Theater, aber Celeste zuliebe hin

und wieder ins Kino. Er hatte es rundweg abgelehnt, *Frauen am Rande des Nervenzusammenbruchs* in Erwägung zu ziehen, sich dann aber bereitgefunden, im Curzon West End *Paris bei Nacht* anzusehen.

Sie entschieden sich für die Vorstellung um 18.55 Uhr, da sie beide lieber hinterher essen gingen, und als sie das Kino verließen, war es erst neun Uhr. Guy hatte in einem Restaurant in der Stratton Street, in das sich Leonora niemals zum Mittagessen hätte ausführen lassen, einen Tisch bestellt. Es war ein warmer Abend nach einem weiteren heißen Tag. Kein Lüftchen wehte. Celeste trug ein weißes Baumwollkleid mit *broderie anglaise*; es war kurz und eng, aber nicht aufdringlich eng, da sie so schlank war. An den Füßen hatte sie weiße Sandalen mit Riemchen aus abwechselnd weißem und vergoldetem Leder, an den Armen weißgrüne Armbänder, und jedes der mindestens fünfzig Zöpfchen, zu denen ihr Haar geflochten war, endete in einer goldenen Spitze. Guy trug einen Leinenanzug von einem sehr hellen Beige mit Grauschimmer und dazu ein am Kragen offenes Hemd von der Farbe wie Bitterschokolade, einen Gürtel aus geflochtenem grauen Leder und weiße Turnschuhe mit graulederem Besatz. Ein paar Stunden vorher hatte er konstatiert, daß sie ein schönes Paar abgaben, doch das war nur einfach eine Feststellung gewesen und hatte ihm keine besondere Freude bereitet.

Nach dem Ende der Vorstellung sah er, daß vor ihnen Leonora und William Newton das Kino verließen. Obwohl er erst am Nachmittag mit Leonora gesprochen hatte, schien sein Herz erst stehenzubleiben und dann nicht rascher, sondern irgendwie *lauter* zu schlagen. Die vielen, zumeist noch jungen oder ziemlich jungen Menschen um ihn und sie herum, die auf ihn, ehe er Leonora sah, attraktiv und farbig gewirkt hatten, verblaßten nun zu gesichtslosen Schatten, so wie die Toten vielleicht oder wie Komparsen in einem Schwarzweißfilm. Es gab nur ihn und sie noch auf der Welt.

Dieser Eindruck hielt ein paar Augenblicke lang an. Als dann die Menschen in der Menge wieder Gesichter hatten, waren er und Celeste, Leonora und Newton alle draußen auf dem Gehsteig. Leonora drehte den Kopf um und schaute ihm direkt ins Gesicht. Er merkte ihr an, daß sie sich freute, ihn zu sehen. Sie lächelte auf ihre reizende, aber sorgfältig beherrschte Art, faßte Newton am Ärmel und zog ihn in die Richtung, wo er, Guy und Celeste standen.

»Guy«, sagte sie, »du hast ja gar nicht gesagt, daß du ins Kino gehst.«

»Du auch nicht. Das ist Celeste, Celeste – Leonora.« Er war nicht bereit, Newtons Namen auszusprechen.

»Das ist William.«

Angesichts dessen, daß er sie so sehr liebte, konnte er sich eingestehen, daß sie schauerlich aussah. Die beiden hätten zwei aus den sechziger Jahren übriggebliebene Hippies sein können. Newton steckte in einer khakifarbenen Baumwollhose aus einem billigen Textilgeschäft und einem T-Shirt, das hellblau gewesen sein dürfte, ehe es zusammen mit einer Menge marineblauer und roter Kleidungsstücke ungefähr hundertmal heiß gewaschen worden war. Leonoras Kleid war eine von Laura Ashleys minder geglückten Schöpfungen, die Leonora zweifellos drei oder vier Jahre vorher schon bei einem Schlußverkauf erstanden haben mußte; ein inzwischen verblichenes oder ausgewaschenes Viskosekleid, marineblau und weiß, mit einem in die Taille eingenähten Gummizug und viel zu langen Kurzärmeln, das die schrecklichen, abgelatschten Stiefel aus rotem Leder bis zur Hälfte bedeckte. Guy war erfreut. Eine Frau, die sich so anzog, um mit einem Mann auszugehen, konnte sich unmöglich viel aus ihm machen.

Er schlug ihnen vor, mit ihm und Celeste in das Restaurant in der Stratton Street zu gehen. Newton lehnte dankend ab. Guy zog die Augenbrauen hoch. Hätten sie denn schon gegessen oder nicht? Sie müßten doch etwas essen.

Guy glaubte, bei dieser Bemerkung den Anflug eines Lächelns über Newtons Gesicht huschen zu sehen, und konnte sich den Grund nicht erklären. Newton war ein bißchen größer, als er ihn in Erinnerung hatte, war keineswegs klein, aber das Pferdegesicht und das zimtfarbene Haar hatte er sich richtig gemerkt. Und zu allem Überfluß trug er auch noch eine Brille. Guy war der Meinung, daß jeder junge Mensch, der auch nur einen Funken Selbstachtung hatte, sich Kontaktlinsen zulegen sollte, wenn er nicht gut sah.

»Wir essen immer zu Hause, Guy«, sagte Leonora. »Wir haben schon etwas gehabt.«

»Das muß doch Stunden her sein.«

»Gut, wir begleiten euch und nehmen etwas Billiges«, sagte sie. »Nur einen Gang, eine Pasta.«

Sie wollte bei ihm sein! Nachdem sie einander begegnet waren, konnte sie den Gedanken nicht ertragen, gleich nach Hause zu gehen! Sie sah den Kontrast zwischen ihm und Newton. Sie sah ihn *mit Celeste*. Jäh überkam ihn ein starkes Gefühl herzlicher Zuneigung zu Celeste, und er nahm sie bei der Hand. Die Geste entging Leonora nicht, die aber Newtons Hand nicht nahm. Als sie das Restaurant erreichten, gingen die beiden Frauen sofort auf die Damentoilette. Er war mit Newton allein und machte sich auf eine Auseinandersetzung oder ein langes Schweigen gefaßt.

Doch Newton, der, wie Leonora ihm erzählt hatte, irgendwas bei der BBC war, Dokumentarfilme über soziale Probleme oder ähnliche Langweilereien produzierte, begann über den Film zu sprechen, den sie gerade gesehen hatten. Er fragte Guy, ob ihm der Film gefallen habe und warum. Guy hatte den Film nicht besonders gemocht, aber da es ihm schwer fiel, zu sagen, warum, wechselte er das Thema und fragte Newton, ob ihm Paris gefalle, ob er in der letzten Zeit dort gewesen sei und ob er nicht gern zur Zweihundertjahrfeier der Revolution dort gewesen wäre. Er zündete sich eine Zigarette an, um sich besser konzentrieren zu können.

Newton fächelte den Rauch nicht weg, aber er rückte mit seinem Stuhl ein bißchen nach hinten. Zu Guys Überraschung bestellte er sich nicht alkoholfreies Bier, wie man hätte erwarten können, sondern wie Guy selbst einen Gin Tonic. Er sei im Frühjahr in Paris gewesen, sagte Newton, um sich die Gauguin-Ausstellung anzusehen, die er nun zu beschreiben und zu rühmen begann. Guy fragte sich, ob das auf ihn gemünzt, eine höhnische Anspielung auf sein eigenes Kunstunternehmen war. Newton schien ihm anzumerken, daß er gelangweilt war, sprach nicht weiter über Gauguin und sagte, Paris wäre ihm zu überlaufen und außerdem fahre er meistens im August auf ein paar Wochen nach Schottland, allerdings nicht dieses Jahr.

Guy wußte warum, beziehungsweise warum Newton *glaubte*, er werde es dieses Jahr nicht tun. Wo blieben nur die Frauen? Sie waren schon seit zehn Minuten weg. Vielleicht kratzten sie einander seinetwegen die Augen aus. Schottland im August konnte, soviel er wußte, nur eines bedeuten. Vielleicht war das etwas, worüber er sich mit diesem Menschen unterhalten konnte.

»Schießen Sie?«

»Nur zur Selbstverteidigung«, sagte Newton. »Und ein Moorhuhn hat mich bis jetzt noch nicht attackiert.«

Wer immer gesagt hat, daß der Sarkasmus die niedrigste Form von Geist ist, der hatte recht, dachte Guy. »Es ist überraschenderweise viel einfacher, ein guter Schütze zu werden, als Sie es sich vielleicht vorstellen. Wenn man seinen ersten Vogel vom Himmel holt, das gibt einem schon viel.«

»Wenn Sie die Dinge so sehen, haben Sie wohl recht. Für den glorreichen Verein von Hohlköpfen, die das so großartig machen, muß es so sein. Mir würde es nichts geben, Vögel oder andere Tiere abzuknallen. Daß sie dafür aufgezogen werden, macht die Sache eigentlich noch ärger.«

»Ein richtiger Mann sollte mit einer Waffe umgehen können«, sagte Guy. »Ich bin Mitglied in einem Schießsportklub. Natürlich schießen wir auf Zielscheiben.«

Newton senkte leicht den Kopf, so wie jemand, der gelangweilt ist, aber nicht unhöflich werden möchte. Guy sagte: »Die Frauen lassen sich aber Zeit.« Wieder nickte Newton. Guy konnte nicht sagen, was ihn auf den Gedanken brachte, aber nachdem er ihm gekommen war, spürte er ein unerklärliches erregtes Aufwallen. »Schon mal gefochten?« sagte er.

Jetzt blickte ihm Newton gerade ins Gesicht, direkt in die Augen. Wieder war das Lächeln da, ganz leicht nur, irgendwie in den Augen, in seinem Kopf, zeigte sich weniger an irgendeiner Bewegung der Lippen. Guy sah, daß die Farbe von Newtons Augen, die er als grau oder leicht rehbraun in Erinnerung hatte, sich nun, da er dem Typen gegenübersaß, als ein tiefes Blaugrau herausstellte, von jenem Ton, der weniger als jeder andere an ein Tier denken läßt.

Newton brauchte lange für seine Antwort. Dann sagte er: »Ja, in der Schule.«

»In der *Schule*?«

»Und auch danach noch ein bißchen. Sie sind Mitglied in einem Fechtklub, nicht?«

»Ich, nein, wie kommen Sie darauf?«

Guy wußte, daß Newton ihn ärgern wollte, und war nicht gewillt, sich das bieten zu lassen. Er wollte gerade seine Frage wiederholen, als Leonora und Celeste kamen. Sie wirkten beide voneinander angetan, fand Guy. Leonora fragte, worüber sie sich unterhalten hätten, und Newton antwortete feixend, sie hätten über die Kunst der Selbstverteidigung geplaudert.

Sie gaben ihre Bestellungen auf. Leonora und Newton blieben bei ihrem Entschluß, nur ein Nudelgericht zu essen, obwohl Guy sich große Mühe gab, Leonora umzustimmen. Was Newton aß, war ihm gleichgültig. Nein, das war nicht ganz richtig, denn eigentlich hätte er gern gesehen, wie der Typ etwas Vergiftetes aß, vielleicht etwas mit einem dieser modischen Keime, Listerien oder Salmonellen, und sich stöhnend und mit Schaum vor dem Mund vor den Frauen auf dem Boden wälzte. Er haßte Newton mit seinem Grinsen und seinen kühlen, supergescheiten Augen. Newton blieb bei dem Thema Fechten, beziehungsweise er sprach über Schaukämpfe im sechzehnten und siebzehnten Jahrhundert, vor den Tagen des Faustkampfs, als die Männer einander auf einem Podium mit stumpfen, oft aber auch mit scharfen Klingen zu Leibe rückten. Guy fand das Thema bei Tisch und in Anwesenheit von Frauen unpassend.

Das also war eine Kostprobe von Newtons gepriesenen »Redekünsten«. Wie er erzählte, besaß er zwei Säbel, die in seiner Wohnung in Camden Town als Zierrat gekreuzt an der Wand hingen. Er trug sich mit dem Gedanken, sie zu verkaufen, da Leonora sie nicht in ihrem neuen Heim haben wollte. Guy hätte gern gewußt, an welche Gegend sie dabei dachten, mochte aber nicht fragen. Statt dessen tat es Celeste.

»Ich werde meine Wohnung verkaufen. Leonora verkauft ihren Anteil an ihre Freundin, der die Wohnung bereits zur Hälfte gehört.«

»Rachels Großmutter ist gestorben und hat ihr Geld hinterlassen, mit dem sie meine Hälfte kaufen wird«, sagte Leonora. »Außerdem eilt es uns nicht. Ich werde vorläufig bei William hausen.«

Warum wurde ihm so was nicht erzählt? Warum ließ man ihn im Ungewissen? Es war ein Wunder, daß Rachel es überhaupt der Mühe wert fand zu arbeiten, wenn immerfort reiche Verwandte von ihr starben und ihr massenhaft Geld hinterließen. Sein Steak kam, ein riesiger Keil blutigen Fleisches, den Newton, so argwöhnte Guy, mit einem spöttischen Blick ansah. Doch als er den Blick hob, sah er, daß dieser ihm den Rücken zugewandt hatte und gerade etwas zu Celeste sagte. Guy sprach dem Alkohol tüchtig zu. Da niemand mehr ein Glas von der zweiten Flasche haben wollte, leerte er sie und ging dann zu scharfen Sachen über, zu trockenen Martinis ohne Eis, obwohl es so warm war.

Ehe die Rechnung kam, beugte Newton sich zu ihm hin und sagte, sie würden sich den Betrag teilen.

»Kommt überhaupt nicht in Frage«, sagte Guy. »Ich habe Leonora und Sie eingeladen.«

»Bitte, Guy«, sagte Leonora, »wir hätten es aber lieber so.«

»Nicht im Traum würde ich daran denken – eine absurde Idee.«

»Dann danke für die Idee, uns einzuladen«, sagte Newton, stand auf und ging zur Toilette.

War das ein auf ihn gezielter Seitenhieb, weil er eine Wendung gebraucht hatte, die ein neunmalkluger Scheißkerl wie Newton vielleicht inkorrekt oder altmodisch oder dumm oder weiß Gott was sonst noch fand? Guy war sofort überzeugt, daß Newton ihn hereinlegen wollte und vorhatte, sich an den Kellner ranzumachen und seinen Anteil zu zahlen, bevor die Rechnung an den Tisch gebracht wurde. Daß es dann nicht so kam, daß die Rechnung für alle vier war, überraschte ihn sehr. Was führte der Typ im Schilde? Was hatte er für eine geheime Absicht?

Jetzt mußte ein Taxi besorgt werden. Leonora sah

müde aus, sie wirkte, als hätte sie den Abend nicht genossen, ihn aus irgendeinem Grund als anstrengend empfunden und sei nun erschöpft. Natürlich hatte sie Newton und ihn zum ersten Mal zusammen erlebt. Gingen ihr – was für eine wunderbare Idee! – gewisse Gedanken über Newton durch den Kopf, nach dem, was sie gesehen hatte? Hatte sie sie beide miteinander verglichen, und hatte Newton dabei, es konnte ja nicht anders sein, schlechter abgeschnitten?

»Wenn Sie in nördliche Richtung wollen«, sagte er zu Newton, »nehmen Sie doch das erste Taxi. Leonora kann mit uns fahren, und wir setzen sie unterwegs ab.«

»Das geht nicht, Guy, ich wohne bis Freitag bei William. Außerdem nehmen wir kein Taxi, wir fahren mit der U-Bahn.«

»Von Green Park zur Warren Street und dann weiter mit der Northern Line«, sagte Newton, kühl und blasiert. »Bequemer geht's nicht. Gute Nacht. Gute Nacht, Celeste, es war nett, Sie kennenzulernen.«

Im Taxi sagte Guy: »Ich hätte sie nach seiner Telefonnummer fragen sollen. Wenn sie bei ihm wohnt, kann ich morgen nicht mit ihr sprechen.«

»Versuch's mit dem Telefonbuch«, sagte Celeste.

»Ja, da wird es drin stehen. Was hat sie dir die ganze Zeit über auf der Toilette erzählt?«

»Dieses und jenes. Sie hat über uns und über William gesprochen.«

»Er ist ein ziemliches Arschloch«, sagte er.

»Mir hat er gefallen. Ich habe gefunden, er war sehr nett.«

»Aber du kannst dir doch sicher nicht vorstellen, daß

eine Frau sich in ihn verliebt, oder? Die Vorstellung ist grotesk.«

»Ich will dir sagen, was sie gesagt hat, wenn du es hören möchtest. Sie hat gesagt, es freut sie wirklich, daß du so glücklich mit mir zu sein scheinst. Sie sagt, ich bin schön, und du kannst von Glück sagen, daß du mich hast, aber darüber bist du dir bestimmt im klaren, und sie hofft, daß wir sehr, sehr glücklich miteinander werden. Möchtest du wissen, was sie sonst noch gesagt hat?«

»Eigentlich nicht«, sagte Guy. »Es hört sich nicht sehr inspiriert an. Ich nehme an, daß du nicht mehr mit zu mir kommen willst, hab' ich recht? Du mußt ja für diese Arbeit für L'Oreil früh aufstehen. Ich sag' dem Fahrer, er soll durch die Old Brompton Road fahren, ja? Celeste, du weinst doch nicht? Um Himmels willen, was gibt es denn für einen Grund für Tränen?«

Guy schlief sehr rasch ein und träumte, daß er und William Newton mit Degen fochten. Sie waren in den Kensington Gardens, auf dem Rasen zwischen dem Albert Memorial und dem Flower Walk. Es war noch ganz früh am Morgen, in der Dämmerung, die Sonne war noch nicht aufgegangen, und niemand außer ihnen selbst und ihren Sekundanten war in der Nähe. Sein Sekundant war Linus Pinedo und der Newtons ein Mann, dessen Gesicht Guy nicht sehen konnte, weil es mit einer Fechtmaske bedeckt war. Guy hatte ungefähr vier, fünf Jahre vorher ein gewisses Pensum Fechten absolviert, hatte Unterricht genommen und war Mitglied in einem Klub gewesen, aber er hatte den Sport zugunsten von Squash aufgegeben, das so schnell war und den Körper mehr forderte.

Doch in seinem Traum war er sehr gut, ganz ähnlich wie ein Filmstar aus den dreißiger Jahren im *Gefangenen von Zenda*.

Er hatte es nur darauf abgesehen, Newton zu verwunden, ihm allerdings vielleicht eine schwere Wunde zu verpassen, aber der Typ zitterte offenkundig vor Furcht und war kaum imstande, sich zu verteidigen. Guy, der Newtons linken Arm treffen wollte – Newton war zumindest in dem Traum Linkshänder –, sprang nach vorne, vollführte den »balestra« genannten Stoß und ließ ihm mit großer Schnelligkeit eine »fleche« folgen, wobei er mit einem einzigen raschen Ausfall Newtons Herz durchbohrte.

Newton sank lautlos auf die Knie, sein Degen fiel zu Boden, seine Hände umklammerten die Klinge von Guys Waffe. Er kippte seitwärts auf den Rasen, auf das grüne, nun blutbespritzte Gras. Seinen Lippen entrang sich das Röcheln des Todes, und in den Armen des larvierten Mannes gab er den Geist auf. Guy zog seinen Degen heraus, der sauber und glänzend aus der Wunde auftauchte.

Linus blickte Guy in die Augen und sagte: »Das verschafft dir eine Atempause, Mann. Das verschafft dir Zeit.«

Guy war glücklich, empfand eine enorme Erleichterung. Newton war tot, und so konnte Leonora ihn nicht heiraten. Jetzt konnte er *in aller Ruhe* den Verleumder ausfindig machen, der ihre Seele gegen ihn vergiftet hatte. Er beugte sich über den Toten, empfand dankbare, sogar fürsorgliche Gefühle für ihn. Der maskierte Mann zog mit einer einzigen, raschen Bewegung seine Larve herunter und enthüllte Guy, der nun vor Entsetzen zitterte, sein Gesicht. Es war Con Mulvanney.

Von dem Traum noch arg mitgenommen, suchte Guy am nächsten Morgen im Telefonbuch Newtons Nummer und fand seine Adresse, Georgiana Street, die er dann im Londoner Straßenatlas ausfindig machte. Er erinnerte sich jetzt an Linus' Äußerung in dem Traum, daß Newtons Beseitigung ihm Zeit verschaffen würde. Als Mann mochte Newton keine ernst zu nehmende Bedrohung sein, aber er war *vorhanden*, und Leonora würde ihn am sechzehnten September heiraten. Zwar würde sie diesen Schritt schon bald bereuen, aber dann wäre es zu spät. *Etwas* gab immerhin Anlaß zum Optimismus: daß eine Scheidung relativ einfach war.

Warum war ihm Con Mulvanney im Traum erschienen? Guy hatte zwar von seiner Mutter, dieser hoffnungs- und hilflosen Person, sonst kaum etwas geerbt und angenommen, aber durch all die Jahre und Veränderungen in seinem Leben hatte er doch einige ihrer abergläubischen Ideen mitgeschleppt. Noch immer vermied er es, unter angelehnten Leitern durchzugehen. Wenn er Anlaß zur Besorgnis hatte, klopfte er auf Holz. Er behauptete zwar, nicht an Vorzeichen zu glauben, verließ sich aber gleichwohl darauf. In jähen Anwandlungen einer vagen Furcht erkannte er ominöse Warnungen. Das völlig unerwartete Auftreten Con Mulvanneys in seinem Traum – er hatte noch nie von Mulvanney geträumt – war eindeutig ein Omen. Was sonst könnte es sein?

Er begann zu überlegen, ob es möglich war, daß irgend

jemand Leonora von Con Mulvanney erzählt hatte. Auf den ersten Blick schien es unwahrscheinlich. Natürlich wußten Hunderte, ja Tausende, wer er gewesen und was ihm zugestoßen war, obwohl es die meisten zweifellos inzwischen vergessen hatten. Aber seine eigene Verbindung mit Mulvanneys Tod war sicher nur ihm selbst und dieser Frau bekannt.

Die Polizei war im Bilde. Korrektur: Sie war ins Bild *gesetzt worden*. Das war nicht dasselbe. Man hatte nichts gefunden. Man hatte ihr vermutlich doch nicht geglaubt oder war der Überzeugung gewesen, die Sache sei unmöglich zu beweisen.

Die Frau hatte einen Namen, den er nie vergessen würde, den niemand vergessen konnte, sie hieß nämlich Poppy Vasari. Sie hatte gedroht, es allen Leuten zu sagen, die sie kannte. Aber was konnte es für einen Sinn haben, ihn als denjenigen anzugeben, der Mulvanney LSD verschafft hatte, wenn sein Name den Leuten nichts bedeutete? Für die Polizei, nun, das war eine andere Geschichte.

Aber wie stand es, wenn sie ihre Drohung wahrgemacht, Freunden und Bekannten davon erzählt, irgendeine Beschreibung von ihm gegeben hatte? »Ein gutaussehender, dunkelhaariger Mann, sehr jung noch.« Er war damals erst fünfundzwanzig gewesen. Oder: »Sehr wohlhabend, wie es diese Leute eben sind. Wohnt in einem dieser hübschen Häuser in einer Mews in South Ken.« Diese Details hätten genügt, bei jedem, der ihn auch nur flüchtig kannte, Verdacht zu wecken. Zum Beispiel bei Robin Chisholm oder Rachel Lingard. Angenommen, sie hatten dann nach seinem Namen gefragt? Poppy Vasari hätte ihn ihnen genannt, natürlich hätte sie das getan. Sie hatte ja nichts zu verlieren.

Und sie hätten es dann Leonora gesteckt.

Nichts Besseres hätte sich finden lassen, um sie gegen ihn einzunehmen. Vor vier Jahren. Das war ungefähr die Zeit gewesen, als sie sich ihm gegenüber radikal zu verändern begann, es sich mit dem Urlaub auf Samos anders überlegte, seine Einladungen ablehnte, sich seiner Schritt für Schritt *entwöhnte*, sein Angebot eines Darlehens für diese Wohnung ausschlug. Und als sie einmal in der Wohnung war, hatte sie aufgehört, abends mit ihm auszugehen, ihn zu küssen (außer so, wie sie Maeve küßte, auf beide Wangen), hatte sie andere ans Telefon geschickt, wenn er anrief, und allmählich die heutige Situation herbeigeführt, mit den täglichen Anrufen und dem gemeinsamem Mittagessen sonnabends.

Um zehn Uhr wählte er Newtons Nummer. Leonora hob ab. Es entstand eine Pause, sie schwieg, als sie hörte, wer am Apparat war, und dann plauderte sie munter drauflos, als wäre sie wirklich erfreut, fragte ihn, wie es ihm gehe, und sagte, wie sehr ihnen der vergangene Abend gefallen habe und wie nett sie es gefunden hätten, Celeste kennenzulernen.

»Wohin würdest du am Samstag gern zum Mittagessen gehen?« fragte er.

»Das liegt ganz bei dir, Guy. Ins *Clarke's*, wenn du da hin möchtest. Schließlich bleiben uns ja nur noch vier Samstage.«

7

Manche von den Leuten, die dort arbeiteten, nannten es eine Fabrik, hatte Guy erfahren, aber für ihn war es immer das Atelier. Es war in Northholt, in der Yeading Lane. Guy fuhr in der Regel alle paar Wochen hinaus, um nach dem Rechten zu sehen. Seine anderen Unternehmen, das Reisebüro und der Klub in der Noel Street, liefen auch ohne seine Gegenwart anstandslos, und wenn er manchmal den Klub aufsuchte, so weil es ihm Spaß machte.

Tessa, die Akademieabsolventin, hatte das Atelier als eine Ausbeutungsklitsche geschmäht, obwohl sie es natürlich nie gesehen hatte. Das war jedenfalls eine himmelschreiende Lüge, denn die Leute, die Guy seine Mitarbeiter nannte, malten in einer sauberen, hellen, gut gelüfteten Umgebung, hatten viel Platz, keine übermäßig lange Arbeitszeit und wurden zudem recht ordentlich bezahlt. Er hätte ihnen mehr zahlen können, weil sich die Gemälde besser verkauften, als er in seinen kühnsten Träumen erwartet hätte, aber sie verdienten ohnedies mehr, als wenn sie Lehrer geworden wären, mehr als beispielsweise Leonora. Statt dessen trug er sich mit dem Gedanken, ein zweites Atelier einzurichten, um mit der Nachfrage Schritt halten zu können.

Niemand schien etwas dagegen zu haben, wenn ihm Guy bei der Arbeit über die Schulter blickte. Das hatte seinen Grund ohne Zweifel darin, daß er, wie er den Leuten freimütig gestand, nichts von Kunst verstand, aber bewunderte, was sie zustande brachten. Er blieb stehen und sah einer sehr begabten jungen Inderin, die die St. Martin's School of Arts besucht hatte, dabei zu, wie sie auf die Wangen des »Weinenden Knaben« die Tränen malte. Es war wunderbar zu beobachten, mit welchem Geschick sie dabei zu Werke ging. Wie naß die Tränen wirkten! Wie echte Wassertropfen, so, als ob jemand das gemalte Gesicht leicht mit Wasser besprüht hätte. Und zweifellos war es ihr gelungen, dem Kind einen innigeren und traurigeren Ausdruck als sonst zu geben. Guy konnte sich in der Erinnerung an ferne, entbehrungsreiche Tage im *Attlee House* mit dem Knaben geradezu identifizieren.

Was Tessa und, in einem geringeren Maß, Leonora meinten, wenn sie behaupteten, was hier geleistet werde, sei moralisch und – sie hatten noch ein anderes Wort dafür, ach ja – »ästhetisch« nicht in Ordnung, blieb für ihn ein ewiges Geheimnis. Es stimmte zwar, daß seine Künstler sich an ein Grundmuster oder -schema zu halten hatten, daß die Produkte seines Ateliers etwas von Serienfertigung hatten. Aber war das denn so verschieden, ja, überhaupt verschieden davon, wie es in den Ateliers der alten Meister zugegangen war? Guy erinnerte sich an sein Triumphgefühl, als er während eines Ferienaufenthalts in Florenz von einem Museumsführer aufgeklärt worden war, daß so bedeutende Maler wie Michelangelo Werkstätten gehabt hätten wie seine eigene, in denen junge Maler ihr Handwerk erlernten, die Bilder des Meisters kopierten, den Hintergrund ausfüllten, eine geregelte Arbeitszeit hatten und auf Bestellung arbeiteten. Leonora hatte gelacht, als er ihr davon erzählte, und gesagt, das sei nicht dasselbe, ihm allerdings den Unterschied nicht erläutert.

Und es war ja nicht so, daß die eigenen Schöpfungen seiner Schützlinge etwas getaugt hätten. Die junge Frau, der er zusah, während sie letzte Hand an »König und Königin der Tiere« legte, hatte ihm einmal eines ihrer eigenen Bilder gezeigt. Er hatte gesagt, es sei »sehr nett«, aber es war grauenvoll, nichts als hingeklatschte dunkle Linien, aus denen etwas herausschaute, was vielleicht Augen waren. In seinem Haus in der Scarsdale Mews hatte er einen Kandinsky hängen, der von allen Sachen, die er gesehen hatte, diesem Bild am nächsten kam, aber der Kandinsky hatte wenigstens bunte Farben und war sehr groß und komplex, was ohne Zweifel den hohen Preis erklärte, den er dafür hatte berappen müssen.

Er trank mit seinen Künstlern Kaffee und wurde dabei von einem gefragt, ob er denn Bilder aus dem Atelier bei sich zu Hause an den Wänden habe. Er bejahte die Frage, obwohl es nicht zutraf, und vage kam ihm der Gedanke: warum eigentlich nicht? An diesem Tag fand wieder eine Verkaufsausstellung statt, diesmal in Clapham in Süd-London, und er spielte mit der Idee, dort vorbeizuschauen und ganz so wie jemand aus dem Publikum ein Gemälde zu kaufen.

Er fuhr südwärts und überquerte auf der Kew Bridge die Themse. Das war ein Fehler, denn er kannte sich in diesem Teil von London nicht besonders gut aus und verfranste sich. Mittlerweile war er von dem Gedanken, ein Bild zu kaufen, völlig abgekommen; es wäre viel einfacher, wenn er sich eines nach Hause schicken ließ. Er fragte sich sogar, ob er es nach Clapham Common schaffen werde, bevor die Verkaufsausstellung schloß. Irgendwie hatte er sich mit dem Jaguar bis südlich des Wimbledon Parks verirrt und mußte jetzt nördliche Richtung einschlagen.

Wenn ihn jemand gefragt hätte, hätte er gesagt, daß er noch nie in dieser Gegend gewesen sei. Die Plätze in Süd-London waren leicht zu verwechseln, es gab ja so viele davon, aber das hier war sicher nicht Clapham Common, vielleicht Tooting oder Tooting Bec Common. Ein Straßenschild gab die Richtung nach Clapham, Battersea und Zentral-London an, und plötzlich befand er sich auf einer Hauptverkehrsstraße, die ihm irgendwie vertraut vorkam. Es war Balham, ja, er war in Balham, in Bedford Hill, und in diesem Pub, dort in dem großen viktorianischen Stadthaus, war er an jenem verhängnisvollen Abend von Con Mulvanney angesprochen worden.

»Hast du ein bißchen Shit?«

Die Frage, widerlich, lächerlich, sinnlos, aber mit einer bestimmten Bedeutung für diejenigen, die sich auskannten, war ihm im Gedächtnis geblieben, die Worte hallten immer noch nach wie die Töne gezupfter Saiten, während von dem, was sich ab jenem Abend sonst zugetragen hatte, vieles verblaßt war. Er hatte natürlich keine Antwort auf die Frage gegeben, den Unwissenden markiert, sogar Abscheu vorgetäuscht, hatte sich weggedreht, aber der Typ hatte nicht locker gelassen, die Frage umformuliert und jetzt nur gesagt: »Hast du *irgendwas*?«

Guy fuhr weiter bis zum Clapham Common, zum

Broxash Hotel, wo die Verkaufsausstellung stattfand. Auf dem Parkplatz des Hotels war gerade noch Platz für einen Wagen. Er ging mit einem Glas Rioja in der Hand umher und sah sich die Bilder an. Später hatte er sich manchmal gefragt, was er an jenem Abend hätte tun sollen, um Con Mulvanney zu entkommen, ihm zu entwischen, aber er hatte damals nicht geahnt, daß es wichtig war, dem Typen aus dem Weg zu gehen. Er hatte nur so viel begriffen, daß Mulvanney seinen, Guys, Namen nicht kannte, und das war ihm als das einzig Wichtige erschienen. Übrigens hatte er, obwohl er an ihn *im Kontext von damals* als Con Mulvanney zurückdachte, den Namen des Kerls auch nicht gekannt, hatte ihn erst erfahren, als Mulvanney starb beziehungsweise erst einige Zeit danach.

Die Frau, die die Ausstellung leitete, eine schlampige, dunkelhaarige Person in einem schwarzen Kleid, erinnerte ihn von fern an Poppy Vasari. Aber sie hatte eigentlich doch keine Ähnlichkeit mit Poppy Vasari, die mager und schmutziger gewesen war und zerzauster ausgesehen hatte. Guy war nicht mehr an schmutzige Leute gewöhnt, an Männer und Frauen, die nur selten ihre Kleider wuschen und kaum jemals badeten, und sie erregten seinen Widerwillen. Vielleicht hing es damit zusammen, daß in seiner Kindheit ziemlich viele solcher Menschen um ihn gewesen waren. Die Frau, die seine Gemälde verkaufte und Bestellungen entgegennahm, war vermutlich durchaus sauber, der in den Ritzen ihrer Finger sitzende Schmutz die Folge von Gartenarbeit, die Schuppen auf ihrem schwarzen Schalkragen waren wohl von ihr unbemerkt dahin geraten. Er registrierte, daß, anders als in Coulsden, das Gemälde mit dem edlen Löwen auf einem Felsen samt daneben liegendem Weibchen hier am besten ging, und dann verließ er das Hotel.

Dies mußte die Strecke gewesen sein, auf der ihn an jenem Abend das Taxi nach Hause gefahren hatte, von dem Pub in Bedford Hill, über die Battersea Bridge, die Gunter Grove und Finborough Road oder vielleicht die Beaufort Street entlang und in die Straße, die The Boltons hieß. Konnte man so fahren? Würde die Verkehrsregelung es erlauben? Es war schon spät und sehr dunkel gewesen. Auf jeden Fall zu dunkel, als daß er den kleinen, dunkelroten 2 CV hätte erkennen können, der dem Taxi folgte.

Guy ging nie in Pubs. Er hatte jenes Lokal nur aufgesucht, weil er eingeladen war, und daß es ein Pub war, erkannte er erst, als er dort war. Robert Joseph, sein künftiger Teilhaber an dem Reiseunternehmen, feierte seinen vierzigsten Geburtstag. Er hatte Guy das Pub als ein Hotel beschrieben.

Vernünftigerweise war er spät gekommen. Das Pub hatte die Sperrstunde bis halb ein Uhr verlängert bekommen, und Guy fand sich erst ein, als es beinahe elf Uhr war. Auf einem Podium hüpfte ein Frauendarsteller in schwarzen Pailletten und gelben Federn herum. Er war sehr alt und gräßlich anzusehen und sang ein Lied von so unglaublicher Obszönität, daß Guy kaum seinen Ohren trauen wollte. Ein jüngerer Mann an der Theke wagte es, milde zu protestieren, und wurde sofort, kaum daß er seinen Satz ausgesprochen hatte, von zwei Muskelmännern zu einer der Türen geschleppt und ins Freie befördert. Die Türen wurden geschlossen und abgesperrt. Guy beschloß, ordentlich zu trinken, um die Sache erträglich zu machen.

Robert Joseph war inzwischen betrunken, bemerkte aber noch, daß Guy gekommen war, legte ihm den Arm um die Schulter und nannte ihn seinen besten Kumpel. Auf dem Podium erschien jetzt eine Gruppe und begann alte Beatles-Songs zu singen. Guy trank einen weiteren Wodka-Martini und darauf noch einen. Und dann kam Con Mulvanney, dessen Namen er nicht kannte, auf ihn zu und stellte ihm seine Frage.

»Hast du ein bißchen Shit?«

Er meinte Haschisch. Guy hatte niemals mit Haschisch gehandelt. Früher war er an einem Unternehmen beteiligt gewesen, das Abnehmer mit »Thai Sticks« belieferte, aber später hatten ihn nur Kokain und bestes Marihuana, in der Regel Santa Marta Gold, interessiert. Zudem hatte er, von seiner Jungenzeit abgesehen, das Zeug nie selbst an den Mann gebracht oder auch nur in die Hand genommen. Über dieses Stadium war er längst hinaus. Als Con Mulvanney ihn ansprach, dealte er beinahe ausschließlich mit Kokain, wenn er auch diese neue, Crack genannte Droge, die man rauchte, schon in Betracht zog.

Diesmal gab er auf die Frage, ob er »irgendwas« habe, zur Antwort: »Keine Ahnung, wovon du redest. Geh bitte weg.«

»Ich weiß, daß du was hast. Jemand hat mir von dir erzählt und gesagt, du wirst heute abend hier sein. Man hat dich mir beschrieben.«

Das gab Guy ein sehr eigenartiges, sehr verwundbares

Gefühl. Hinterher fragte er sich, warum er nicht gefragt hatte, wer von seinem bevorstehenden Eintreffen gesprochen, wer ihn beschrieben habe. Aber er fragte nicht, sondern sagte nur: »Du verwechselst mich mit jemand anderem.«

Der Mann, dieser Con Mulvanney, bedrängte ihn nicht weiter. Zumindest nicht damals. Er war ein magerer, schmächtiger Mensch, weder klein noch groß, mit schmalen Schultern und leicht vornüber gebeugt, der aussah, als gehe es ihm nicht gut, und der überhaupt recht ungesund wirkte. Er hatte ein langes, blasses Gesicht, und Lippen und Kinn hatten etwas Weibliches, als könnte ihm nie ein Bart wachsen. Seine Haare waren ziemlich lang; sie wuchsen in Büscheln und waren farblos oder staubfarben. Seine Augen waren von einem hellen Graubraun und konnten Guys Blick nicht standhalten.

Guy ließ ihn stehen und begann ein Gespräch mit Robert Joseph, und dann, als dieser zu einer anderen Gruppe trat, mit einem Mann und einer Frau, die in seiner Nähe, in Chingford oder Chigwell oder weiß Gott wo wohnten. Die Begegnung mit Con Mulvanney veranlaßte ihn, sich noch einen Drink zu besorgen. Nach zwei weiteren Wodka-Martinis sagte er sich, er habe genug getrunken und genug von diesen Leuten hier und dem schrecklichen Lokal, und außerdem war es schon nach Mitternacht. Er bestellte kein Taxi, sondern ging hinaus auf die Straße, wo eines diensteifrig daherkam. Als es anfuhr, setzte sich dahinter ein dunkelroter 2 CV in Bewegung.

Guy sah den 2 CV während der ganzen Fahrt nicht

wieder. Er schaute nicht zum Rückfenster des Taxis hinaus. Als sie in der Scarsdale Mews ankamen und er dem Taxifahrer sein Geld gab, sah er, wie vom Ende der Straße ein kleines Auto wegfuhr. Das heißt, er glaubte sich hinterher zu erinnern, daß er an dieser Stelle ein kleines Auto gesehen habe. Es fiel ihm am folgenden Abend ein, als er aus dem Haus gehen wollte, um irgendwo zu Abend zu essen, und just in diesem Augenblick Con Mulvanney auf seiner Schwelle erschien.

Es klingelte, und Guy dachte, es sei das telefonisch bestellte Taxi. Als Con Mulvanney ihn sah, sagte er spaßend:

»Mr. X, habe ich recht?«

»Ja, aber mir ist dein Besuch nicht recht«, sagte Guy. »Ich habe nichts für dich. Würdest du bitte gehen?«

»Moment, kann ich erklären, was ich haben möchte?«

»Das hast du bereits getan. Geh jetzt!«

»Eigentlich hab' ich's nicht getan«, sagte Con Mulvanney und setzte dann hinzu: »Du kannst mich Mr. Y nennen.«

»Mach dich nicht lächerlich«, sagte Guy. »Bitte geh jetzt. Ich habe nichts für dich, und ich bin gerade am Weggehen.« Die Türstufe und der Boden der Diele waren auf gleicher Höhe, keine weiteren Stufen dazwischen, und Con Mulvanney beziehungsweise »Mr. Y« – dieser absurde Name, aber Guy konnte ihn damals mit keinem andern anreden – hatte sich zur Türmatte vorgearbeitet, einen Fuß bereits auf dem Dielenteppich. »Ich habe dich nicht hereingebeten. Ich möchte dich nicht in meinem Haus haben. Wenn du mich dazu zwingst, werfe ich dich hinaus.«

»Ich möchte ein Halluzinogen«, sagte Mr. Y und senkte dabei die Stimme. »Was eben vorhanden ist, egal, was. Ich verstehe nichts von diesen Sachen. Du mußt dich auskennen. Ich zahle den Marktpreis. Den zahle ich.«

Guy sagte: »Ich habe keine solchen Sachen.«

Er begann zu überlegen, ob »Mr. Y« nicht von der Polizei war. Der Typ sah zwar nicht aus wie irgendeiner der Polizisten, die Guy jemals gesehen hatte, aber natürlich würde man nicht einen Mann auf ihn ansetzen, der wie ein Polizeibeamter aussah, sondern jemanden wie Mr. Y. Die Haustür stand noch immer offen, und jetzt fuhr Guys Taxi vor. Der Fahrer stieg aus, und Guy rief ihm zu, er möge einen Augenblick warten. Er schloß die Haustür und sagte zu Mr. Y, er werde ihn später, um zehn Uhr, treffen – aber wo? Kein Ort war sicher. Es gab nur einige Orte, die weniger gefährlich waren als andere. Mr. Y sagte, wenn er nicht sein Auto benutze, fahre er mit der Northern Line der U-Bahn. Was Mr. X vom U-Bahnhof Embankment Station halte? Guy sagte, um zehn Uhr auf der Hungerford Bridge, in der Mitte.

Er ging nicht hin. Natürlich nicht. Er hatte keinerlei Absicht hinzugehen. Doch er dachte während des Abendessens und auch danach noch über die Sache nach. Er sah sich in der Mitte der Hungerford Bridge stehen, dieser alten, nicht überdachten Fußgängerbrücke, auf der, wie ihm jemand erzählt hatte, häufig Morde geschahen, sah, wie er sich mit Mr. Y traf und wie dann, als er zum Embankment zurückkehrte, zwei Männer aus einer dunklen Ecke auf ihn zutraten. Als er ungefähr eine Stunde nach dem vereinbarten Treffen zu Hause ankam, wäre er nicht überrascht gewesen, wenn er dort den auf ihn wartenden Mr. Y angetroffen hätte, doch es war niemand da. Erst tags darauf kam Mr. Y wieder, diesmal in dem dunkelroten 2 CV.

Guy tat so, als sähe er ihn nicht. Er fuhr den Jaguar in die Garage und ging von dort aus direkt ins Haus. Es klingelte. Guy ließ es klingeln. Er hatte ein kleines Quantum Marihuana im Haus, ein paar Kapseln Durophet und ein bißchen LSD. Er könnte Mr. Y aufmachen, ihm das Gras *schenken*, die Tür vor seiner Nase schließen und ihn vergessen. Das wäre vielleicht das beste. Wieder klingelte es, länger jetzt, hartnäckig. Guy ging nach oben und schaute zu einem der Schlafzimmerfenster hinaus. An diesem Ende der Straße standen keine Autos außer dem 2 CV. Es war undenkbar, daß sein Haus beschattet wurde, es sei denn, die Beobachter saßen in den Häusern gegenüber, und das war nach seinem Dafürhalten höchst unwahrscheinlich. Er öffnete den Safe, in dem sich Leonoras Verlobungsring in seinem Etui und die verschiedenen Drogen befanden. Er nahm das Marihuana heraus, verschloß den Safe wieder und ging hinunter zur Haustür, da es neuerlich zu klingeln begann.

Mr. Y sagte: »Ich will das nicht, was du da hast. Ich möchte ein Halluzinogen.«

»Du möchtest was?«

»Meskalin vielleicht oder Psylocybin. Dieses Zeug aus dem Zauberpilz. Ich wollte eigentlich kein Cannabis. Mir hat nur jemand gesagt, wenn ich dich danach frage und es Shit nenne, wüßtest du, daß ich es ernst meine.«

Ein Polizeibeamter, der derart naiv sein konnte, der in diesem Ton sprechen konnte, mußte ein Genie sein. Für die Drogenfahndung wäre er sein Körpergewicht in Gold wert – mehr wert als in bestem kolumbianischen Gold aufgewogen. Der Mann mußte echt sein. Guy sagte zu ihm: »Also schön. Komm lieber herein. Ich möchte deinen Namen nicht wissen.«

»Ich deinen auch nicht.«

Warum hatte er das getan? Warum hatte er Mr. Y ins Haus gebeten? Weil Mr. Y, auch wenn er seinen, Guys, Namen nicht kannte, wußte, daß er ein Dealer war und wo er wohnte, weil er sich für eine Abfuhr rächen könnte, indem er der Drogenfahndung ein Licht aufsteckte. Natürlich würde Guy rechtzeitig dafür sorgen, daß das Haus in der Scarsdale Mews völlig »clean« war, doch das war nicht der entscheidende Punkt. Er wollte die Polizei nicht hier haben. Wenn sie auch nur ein einziges Mal kam, würde er das Dealen aufgeben müssen, dann hätte er das Menetekel an der Wand gesehen.

Bislang war er ohne Makel geblieben, ein Bürger von ebenso untadeliger Achtbarkeit wie nur irgendeiner seiner Nachbarn, und er mußte einen sauberen Ruf behalten. Ein einziger Dreckfleck, und alles wäre zu Ende. Er rief sich etwas in Erinnerung, was dicht unter der dünnen Außenhaut seines Bewußtseins schlummerte: Nach dem Gesetz über den Mißbrauch von Rauschmitteln stand auf den Besitz von Drogen der Kategorie A verbunden mit der Absicht der Veräußerung eine Höchststrafe von vierzehn Jahren Gefängnis.

Mr. Y trat ins Haus, ließ aber kein Verlangen erkennen, weiter als in die Diele zu gehen. Er setzte sich in einen der Georges-Jacob-Sessel und sagte: »Du bist gestern abend nicht gekommen. Ich habe lange gewartet.

Schließlich bin ich weggegangen, weil ich meinen letzten Zug nicht verpassen wollte.«

»Was genau willst du eigentlich?«

Bislang hatte Guy den anderen nicht für verrückt gehalten. Für sonderbar, naiv, verschroben, eigenartig, auf irgend etwas aus, ja, aber nicht für verrückt. Was der Typ als nächstes sagte, veränderte diesen Eindruck.

»Ich muß dir mitteilen, daß ich eine Reinkarnation des heiligen Franz von Assisi bin.«

Guy starrte ihn nur schweigend an.

»Du verstehst, was ich sagen will? Hast du schon mal vom heiligen Franziskus gehört?«

Guy machte eine unwillige Geste. »Ich habe gefragt, was du willst.«

»Der Beweis ist an meinen Händen.« Mr. Y streckte die Hände aus und drehte die Innenflächen nach oben. Sie waren nicht gerade sauber. »Heute sind die Stigmata sehr gut zu sehen.«

»Die was?«

»Der heilige Franziskus – und damit ich – war der erste Mann, an dessen Körper sich die Wunden zeigten, die Christus bei seiner Kreuzigung zugefügt wurden. Das steht eigentlich nicht in Frage. Die Ansprüche des Apostels Paulus und des heiligen Angelo del Paz können in keiner Weise akzeptiert werden. Im Fall des heiligen Franziskus und damit in meinem eigenen Fall sind sämtliche Wundmale vorhanden, die von den Nägeln an den Händen und den Füßen, das vom Speer in der Seite und die Abdrücke der Dornenkrone.«

Sein Ton war pedantisch, belehrend und ziemlich schrill geworden. Guy konnte an den Händen des Fremden keine Stigmata sehen, nur den in den Rillen sitzenden Dreck, und als Mr. Y die Hände hob und die staubgrauen Haarbüschel zurückschob, bemerkte Guy auch an der Stirn nichts.

»Schön und gut, aber was hat das alles mit mir zu tun?«

Mr. Y setzte zu einer weitschweifigen Ansprache an, erklärte, daß die ganze Natur ein Spiegel Gottes sei, und erging sich über die neue franziskanische Lebensregel, die er formulieren werde. Sie werde davon bestimmt sein, daß die einzige Hoffnung für die Menschheit in einer Rückkehr zur Gemeinschaft mit Gott durch eine neue Ehrfurcht vor der Natur bestehe.

»Aber das schaffe ich erst, wenn es mir gelingt, in meine innere Weite vorzudringen.«

Diese Idee verstand Guy. Jahre zuvor, er war damals noch ein Heranwachsender gewesen, hatte er jemanden, der eine psychedelische Droge nahm, sagen hören, er habe sich »in seiner inneren Weite verirrt«, ein Ausdruck, den er als beunruhigend empfunden hatte.

»Ich habe kein Meskalin«, sagte er. »Ich habe kein Peyote oder dergleichen.«

Doch oben im Safe hatte er ein bißchen Lysergsäurediethylamid, LSD 25, das er gern loswurde, gern aus seinem Haus und seinem Leben verschwinden sah. Es war in Tablettenform.

Damals hatte er Leonora oft zu sehen bekommen. Sie war auf das Ende ihrer Lehrerinnenausbildung an einem College in Süd-London zugegangen. Sie hatte keinen anderen Freund, das stand für ihn fest, aber sie schliefen nicht miteinander, sie hatten schon seit langem nicht mehr miteinander geschlafen. Er sagte ihr, daß er großes Verlangen nach ihr habe. Er sehne sich danach, daß sie wieder miteinander schliefen. Sie sagte zwar nicht ausdrücklich, daß es wieder dazu kommen werde, aber sie sagte auch nicht nein. Einmal, so glaubte er sich zu erinnern, hatte sie sogar gelächelt und gesagt: »Eines Tages.« Das hatte natürlich »eines Nachts« bedeutet. Trotz ihrer frühesten Erlebnisse, jenen Idyllen auf dem Friedhof, wollte sie nicht am Nachmittag mit ihm ins Bett gehen und übrigens auch zu keiner anderen Zeit als nachts. Damit wollte sie sich herausreden. Sie war auf dem College, ihr Zimmer sei nicht abgeschirmt, es würde Schwierigkeiten geben, über Nacht in seinem Haus zu bleiben sei unmöglich.

Es war die Zeit, als sie sagte, sie habe kein richtiges Heim mehr. Zwar war für sie bei Tessa in der Sanderstead Lane und auch in Anthonys Wohnung in der Lamb's Conduit Street allzeit ein Zimmer reserviert, aber das sei »nicht dasselbe«. Ohnedies könnte sie ihn auf keinen Fall dorthin mitbringen. Jedenfalls könne er nicht über Nacht dort bleiben. Es wäre ihr unangenehm, es wäre peinlich. Aber sie gingen miteinander aus, sie machten gemeinsame Spaziergänge, sie telefonierten oft miteinander. Sie gingen zwar nicht miteinander ins Bett, aber er blieb trotzdem ihr Freund und sie seine Freundin. Sie hatten abgemacht, zusammen in Urlaub zu fahren, und dann, so sagte er sich, werde die lange, von Leonora verhängte Enthaltsamkeitsperiode ein Ende finden. Während ihres Studiums waren sie oft lange getrennt gewesen. Manchmal hatten sie sich ein ganzes Semester lang nicht gesehen. Sie hatte ihn nicht gefragt, womit er seinen Lebensunterhalt bestritt, aber er wußte, daß sie es eines Tages tun würde, und darauf mußte er vorbereitet sein. Es war großenteils auf Leonoras Rolle in seinem Leben zurückzuführen, daß er einen Anteil an dem Klub erwarb, dann alleiniger Besitzer wurde, das Reiseunternehmen aufzog, die Gemäldeproduktion startete. Er hätte ihr nicht anvertrauen können, daß er vom Dealen lebte. Er mußte ihr Lügen aufbinden. Und wenn sie dann schließlich wieder ein richtiges Liebespaar werden würden, wenn es ans Heiraten ging, müßte er den Drogenhandel überhaupt aufgeben.

Vier Jahre war all das her, beinahe genau vier Jahre. Mr. Y, der Con Mulvanney hieß, war an einem der letzten Julitage, vielleicht sogar am allerletzten, jedenfalls nach dieser Party, in Guys Diele in dem Georges-Jacob-Sessel gesessen und hatte über Franziskus von Assisi geschwafelt und davon, wie man sich Zugang zu seiner inneren Weite verschaffe. Und er, Guy, hatte ihm das LSD geschenkt, das er in seinem Safe hatte, damit er den Mund hielt und verschwand. Ihm *geschenkt*, nicht verkauft, obwohl er inzwischen nicht mehr wußte, warum er sich so ungewohnt großzügig verhalten hatte. Aus Panik vermutlich, aus dem überwältigenden Verlangen, Mr. Y aus seinem Haus hinauszubekommen.

Guy hatte selbst nie LSD genommen. Er hatte nie etwas genommen außer ganz gelegentlich Marihuana und zweimal Kokain. Weil er Angst vor Schlangen hatte, der gängigsten aller Phobien, hatte er es nie gewagt, mit LSD zu experimentieren. Er wollte keinen »schlechten Trip« riskieren, auf dem er Schlangen »sehen« könnte. Außerdem war »acid«, das in den späten sechziger und frühen siebziger Jahren unter den Hippies so beliebt gewesen war, in seiner eigenen Jugend aus der Mode gekommen und tauchte erst in letzter Zeit wieder auf. Aber er wußte genug darüber, um eine Routinewarnung auszusprechen.

»Hast du schon mal welches genommen?«

Mr. Y verneinte. »Ich weiß, das Riskante dabei ist, daß man zu rasch mit zuviel Realität konfrontiert werden kann.«

»Denk dir nichts, was das betrifft. Sorg nur dafür, daß jemand bei dir ist, wenn du es nimmst. Daß du nicht allein gelassen wirst. Du willst ja aus dieser inneren Weite zurückkommen, oder nicht?«

Kein Geld wechselte den Besitzer. Guy sagte sich, das sei gut so, obwohl er doch wußte, daß es in Wirklichkeit nicht darauf ankam. Eine enorme Erleichterung, ein tolles Gefühl der Entlastung überkam ihn, als Mr. Y in seinem dunkelroten 2 CV davonfuhr. Er ging noch einmal nach oben, um das Marihuana wieder in den Safe, zu den Amphetaminen, zu legen und ihn dann abzuschließen. Aus irgendeinem Grund, aus schlichter Vorsicht vielleicht oder aus einem jener abergläubischen Gefühle, einer jener Vorahnungen, tat er es nicht. Es ging ihm eigentlich gegen den Strich, er würde es vielleicht bereuen, aber trotzdem trug er die Drogen ins Gästebadezimmer, warf sie in die Toilettenschüssel und spülte sie hinunter. Angesichts dessen, was geschehen war, kam es auch nicht mehr darauf an.

Zwei Abende später wollte er Leonora ausführen. Sie wohnte damals bei ihrem Vater und ihrer Stiefmutter in Bloomsbury.

Anthony Chisholm behandelte ihn netter als irgendeiner der anderen, die Leonora nahestanden. Anthony und auch Susannah. Sie war ebenfalls nett zu ihm. Natürlich hatte er bei ihr nicht das Gefühl, es mit einem weiteren Elternteil Leonoras zu tun zu haben; Susannah war ja nur acht Jahre älter als er selbst. Wie ein altmodischer Freier holte er Leonora in der Lamb's Conduit Street ab und brachte sie auch wieder nach Hause.

Er traf zu früh dort ein. Er erschien jedesmal zu früh, wenn er Leonora abholen kam. Sie war noch im Bad. Anthony, der Architekt und Teilhaber von Purdey Chisholm Hall, einem Architekturbüro, war, war noch nicht von der Arbeit in der City nach Hause gekommen. Susannah besorgte die Öffentlichkeitsarbeit für eine Kosmetikfirma und ein paar Spielzeughersteller und betreute ihre Kunden von zu Hause aus. Sie gab ihm etwas zu trinken und sagte, daß sie Gäste erwarteten und sie damit beschäftigt sei, etwas Schwieriges zu kochen, und ob er sie entschuldigen würde. Die Abendzeitung, die Leonora mitgebracht hatte, lag auf einer Sofalehne.

Guy trank von seinem Glas und las die Titelseite. Sie enthielt einen bizarren Bericht über einen Mann, der in Süd-London durch Bienenstiche getötet worden war.

Der Mann hieß Cornelius (»Con«) Mulvanney, was Guy nichts sagte, der die Meldung las, dann eine andere, über die Scheidung eines Tennisspielers. Er hatte eine dritte, über einen Brand in Fulham, angefangen, als Anthony hereinkam.

8

Als Guy am Tag nach ihrem Essen im *Clark's* in Leonoras Wohnung anrief, nahm Rachel Lingard den Hörer ab.

»Leonora ist leider nicht da.«

»Wo ist sie dann?«

»Ich bin nicht meiner Schwester Hüterin.«

»*Was*?«

»Wir wissen vielleicht nicht, was Gott zu Kain nach diesem von mir paraphrasierten Satz sagte, aber ich distanziere mich ganz entschieden von dieser Aufpasserei.«

Das war ihre Art zu reden. Sie sprach oft so daher. Er hatte es schon lange aufgegeben, sie zu fragen, wovon sie rede.

»Sie ist bei ihrem Zimtzwerg, nehme ich an. Okay, du brauchst darauf nichts zu sagen. Ich habe seine Nummer.«

In der Georgiana Street meldete sich niemand. Er versuchte es eine Stunde später noch einmal, dann wieder eine Stunde später und dann jede halbe Stunde. Er führte Celeste zum Abendessen aus und anschließend zum Trinken in das *Greens*, einen Klub in der Green Street. Dort rief er um elf Uhr wieder bei William Newton an, und wiederum meldete sich niemand. Für ihn selbst war es nicht sehr spät, wohl aber, wie er wußte, für die meisten Leute. Sie waren entweder nicht zu Hause, oder

Newton hatte ein Stöpseltelefon, das für den Anrufer einen Klingelton von sich gab, auch wenn der Stöpsel herausgezogen war. Newton hatte den Stöpsel herausgezogen, um zu verhindern, daß Leonora mit ihm, Guy, sprach. Leonora wußte höchstwahrscheinlich, ja, beinahe mit Sicherheit nichts davon.

Am nächsten Tag versuchte er es bei ihr zu Hause. Niemand ging an den Apparat. Den ganzen Abend über hob niemand ab, und ebensowenig in der Georgiana Street. Kurz vor zehn Uhr ersuchte er die Auskunft um die Nummer von M. Mandeville in der Sanderstead Lane in South Croyden, erhielt sie und rief Tessa an.

Als sie hörte, wer am Apparat war, sagte sie gleich als erstes, sie habe keine Ahnung, wo Leonora sei, Leonora – sie nannte sie »meine Tochter« – sei sechsundzwanzig und ihr eigener Herr. Dann fuhr sie fort: »Ich finde es nur richtig, wenn dir einmal jemand sagt, daß du ein sehr gestörter Mensch sein mußt. Du gehörst eigentlich in eine Therapie. Allerdings hilft so etwas vielleicht nicht mehr, weil es zu spät dafür ist. Der Wind ist schon vor langer Zeit gesät worden.«

»Was soll das heißen?«

»Ich habe dich früher für einen Kriminellen gehalten, aber jetzt tust du mir eher leid. Ich habe Mitleid mit dir, wirklich. Der ganze Dreck, den du im Lauf der Jahre in dich aufgenommen hast, der trägt jetzt Früchte. Du erntest jetzt den Sturm.«

Guy legte auf, schwer angeschlagen. Das war der erste deutliche Hinweis gewesen, daß sie oder sonst jemand aus Leonoras Umkreis wußte, womit er früher sein Geld verdient hatte. Gab es irgend etwas, was die Mandevilles nicht über ihn wußten? Leonora selbst hatte gesagt, daß Magnus über den Erpresserring in Kensal orientiert war. Tessa war allerdings auf dem verkehrten Dampfer. Er war nie süchtig gewesen. Hatte Leonora ihr das erzählt? Die Vorstellung, daß seine Leonora bei ihrer Mutter abwertend über ihn gesprochen haben könnte, schmerzte ihn sehr.

Aber es gab eine andere Möglichkeit. Tessa wohnte im Süden Londons. Dort wohnte auch Poppy Vasari, *hatte* auch Con Mulvanney gewohnt. Zwar lebten in dem riesigen Bereich südlich der Themse sicher nicht weniger als fünf Millionen Menschen, aber Poppy Vasari war eine Art Sozialarbeiterin. Und das gleiche war, wenn auch in einer anderen Form, Tessa Mandeville. Hatte Leonora ihm nicht erzählt, daß ihre Mutter unentgeltlich in einem Krankenhaus arbeite und irgendeine Tätigkeit im Bürgerberatungsbüro ausübe? Was lag näher, als daß sie und Poppy einander über den Weg gelaufen waren?

Angenommen, Tessa und Poppy wären einander regelmäßig begegnet, im Bürgerberatungsbüro, oder wenn sie behinderte alte Menschen durch die Gegend fuhren. Guy hatte zwar nur eine vage Vorstellung, wie es gelaufen sein könnte, aber so ähnlich konnte es gewesen sein. Es war leicht möglich, daß Poppy Vasari, als sie über Con Mulvanneys Tod sprach, ihn Tessa beschrieben und in ihrer Empörung berichtet hatte, was er getan hatte. Sie kannte seinen Namen; den hatte sie herausgefunden. Sie konnte Tessa gegenüber seinen Namen erwähnt haben.

In diesem ersten Bericht über Con Mulvanneys Tod, den er in Anthony Chisholms Wohnung gelesen hatte, war Poppy Vasari nicht erwähnt worden. Aber die Vasari hatte kein Verhältnis mit Mulvanney gehabt, nicht mit ihm zusammengelebt, war vielleicht nicht einmal besonders eng mit ihm befreundet gewesen. Manche von diesen Mildtätigkeitsaposteln konnten sich furchtbar aufregen über sogenannte »soziale Ungerechtigkeiten« oder »empörende« Verstöße gegen dieses oder jenes. Was ihn betraf, so hatte er den Bericht mit Interesse gelesen, ein bißchen entsetzt über Con Mulvanneys Schicksal, das schrecklich war, wie man es auch betrachtete. Mulvanney hatte anscheinend das Dach oder die Abdeckung eines Bienenstocks abgenommen und war überall am Kopf, im Gesicht und am Hals von Bienen gestochen worden. Konnte man an *so etwas sterben*? Anscheinend ja. Die Todesursache würde bei der gerichtlichen Untersuchung festgestellt werden. Con Mulvanney, so hieß es in der Zeitung, war sechsunddreißig Jahre alt und arbeitslos gewesen und hatte in der *Gartenwohnung* oder im Erdgeschoß eines Hauses in Upper Tooting gewohnt.

Anthony Chisholm kam von der Arbeit nach Hause. Seit seiner Wiederverheiratung hatte er mehr denn je diesen Ausdruck eines hübschen Teddybären, das Lächeln war noch jungenhafter, in den Augen lag weniger Müdigkeit. Kein Wunder. Jeder Mann mußte sich im siebten Himmel fühlen, wenn er den Klauen Tessas, dieses Drachens, entronnen war. Für Guy war es ein Rätsel, wie Anthony es so lange mit ihr hatte aushalten können. Damals, in jenem Sommer vor vier Jahren, war Anthony sehr nett, sehr freundlich zu ihm gewesen.

»Hast du was zu trinken bekommen, Guy? Ach ja, ich sehe, Susannah hat sich um dich gekümmert. Wo ist sie denn, die Dame meines Hauses? Nein, sag's nicht, ich ahne es. Ich habe gedacht, zwei Bäder sind mehr, als irgend jemand in einem einfachen Duplex brauchen kann, so nennen es nämlich die Amerikaner, ein Duplex, aber jetzt sehe ich, daß drei notwendig sind.«

Guy fragte Anthony, ob er rauchen könne. Tessa hätte er nicht gefragt, sondern einfach eine Zigarette herausgeholt und angezündet.

»Weißt du, ich glaube, ich leiste mir auch eine. Offiziell, oder sagen wir, in meiner Eigenschaft als *Ehemann*, habe ich es ja aufgegeben, aber eine von dir zählt nicht.«

Könnte es entspannter zugehen? Familiärer? Der unbeschwerte, kultivierte, liebenswürdige und liebevolle Vater mit seinem zukünftigen Schwiegersohn, seinem wohlhabenden, erfolgreichen Jet-set-Schwiegersohn in spe. Guy war überzeugt, daß Anthony ihn in diesem Licht sah. *Damals* war er davon überzeugt gewesen. Anthony war nicht mehr auf seinen Vorteil aus, nicht geldgieriger als die anderen Leute, aber er war ein vernünftiger Realist. Er hatte einen Blick für die große Chance im Leben. Mochte Leonora selbst, sie mit ihren feministischen Ideen, über diese Einstellung denken, was sie wollte. Anthony sah in einem reichen, erfolgreichen Ehemann einen Glückstreffer für seine Tochter. Guy hatte damals einen Porsche gehabt. Anthony dürfte den Wagen draußen gesehen haben (im Parkverbot, aber was kümmerte einen der Strafzettel?), hatte vermutlich von Leonora über Guys Haus gehört, hatte auf jener recht mißglückten Geburtstagsparty von Guys geschäftlichen Interessen gehört. Vielleicht hätte er im Grunde seines Herzens irgendeinen Intellektuellen für Leonora lieber gesehen, aber Intellektuelle sind nur selten reich, und ein

Spatz in der Hand ist besser als eine Taube auf dem Dach.

Solche Gedanken waren Guy damals durch den Kopf gegangen, und er war freundlich zu Anthony gewesen, hatte einen zweiten Drink akzeptiert, ihm noch eine Zigarette gegeben, sich über das schreckliche Vorkommnis in der Abendzeitung unterhalten. Wer hätte gedacht, daß man an Bienenstichen sterben kann?

Guy, der noch genau wußte, was in jenen Tagen geschehen war, erinnerte sich, daß er am Morgen danach zum ersten Mal in seinen Schießsportklub gegangen war. Sein Unterricht hatte an diesem Tag begonnen. Der Lehrer hatte gesagt, er, Guy, habe ein gutes Auge und eine ausgezeichnete Körperbeherrschung. Danach war er mit einem Taxi ins West End gefahren, um die Flugtickets für den Samos-Urlaub abzuholen! Das Reiseunternehmen, das er und Robert Joseph aufziehen wollten, befand sich noch im Planungsstadium. Guy hatte die »Flitterwochenhütte« gebucht, die auf dem privaten Strandbereich stand. Sie würden erster Klasse fliegen, und er fragte sich, ob es ihm gelingen werde, Leonora einzureden, bei dieser luxuriösen Art zu reisen handle es sich in Wirklichkeit um einen Flug in der Touristenklasse. Sie bestand nämlich darauf, mit dem Geld, das sie durch irgendeinen Ferienjob verdient hatte, ihren Anteil selbst zu bezahlen. Vielleicht konnte er sie glauben machen, die Fluggesellschaft habe ihre Plätze ohne Aufschlag »aufgewertet«, weil in der ersten Klasse ein paar unbesetzt waren.

Er sah voraus, daß er wegen der Bezahlung Schwierigkeiten mit Leonora bekommen würde. Es würde ihr nicht entgehen, daß die Hotelpreise ihre bescheidenen

Mittel in schwindelerregender Weise überstiegen. Es konnte sogar sein, daß die Logierkosten für die »Flitterwochenhütte« irgendwo angeschlagen waren, im Kleiderschrank vielleicht oder an der Innenseite der Tür. Dann allerdings würde es für sie zu spät sein, irgend etwas zu unternehmen; sie müßte die Sache wohl oder übel hinnehmen und ihn zahlen lassen, wie er es wollte, ja sogar ersehnte.

Guy war mit Robert Joseph und einem Anwalt, der gerade damit beschäftigt war, einen möglichst vorteilhaften Mietzins für ihre neuen Geschäftsräume in der Milner Street auszuhandeln, zum Lunch verabredet. Da Guy vorhatte, später in seinen Fitneßklub zu gehen, fand er, er könne sich ein paar Gläschen genehmigen. Als er nach Hause kam, war es beinahe vier Uhr nachmittags.

In seiner Straße stand ein Wagen, dessen Fahrerin sich gerade mit einer Politesse stritt. Die Parkmöglichkeiten längs der Scarsdale Mews waren größtenteils für Anlieger reserviert, und dort, wo sie auf die Marloes Road stieß, standen fünf Parkuhren. Guy machte die Frau darauf aufmerksam, daß gerade jemand von einer der Parkuhren weggefahren war. Hätte er geahnt, daß es sich um Poppy Vasari handelte und weswegen sie gekommen war, hätte er ihr den Tip nicht gegeben und befriedigt zugesehen, wie ihr Wagen abgeschleppt wurde. Sie sagte nicht, wer sie war oder daß sie es auf ihn abgesehen hatte. Er schloß auf und trat in sein Haus.

Zwei, drei Minuten später klingelte es. Sie stand draußen, nannte ihren Namen und sagte, daß sie mit Con Mulvanney befreundet gewesen sei. Guy, der den Namen des von den Bienen getöteten Mannes, nicht jedoch die

Zeitungsmeldung selbst vergessen hatte, antwortete, er habe nie von einem Con Mulvanney gehört.

»O doch, Sie haben von ihm gehört, Mr. X«, sagte sie.

»Keine Ahnung, wovon Sie sprechen.« Doch in Wirklichkeit wußte er es, oder zumindest dämmerte es ihm.

»Sie haben ihm ein Halluzinogen gegeben«, sagte sie.

Sie sprach es laut aus, in ihrem normalen Sprechton oder auch lauter. Guy glaubte, gleich ohnmächtig zu Boden zu sinken. Er sagte: »Um Himmels willen!« Und dann, weil alles andere besser war, als wenn er sie hier draußen in diesem Ton weiterreden ließ: »Kommen Sie doch ins Haus.«

Sie war füllig und hatte etwas von einer Zigeunerin, trug große goldene Ringe in den Ohrläppchen und Gold- und bunte Perlenketten um den Hals. Sie hatte ein schiefes, stark mit Rouge geschminktes Gesicht, das faltig, aber lebhaft war, eine Hakennase und schwarze Augen mit einem stechenden Blick. Ihr langes, wüstes Haar war schwarz. Sie steckte in weiten Gewändern, vielleicht um die Leibesfülle zu verbergen, oder einfach weil sie die schlottrigen Klamotten bequemer fand. Sie hatte keine Strümpfe an, und die nackten Füße steckten in Sandalen.

All das mußte er später registriert haben; am Anfang war er dazu schlicht außerstande. In diesen ersten Augenblicken war sie wie die Nemesis erschienen, um ihn in den Wahnsinn zu treiben und dann zu vernichten. Ihr wüstes Aussehen, ihre Kleider paßten nur zu gut dazu. Das einzige, was er zu diesem Zeitpunkt genauer wahrnahm, war ihr Geruch, als sie an ihm vorbei ins Haus drang. Sie duftete nicht nach Parfum und Eau de Toilette, nach Badeöl und Körperlotion wie die Frauen, die er kannte, sondern ein starker Schweißgeruch ging von ihr aus. Sie stank wie eine billige Hamburger-Bude. Seither assoziierte er den Geruch eines Hamburgers auf dem Grill mit Poppy Vasari.

»Sie haben bestimmt darüber gelesen«, sagte sie, als sie in seinem Salon waren. »Sie wissen bestimmt alles darüber oder zumindest so viel, wie die Zeitungen wissen.«

»Ich wußte nicht, daß es sich um ihn handelte«, sagte Guy.

Sie sah ihn an. Sie lachte. Es war das unangenehmste Lachen, das er jemals gehört hatte. »Also ein schöner Schock für Sie, was?«

»So könnte man es ausdrücken, ja.«

»Gut so. Es freut mich, daß jetzt Ihre Bestrafung anfängt.«

Sie hatte nicht die geringste Angst vor ihm. Sie war eine Frau, war gut fünfzehn Jahre älter als er und völlig untrainiert. Sie befand sich in einem ihr fremden Haus mit jemandem, den sie zweifellos für einen Kriminellen hielt, war ihm ausgeliefert, aber sie fürchtete sich nicht. Sie hatte den Kopf hochgereckt und sah ihm mit einem flammenden Blick in die Augen. Und sie hatte Grund, sich nicht vor ihm zu fürchten. Die Kraft hatte ihn verlassen. Auch die Wirkung des Alkohols war verpufft, seine magische Wirkung, die ihm eine Pseudoenergie hätte verschaffen können.

»Er hat mich angefleht, ihm etwas zu geben. Er hat mir mit seinen Bitten zugesetzt, mir keine Ruhe gelassen.« Guy wußte, daß er indiskret war, schlimmer als das, aber es gab ja keine Zeugen. »Ich habe kein Geld von ihm verlangt«, sagte er, als spräche das für ihn. »Und ich habe ihm gesagt, er muß es unter Aufsicht nehmen.«

»Das hat er getan. Unter meiner Aufsicht.«

»Unter Ihrer?«

»Ich war dort bei ihm. Ich hatte in einem Rehabilitationszentrum für Drogenabhängige gearbeitet, ich hätte klüger sein müssen.«

»Ja, das hätten Sie.« Guy klammerte sich an diesen Strohhalm. »Großartig haben Sie auf ihn aufgepaßt.«

»Halten Sie den Mund!« sagte sie. »Halten Sie die Klappe, erdreisten Sie sich nicht, so mit mir zu sprechen! Wollen Sie wissen, was passiert ist? Aber ich sage es Ihnen sowieso. Es wird alles bei der gerichtlichen Untersuchung ans Licht kommen. Wollen Sie es wissen?«

»Natürlich will ich es wissen.«

»Also gut. Er kannte Ihren Namen nicht, wußte nur, wo Sie wohnen. *Ich* weiß, wie Sie heißen, ich habe die Leute nebenan danach gefragt. Er hat zu mir gesagt, er will Ihre Tabletten nehmen, damit er Zugang zu seinem inneren Bewußtsein bekommt. Irgend so einen Quatsch. Ich habe ihm gesagt, er soll es nicht tun. Er wisse nicht genug darüber, zum Beispiel, wie lange Sie das Zeug schon hatten oder woher es kam. Ich habe gesagt, die Einnahme muß richtig kontrolliert werden. Er hat noch eine Menge weiteren Blödsinn geredet. Wenn ich nicht dabeisein wolle, hat er gesagt, würde er es allein nehmen. Er war ohnehin völlig bekloppt, mit diesem ganzen Reinkarnationsschwachsinn. Ich war früher Krankenschwester auf einer psychiatrischen Station, und ich kann Ihnen verraten, daß es eines der ersten Symptome einer Psychose ist, wenn Leute behaupten, sie sind eine Reinkarnation von irgendwem.

Er war ein Mensch, den man auf gar keinen Fall auch nur in die Nähe einer solchen Substanz kommen lassen durfte. Aber man kann ja den Leuten nichts vorschreiben, außer man nimmt sie in Gewahrsam. Dieses gottverdammte ›acid‹, dieser Dreck – und dabei dachte ich, es wäre damit vorbei, als es in den Siebzigern verschwand... Okay, nun, er hat es also genommen, und er... ich wollte schon sagen, er hatte einen schlimmen Trip, aber so war's nicht, er hatte einen *guten*. Er hat immer wieder gesagt, daß er großartige Dinge sieht, herrliche Farben. Dort, wo er wohnt – gewohnt hat –, gibt es einen Garten. Die Blumen darin waren nichts Großartiges, na, wie denn auch? Aber er begann sie zu beschreiben, diese Gänseblümchen, wie sie im Rasen wachsen, von denen sagte er, es wären Sonnenblumen, so groß wie Teller, und sie würden duften wie Rosen. Die Spatzen waren Eisvögel und Sittiche und weiß Gott was sonst. Dann hat er angefangen, über die Schmetterlinge zu sprechen. Es waren Kohlweißlinge, aber er hat gesagt, sie hätten blaue und purpur- und scharlachrote Flügel.«

»Und was war mit den Bienen?« fragte Guy. Sein Mund war trocken.

Sie bleckte die Zähne und verzog den Mund zu einem bösartigen Lächeln. »Ja, die Bienen. Die Bienen waren in einem Bienenkorb in dem Garten hinter seinem eigenen. Ein paar Nachbarn hatten sich darüber beim Gemeinderat beschwert – ich arbeite für den Gemeinderat –, aber genauso viele andere waren für die Bienen, weil die sehr gut für die Blumen sind und ihre Obstbäume befruchten.

Nach dieser Geschichte ist es aus mit ihnen, das steht fest.« Ihre Augen wandten sich wieder ihm zu und blickten in seine. »Er ist über den Zaun gestiegen.«

»Aber *warum*?«

»Um zu den elenden Bienen zu sprechen. Er war ja der heilige Franziskus – erinnern Sie sich? Schwester Biene und Bruder Schmetterling. Und dann ist er über den Zaun geklettert. Der war nicht sehr hoch, und er hat auf seiner Seite eine Kiste hingestellt, auf die ist er gestiegen. Ich konnte ihn nicht davon abhalten – wie denn? Er machte, was er wollte, so sind die Leute. Das Ehepaar, das dort in dem Haus wohnte und die Bienen hielt, war in der Arbeit. Alle Leute waren in der Arbeit oder sonstwo.

Er ist zu dem Bienenkorb hingegangen und hat zu den Bienen gesprochen. Er hatte Bienen gern, allerdings glaube ich nicht, daß er zu ihnen gesprochen hat, als er noch... normal war. Der Bienenkorb ist aus Holz, und das Oberteil läßt sich abnehmen. Er hat sich dicht darübergebeugt und zu mir gesagt, es wäre alles in Ordnung, die Bienen würden ihn erkennen, sie würden erkennen, daß er ihr Freund war. Ich packte ihn, aber er schob mich weg. Er hat gesagt, ich würde die Bienen aufregen und vielleicht hätte, vielleicht *habe* ich sie aufgeregt. Jedenfalls hat er den Deckel von dem Bienenkorb abgenommen.

Die Bienen kamen heraus. Hunderte davon, es kam mir wie Hunderte vor. Ein großer Schwarm, alle wütend. Ich merkte, daß sie ihn stachen, weil er sie anbrüllte und nach ihnen schlug. Er ist davongerannt und gestürzt, und die Bienen sind hinter ihm her. Bienen sind nicht wie Wespen, sie verfolgen einen wirklich. Sie stechen einen, und der Stachel bleibt in der Haut stecken samt der halben Biene. Deswegen sterben sie ja. Gütiger Himmel, da glauben doch Leute tatsächlich an einen Gott, der ein Geschöpf erschaffen hat, das sich selber umbringt, wenn es sich verteidigt!«

Tränen strömten ihr übers Gesicht. Sie machte keinen Versuch, sie wegzuwischen. Guy merkte, daß er sie mit offenem Mund anstarrte und drehte sich weg.

»Sie haben mich gestochen«, sagte sie. »Sie sind mir ins Haar geflogen und haben mich in die Hände und in den Hals gestochen. Ich war übersät mit Einstichen und Stückchen von Bienenleibern.«

»Aber Sie sind nicht gestorben«, sagte er törichterweise.

»Ich bin ja nicht allergisch.«

»Er war *allergisch*? Warum ist er dann zu den Bienen hingegangen, wenn er allergisch war?«

»Er wußte es nicht«, sagte sie. »Er konnte es nicht wissen. Man weiß es nicht, wenn man vorher nur einmal gestochen worden ist. Beim ersten Mal passiert nicht viel, aber man wird sensibilisiert. Es bewirkt eine starke Gegenreaktion bei späteren Kontakten mit der Substanz, egal, was es ist. Bienenstiche oder Schalentiere oder Giftsumach, es ist alles das gleiche.«

»Und das hatte er also?«

»Ich wußte nichts davon«, sagte sie. »Ich versuchte ihn wegzuziehen. Diese Scheißbienen... ich habe zu schreien angefangen, man kann sich in London die Kehle aus dem Hals schreien, bevor jemand aufmerksam wird. Immerhin kam ein Mann. Ich habe ihm zugeschrien, er soll Hilfe holen, einen Arzt, einen Krankenwagen, die Polizei, weiß Gott was. Die Bienen waren überall und voller Wut, die reine Hölle!«

»Die Polizei«, sagte er. »Ist die Polizei gekommen?«

Mit einem höhnischen Lachen sagte sie: »Ist das Ihre Sorge? Ist das Ihre einzige Sorge? Nein, sie ist nicht gekommen. Sie ist ja nie da, wenn man sie braucht. Noch was anderes: Es ist verdammt schwer, in einer solchen Situation wie dieser die Leute zu überzeugen, daß die Sache ernst ist. Sie glauben einem nicht, sie glauben nicht, daß man an Bienenstichen sterben kann. Ich habe *gemerkt*, daß er eine allergische Reaktion hatte, in einem Krankenhaus hätte man es feststellen können, wenn es uns möglich gewesen wäre, ihn rechtzeitig in eins zu schaffen. Er ist schon vorher gestorben, er war nach einer knappen Stunde tot. Er ist erstickt. Sein Körper ist angeschwollen, und er ist erstickt.«

Guy schwieg. Er saß stumm da und blickte weg. Er schaute durch die Fenster hinaus in seinen hübschen Garten mit dem runden Teich und dem Inselchen in der Mitte. Damals war der Delphin noch nicht da gewesen, und auch die florentinischen Gartenmöbel hatte es noch nicht gegeben, und die Orangenbäume in ihren Vasen waren noch klein gewesen, und den an der Mauer sich hochrankenden blauen und dunkelgrünen Wacholderbusch hatte er später stutzen müssen, um Platz für die Clematis zu schaffen. Es regnete ein bißchen, und die Tropfen belebten die Wasserfläche des Teichs. Eine einzige rosa Wasserlilie hatte geblüht. Er erinnerte sich an alles.

»Er war unfähig zu sprechen«, sagte sie in einem kühlen, neutralen Ton.

Sollte das heißen, daß er niemandem etwas von dem LSD erzählt hatte?

»Ich weiß, was Ihnen jetzt durch den Kopf geht. Er hat niemandem etwas davon gesagt.«

»Aber Ihnen.«

Sie lachte. »O ja. Dieser Dreck, den Sie ihm gegeben haben, kommt vielleicht bei der Obduktion ans Licht. Ich müßte es eigentlich wissen, weiß es aber nicht. Außerdem spielt es keine Rolle.« Sie ließ den Blick langsam durch das Zimmer schweifen. Er wußte, als hätte sie es laut ausgesprochen, was ihre Gedanken beschäftigte: All das gehört ihm, unrechtmäßig erworben, aber nicht mehr lange, o nein, nicht mehr lange. Alles wird ihm entrissen, genommen werden. Vierzehn Jahre, dachte Guy. »Ich hab' es der Polizei gesagt«, sagte sie. »Ich habe der Polizei alles erzählt, was ich wußte. Ich denke, sie werden hier erscheinen. Sie haben gesagt, ich soll nicht versuchen, Sie zu sehen, aber ich konnte nicht anders. Ich mußte es Ihnen ins Gesicht sagen. Jetzt gehe ich.«

»Wie hätte ich wissen sollen, daß er gegen Bienenstiche allergisch ist?« sagte Guy.

Er hätte sie gerne umgebracht, aber natürlich faßte er sie nicht an. Sie weinte, als sie ging. Durch das Weinen schien ihr Körper noch übler zu riechen. Er war nicht darauf versessen, daß seine Nachbarn sahen, wie eine weinende Frau in flatternden Gewändern und mit schmutzigen, nackten Füßen sein Haus verließ, aber er konnte daran nichts ändern.

Eine knappe Stunde später war die Drogenfahndung da.

9

Was veranlaßt einen, jemanden zu lieben? Warum kann man sich das Objekt nicht aussuchen, wenn man doch bei fast allen Dingen im Leben die Freiheit der Wahl hat? Das heißt, sofern man reich ist. Man kann sich aussuchen, womit man sein Geld verdient, wo man wohnt, was für ein Haus, welches Auto, welche Kleider man sich zulegt, womit man sich vergnügt. Warum hat man bei dem Menschen, den man liebt, keine Wahlfreiheit?

Das fragte sich Guy oft, wenn er über sich und Leonora nachdachte. Warum war er in Leonora verliebt, wenn er es gar nicht wollte, da es so destruktiv, eine solche Zeitvergeudung war? Für ihn war sie schön, aber er wußte sehr wohl, daß sie nicht so toll aussah, sie kleidete sich nicht mit Geschmack, ihr gefiel nichts von dem, was er mochte, und er fand an den meisten Dingen, die ihr gefielen, kein Gefallen. Sie hatten nichts gemeinsam. Sie hatte kein Interesse am Essen und Trinken und an teuren Kleidern; sich die Nächte um die Ohren zu schlagen, exotische Gegenden, schnelle Wagen, sonnenüberflutete Strände, Pferderennen, das alles ließ sie gleichgültig. Der Sport bedeutete ihr nichts. Sie war nie Ski laufen oder auf einer Jacht gewesen. Diamanten mochten der Traum aller Mädchen sein, aber nicht für eine junge Frau ihresgleichen, und gegen den Pelzhandel zog sie zu Felde.

Sie liebte Bücher und ernste Filme, am liebsten in Japan oder Chile gedrehte, mit Untertiteln. Sie machte gern Urlaub im Zelt oder in Jugendherbergen (mit einem Rucksack), mochte Biokost, Fruchtsäfte, Radfahren, kleine Bühnen, klassische Musik und »grüne« Reportagen in BBC 2. Er würde sich dazu bringen, an alledem auch Gefallen zu finden, sobald sie wieder zusammen waren, im Augenblick aber war es ihm in der Seele zuwider. Er fand es abstoßend, wie sie sich anzog und daß sie kaum jemals Make-up trug – jetzt, da sie sich mit dem Zimtzwerg eingelassen hatte, sogar noch seltener –, und daß sie sich nie die Nägel lackierte. Als nächstes wird sie sich wohl noch die Haare an den Beinen wachsen lassen, dachte er manchmal.

Doch als er sie am Sonnabend sah, wie sie in das verabredete Restaurant trat und auf ihn zukam, bewegte sich sein Herz ein bißchen zur Seite und klopfte aufgeregt, wie unter Schockwirkung. Das geschah ihm jedesmal. Irgend etwas in seinem Kopf, vielleicht der Schädel selbst, dehnte sich mit einem gewissen Wärmegefühl, mit einem leichten Schmerzempfinden aus. Sein Körper hingegen wurde kalt, wenn er nicht gar zu frösteln begann. Er spürte, wie die Kälte über ihn hinstrich, ihm die Arme und rechts und links den Körper hinablief, das Herz berührte. Jedesmal.

Aber warum? Irgend etwas an ihr löste es aus, das war alles, was er sagen konnte. Vielleicht war das bei der Liebe immer so. Irgend etwas an einem Menschen. Ein flüchtiger Blick, ein Lächeln, die Art, die Augen weit zu öffnen, ein Glucksen im Lachen, eine Bewegung der Schultern, irgendeine Kleinigkeit. Das erklärte natürlich nicht, warum eine Kleinigkeit soviel bewirken konnte. Bei ihm und Leonora war es ihr Lächeln, ihre irgendwie reservierte Art zu lächeln, bei der ihre Lippen sich nie so weit dehnten, wie sie es nach seiner Vorstellung gekonnt hätten. Die Zähne waren natürlich vollkommen, klein, weiß und gleichmäßig. Ihre Art zu lächeln hatte er nur ein einziges Mal zuvor gesehen, an Vivien Leigh in *Vom Winde verweht.*

Daß ihr Lächeln ihm soviel bedeutete, ihn verrückt machte, ihm Entzücken und Schmerz bereitete, ihm die Sehnsucht nach etwas eingab, das er nicht zu benennen vermochte – lag es nicht daran, daß er wußte, es konnte diese Zügelung sprengen und frei und ungehemmt werden, nur nicht bei ihm?

Drei Tage waren vergangen, ohne daß er mit ihr gesprochen hatte. Am vierten Tag hatte er sie in der Georgiana Street erreicht. Sie seien viel weg gewesen, sagte sie, sie hätten sich nicht oft zu Hause aufgehalten. William habe gearbeitet. William habe an einem Film über Männer gearbeitet, die ihre behinderten Frauen zu Hause pflegen mußten. Was für ein hinreißendes Thema! Es würde sicher tolle Einschaltquoten erzielen. Als interessierte es ihn, was dieser verdammte William getan hatte. Am liebsten hätte er William Newton mehrmals nacheinander umgebracht.

Wo sie sich zum Mittagessen treffen sollten, hatte er gefragt, worauf sie das Lokal in der Kensington Park Road vorschlug, wo sie schon einmal gewesen waren. Und so saß er, diesmal als erster angekommen, an der Theke, und der junge Franzose, der hier an der Bar bediente, servierte ihm gerade einen Wodka-Martini. Guy hatte die

Sonnenbrille abgenommen, weil er nicht gesagt bekommen wollte, er sehe wie ein Mafioso aus.

Es war der neunzehnte August, noch genau vier Wochen bis zu ihrer Hochzeit – vielmehr bis zu dem Tag, den sie als den Tag ihrer Trauung bezeichnete. Er war nicht gesonnen klein beizugeben. Er war überhaupt nicht gesonnen beizugeben. Er hatte sich gezwungen, nicht zu der Wendeltreppe hinzuschauen, und dachte gerade, daß er doch hinblicken müsse, da berührte sie ihn an der Schulter.

»Guy, du träumst ja.«

Das Frösteln erfaßte ihn, und sein Herz bewegte sich seitwärts. Er sah sie an. Sie lächelte, und er sagte ihr, was ihm über ihr Lächeln durch den Kopf gegangen war.

»Es ist der Grund, warum ich dich liebe. Es ist sozusagen der *Urgrund.*«

»Stell dir vor, ich müßte mich einer Gesichtsoperation unterziehen und mein Mund bekäme eine andere Form – würdest du dann aufhören mich zu lieben?«

»Ich weiß nicht. Vielleicht. Ich habe immer das Gefühl, daß du bei mir nicht richtig lächelst, daß du nicht frei lächelst, wie du es könntest. Bei mir *bändigst* du dein Lächeln.«

»Red keinen Unsinn, Guy«, sagte sie.

»Was sagt Newton dazu, daß du dich sonnabends immer mit mir zum Lunch triffst? Regt es ihn auf?«

»Er hat Verständnis dafür«, sagte sie.

Sie setzten sich an ihren Tisch. Leonora ließ sich ein Glas Orangensaft bringen, und er nahm einen Campari Soda. Sie bestellte einen Grapefruit-Avocado-Cocktail und gefüllte Zucchini, und er Schnecken und danach

Kalbsleber in Himbeersoße. Er dachte über Newtons »Verständnis« nach. Großartig von ihm, dieses »Verständnis«. Dieser gönnerhafte Scheißkerl.

»Als du neunzehn warst, hat irgend jemand angefangen, dich gegen mich aufzuhetzen«, sagte er.

»Ach, Unsinn. Was für ein Unsinn!«

»Hat dir mein Haus nicht gefallen?«

»Es hat mir sehr gefallen, ein herrliches Haus.«

»Es ist doch besser als das deiner Eltern, oder?«

»Viel besser, aber ich sehe nicht, was das alles soll.«

»Ich möchte, daß du mir etwas erklärst. Ich würde gerne wissen, ob es zwischen mir und Newton einen andern gegeben hat.« Ein bißchen Demut wäre vielleicht angebracht, dachte er. »Ich habe vermutlich kein Recht zu einer solchen Frage, aber ich hoffe, daß du sie mir trotzdem beantwortest.«

»Es war bei keinem etwas sehr Ernstes«, sagte sie.

Bei dieser unwillkommenen Antwort schnürte es ihm die Kehle zu. »Aber es hat andere Männer zwischen mir und Newton gegeben?«

»Aber natürlich.«

»Was waren das für Typen?«

Ihre Augen funkelten. Er konnte nicht sagen, ob sie erfreut oder ärgerlich war. Sie sagte, ohne zu zögern: »Na schön, wenn du es unbedingt wissen willst – Robins Freund, der sein Teilhaber war, und zwei Männer an der Universität und, ja, jetzt fällt's mir wieder ein, einer, den ich auf Robins Geburtstagsparty, als er fünfundzwanzig wurde, kennengelernt habe. Genügt dir die Auskunft?«

»Hast du mit ihnen geschlafen?«

»Das geht dich nichts an, Guy. Du hast gesagt, du hättest kein Recht zu fragen, und du hast auch keines.«

»Also hast du es getan.« So mußte es sein, wenn man einen Herzanfall bekam, vermutlich die gleiche Art wie jener Schmerz, der jetzt seine Brust umklammerte und gleichsam eine Lähmung mit sich brachte. »Ich frage mich nur, was dein Vater dazu sagen würde«, entrang es sich ihm.

»Du fragst dich *was?*«

»Ich habe gesagt, ich frage mich, was dein Vater dazu sagen würde. Er wäre entsetzt. Jeder Vater wäre es, wenn es seine Tochter so treiben würde. Dein Vater hätte sehr gern gesehen, daß du mich heiratest. Er hätte gern gesehen, ich weiß es, daß ich der einzige für dich bin. Es würde ihn umbringen, wenn er wüßte, daß du dich wahllos mit Männern eingelassen hast.«

»Ich habe mich nicht wahllos eingelassen. Sei nicht albern.«

»Einer nach dem andern, was ist denn das anderes? Und warum eigentlich? Was war an mir nicht gut genug? Haben sie besser ausgesehen, hatten sie mehr Geld? Was hatten sie für Vorzüge, die ich nicht habe? Ich war derjenige, mit dem dein Vater seine Tochter gern verheiratet hätte.«

Sie begann zu lachen. Dann schüttelte sie den Kopf.

»Was ist denn so komisch?«

»Du. Du bist so altmodisch. Du siehst dich als eine Art schicken Yuppie – und du gibst dich ja auch als Vollyuppie –, jung und ›in‹, in Wirklichkeit aber bist du richtig altmodisch und ein Sexist außerdem. ›Ich frage mich nur, was dein Vater dazu sagen würde.‹ Aber wirklich, Guy, du hörst dich an wie jemand mit sechzig. Mein Vater würde keineswegs so etwas sagen. Und Väter verheiraten heute ihre Töchter nicht mehr, war dir das noch nicht klar?«

»Du wirst nicht bestreiten, daß dein Vater großen Einfluß auf dich hat, Leonora.«

»Das hat nichts damit zu tun. Ich bestreite es auch nicht. Ich sage nur, die Zeiten sind lange vorbei, in denen Männer die Gatten für ihre Töchter aussuchten.«

Voll Abscheu über ihren Gesichtsausdruck, ihr Lächeln sagte er verdrossen: »Er hat sich mir gegenüber verändert, dein Vater.«

Von jenem Abend an, dachte er. An jenem Abend, als er dort ankam, um Leonora abzuholen und den Zeitungsbericht über Con Mulvanney las, hatte ihn Anthony Chisholm zum letzten Mal gedrängt, doch noch ein Glas zu trinken, seine Zigaretten geraucht, ihn wie einen alten Freund behandelt. Als er ihn nach ein paar Wochen wiedergesehen hatte, war die Veränderung unübersehbar gewesen. Damals hatte er gedacht, Anthony sei von geschäftlichen Problemen ganz in Anspruch genommen, mache sich über irgend etwas Sorgen, und nach diesem Abend vergingen Monate, ehe sie sich wiedersahen. Und bei dieser Gelegenheit machte er, Guy, sein Angebot, Leonora das Geld für jene Wohnung zu »leihen«, und Anthony, der irgendwie in das Gespräch hineingezogen worden war, hatte das Darlehen rundweg abgelehnt. Es sei nicht daran zu denken, soviel er wisse, habe Leonora es bereits ausgeschlagen. Guy möge verstehen, man wisse sein Anerbieten zu würdigen, aber es komme auf gar keinen Fall in Frage.

Guy bestellte einen zweiten Campari. Er zündete sich eine Zigarette an, während sie auf ihr Essen warteten. »Du hast mir nie erzählt, wie du Newton kennengelernt hast«, sagte er.

»Wieso sollte ich? Du hast ja nie danach gefragt.«

»Also dann, wie? Und wo?«

Sie warf ihm einen eigenartigen Seitenblick zu, wozu sie angesichts dessen, was folgte, Anlaß hatte. »In der Lamb's Conduit Street.«

»In der Wohnung deines Vaters? Mach schon und sag's, Leonora.«

»Und du mach mal halblang. Wen sonst kenne ich denn in der Lamb's Conduit Street? Übrigens, mein Vater hat uns miteinander bekannt gemacht.«

»Was? Was hat er? Siehst du, ich hab' doch recht! Das trifft alles auf mich nicht zu, was du von mir gesagt hast: altmodisch und sexistisch und weiß Gott was noch. *Dein Vater hat dich mit dem Mann bekannt gemacht, den er gern mit dir verheiratet sähe.*«

»*Ich* möchte ihn heiraten, Guy. Und ich werde ihn heiraten. Außerdem war es nicht so.«

»Wie war es dann?«

»William hat an einer Sendung über Architektur gearbeitet. Er ist durch einen Ausspruch von Prince Charles darauf gekommen. Er hat Papi zu einem vorbereitenden Gespräch aufgesucht, und ich war zufällig dort.«

»Wann war das?«

»Bitte, stell kein Verhör mit mir an, Guy. Ungefähr vor zwei Jahren. Ja, im Juli.«

»Du hast damals nicht bei ihnen gewohnt. Du warst inzwischen schon über ein Jahr in eurer Wohnung.«

»Ich hab' ja nicht gesagt, daß ich bei ihnen gewohnt hätte. Ich habe gesagt, ich habe William bei ihnen kennengelernt. Ich bin mit Papis Geburtstagsgeschenk vorbeigekommen, und William war da.«

»Das erklärt noch nicht, wie es dazu kam, daß du etwas mit ihm angefangen hast. Oder hat dein Vater das eingefädelt? Vielleicht hat er Newton erzählt, du hättest einen Freund, der ihnen nicht zusagt, und er würde gern einen anderen an dessen Stelle sehen, einen, der seinen Ansprüchen mehr entspricht. Vielleicht hat er ihm deine Telefonnummer gegeben.«

»Ich habe ihm meine Nummer gegeben«, sagte sie. »Er hat mich darum gebeten.«

Wie ist es möglich, fragte er sich, daß man tiefen Zorn gegenüber einer Frau empfindet und sie trotzdem liebt? Wie kann es sein, daß einem fast durchweg mißfällt, wie sie sich anzieht und benimmt, und man sie gleichwohl liebt? Sie mehr liebt als sonst jemanden auf der Welt. Mehr als sich selbst.

»Wenn du schon so ... ich glaube, das Wort heißt ›progressiv‹ ... Wenn du schon so progressiv denkst, warum unbedingt heiraten? Warum lebst du nicht einfach mit ihm zusammen?«

»Ich lebe ja jetzt mit ihm zusammen – mehr oder weniger.«

Ihr Essen kam. Leonora bat um ein Glas Wasser, er um eine Flasche Rotwein, Graves. »Warum heiraten?« wiederholte er, als die Bedienung wieder weg war.

»Sich öffentlich zu binden, das ist der übliche Grund, nicht? Ja, ich nehme an, das möchten wir. Eine Bindung fürs Leben miteinander eingehen.«

»Fürs *Leben*. Du zählst darauf, daß das *fürs Leben* halten wird?«

»Warum nicht? Früher war es für die Menschen selbstverständlich, daß eine Ehe ein Leben lang hält. Ich hoffe, daß es bei uns so sein wird. Ich weiß es natürlich nicht, ich kann es nicht sagen, aber kann das überhaupt jemand? Wir können nicht mehr tun, als es versuchen.«

Sie hatte aus dem Brotkorb ein Brötchen genommen, aß es aber nicht. Ihre linke Hand lag auf dem Tisch. Er faßte ihr Handgelenk an und hielt es locker, wie jemand, der den Puls fühlt. Dann packte er fester zu.

»Tu mir einen Gefallen.«

Er glaubte, sie seufzen zu hören. »Was könnte das sein, Guy?«

»Heirate nicht. Warte noch. Warte ein Jahr. Ihr seid beide noch jung – was ist da schon ein Jahr? Leb mit ihm zusammen. Dagegen habe ich nichts – nun ja, das stimmt nicht ganz, aber ich kann es verkraften. Leb mit ihm zusammen und warte ab, wie es geht.«

Sie sah ihn an und drehte den Kopf leicht hin und her. »Laß mich los. Du tust mir weh.« Sie entzog ihm ihre Hand.

»Tu das bitte für mich. Es ist ja nicht viel verlangt.«

»Nicht viel verlangt! Meine Hochzeit verschieben, weil ein Freund, mein ehemaliger Freund, es so möchte!«

»Ich bin für dich mehr als das, Leo. Ich bin die große Liebe deines Lebens, und das weißt du. Wenn du mir die Bitte abschlägst, werde ich dafür sorgen, daß du nicht heiratest. Ich habe ein Recht, dir das Heiraten zu verbieten, und ich werde es dir verbieten.«

»Guy«, sagte sie, »manchmal sagst du Dinge, die mich

ernstlich an deiner Zurechnungsfähigkeit zweifeln lassen. Ich rede *im Ernst*. Und es wird immer schlimmer. Ehrlich gesagt, ich finde, du solltest etwas unternehmen.«

»Das hast du von deiner Mutter.«

»Warum nicht? Ja, vielleicht habe ich auf sie gehört. Ich höre tatsächlich manchmal auf sie. Ich finde, sie ist eine sehr vernünftige Frau. Aber ich habe nicht auf sie gehört, was deine geistige Verfassung betrifft, darüber habe ich nie mit ihr gesprochen. Ich glaube, du verlierst allmählich den Verstand, Guy, und alles nur, weil du dir diese Verrücktheit in den Kopf gesetzt hast, daß wir beide glücklich miteinander wären. Wir wären es nicht. Du bist mit Celeste viel besser dran, wenn du die Sache nur vernünftig betrachtest. Jedenfalls wird es besser werden, wenn ich verheiratet bin und du mich nicht mehr sehen kannst. Dann wirst du darüber hinwegkommen.«

Sie waren beide außerstande, ihr Essen anzurühren. Guy trank allerdings den Wein, denn trinken konnte er immer. Sie trank ihr Wasser und zerbröckelte das Brötchen zu einem Haufen Krümel. Sie sagte, zur Zeit mache es sie und auch ihn nur unglücklich, wenn sie einander sähen, versprach aber, am folgenden Sonnabend wieder mit ihm zu Mittag zu essen.

Sie hatte ihm viel Stoff zum Nachdenken geliefert. Wann, fragte er sich, habe ich ihr das Darlehen für die Wohnung angeboten? Es muß vor dreieinhalb Jahren, im Dezember oder im Januar gewesen sein. Zwischen diesem Datum und dem vorigen August hatte irgend jemand Anthony Chisholm von der Sache mit Con Mulvanney erzählt. Vielleicht Leonora. Aber von wem hatte sie es erfahren? Wer war derjenige, der zu ihr gesagt hatte: »Hast du eigentlich eine Ahnung, mit wem du Umgang hast?«

Aber nein, es war lange vor seinem Angebot des »Darlehens« geschehen, er hatte Anthony einfach ein halbes Jahr lang nicht gesehen. Ohne Zweifel hatte Anthony ihn bewußt gemieden. Er mußte es ein paar Tage, nachdem Poppy Vasari ihn, Guy, bei der Polizei angeschwärzt hatte, erfahren haben. Die Vasari hatte sofort begonnen, die Sache herumzuerzählen, wie sie es ihm angedroht hatte, und zu jenen Leuten, die sie von ihr erfahren hatten, hatte – warum war er nicht gleich darauf gekommen? – Rachel Lingard gehört.

Die Möglichkeit, daß die Vasari mit Tessa zusammengekommen war, war nicht sehr groß. Tessa arbeitete ja nur als freiwillige Helferin in einem Krankenhaus und im Bürgerberatungsbüro. Aber Rachel war Sozialarbeiterin in irgendeinem Londoner Stadtteil, in welchem, hatte er vergessen, falls er es überhaupt je gewußt hatte. Wenn sie beim Sozialdienst irgendwo im Süden Londons arbeitete, wo Poppy Vasari Süchtige betreute, kannten sie sich wahrscheinlich. Vielleicht waren sie sogar miteinander befreundet.

»Er heißt Guy Curran und hat ein luxuriöses Kutscherhäuschen in der so ziemlich besten Wohngegend von Kensington.«

»*Guy Curran*?«

»Sagen Sie nicht, Sie kennen ihn.«

»Doch, ich kenne ihn. Meine beste Freundin trägt sich mit dem Gedanken, ihn zu heiraten.«

Sie *hatte* einmal daran gedacht, ihn zu heiraten. Als er

sie zum ersten Mal mitnahm, um ihr sein Haus vorzuführen. Unterwegs in seinem Wagen – er hatte damals einen Mercedes gehabt – hatte er gesagt: »Es wird auch dein Haus sein.« Und sie hatte ihn angelächelt, allerdings, wie er sich erinnerte, freier und offener als heute, weniger beherrscht. »Wenn wir heiraten«, hatte sie gesagt.

Hatte sie das wirklich gesagt? War es nicht vielleicht Einbildung gewesen? Aber natürlich hatte er es sich nicht eingebildet. Nein, er verlor nicht den Verstand. Sie hatte ihn uneingeschränkt geliebt, aber die Trennungen infolge ihres Studiums und der Lehrerinnenausbildung hatten sie voneinander weggeführt. Es war nur natürlich, wäre auch anderen Leuten so passiert. Wichtig war nur, daß sie ihm wieder näher kam. Sie hatte sich bereit erklärt, mit ihm Urlaub zu machen, sie gingen jetzt zwei- oder dreimal in der Woche zusammen aus. Und dann starb Con Mulvanney.

Die Vasari war noch nicht zehn Minuten fort gewesen, als die Drogenfahnder kamen. Sie durchsuchten das Haus, fanden aber nichts. Es gab nichts zu finden. Gott sei Dank hatte er das Gras und die Amphetamine drei Tage zuvor in die Toilettenschüssel geworfen und hinuntergespült. Es war bekannt, daß sie schon Abflußrohre auseinandergenommen hatten. In der Scarsdale Mews ließen sie das sein. Er merkte ihnen an, daß sie, es konnte ja gar nicht anders sein, von seinem Haus beeindruckt waren, von der Eleganz, der Ruhe, der herrlichen Einrichtung.

Sie verhörten ihn zu Hause und auf der Polizeiwache. Das Verhör zog sich stundenlang hin. Er bestritt alles.

Der Klub ging damals sehr gut, das Reisebüro war schon weit über das Planungsstadium hinaus gediehen, die Firma, die die Originalgemälde produzierte, brachte erstes Geld. Sie konnten sehen, woher das Geld kam.

Seine beiden neuen Gewehre in ihren Hüllen wurden zutage gefördert. Aber er hatte als Mitglied eines lizensierten Schießsportklubs einen Waffenschein. Er gab an, nie von einem Cornelius Mulvanney gehört zu haben. Der Mann habe nie sein Haus betreten. Eine Sache, sagte er, würde er ihnen gern erzählen: Auf einer Party in einem Pub in Balham sei einmal an einem Wochenende ein Mann auf ihn zugekommen und habe ihn gefragt, ob er Cannabis habe. So habe er sich ausgedrückt? Nein, nicht so, er möchte die Worte nicht wiederholen, aber wenn man darauf bestehe... Die Frage habe gelautet: »Hast du ein bißchen Shit?« Woher er wisse, was das Wort bedeute, wurde er gefragt. Er sei neugierig geworden, habe einen Mann in dem Pub gefragt, und der habe ihn aufgeklärt. Er solle den Mann beschreiben. Welchen Mann? Den, der ihn nach dem Cannabis gefragt habe. Das könne er nicht, hatte Guy geantwortet, er könne sich nicht mehr an ihn erinnern. Schließlich rückte er mit der vagen Schilderung eines mageren Mannes, blaß und mit ziemlich langem, hellen Haar, heraus. Der Name des Pub? Die Zeit? Wer die Party gegeben habe. Wann er sie verlassen habe. Und so weiter und so fort. Um Mitternacht ließen sie ihn nach Hause gehen. Er hörte nie mehr etwas von ihnen.

Poppy Vasari aber kam ein paar Tage später wieder. Sie sagte, nein danke, sie wolle nicht hineinkommen. (Er hatte sie gar nicht dazu aufgefordert.) Sie wolle vor der

Tür stehenbleiben, weil er ihr etwas tun könne, wenn sie drinnen allein mit ihm wäre. Das brachte ihn zum Lachen. Als ob er eine so abstoßende Person auch nur anfassen würde! Noch immer hatte sie diesen Geruch an sich, vermutlich saß er in ihren Kleidern. Er stand da, die Hand auf der Türklinke und lachte sie aus. Es war alles so lächerlich.

»Sie haben Con ermordet«, sagte sie, »warum nicht auch mich umbringen? Ihnen wäre das doch einerlei. Sie sind bösartig.«

Er zwang sich weiterzulachen, denn es kam nicht von selbst. Wenn er die Tür schlösse, würde sie nur dagegen hämmern, bis er sie wieder öffnete.

»Ich werde allen Leuten, die ich kenne, von Ihnen erzählen, allen. Und ich werde es allen erzählen, die Con kannte. Ich werde ihnen die Wahrheit sagen: daß Con zwar vielleicht an den Bienenstichen gestorben ist, daß er aber nur wegen der Droge, die Sie ihm gaben, gestochen wurde. Sie haben ihn ermordet, weil Sie ihm eine tödliche Droge gegeben haben, und deswegen bin ich fest entschlossen, daß es alle Leute erfahren sollen. Ich habe schon zu Hause damit angefangen. Jetzt werde ich hier anfangen. Ich werde Ihre Bekannten ausfindig machen und es ihnen sagen. Ich werde an jede Tür in dieser Straße klopfen und den Leuten sagen, was Sie getan haben.«

Zumindest in England besteht das Dumme an einem solchen Vorhaben darin, daß die Empfänger derartiger Mitteilungen, noch dazu wenn sie ihnen in dieser Form überbracht werden, den Boten für verrückt halten. Er oder sie ist ein »arme Seele«, die von Rechts wegen in eine Anstalt gehört, nie hätte herausgelassen werden dürfen, unter Aufsicht gestellt werden sollte, die man am besten ignoriert und vergißt, und was die so vermittelte Information betrifft, wird ihr niemand Glauben schenken. Zweifellos würden die Nachbarn in der Scarsdale Mews Poppy Vasari für bekloppt halten, sollte sie ihre Drohung ausführen – Guy blickte ihr nicht nach, um sich zu vergewissern –, und vielleicht hatte sie vorübergehend ein bißchen den Kopf verloren. Man stelle sich nur vor, dachte Guy, der TV-Talkmaster macht die Tür auf und bekommt zu hören: »Ich finde, Sie sollten erfahren, daß der Mann, der in Nummer sieben wohnt, meinen Freund mit Drogen umgebracht hat.«

Es machte ihn nicht einmal sehr besorgt. Wenn sie glaubte, diese Leute seien mit ihm befreundet, irrte sie sich gewaltig. Er war mit den Nachbarn nie familiär umgegangen. Ein paar hatten ihn eingeladen, zu Weihnachten auf ein Glas vorbeizukommen, aber er hatte abgelehnt. In den Tagen unmittelbar danach war er ihnen gegenüber ein bißchen mißtrauisch, aber alle verhielten sich genau wie vorher, sagten entweder »Guten Morgen« oder »Hallo« oder gar nichts. Wie er angenommen hatte – sie hatten auf die Botin nicht gehört. Ganz anders aber sah die Sache aus, wenn Poppy Vasari die Geschichte jemandem erzählte, den sie persönlich kannte, mit dem sie zusammenarbeitete, zumal nachdem sie sich etwas beruhigt hatte. Ganz anders sah die Sache aus, wenn sie sie jemandem erzählte, *der ihn kannte, der seinen Namen erkannte.*

Rachel Lingard.

Vierzehn Tage nach der gerichtlichen Untersuchung von Con Mulvanneys Tod wollten er und Leonora zusammen ihre Urlaubsreise antreten. Bei der Untersuchung kam nichts Wichtiges zutage. Sein Name wurde, gottlob, nicht erwähnt. Poppy Vasari wurde vom Untersuchungsrichter getadelt, weil sie nichts unternommen hatte, als Con Mulvanney eine verbotene Substanz, ein gefährliches Halluzinogen, einnahm. Besonderen Tadel indessen verdiene sie angesichts ihrer Ausbildung und ihrer Tätigkeit, die sie allerdings, wie der Richter mit Befriedigung feststellte, inzwischen aufgegeben hatte. Der gerichtliche Befund lautete auf Tod durch Unfall. Aber Rachel mußte emsig am Werk gewesen sein, denn in der Mitte der folgenden Woche, als er und Leonora sich am Cambridge Circus trafen – er führte sie in eine Vorstellung von *Les Misérables* –, erklärte sie ihm, daß sie nicht mit nach Griechenland kommen werde.

Sie war nicht verlegen deswegen, es war ihr nicht peinlich. Sie kam gar nicht auf den Gedanken zu sagen, es sei ihr sehr unangenehm, schrecklich, ihm eröffnen zu müssen, daß sie es sich anders überlegt hatte. Sie sagte es ohne viel Umstände. »Ich kann nicht mitkommen, tut mir leid.«

Er war bestürzt, er protestierte. Machte sie sich wegen der Ausgaben Gedanken? Lag es daran, fragte er sie, daß er für sie beide würde aufkommen müssen?

Die Hiobsbotschaft machte ihn unvorsichtig, und er sprach den Satz aus, der ihr verhaßt war und den nicht auszusprechen er sich fest vorgenommen hatte. »Das ist für mich doch eine Bagatelle.«

Jedesmal zuckte sie bei diesem Satz zusammen. »Das Geld ist *ein* Grund. Aber es gibt noch andere. Frag mich nicht danach. Ich kann nicht ... es wäre zu schmerzlich, es dir zu erzählen. Denken wir einfach nicht mehr daran – einverstanden?«

Früher hatte er gedacht, es sei das Geld, und vielleicht dachte sie – ein unerquicklicher Gedanke! –, sie würde mit ihm schlafen *müssen*, wenn er zahlte, und darum sei es besser, nicht mitzufliegen. Jetzt wußte er, daß etwas anderes daran schuld gewesen war. Rachel hatte ihr die Sache mit Con Mulvanney erzählt.

Sie teilte mit Rachel eine Wohnung. Rachel war immer um sie, hetzte gegen ihn, nahm sie gegen ihn ein. Er hätte Rachel am liebsten umgebracht.

10

Bei Danilos Grillfest walteten Köche in gestreiften Schürzen und mit hohen, weißen Hüten ihres Amtes, und die Kellnerinnen, die das Essen servierten, trugen die Kleidung von Mädchen aus dem achtzehnten Jahrhundert. Die Barkeeper und -damen waren wie Tänzer und Tänzerinnen aus Hawaii kostümiert. Zum Glück war es ein warmer Abend. Der Garten von Danilos neogeorgianischem Haus in Weybridge war gewaltig und hie und da mit importierten, beinahe ausgewachsenen Palmen bepflanzt, denen es in diesem Sommer gutging, die aber im nächsten Frühjahr vielleicht trauriger aussehen würden. Danilos letzte Novität war der Springbrunnen in einem Zierteich auf dem Rasen unterhalb der Terrasse. Die Fontäne war an diesem Abend in Flutlicht getaucht, Rosenbüsche in rosafarbenen Töpfen umstanden die Marmoreinfassung, und das Wasser war mit einem hellroten Farbton getönt worden. Gästen, die die Wirkung bewunderten, erläuterte Danilo, daß die Steine, die so natürlich aussahen, in Wirklichkeit aus Rosenquarz seien.

Ungefähr hundert Personen waren gekommen. Guy kannte einige von ihnen flüchtig. Robert Joseph war mit seiner Freundin und Roberts ehemalige Frau mit ihrem neuen Gatten da, und Danilos boshafter Vater hatte seine dritte Frau und Danilos Bruder mitgebracht, der die Buchmacherfirma übernommen und jetzt eine Kette von

Wettbüros hatte. Zahlreiche Freunde Tanyas aus der Modebranche und eine Menge junger Frauen waren zu sehen, die wie Models aussahen, vermutlich aber keine waren. Danilo und Tanya redeten zwar immer davon, daß sie »eines Tages« heiraten würden, hatten es aber trotz ihrer vier gemeinsamen Kinder noch immer nicht getan.

Die vier Sprößlinge, in Guys Augen unerträglich verzogen, lagen um diese Zeit mitnichten im Bett und wurden auch nicht an irgendeinem fernen, ihnen entsprechenden Ort von ihren zwei Kindermädchen beaufsichtigt, sondern liefen schreiend zwischen den Gästen umher, warfen mit Essen um sich und bespritzten jeden, der in ihre Reichweite kam, mit rosafarbenem Wasser aus dem Teich. Sie waren herausgeputzt wie zu einem Festtag, die beiden Jungen in gestreiften Hosen und Affenjäckchen, die Mädchen in weißen Seidenkleidchen, mit mehreren Petticoats übereinander, als wären ihre Eltern italienische Bauern, die es zu etwas gebracht hatten, und nicht Cockney-Parvenüs. Der ältere Junge, Charles, der immer Carlo genannt wurde, hatte sich einen Bellini-Cocktail geholt, der, weil dies Tanyas Party war, nicht nur Champagner und Pfirsichsaft, sondern auch noch Brandy enthielt. Umgeben von kreischenden Mädchen in superkurzen Miniröcken, kippte er ihn hinunter und leckte sich die Lippen.

Zwischen den Palmen hingen an Schnüren bunte Lämpchen und Ringe, die Stechmücken fernhalten sollten. Ein Tonbandgerät spielte Musik vom Typus »Drunten, jenseits des Rio Grande«, was die Illusion nährte, Danilo und Tanya seien tatsächlich romanischer Herkunft, ein Eindruck, den die beiden gerne erweckten. Im Garten roch es trotz der Kerzen, die Patschuliduft verströmten, mehr nach brennendem Öl und angekohlten Steaks. Guy war sich darüber im klaren, daß er keinesfalls Leonora hierher hätte mitbringen können. Sie hätte das Fest vulgär genannt oder, schlimmer noch, gelacht. Unter einer Party stellte sie sich vor, daß fünfzehn Leute in einer Wohnung in Camden Town zusammenkamen, Weißwein und Perrier tranken und sich über Umweltprobleme unterhielten. Aber Leonoras wegen Danilo und Tanya aufzugeben, wäre ein Opfer, das sich bringen ließe.

Der Nachthimmel war purpurrot, sternenlos und nur von einer zitronenfarbenen Mondsichel erhellt, die natürlich echt war, aber aussah, als hätte Danilo sie dort oben aufgehängt, als er das Springbrunnenwasser gefärbt hatte. Guy hatte einen Bellini getrunken, um der Form zu genügen, und war dann zu Wodka übergegangen. Er sah, daß Celeste vergnügt mit Danilos Nachbar tanzte, der ehemals Mitglied einer in den Sechzigern überaus erfolgreichen Rockgruppe gewesen war und es zum Millionär gebracht hatte. Sie trug einen hellroten knöchellangen Rock und ein schwarzgoldenes ärmelloses Oberteil mit breiten Trägern, das etwa fünf Zentimeter ihres goldenen Zwerchfells frei ließ. Ihr Haar, das sie wieder zu dieser Fülle von Zöpfchen mit goldenen Spitzen geflochten hatte, glich dem Kamm irgendeines prachtvollen tropischen Vogels. Das jüngste von Danilos Kindern, ein kleines Mädchen in einem wippenden weißen Ballettröckchen, kam auf sie zugelaufen, und Celeste schloß es in den Tanz ein, so daß sie nun zu dritt einander an den

Händen hielten. Celeste liebte Kinder, das hatte er schon früher bemerkt.

Er ging gerade auf die Bar zu, um sein Glas nachzufüllen, als ihn ein lautes Kreischen aus der Richtung des Springbrunnens veranlaßte, nach links zu blicken. Dort war eine Gruppe von Gästen, die Wassertropfen von ihren Kleidern schüttelten – Carlo hatte sie vom Brunnenrand aus bespritzt –, und bei ihr stand Robin Chisholm. Guy holte seinen Wodka und suchte sich eine schattige Stelle mit guter Aussicht, wohin nur der Schein der Duftkerzen drang. Robin unterhielt sich gerade mit Tanya, einem Mann, den Guy nicht kannte und zwei spindeldürren, bizarr gekleideten Frauen, die beide ein Haargebirge wie aus Zuckerwatte trugen, das bei der einen zitronengelb, bei der andern erdbeerfarben war. Tanya trug eine Art Bettjäckchen aus Goldlamé und dazu eine schwarz und golden gestreifte, plissierte Hose und hochhackige grüne Schuhe, die sie wahrscheinlich versehentlich angezogen und dann zu wechseln vergessen hatte. Von Maeve war nichts zu sehen.

Robin sah aus, als wäre er einem in der edwardianischen Epoche spielenden Musical entsprungen. Nur der Strohhut fehlte noch. Er trug in der letzten Zeit das blonde, wellige Haar in der Mitte gescheitelt, was sehr sonderbar wirkte. Sein Gesicht war jugendlich wie immer, nicht nur jugendlich wie das eines Siebenundzwanzigjährigen, sondern wie das eines zehn Jahre Jüngeren. Die Wangen waren rosig, die Lippen rot wie die eines Mädchens. Er hatte eine weiße Flanellhose und einen gestreiften Blazer an und wirkte blühend und ungemein zufrieden mit sich selbst.

Guy sagte zu Danilo: »Ich wußte gar nicht, daß du ihn kennst.«

»Ich kenne ihn von früher, genauso wie du. Bis vor kurzem vielleicht nicht so gut. Er hat ein paar Peseten für mich eingetauscht. Ich habe meine Villa in Spanien verkauft, und es ging darum, das Geld hinauszubekommen. Ich hätte die kleine Miss Leo einladen sollen, was? Geht dir vielleicht gerade durch den Kopf? Miss Leo und der Verlobte?«

»Überhaupt nicht«, sagte Guy steif. »Wie bist du ihm denn wiederbegegnet?«

»Sag mal, warum willst du das wissen? Na gut, zwischen Freunden ist mein Leben ein aufgeschlagenes Buch. Es war Zufall. Tanyas Schwester hatte eine Wohnung im selben Mietshaus wie er in Clapham Common. Es ist die, die gerade mit ihm spricht, die Erdbeerblonde.«

»In *Clapham*? Er wohnt doch in Chelsea.«

»Das war vor drei oder vier Jahren«, sagte Danilo. »Wieso interessiert dich das alles plötzlich so sehr? Ah, jetzt geht mir ein Licht auf. Du hast hoffentlich nicht vor, ihn aus dem Weg räumen zu lassen. Er ist für mich sehr wertvoll. Wo soll ich sonst einen Geldwäscher mit einem Babygesicht und ohne Skrupel auftreiben? Schau ihn an, er sieht wie ungefähr zwölf aus.«

Guy ging wieder sein Glas nachfüllen. Am liebsten wäre er zu Robin Chisholm hingegangen, hätte ihm den Inhalt ins Gesicht geschüttet und gewartet, was passieren würde. Er hatte so etwas noch nie getan, aber allein die Idee war plötzlich sehr verlockend, als müßte er es unbedingt einmal vollführen, ehe er starb. Es war kühl geworden. Zum ersten Mal in seinem Leben wurde sich

Guy bewußt, daß die Nächte in England nie warm sind – nun ja, außer vielleicht einmal pro Jahr. Dann ging er auf Robin zu, der noch immer bei Danilos im Erdbeerton blondierter Schwägerin und inzwischen auch einem älteren Mann stand, von dem irgend jemand gesagt hatte, er sei Couturier.

»Hallo, wie geht's?«

Robin nahm diese rhetorische Frage, als wäre sie ernst gemeint, was die erdbeerfarbene Blondine zum Lachen brachte. »Oh, großartig, es ist mir noch nie so gut gegangen.« Er sah Guy mit einem absichtlich leeren Grinsen an, wobei er wie einer der frechen Jungs aus einer Jugendbuchserie wirkte.

»Maeve ist nicht da?«

Dies veranlaßte eine provozierende pantomimische Suche. Robin schaute nach rechts und dann nach links, verdrehte den Hals und lugte um den Rücken des Couturiers herum. Seine Augenbrauen hoben sich, er wurde auf der Stelle kurzsichtig, blickte mit ratloser Miene auf den Boden und spitzte die Lippen zu einem tonlosen Pfiff. »Anscheinend ist sie nicht da«, sagte er schließlich. »Nein, ich würde sagen, nicht da.« Er hatte sich, vielleicht nur für diesen Abend, vielleicht nur für Guy eine munter-naive Art zugelegt. »Sag mal, hast du diese unglaublich hübsche Person mitgebracht?«

Es war ein Fehler zu fragen, welche gemeint sei, aber Guy stellte die Frage.

»Die Farbige mit der Rastafarifrisur.«

Guy schüttete Robin seinen Glasinhalt ins Gesicht.

Danilos Schwägerin kreischte auf. Der Couturier brüllte: »Herrgott, was soll denn das?« Robin schüttelte sich, spuckte aus, warf das Haar zurück und machte wie ein kampflustiger Kater mit ausgestreckten Armen einen Satz auf Guy zu. Die Gäste waren alle verstummt und starrten auf die beiden. Bewegungen erstarben, Adrenalinspiegel stiegen. Guy holte mit der Faust aus und traf Robin, nicht, wie beabsichtigt, am Unterkiefer, sondern am rechten Schlüsselbein. Beinahe im selben Augenblick erwischten Robins Hände, mit den langen Nägeln voran, Guys Gesicht. Dieser schlug noch mal zu, und nun begannen sich andere Gäste einzumischen. Irgend jemand packte ihn von hinten, und jemand anders Robin an den Schultern, aber vorher hatte ihm Guy noch die Faust ins linke Auge gerammt.

Beide keuchten, schnaubten geradezu.

»Hört auf, Schluß damit!« sagte jemand.

»Bist du verrückt geworden?«

»Das ist *meine* Party.«

»Ich wollte meinen Augen nicht trauen.«

»Ja, er hat ihm seinen Drink ins Gesicht geschüttet, mitten ins Gesicht.«

»Er ist ein Arschloch«, sagte Guy. »Er ist das größte Arschloch in London.«

»Und du bist ein krimineller Psychopath und Mörder«, sagte Robin, der sich mit einer Hand das getroffene Auge zuhielt. »Warum verpißt du dich nicht wieder in die Gosse, aus der du gekommen bist?«

Celeste fuhr ihn nach Hause. Guy saß neben ihr und betupfte sein blutendes Gesicht. Er hatte Kratzer an der rechten Wange, rechts an der Oberlippe, links am Kinn und am Hals abbekommen.

»Wahrscheinlich bekomme ich eine Blutvergiftung. Weiß der Teufel, welche Bakterien dieses blöde Schwein mit sich herumschleppt, Listerien, Hepatitis B, es könnte weiß Gott was sein.«

»Mein dummer Guy«, sagte Celeste. »Du bist so dumm. Du kannst morgen zum Arzt gehen. Er wird sicher nicht glauben, daß das ein Kerl gemacht hat – du kannst ja sagen, ich war's, in Ordnung?«

Er liebte sie nicht, aber er liebte ihre Art zu sprechen, ihre Aussprache. Rastafarienglisch würde dieses Arschloch dazu sagen.

»Celeste, ich möchte dir etwas erzählen.«

Im Jaguar war es dunkel, und das machte ihm die Sache leichter. Er zündete sich eine Zigarette an. Er wäre eher gestorben, als daß er Leonora davon erzählt hätte, aber er konnte es Celeste erzählen, und das ohne viel Skrupel, beinahe ohne Hemmungen. Lag es daran, daß es ihm, anders als bei Leonora, relativ egal war, was sie von ihm dachte? Lag es daran, daß es ihn kaltließe, wenn sie hinterher nichts mehr von ihm wissen wollte? Oder war der Grund ein ganz anderer – daß Celeste ihn kannte, wie er war, und den Mann liebte, den sie kannte, so daß er bei ihr kein Theater zu spielen brauchte? Leonora hingegen kannte ihn eigentlich nicht, trotz ihrer langen und engen Freundschaft, und er wollte auch nicht, daß sie ihn wirklich kennenlernte, er wollte, daß sie ihre Illusionen über ihn behielt.

»Dann schieß mal los«, sagte Celeste.

Er begann zu erzählen und verheimlichte ihr nichts. Alles kam heraus, seine Zweifel, seine Angst, seine Feigheit, die spätere Erkenntnis, daß irgend jemand die Sache

Leonora gesteckt hatte. Er hatte gedacht, Rachel Lingard müsse es gewesen sein, doch auf der Party hatte er begriffen, daß es nicht so war. Rob Chisholm war es gewesen. Robin hatte damals in Clapham gewohnt, nur eine halbe Meile von Poppy Vasari entfernt.

»Und deshalb hast du ihm deinen Drink ins Gesicht gekippt?«

Der wahre Grund war Robins rassistische Bemerkung über Celeste gewesen, aber das wollte er nicht sagen. Es hätte sie kränken und ihn zudem in einem lächerlich ritterlichen Licht zeigen können. »Mehr oder weniger, ja.«

»Guy, mein Schatz, weißt du, daß du ein bißchen verrückt bist? Du bist ein bißchen besessen von dieser Geschichte mit Leonora. Wer weiß, ob es ihr wirklich jemand erzählt hat? Hast du sie gefragt? Nein, denn dadurch würde sie die Wahrheit erfahren, wenn sie sie nicht schon kennt. Begreifst du nicht, daß das alles nur in deinem Kopf ist, und dein Kopf ist in der letzten Zeit sehr sonderbar, Guy, glaub mir.«

»Sie hat sich mir gegenüber verändert. Binnen zwei Wochen nach dieser Sache, die mit Con Mulvanney passiert ist, hat sie sich verändert. Sie wollte nicht mehr mit mir in den Urlaub fliegen.«

»Sie wollte nicht, daß du zahlst. Sie wollte nicht mit wegen der Bedingungen, die damit verbunden waren, richtig? Okay, ich bin da nicht so. Ein Mann will für mich zahlen? Kann er, soll er doch, mir ist's recht. Wenn er von mir was will, das ich nicht will, und er macht Ärger, dann werf' ich ihn zum Fenster raus. Ich hab' nicht umsonst fünf Jahre lang Tai-Chi-Unterricht genommen, das kannst du mir glauben.«

Guy mußte wider Willen lachen. Er warf einen Blick zum Seitenfenster hinaus, aber er wußte auch so, wo sie waren. Sie waren in Balham Hill, und dort drüben links war Clapham Common. Con-Mulvanney-Land. Es kam ihm vor, als wäre es mit einer Million unsichtbarer Drähte überzogen, einem Meldenetz. Und jeder Draht leitete Stimmen weiter, die von seinen Verbrechen und von der Schuld wisperten, die er auf sich geladen hatte. Wieder hörte er Robin Chisholm sagen: krimineller Psychopath und Mörder. Wie konnte Leonoras Bruder wissen, daß er damit die Wahrheit traf, wenn ihm nicht die Fakten hinterbracht worden waren?

Celeste steuerte den Jaguar über die Battersea Bridge. »Guy, mein Süßer«, sagte sie, »ich möchte dir nicht weh tun.« Er lächelte in sich hinein. Keiner von ihnen beiden wollte dem anderen weh tun. »Aber ist es nicht am wahrscheinlichsten, Guy, daß sie anders geworden ist, weil ihr aufging, daß ihr nichts mehr gemeinsam hattet? Ihr seid nicht Menschen von der gleichen Sorte. Sogar ich merke das, und ich habe sie nur ein einziges Mal gesehen. Gut, ich bin voreingenommen, ich bin eifersüchtig, ist ja wahr, ich bin es. Aber das heißt nicht, daß es nicht die Wahrheit ist. Sie ist aufgewacht, es ist ihr klargeworden.«

»Exakt in diesem Augenblick? Das würde es zum größten Zufall aller Zeiten machen.«

»Nun ja, vielleicht, wenn ihr bis dahin ein echtes Paar gewesen wärt, wenn ihr zusammengelebt oder quasi zusammengelebt hättet wie wir beide, will ich damit sagen, wenn ihr euch versprochen hättet, daß es auf Dauer sein soll. Dann wäre es wirklich sonderbar. Wenn es sich um *mich* handeln würde, wäre es tatsächlich sonderbar gewesen. Aber war es so, Guy?«

Er schwieg. Er zuckte mit den Achseln. Sie war diejenige, die nicht begriff. Die Straßen waren dunkel, aber glänzten in gelbem Licht, dem messingfarbenen Licht der Lampen. Eine kalte Sommernacht, die kalten, frühen Morgenstunden eines Tages im Sommer. Die Kratzer in seinem Gesicht brannten. Er bat Celeste, den Wagen auf der Straße zu lassen, nicht in die Garage zu fahren. Auf der Mauer gegenüber saß eine Katze und betrachtete ihn aus ihren lichterfüllten, beinahe pupillenlosen gelben Augen mit einem unergründlichen Blick. Vielleicht kannte sie sich mit Kratzern aus. Sollte er gefragt werden, würde er sagen, die Katze seines Nachbarn habe ihn mit den Krallen so zugerichtet.

Es war eine Nacht, in der er Celeste lieber nicht bei sich gehabt hätte. Aber es war undenkbar, sie nach Hause zu schicken. Armes Ding, dachte er, arme Leidensgenossin! Und dann ergriff ihn Zorn, Zorn auf Rachel Lingard und die Chisholms, den ganzen Verein. Seine Fäuste ballten sich. Celeste ging vor ihm nach oben, aber nicht beschwingt, ohne jedes Gehabe, als wäre sie Mitbesitzerin des Hauses, mehr so, als erwarte sie, daß er sie zurückrief oder sogar wegschickte.

Sie setzte sich auf das Linell-Bett und begann, die goldenen Spitzen von ihren Zöpfchen abzunehmen. »Guy«, sagte sie, »mein süßer Guy, hast du nur mit Marihuana gehandelt und vielleicht auch ein bißchen mit LSD?«

Wie hätte er nach diesem Rettungsanker gegriffen, wenn die Frage von Leonora gekommen wäre! Bei Celeste brauchte es keine Ausflüchte. Auf sie mußte er keinen guten Eindruck machen. Nicht, daß es ihm völlig gleich gewesen wäre, was sie über ihn dachte, aber er war sich sicher, daß sie ihm uneingeschränkt vergeben würde. »Auch mit den harten Sachen«, sagte er. »Mit allem.«

»Opium?«

»Heroin, ja, Heroin ist doch Opium, oder?«

Wie absurd, da hatte er all die Jahre damit gehandelt und ein Vermögen angesammelt und wußte es noch immer nicht genau. Vielleicht hatte er es nicht wissen wollen. Sie nickte und beobachtete ihn dabei.

»Das Zeug selbst schadet den Leuten überhaupt nicht«, sagte er. »Es sind die Dinge, die damit zusammenhängen, schmutzige Nadeln, Infektionen, hemmungsloser Konsum. Und es ist nicht schlimmer, als wenn man alkoholsüchtig ist, nur wird der Alkohol von der Gesellschaft toleriert. Was die Dealer betrifft, könntest du ebenso einen Weinhändler verurteilen.«

»Ich habe eine Freundin, die einen kurdischen Großvater hatte«, sagte sie. »Er war ein Aga. Das ist eine Art Feudalherr in bestimmten Gegenden in der Türkei. Dort bauen alle Leute Mohn an, sie stellen Morphinbase her. Das ist dort, in diesem Teil von Asien, etwas Alltägliches. Es ist komisch, was du von dem Mann und den Bienen erzählt hast, denn das haben sie früher getan, Bienen gehalten, aber heute packen die Schmuggler die Bienenkörbe mit der Droge voll.

Die Familie ihrer Mutter ist sehr groß. Sie haben in den Dörfern um Van vier Laboratorien, die Morphium herstellen. Ihr Großvater hat die jungen Männer ins Ausland geschickt, damit sie die chemischen Fertigkeiten erwerben, und zwei Onkel von ihr wurden im Iran ertappt und hingerichtet. Im Iran werden immerfort Schmuggler und Chemiker exekutiert, zu Tausenden.«

»Warum tun sie es dann?« fragte er tonlos.

»Aus Armut.«

Das Wort fiel mit einem hohlen Ton. Armut, das war ein Zustand, den er früher gut gekannt hatte, doch das Wort selbst war in diesem Haus nur selten zu hören.

»Also könnte man sagen, es ist nicht nur schlecht, denn es schafft ja Beschäftigung.«

Sie sprach weiter, als hätte er nichts gesagt. »Sie nehmen es nicht selber. Kein Drandenken. Und es gibt keine andere Arbeit, nicht einmal in der Landwirtschaft. Es bleibt ihnen keine andere Wahl. Man kann sechstausend Pfund verdienen, wenn man ein Kilogramm Heroin nach Istanbul bringt, und viel mehr pro Kilo, wenn man Chemiker ist.«

Er hatte sie noch nie so sprechen hören, in diesem ernsten Ton, dieser wohlartikulierten, beinahe gebieterischen Art, die so ganz anders war als ihre gewohnte langsame, schlichte Redeweise. Es war mehr so, wie sich vielleicht Leonora und ihre Freunde unterhielten.

»Ich nehme an, in Südamerika ist es nicht viel anders«, sagte sie. »Man stirbt vielleicht nicht dran, wenn man es nimmt, obwohl Tausende doch dran sterben, aber man stirbt bestimmt, wenn man es zu den Konsumenten bringt.« Und in einem Ton, den er noch nie aus ihrem Mund gehört hatte, einem Ton, der hart und klar war und auf seine Schuld, seine weichen, empfindlichen Regionen zielte, sagte sie: »Schäme dich, Guy, schäme dich!«

Er war nicht zornig, es wurde ihm eher übel. Er merkte

jetzt, daß er sehr viel getrunken hatte, daß die Wirkung nun zutage trat. Er war außerstande, klar zu sehen, und das Bild verschwamm immer wieder vor seinen Augen, als er im Badezimmer die Wunden in seinem Gesicht betrachtete, den tiefen Kratzer quer über die Oberlippe, von dem vermutlich eine Narbe bleiben würde, und die Kratzwunden am Hals. Was war das für ein Mann, der einen andern Mann kratzte? Dabei fiel ihm ein, daß Robin die Fingernägel immer ziemlich lang getragen hatte, eine weitere unerfreuliche Angewohnheit.

Celeste war ins Bett gegangen und lag da mit den Armen über dem Kopf und dem Gesicht auf dem Kopfkissen. Er legte sich neben sie, griff nach dem Schalter und löschte das Licht. Die jähe Dunkelheit setzte seine Erinnerung in Bewegung. Als sie, er und Leonora, zum letzten Mal zusammen zu Mittag gegessen hatten, hatte sie ihm gestanden, daß sie mit einem Freund Robins etwas gehabt hatte. Irgendein Typ, der Robins Teilhaber gewesen war. Und dann hatte sie auf einer Party von Robin einen weiteren Mann kennengelernt. Es war wohl nicht übertrieben zu sagen, Robin hatte ihn derart gehaßt, daß er seiner Schwester einen Kerl nach dem anderen zuführte. Er hatte praktisch ihren Zuhälter gemacht. Guy hörte, wie er einen Laut von sich gab, eine Art Stöhnen.

Auch Celeste hörte ihn. Sie legte die Arme um ihn und drückte ihn an sich.

11

An eines hatte Guy an diesem Abend nicht gedacht: daß Leonora ihm böse sein könnte, weil er ihrem Bruder ein blaues Auge verpaßt hatte. Daß er eines hatte, stand für ihn fest. Robin Chisholm würde es schwerer haben, sich aus der Geschichte herauszureden als er. Guys Arzt hatte sich die Kratzwunden angesehen und die Sache mit der Katze nicht geglaubt. Er hatte auch die wahre Geschichte von der Rauferei kaum geglaubt, aber Guy eine Tetanusspritze gegeben.

Leonora war in der Georgiana Street. Er erreichte sie dort am Nachmittag. Ja, sie wisse Bescheid über die Rauferei; Robin habe am Vormittag Maeve angerufen und ihr davon erzählt, dann hätten ihr Maeve und schließlich Robin selbst davon berichtet. Guy war nicht überrascht. Es bestätigte nur, was er bereits über das Zusammenglucken in dieser Familie und den Einfluß wußte, den jedes Mitglied auf die anderen Angehörigen ausübte. Robin erzählte allen Leuten, daß Guy ihn einfach so »wie ein Verrückter« angefallen habe; insgeheim habe er allerdings gewußt, daß es wegen Guys absurder Vernarrtheit in seine, Robins, Schwester gewesen sei.

»Ganz und gar nicht«, sagte Guy kalt. »Er hat Celeste beleidigt.«

Das interessierte sie. »Wirklich? Was hat er denn gesagt?«

Guy sagte es ihr. Sie konnte ruhig erfahren, daß er heroisch und ritterlich handeln konnte. »Bist du böse auf mich?«

»Nicht mehr als sonst. Ich nehme an, ihr habt euch beide ziemlich dumm benommen.«

»Hat Robin dir üble Dinge über mich erzählt?«

Sie zögerte. »Wann? Meinst du, in der letzten Zeit?«

Er hätte kaum um eine klarere Bestätigung bitten können. »Laß gut sein«, sagte er. »Wo sollen wir am Sonnabend mittagessen?«

Angenommen, sie wollte nicht, weil er ihrem Bruder ein blaues Auge verpaßt hatte? Das Schweigen dauerte etwa fünfzehn Sekunden, kam ihm aber wie eine Stunde vor. »Entscheide du«, sagte sie dann. »Sonst tu' ich es immer, es wird Zeit, daß du es bestimmst, zumal es ja auf das Ende zugeht.«

Er zuckte zusammen. »Es sind von jetzt an gerechnet noch drei Samstage«, sagte er. Noch Hunderte, sagte er tapfer zu sich, diese Heirat ist ein Traum, es wird nie dazu kommen. Er gab seiner Stimme einen leichten, neckenden Ton und sagte: »Hör schon auf damit, Schatz, du weißt doch, daß du nicht heiraten wirst.«

Wieder trat ein Schweigen ein. Diesmal dauerte es tatsächlich beinahe eine Minute. Ein Klicken in der Leitung ließ ihn einen schrecklichen Augenblick lang befürchten, sie habe aufgelegt.

»Leo, bist du noch dran?«

»Ich frage mich«, sagte sie mit einer fernen Stimme, »was ich dazu sagen soll. Ich weiß nicht, was ich sagen soll, wenn du so sprichst. Aber wenn du dir ewig etwas vormachen willst, kann ich wohl nichts machen.«

Er ging darüber hinweg, lachte sogar, ein wissendes, weltkundiges Lachen. »Wo sollen wir uns treffen?«

»Komm in die Portland Road und iß dort mit mir.«

»Da sind wir nicht allein.«

»In einem Restaurant sind wir auch nicht gerade allein. Rachel ist samstags kaum je da, und Maeve geht sicher mit Robin aus. Das tun sie immer.«

»Ja, ich würde sehr gern kommen«, sagte er.

Nachdem die Drogenfahnder sein Haus durchsucht hatten, hatte er mit dem Dealen aufgehört. Genau gesagt, er hatte es auslaufen lassen. Und dabei war es gar nicht so einfach gewesen. Er war tatsächlich in Gefahr geraten. Einer seiner Zulieferer hatte ihn bedroht, wenn auch nicht gedroht, ihn umzubringen, aber doch damit, ihm das »hübsche Gesicht« zu ruinieren. Es war Blödsinn, wenn es hieß, nur Frauen läge etwas an ihrem Aussehen. Er wollte genausowenig verunstaltet werden. Ein paar Wochen lang trug er eine Waffe bei sich, weil er sich fürchtete. Tatsächlich geschah aber nichts, und nach einem halben Jahr hatte er den Drogenhandel völlig aufgegeben. Er hörte nie mehr von der Polizei oder von Poppy Vasari. Und weder die Vasari noch sonst jemand lieferte ihm einen direkten Beweis, daß sie ihre Drohung wahr gemacht und überall herumgeflüstert hatte, in welcher Weise er an Con Mulvanneys Tod beteiligt gewesen war.

Doch in den darauffolgenden Monaten veränderten sich die Chisholms ihm gegenüber. Leonora wandelte sich. Die anderen kümmerten ihn nicht, aber Leonora war sein Leben. Als erstes wollte sie nicht mit ihm nach

Samos fliegen, dann begannen die anderen Zurückweisungen. Immer seltener fand sie sich bereit, abends mit ihm auszugehen. Anthony wurde ihm gegenüber kalt und distanziert. Wenn er jetzt zurückdachte, fiel ihm wieder ein, wie Anthony in einem geradezu schneidenden Ton das Geld abgelehnt hatte, das er, Guy, Leonora für ihre Wohnung »leihen« wollte.

»Du mußt einsehen, daß das nicht in Frage kommt.«

»Es wäre ein Darlehen«, hatte er gesagt. »Irgendwo muß sie sich doch das Geld borgen. Warum nicht von mir?«

»Das fragst du allen Ernstes?«

»Ja, natürlich. Warum sollte ich ihr nicht ein zinsfreies Darlehen geben?«

»Weil du ein Mann bist und sie eine Frau ist«, hatte Anthony schroff geantwortet. »Mein Gott, Guy, du bist nicht mit ihr verwandt, du bist nicht ihr Bruder, nicht einmal ihr Cousin. Welche Verpflichtung würde sie damit auf sich nehmen, frag dich das mal.«

Und was war mit Robin damals, in jenen Monaten, gewesen? Das Dumme war, daß Guy sich an Robin in jenem Herbst und Winter überhaupt nicht erinnern konnte, abgesehen von seiner Bemerkung, wie man eine Frau mühelos in die Tasche stecke. Aber er konnte sich nur zu gut die Gespräche zwischen ihm und Poppy Vasari vorstellen, der Frau, die in seiner Nachbarschaft, in dem Mietshaus am Clapham Common, wohnte.

»Ihre Schwester trägt sich mit dem Gedanken, ihn zu *heiraten*?«

Robin legte den Kopf auf die Seite, die blonden Locken tanzten dabei, und das reizende Gesicht ließ an einen

Zehnjährigen denken. »Sie finden, das wäre keine gute Idee?«

»Sie werden mich das nicht mehr fragen, wenn ich Ihnen erst erzählt habe, auf welche Tour er sein Geld verdient. Zunächstmal möchte ich Ihnen erzählen, was er meinem Bekannten angetan hat.«

Doch wenn er Danilo für Robin Chisholms Beseitigung dreitausend Pfund gab – er konnte sich vorstellen, daß er sich keine großen Gedanken machen würde, wenn die »Beseitigung« so weit von ihm entfernt geschah –, würde das die Vergangenheit nicht auslöschen. Es würde jedenfalls nicht ungeschehen machen, was Robin in jenem verhängnisvollen August vor nunmehr vier Jahren Leonora erzählt hatte. Aber es würde wenigstens verhindern, daß er sie jetzt noch gegen ihn aufhetzte, und er hegte keinen Zweifel, daß dies nach wie vor geschah, die ganze Zeit über. Und noch einen weiteren Aspekt gab es. Wenn sonst nichts half, würde es Leonora zumindest unmöglich sein, ihre Heirat am sechzehnten September durchzuziehen, wenn ihr Bruder zwei Wochen zuvor umgebracht worden war.

Es bedrückte ihn, daß er nicht mehr täglich mit Leonora sprach. Sie war nicht mehr jeden Tag zu erreichen. Obwohl sie drei oder vier Tage in der Woche in der Georgiana Street war, ging sie tagsüber nie ans Telefon. Als er sie nach dem Grund fragte, antwortete sie, es habe nicht geläutet oder sie sei weg gewesen. Im Geist hörte er Robin zu ihr sagen: »Geh nicht an den Apparat, das ist die Lösung für dich. Es kann dir ja nichts passieren, wenn du nicht abhebst. Darauf steht schließlich keine *Strafe*. Niemand kann dich zwingen, ans Telefon zu gehen. Da hast du drei kleine Wörter an Magneten, die du am Kühlschrank befestigen kannst – LASS ES LÄUTEN!«

Das konnte sie ganz leicht. Niemand, der wichtig war, würde Newton tagsüber anrufen. Man wußte, daß er in der Arbeit war. Nur wenigen Leuten war bekannt, daß sie sich dort aufhielt. Wenn das Telefon läutete, war es sicher er, Guy, und so sehr sie sich auch danach sehnen mochte, mit ihm zu sprechen, man konnte ihr einreden, daß es klüger war, darauf zu verzichten. Ihre Familie hatte den Daumen auf ihr, fünf Daumen oder sechs, wenn man Rachel Lingard mitzählte, und das mußte man fast, da sie und Leonora einander so nahestanden, als wären sie Schwestern.

Am Freitag rief er Danilo an.

»Du brauchst dich nicht zu entschuldigen«, sagte Danilo. »Solche Dinge passieren in der Liebe und im Krieg.«

Guy hatte nicht die Absicht gehabt, sich zu entschuldigen. Er war sich wohl bewußt, daß die Rauferei die Party, die allmählich langweilig wurde, wieder in Schwung gebracht und den Gästen Gesprächsstoff für Monate geliefert hatte.

»Tanya hat sich aufgeregt, aber sie wird dir verzeihen.« Danilo lachte so laut ins Telefon, daß es Guy im Ohr schmerzte. »Und was gibt's bei dir?«

»Dan«, sagte Guy, »er ist es, er ist derjenige, der...«

Er spürte ein Widerstreben, tatsächlich einen Namen auszusprechen. Die Kehle schnürte sich ihm zusammen, ein leichter Brechreiz meldete sich. Danilo schwieg, aber sein Atem war gerade noch hörbar, die Atemstöße, die jemand von sich gibt, ehe er niest. Er nieste dann nicht, sondern gab ein leises, hauchiges Kichern von sich.

»Und was wird aus meinen Geldgeschäften?«

»Es gibt noch andere Geldwäscher.«

Danilo schien nicht zuzuhören. Er sagte: »Es war eine gelungene Party, findest du nicht? Wir hatten Glück mit dem Wetter.«

»Scheiß auf das Wetter. Möchtest du das Geld jetzt haben?«

»Natürlich. Ich vertraue dir zwar, aber alles hat seine Grenzen.«

Er war erst zweimal in der Portland Road gewesen. Das erste Mal kurz nach ihrem Einzug, als er eingeladen worden war und Rachel ihn einen Viktorianer genannt hatte. Das zweite Mal bei der Einweihungsparty, die Leonora, Rachel und Maeve gegeben hatten. Sie hatten damals seit zwei oder drei Monaten in der Wohnung gelebt. Mittlerweile hatte er seinen besonderen Platz in Leonoras Leben eingebüßt. Niemand und zuallerletzt sie selbst hätte von ihm als ihrem Freund oder zukünftigen Ehemann gesprochen. Sie ging noch manchmal mit ihm aus. Aber sie hatte ihm gesagt, sie sollten sich seltener treffen, sie sollten alles »überdenken«.

Ein Jahr oder noch mehr Zeit sollte vergehen, bis William Newton erschien. Vielleicht gab er deswegen Newton, obwohl er ihn haßte, nicht die Schuld daran, daß sie nichts mehr von ihm wissen wollte. Sie hatte sich schon lange vorher von ihrer Familie einreden lassen, daß sie beide nicht zueinander paßten. Er versuchte, sich ins Gedächtnis zu rufen, ob ihn Robin oder Rachel auf jener Party besonders feindselig behandelt hatte, konnte sich aber nur erinnern, daß Tessa, die ihn seit jener Diskussion über das Darlehen und die Hypothek zum ersten Mal wiedersah, mit boshafter, falscher Liebenswürdigkeit bemerkt hatte, sie finde es überraschend, daß er noch nicht verheiratet war.

»Ich war überzeugt, daß du mit irgendeinem bezaubernden Geschöpf im Schlepptau ankommen würdest. Nicht wahr, Magnus, ich habe zu dir gesagt, Guy Curran wird mit irgendeiner Schönheit aus einer Reklamesendung im Fernsehen antanzen?«

Die Straße war unverändert. Der *Prince of Wales* wirkte noch immer wie ein nettes Pub, in das man seine Freundin zu einem Drink vor dem Abendessen führen könnte. Er könnte hierherziehen – wenn er nur eine winzige Chance bekäme! Sie waren ihm verhaßt, die Phantasievorstellungen, die sich ungebeten einstellten, aber er war oft außerstande, ihnen Einhalt zu gebieten. Jetzt stellte er sich unwillkürlich vor, wie er eines dieser Häuser kaufte – das ganze Haus selbstverständlich –, weil ein Wunder geschehen war, weil Leonora gesagt hatte, sie habe in Wirklichkeit nie aufgehört, ihn zu lieben. Die Gegend gefalle ihr, sie wolle gerne hierbleiben. Abendessen im *Leith's*, dachte er, vorher ein Glas oder zwei im *Prince of Wales*, sie beide allein, auf dem Weg zu einem Restaurant, eine Woche nach ihrer Rückkehr von der Hochzeitsreise. Er war mit ihr nach Indien gereist, Kaschmir, Dschaipur, Agra, und dann noch eine Woche auf die Malediven. Hand in Hand hatten sie sich ehrfurchtsvoll dem Tadsch Mahal, diesem im Mondlicht schimmernden Palast, genähert, sich dann einander zugewandt und sich im Schatten der gleißenden Mauern geküßt.

Auf einem Kärtchen neben der obersten Klingel standen alle drei Namen. Ihre Stimme kam aus der Sprechanlage, ganz die höfliche Gastgeberin. Sie bekundete ihre Freude, daß er so früh kam. Der Treppenläufer war bereits abgetreten, die Wände waren verschmiert. Auch der Aufstieg war lang. Er zählte: zweiundvierzig Stufen. Und wenn er bedachte, was er ihr bieten könnte ...! Sie würde Zeit ihres Lebens nie mehr solche Treppen steigen müssen.

Sie hatte einen Trainingsanzug an. Zweifellos bequeme häusliche Kleidung. Er war dunkelblau und hatte vermutlich anständig ausgesehen, ehe er zum ersten Mal gewaschen wurde. Seither war er ungefähr fünfhundertmal gewaschen worden. Er rief sich in Erinnerung, daß sie sich für Newton nicht in Schale warf. Es war ein gutes Zeichen, sie in diesem dunkelblauen Trainingsanzug, ohne Strümpfe und in Gesundheitssandalen zu sehen.

Sie lächelte so breit, wie sie ihn nur selten angelächelt hatte. Die Ohrringe waren billiger Krimskrams aus Indien, das erkannte er sofort, aber hübsch: Gänseblümchen aus weißem Email und gelb in der Mitte. Sie saßen dicht an den rosigen Ohrläppchen und dem goldbraunen Hals und wirkten, als hätte sie sich echte Blumen in die Ohren gesteckt.

Er konnte nicht sagen, wie er sich die Wohnung vorgestellt hatte; vielleicht hatte er erwartet, daß sie etwas Tolles daraus gemacht hatten. Aber was ließ sich mit drei Wohnschlafzimmern, einer Küche und einem winzigen Bad schon Großes anfangen? Poster und Zimmerpflanzen, Sachen aus einem Billiggeschäft und Dinge aus einem Dritte-Welt-Laden. Heikel, wie er war, registrierte er, daß es hier nicht einmal sehr sauber war, nicht so wie bei ihm zu Hause, dank Fatima, die viermal in der Woche zum Reinemachen kam. Er stand in der Küche herum, während sie Päckchen von *Marks und Spencers* auspackte und einen Laib Brot aufschnitt, von *Cranks*, wo sie am liebsten einkaufte. Nach einer Weile zündete er sich eine Zigarette an.

»Wenn es dir recht ist, Guy – die Wohnung ist eine rauchfreie Zone.«

»Das kann doch nicht wahr sein«, sagte er.

»Keine von uns raucht, und wir mögen auch den Geruch nicht.«

»Kann ich etwas zu trinken haben?«

»O Gott, entschuldige. Das hab' ich ganz vergessen. Du hättest schon früher fragen sollen. Dort im Regal steht ein Sherry, und im Kühlschrank ist Weißwein. Er ist in so einem kleinen Kanister, du mußt den Hahn aufdrehen.«

Sie lebten in verschiedenen Welten. Es ist nicht so, daß sie ihre Welt vorzieht, dachte er, das könnte niemand. Sie konnte sich einfach nichts Besseres leisten, und sie war ein stolzer Mensch. Der »Kanister« war von oben bis unten mit einem Muster aus Weinblättern und Trauben bedruckt. Er drehte an dem Plastikhahn, und der blaßgelbe Wein tröpfelte heraus. Da er Sherry haßte, blieb ihm keine andere Wahl.

»Wenn du unbedingt rauchen mußt, kannst du ja auf den Balkon gehen, solange ich damit beschäftigt bin.«

Der Balkon war vor ihrem Schlafzimmer. Das Bett war zwar gemacht, aber so, wie Leute, die nur ein Plumeau und zwei Kopfkissen benutzen, ein Bett machen. Er fragte sich unwillkürlich, wie oft William Newton es wohl schon mit ihr geteilt hatte, vielleicht sogar in der Nacht vorher. Der Raum machte den Eindruck, als sei hier in großer Eile aufgeräumt worden. Ein Schubfach in einer Kommode war so vollgestopft, daß es sich nicht richtig hatte schließen lassen; das Bein einer grünen Strumpfhose hing heraus. Auf dem Boden neben dem Bett lagen Bücher, eines davon aufgeschlagen und umgedreht. Die Glastür zum Balkon stand offen. Er ging hinaus, lehnte sich an das Eisengeländer und zündete sich eine neue Zigarette an.

Unter ihm waren die Dächer und Turmspitzen von Notting Hill zu sehen, die geschwungenen Straßen und der große Bogen der Ladbroke Grove. Staubbedeckte Bäume sahen aus wie dunkelgrüne Nester längs der senffarbenen viktorianischen Häuserreihen, der neuen, ziegelroten Mietshäuser, des taubengrauen Stucks und der dunkelgrauen Steine. Ja, es wäre schön, wenn sie beide irgendwo hier in der Nähe wohnen könnten, in der Gegend, in der sie auf die Welt gekommen, wo sie einander zum ersten Mal begegnet waren.

Er empfand ein sehnsuchtsvolles Heimweh nach diesem Viertel, als könnte er es nicht ertragen, ihm auch nur einen einzigen Augenblick fern zu sein. Nach South Kensington zurückzukehren wäre, als ginge man ins Exil. Warum war er nicht in ihre Nähe gezogen, warum hatte er nicht sein Haus verkauft und ein anderes hier erworben, so daß sie beide sich jeden Tag sähen?

Er würde ein hübsches Haus finden. Es wurden ja viele angeboten, die Fenster der Makler waren voll von den Offerten. Da die Preise zurückgingen, ließe sich mit einer Million Pfund ein Traum von einem Haus am »besten Ende« der Ladbroke Grove erstehen. Vielleicht am Lansdowne Crescent oder in irgendeiner anderen Straße an diesen konzentrischen Kreisen leicht schäbiger Eleganz. Er malte sich aus, wie Leonora es einrichtete. Er würde zum Lunch nach Hause kommen und sie antreffen, wie sie zwischen Teppichmustern und gebundenen Stoffproben und Tapetenmustern auf dem Boden saß, während irgendein tuntiger Innenausstatter lächelnd nickte und dies und das vorschlug, und dabei konzentrierte sie sich, war auf dem Gesicht dieser ernste, bedenkliche Ausdruck...

»Das Mittagessen ist fertig, Guy«, sagte sie hinter ihm.

Er tauchte aus seinen Träumereien auf, wie aus einem warmen, duftenden Bad, in das man halb im Schlaf geglitten ist. Das Erwachen aus solchen Träumen stürzte ihn jäh in eine traurige Stimmung, aber er konnte sie dennoch nicht abstellen oder auch nur steuern. Er folgte Leonora durch das Zimmer, das leere Glas und die ausgedrückte Zigarettenkippe in den Händen.

Sie hatte den winzigen Tisch in der Küche gedeckt. Er saß zwischen dem Tisch und dem Kühlschrank eingeklemmt da. Der Weinkanister stand auf dem Tisch neben einer Packung Orangensaft und zwischen zwei Tellern, mit *Fleisch* und Salat für ihn und Käse und Salat für sie. Er hatte großes Verlangen nach einer Zigarette, und obwohl er hier allein mit ihr war und damit vorübergehend den Gipfel all seiner Wünsche erreicht hatte, spürte er, wie er langsam gereizt wurde. Ihr Stolz ist es, gegen den ich kämpfe, dachte er, die Arroganz, die ihr die Kraft gibt, diese winzige, schmutzige Küche tapfer zu ertragen, anständiges Essen zu verschmähen, sich nicht gut zu kleiden.

»Weißt du noch, wie du gesagt hast, daß du bei mir einziehen würdest, wenn wir einmal heirateten?« sagte er und blickte sie an.

»Nein, daran erinnere ich mich nicht.«

»Das ist lange her. Neun Jahre. Du hast es gesagt, als du das erste Mal in mein Haus gekommen bist.«

»Ja, daran erinnere ich mich, aber ich glaube nicht, daß ich das gesagt habe.«

»Schon gut. Weißt du noch, wie du gesagt hast: ›Ich *bin* Guy, und du bist Leonora‹?«

»O Guy, vermutlich hab' ich das gesagt. Ich war noch ein Kind. Ich habe damals *Sturmhöhe* für die mittlere Reife durchgearbeitet.«

»Was soll das damit zu tun haben?«

Sie aß Brot und Käse und tat so, als schmeckte ihr das besser als all die Köstlichkeiten, die er ihr bieten konnte. »Es ist ein Buch«, sagte sie sanft. »Das Mädchen, das darin vorkommt, spricht so – wenn du's wissen willst, sie sagt: ›Ich bin Heathcliff.‹«

Er schüttelte ungeduldig den Kopf. »Ich verstehe nicht, warum manche Leute immer Sachen aus Büchern nachplappern müssen. Das wirkliche Leben ist doch wichtiger.«

»Manchmal treffen Dinge in Büchern auch auf das wirkliche Leben zu.«

Er begriff nicht, und ihr Lachen irritierte ihn, brachte ihn noch mehr auf. Er wechselte unvermittelt das Thema und sagte: »Findest du, daß die Art, wie dein Bruder sein

Geld verdient, dem entspricht, was du als moralisch einwandfrei bezeichnen würdest?«

»*Was?*«

»Geld waschen. Er verstößt in einem fort gegen die Devisenvorschriften.«

Sie stand auf, um die Teller abzuräumen, und holte aus dem Kühlschrank griechisches Joghurt und eine Schüssel mit gekochtem Trockenobst. »Ich bin nicht verantwortlich dafür, womit Robin oder wer auch immer sein Geld verdient. Es hat nichts mit mir zu tun. Ich bin nur für das verantwortlich, was ich selber tue – ja, und vielleicht für das, was William tut.«

Guy, überaus kühn: »Trifft das auch auf mich zu?«

»Ich bin nicht für dich verantwortlich oder für das, was du tust, Guy. Ich habe schon einmal gesagt, ich weiß, womit du dein Geld verdienst, und ich finde es nicht richtig, aber es geht mich nichts an. Außer…« Er sah, daß sich ihr Gesichtsausdruck veränderte. Sie legte den Löffel auf den Tisch. »Ich sollte mich von dir eigentlich nicht zum Essen einladen lassen, wenn ich nicht damit einverstanden bin, woher du dein Einkommen beziehst.«

»Alles, was recht ist!« Er schob das Joghurt von sich weg. »Ich kann dieses ekelhafte Zeug nicht essen, Leonora. Ich komme mir vor wie auf irgendeinem beschissenen esoterischen Kongreß. Ich bringe gegorene Schafsmilch einfach nicht hinunter.« Er zog gedankenlos eine Zigarette aus der Packung, sah dann, wie sie darauf blickte, und zerdrückte sie in der Hand. Zorn wallte in ihm hoch. »Was bildet sich dieser elende Robin eigentlich ein, Geschichten über mich zu erzählen. Schließlich hat er ja selbst Dreck am Stecken. Er kann von Glück sagen, daß er nicht im Knast sitzt.«

Sie sagte: »Guy, ich weiß wirklich nicht, was du da redest, und du weißt es, glaube ich, auch nicht.« Sie füllte die Teekanne mit Wasser, vermutlich in der Absicht, dachte er, Pulverkaffee zu machen, diesen Dreck. »Weißt du was über Nervenzusammenbrüche?« fragte sie.

»Über was?«

»Über psychische Zusammenbrüche. Das gibt es nämlich, glaub mir. So was passiert, wenn jemand überfordert ist und den Bezug zur Realität verliert, wenn er mit seiner Situation nicht mehr fertig wird, alle diese Sachen. Und du, Guy, hast im Moment so was, glaube ich. Oder ich glaube jedenfalls, daß du noch einen Nervenzusammenbruch bekommst, wenn du nicht aufpaßt.«

Das war diese Woche nun schon die zweite Frau, die ihm sagte, er sei drauf und dran, den Verstand zu verlieren. Er hoffte, daß der geduldige, beherrschte und, allerdings über brodelnden Tiefenschichten, gelangweilte Blick, den er jetzt auf sie richtete, sie zum Schweigen bringen, sie vielleicht zu einem Wort der Entschuldigung veranlassen würde.

Er wollte seinen Ohren fast nicht trauen, als er sie sagen hörte: »Guy, ein Freund von William, mit dem er an der Uni war, macht Jungsche Therapie. Er ist sehr gut.« Gottlob wurde sie unterbrochen, ehe sie mehr sagen konnte als: »Überleg dir doch mal, ob du ihn nicht aufsuchen ...« Die Küchentür ging auf, und eine hochgewachsene, magere junge Frau, die er beinahe nicht mehr erkannte, kam herein. Ihr Gesicht war weiß, und in ihren Augen lag ein glasiger Ausdruck. Sie blieb unter der Tür stehen, behielt die Klinke in der Hand, schwankte leicht und starrte an ihnen vorbei. Guy, der sie für betrunken hielt, verwünschte stumm diese unerwartete Unterbrechung.

Leonora sprang bestürzt vom Stuhl hoch.

»Maeve, was ist los?«

»Robin... es geht um Robin. Er hatte einen Unfall.«

12

Robin Chisholm war nicht tot, nicht einmal schwer verletzt. Guy war zornig auf Maeve, weil sie Leonora unnötigerweise in Angst versetzt hatte. Diese Person machte aus allem ein Drama. Sie hatte ihn im Rettungswagen ins Krankenhaus begleitet und war dabei gewesen, als er zu einer Gehirnuntersuchung weggebracht wurde. Und deswegen war sie zweifellos durchgedreht. Doch soviel Guy wußte, hatte Robin nur eine leichte Gehirnerschütterung erlitten und ein paar Schrammen und Prellungen abbekommen. Als Dreingabe zu dem blauen Auge, dachte Guy.

Sie hatte ihre Hiobsbotschaft ausgespuckt, nachdem sie von Leonora mit einer Aspirintablette und einem Glas von dem Zeugs aus diesem Kanister, das er nicht mit dem Namen Wein zu beehren gedachte, verarztet worden war.

»Wir kamen gerade aus dem Hyde Park, du weißt, dort, wo die Straßen so zusammenlaufen und auf die Bayswater Road treffen, mit den Lampen und so, wo das Royal Lancaster steht. Ich weiß nicht, wie die Stelle heißt.«

»Victoria Gate«, sagte Guy.

Sie nahm keine Kenntnis von ihm. Sie hatte ihn nicht beachtet, seit sie hereingekommen war. Er hätte genausogut nicht anwesend sein können, davon abgesehen, daß es nicht natürlich war, beim Sprechen auf keinen Fall nach rechts zu blicken. Sie hielt den Kopf in einer Art abgewandt, wie sie es vielleicht tun würde, wenn dort Erbrochenes auf dem Boden wäre.

»Also, wir kamen aus Richtung Kensington Gardens und wollten in den *Swan* gehen, um ein Glas zu trinken. Du weißt ja, es ist immer eine riskante Sache, dort die Straße zu überqueren, wegen des tobenden Verkehrs auf dem... Ring, heißt das so? Wir waren also sehr, sehr vorsichtig, haben aber natürlich nach rechts geschaut, wenn du verstehst, was ich meine, wir dachten, links ist nicht wichtig, weil die Ampeln auf Rot standen und außerdem nichts von dort kam. Und dann ist es passiert. Kommt da so ein Auto aus der Straße an der Seite der Hyde Park Gardens gerast, wie heißt die Straße gleich wieder...?«

»Brook Street«, sagte Guy, ohne einen Dank zu erwarten, den er auch nicht bekam.

»Robin war vor mir losgegangen. Bei mir war ein Schnürsenkel aufgegangen. Ich hab' mich gebückt, um ihn zuzubinden, was er nicht kapiert hat, so daß er losmarschiert ist. Dieses Auto kam aus dem Nichts dahergerast... Moment, aus...« Sie blickte ihn endlich an. »...der Brook Street, nehm' ich an, glatt bei Rotlicht durch, die Ampeln hat es völlig ignoriert, als wenn sie gar nicht dagewesen wären. Gottlob ist Robin ziemlich schnell auf den Beinen, und ich hab' das Auto gesehen und gebrüllt. Ich hab' geschrien: ›Robin! Paß auf!‹ Das Auto hat ihn erwischt, aber nur gestreift. Es hat ihn nicht am Kopf erwischt, er ist mit dem Kopf gegen einen Laternenpfahl geprallt.

Die Polizei ist auch nie da, wenn man sie braucht, hab' ich nicht recht? Dafür standen eine Menge Gaffer herum, auf die ist ja immer Verlaß. Ich hatte in dem Moment noch keinen Schock, der Schock hat mich ungefähr eine Stunde lang nicht erwischt – so ist es doch bei einem Schock, oder? Die meisten Leute sind nur herbeigelaufen, um zu gaffen und sich aufzugeilen – du kennst ja den Typ, aber ein Mann war immerhin so weit bei Verstand, daß er nach einem Krankenwagen telefoniert hat. Der Sanitäter hat mich gefragt, ob ich die Nummer des Autos weiß, aber natürlich hatte ich sie mir nicht gemerkt, in einem solchen Augenblick hat man ja an anderes zu denken.«

Guy empfand eine gewisse Erleichterung, obwohl Danilos Killer sicher gefälschte Kennzeichen verwendet hatten. Ein Fehlschlag, aber ein ehrenwerter Versuch. Nächstes Mal vielleicht mehr Glück. Maeve hegte, jedenfalls soweit er das sagen konnte, keinen Verdacht, daß der Zwischenfall im Park nicht nur auf Rücksichtslosigkeit am Steuer zurückzuführen war. Guy hätte gerne gesagt, es sei Robin recht geschehen, weil er so unhöflich gewesen war, allein über eine ziemlich gefährliche Straße zu gehen und seine Freundin auf dem Gehsteig zurückzulassen, während sie ihren Schnürsenkel zuband, aber er besann sich eines Besseren. Leonora wirkte sowohl bestürzt als auch erleichtert, und Maeve schien einigermaßen wiederhergestellt, nachdem sie ihren Bericht losgeworden war.

»Ist etwas zu essen da?« fragte sie. »Wir sind natürlich nicht mehr zu einem Lunch gekommen, wie du dir denken kannst.«

Wenn Leonora in diesem Augenblick ins Badezimmer oder sonst wohin gegangen wäre, hätte er loswerden können, was er gern gesagt hätte, etwas in der Art von: Ach, was du nicht sagst, ich hätte erwartet, daß sie im Krankenhaus Kaviar und Blinis servieren. Oder: Willst du damit sagen, ihr seid schließlich doch nicht in den lieben, alten *Swan* gegangen? Doch Leonora blieb in der Küche und bedachte Maeve mit überschwenglichen Mitleidsbekundungen und einem Sandwich.

Solchermaßen gestärkt, stieß Maeve einen tiefen Seufzer aus und füllte ihr Glas aus dem mit Weinlaub verzierten Kanister nach. Ihr Gesicht war rosiger geworden. Sie war eigentlich eine sehr hübsche Person, sofern man das von einer so statuenhaften Erscheinung mit diesen blitzenden blauen Augen und dieser Löwenmähne sagen konnte. Guy ging gerade der Gedanke durch den Kopf, daß ihre Beine fast genauso lang waren wie manches Mädchen in voller Körpergröße, als sie sich ihm zuwandte und in einem überaus gehässigen Ton sagte: »Das ist alles nur dir zu verdanken. Wenn du ihn nicht *niedergeknüppelt* hättest, hätte er seinen Kopf besser beisammen gehabt. Er war halbblind, weißt du das? Und er hat seitdem die fürchterlichsten Kopfschmerzen. Wenn sich auf dem Computertomogramm etwas zeigt, ist es ohne weiteres möglich, daß das auf dein Konto geht.«

Als Antwort darauf reckte Guy den Kopf hoch und drehte ihn nach rechts und links, damit sie die tiefen Kratzwunden an seinem Hals sehen konnte, die jetzt zwar heilten, aber eher schlimmer aussahen als damals, unmittelbar nachdem Robin sie ihm beigebracht hatte.

Sie sagte mit einem leichten, grausamen Lachen: »Ach was, er mußte sich schließlich irgendwie zur Wehr setzen.«

»Ja, wie ein beschissener Kater«, konnte Guy sich nicht verkneifen zu sagen. »Von denen werden ja oft welche in der Bayswater Road überfahren.«

Leonora kam rechtzeitig zurück, um seine letzten Worte zu hören und fiel zusammen mit Maeve über ihn her. Wie unmöglich von ihm! Wie er so reden könne? Während der arme Robin in einem Krankenhaus liege und vielleicht ernsthaft verletzt sei? Kenne er denn gar keine normale menschliche Regung?

Er entschuldigte sich bei Leonora, die die Entschuldigung annahm, ihm aber nahelegte, jetzt vielleicht besser zu gehen. Sie werde Robin im Krankenhaus besuchen, zusammen mit ihrer Mutter. Guy registrierte erfreut, daß bei alledem der Zimtzwerg unerwähnt blieb. Er war anscheinend rasch vergessen. Wenn Maeve nur abgehauen wäre, nachdem sie ihren Bericht erstattet hatte, denn dann hätte sich Leonora bestimmt trostsuchend in seine Arme geworfen. Tatsächlich hatte sie vorhin kurz eine Hand auf seine Schulter gelegt; es war ja der natürliche Platz für sie, um Halt zu finden. Er mußte versuchen – es wäre das Ideale –, bei ihr zu sein, wenn die Nachricht von Robins Tod eintraf, die ja in ein paar Tagen kommen mußte.

Am nächsten Tag rief er sie wie gewohnt an. Sie war zu Hause. Allein schon das war gut, war beruhigend. Er hätte eigentlich erwartet, daß sie zu dem Mann lief, den sie doch angeblich zu heiraten beabsichtigte, aber sie hatte es nicht getan, sie war zu Hause geblieben. Er dachte sich nichts dabei, sich bei ihr einzuschmeicheln.

»Wie geht's Robin?«

»Interessiert dich das?«

»Leo, aber natürlich interessiert es mich. Nur weil wir eine kleine Meinungsverschiedenheit hatten, als wir beide blau waren – mein Gott, was ist da schon dabei! Männer prügeln sich manchmal, sie sind halt so, damit mußt du dich abfinden.« War das richtig? In ihrer Welt vielleicht nicht. »Es bedeutet nicht, daß ich ihm was nachtrage, nicht die Spur.«

»Ich versteh' es wohl eigentlich nicht. Nicht nur, weil ich eine Frau bin. William würde es auch nicht verstehn.« Guy sank das Herz. Wie ein kleiner, kalter Stein fiel es in ihm nach unten. »Robin ist okay«, sagte sie. »Sie behalten ihn bis morgen dort. Es geht nicht nur um den Unfall. Sie nehmen sich noch mal ein bißchen dieses Problem vor, das er vor vier Jahren hatte – du erinnerst dich, als er wochenlang im Krankenhaus war?«

Es war ungefähr zu der Zeit gewesen, als sie plötzlich nicht mehr mit nach Samos fliegen wollte. Wochen waren vergangen, und sie hatte ihn kalt behandelt, und er war wütend auf sie gewesen. Aber er glaubte sich zu erinnern, daß Robin Chisholm irgendwelche Gesundheitsprobleme gehabt hatte – Kopfschmerzen, Schwindelgefühle, Verdacht auf Epilepsie. Natürlich hatte sich dann herausgestellt, daß ihm nichts fehlte.

»Wie es der Zufall will, war das genau vor vier Jahren«, sagte Leonora. »Ich glaube, es war die erste Augustwoche, als er ins Krankenhaus ging, und er ist dort beinahe bis Ende September geblieben. Ich kann mir nicht vorstellen, daß ihm das jetzt zu schaffen machen könnte – was meinst du, Guy?«

Guy sagte, nein, das glaube er auch nicht, zumal (er bemühte sich, den Sarkasmus aus seiner Stimme herauszuhalten) sämtliche Tests bei diesem ersten Mal ja negativ verlaufen seien. Er fragte, ob es Maeve bessergehe.

»Ihre Nerven sind wirklich sehr mitgenommen, Guy.« Es freute ihn, daß sie ihn immer wieder in diesem vertraulichen Ton mit seinem Vornamen ansprach. »Es muß ein schrecklicher Schock für sie gewesen sein. Ich glaube, sie ist sehr verliebt in Robin.«

Die Arme, dachte Guy. Sie wird es halt ertragen müssen, wenn aus ihrer Liebe nichts wird. Ich bin auch sehr verliebt, und wer scheißt sich was um mich? Irgend etwas beunruhigte ihn, irgend etwas, was Robin Chisholm betraf, aber er konnte nicht sagen, was es war. In der letzten Zeit erlebte er oft dieses Gefühl des Nebelhaften, des Beinahe-nicht-mehr-Durchblickens. Konfusion war ein zu starkes Wort dafür; so schlimm war es nicht.

»Gehst du heute mit mir abendessen?« fragte er.

»Nein, Guy, du weißt doch, daß ich das nie tue.«

»Niemand wird was davon erfahren, Leo. Ich werde sehr diskret sein. Sie brauchen es nicht zu wissen.«

»Wer sind ›sie‹?«

Er drückte es sehr vorsichtig aus. »Deine Familie. Die Menschen, die dir nahestehen.«

Sie schwieg. Als sie wieder zu sprechen begann, hörte sie sich bekümmert an. Wie kann es sein, fragte sich Guy, daß man jemanden liebt und sich trotzdem *freut*, wenn er bekümmert ist? »O Guy, wie gern hätte ich... Ach, es hat ja keinen Sinn. Ruf mich morgen an!« sagte sie.

Sein Herz, das, wie es ihm vorkam, zur Größe einer Erbse geschrumpft war, war plötzlich riesig; es war angeschwollen und weich und pochte heftig. *Sie hatte sich angehört, als würde sie gleich weinen.* Und das seinetwegen. *Er hatte sie zu Tränen gerührt.*

»Liebling, geh mit mir morgen abendessen, an irgendeinem Tag, such du ihn aus. Oder ich komme zu dir. Soll ich jetzt kommen–«

»Nein, Guy, natürlich nicht.«

»Dann sehen wir uns bitte morgen.«

»Wir treffen uns am Samstag zum Mittagessen«, sagte sie. »Bis bald.« Sie legte den Hörer auf, ehe er protestieren konnte.

Als er am nächsten Vormittag ihre Nummer wählte, hatte er noch immer nicht herausgefunden, was ihn umtrieb, was der Grund des Unbehagens war, das ganz dicht unter der Oberfläche seines Bewußtseins lag. Er hatte einen sonderbaren Traum gehabt. Er war, als unsichtbarer Zaungast, Zeuge einer Versammlung der Mietervereinigung eines Mehrparteienhauses in Battersea Park gewesen. Dieses Mietshaus stand, wo in Wirklichkeit kein Gebäude stehen konnte – mitten in den Pleasure Gardens, mit Blick auf den Kai. Unter den Mietern waren auch Rachel Lingard, Robin Chisholm und Poppy Vasari. Man diskutierte über die Bewerbungen von Leuten, die dort einziehen wollten. Eine davon stammte von ihm selbst. Rachel las seinen Brief und dann laut seinen Namen vor.

»Guy Patrick Curran, 7 Scarsdale Mews, W8.«

Träume sind etwas Sonderbares, denn die Anschrift war nicht ganz korrekt. Er wohnte in der Scarsdale Mews auf Nummer sieben. Robin Chisholm sagte nichts. Er spuckte aus. Er spuckte genauso aus wie damals auf Danilos Party, nachdem ihm Guy den Hieb verpaßt hatte. Poppy Vasari, die noch ungepflegter und schmutziger war als in der Realität, sagte: »Wir wollen ihn nicht haben. Er ist ein Mörder. Er hat meinen Freund mit einer Substanz ermordet, die laut Gesetz gegen den Drogenmißbrauch von 1971 verboten ist.«

Danach wollte sich Guy verdrücken. Obwohl sie ihn nicht sehen konnten, wollte er fliehen. Da er wußte, daß er träumte, daß dies Stoff für Träume, Traumzeit, war, strengte er sich an aufzuwachen. Doch bevor er erwachte, erhob sich ein Mann, den er nicht kannte und nie zuvor gesehen hatte, und stimmte ein Lied über das Opium an. Er sang, daß die Mohnblumen zuerst auf der Stelle gewachsen seien, auf die Buddhas Lider fielen, als er sie abschnitt, um nicht einzuschlafen. Guy wachte schreiend und stöhnend auf.

Um zehn Uhr vormittags versuchte er, Leonora anzurufen. Niemand nahm ab. Als er kurz vor elf einen zweiten Versuch machte, kam Rachel Lingard an den Apparat.

»Ihr bekommt aber eine Menge Urlaub bei der Fürsorge.«

Sie sprach wie die Leiterin eines Frauencolleges in Oxford bei einem Fernsehauftritt. »Ich bin nicht in Urlaub. Ich bin zu Hause und liege mit einer Infektion im Bett. Du hast mich rausgejagt.«

Guy hielt sich im Zaum, um nicht zu sagen, eine Infektion sei sicher das einzige, mit dem sie wohl jemals im Bett liegen würde. Außerdem wäre es wahrscheinlich gar nicht zutreffend gewesen. Selbst die häßlichsten, abstoßendsten jungen Frauen angelten sich heutzutage einen Mann. Er wußte nicht, wie ihnen das gelang, aber es war so. So lange er Rachel kannte, war sie nie ohne einen Typen gewesen. Immer zog sie mit irgendeinem bärtigen oder pickelgesichtigen Klugscheißer herum.

»Wo ist Leonora?«

»Keine Ahnung. Aber ich soll dir ausrichten, Robin geht es besser, und er kommt heute raus.«

»So? Scheiß auf ihn. Hat sie dir bei der Gelegenheit auch gesagt, wo sie zu finden ist?«

»Laß bitte diesen Kommandoton bleiben. Und auch das ›scheiß‹ kannst du weglassen, ja? Ich bekomm' es schon oft genug von den verkommenen Typen zu hören, mit denen ich in der Arbeit zu tun habe. Vielleicht würdest du folgendes zur Kenntnis nehmen: Ich weiß nicht, wo Leonora ist. Ich habe sie nämlich extra nicht gefragt, weil ich wußte, daß du es wissen willst. Das ist keine Lüge, ich bin nicht jemand, der lügt. Angekommen?«

»Streng dich nicht an, Täubchen«, antwortete Guy und wußte schon, daß er es bereuen würde. »Du kommst doch nie an, dafür hat schon die Natur gesorgt.« Er donnerte den Hörer auf die Gabel.

Er wählte William Newtons Nummer. Der Anschluß war besetzt. Das war sicher Rachel, die bei Leonora anrief, um ihr brühwarm zu erzählen, was er gesagt hatte. In ihm begann der Zorn auf jene unbezähmbare Art hochzusteigen, wie es ihm in der letzten Zeit immer wieder passierte. Es fing an wie eine beginnende Übelkeit, ein Würgen, das in der Kehle hochstieg, wo es sich festsetzte, und das man nicht durch Ausspeien loswurde, sondern nur indem man es hinausschrie. Er ging durch das Zimmer zu der geöffneten Doppeltür. Wieder schien die Sonne, als wäre man nach Italien oder Spanien versetzt.

Die Blüten der Wasserlilien im Teich hatten sich alle der Sonne geöffnet. Er drehte sich um, nahm die chinesische Vase, die auf dem roten Lackschränkchen gleich hinter der Tür stand, hob sie hoch und schleuderte sie auf die Steinplatten der Terrasse.

Das Zerspringen der Vase hatte eine Wirkung auf ihn, wenn auch nicht ganz die beabsichtigte. Sein Zorn war zweifellos fürs erste besänftigt, das hatte der Akt immerhin bewirkt. Aber es flößte ihm auch einen Schrecken ein, eine gewisse Furcht vor sich selbst. Warum hatte er das getan, ohne jede Überlegung? Er hatte es einfach aus einem Impuls heraus getan.

Es war ein Feiertag, Bank Holiday, also würde Fatima nicht kommen. Er schob die Scherben mit dem Fuß zu einem Häufchen zusammen. Die Vase hatte zur Gruppe der *famille noire* gehört, mit Kirschblüten und Hänflingen auf schwarzem Emailgrund; sie war ungefähr tausend Pfund wert gewesen. Bei dem Gedanken überlief ihn ein Frösteln. Er hob den Hörer ab, wählte neuerlich William Newtons Nummer, doch es meldete sich niemand. Wenn er noch länger hierblieb, würde er noch alles kurz und klein schlagen, so sah es in ihm aus. Deswegen fuhr er mit einem Taxi in den Schießsportklub und übte Scheibenschießen. Danach in den Fitneßklub, mit Arbeit an den Gewichten und ein paar akrobatischen Übungen auf dem Barren. Er wog sich und stellte fest, daß er die zwei Pfund zuviel vom letzten Mal wieder verloren hatte und drei weitere noch dazu. In der Sauna peilte ihn ein schwuler Norweger lüstern an. Was würde er dafür geben, wenn Leonora ihn einmal so anblickte!

Am Nachmittag versuchte er es wieder mit ihrer

Nummer, und noch immer meldete sich niemand. Was, wenn er sie die ganze Woche nicht erreichte? Sie hatten sich noch nicht auf ein Restaurant für den Samstag geeinigt. Was sollte daraus werden, wenn er keine Verbindung zu ihr bekam? Höchstwahrscheinlich war sie mit Maeve weggegangen, um Robin in seiner Wohnung zu begrüßen, wenn er aus dem Krankenhaus zurückkam. Guy nahm das Telefonbuch zur Hand und begann Robins Nummer zu suchen.

Sie stand nicht darin. Nirgendwo in Battersea war ein Robin Chisholm aufgeführt. Dann fiel ihm ein, daß Robin ja nicht mehr in Battersea wohnte, sondern inzwischen in Chelsea. Plötzlich fielen ihm zu seiner Verblüffung noch ein paar andere Dinge ein. Warum, fragte er sich, bin ich in letzter Zeit so durcheinander? Warum hatte er sich tagelang dem Irrtum hingegeben, Poppy Vasari habe in demselben Mietshaus gewohnt wie Robin, während das in Wirklichkeit *Danilos Schwägerin* gewesen war?

Weder Poppy Vasari noch sonst jemand konnte Robin im August vier Jahre vorher die Sache mit Con Mulvanney erzählt haben, da er damals zu den Gehirnuntersuchungen im Krankenhaus gewesen war. Er konnte es nicht erfahren und er konnte es nicht Leonora weitererzählt haben. Leonora mußte zwei Wochen vor ihrem geplanten Abflug nach Samos über Con Mulvanney Bescheid gewußt haben, denn damals hatte sich ihr Verhalten ihm gegenüber verändert, aber es war nicht Robin gewesen, der es ihr gesagt hatte. Robin war damals aus dem Verkehr gezogen gewesen, im *Barts* oder *St. Thomas's* oder sonst einem Krankenhaus und ohne Zweifel an nichts anderem interessiert als daran, was mit seinem Kopf los war.

Vor Guys geistigem Auge erschien kurz das Bild eines Chirurgen im weißen Kittel, der sich über Robins Bett beugte und ihm nicht ein Stethoskop an die Brust hielt, sondern ein Skalpell am Hals aufsetzte. Er sah einen gepanzerten Lastwagen das Taxi rammen, das Robin heim nach Chelsea brachte, und zwei Männer mit Kapuzen über den Köpfen und Maschinenpistolen, die hinten von der Ladefläche herabsprangen. Dann hielt er sich vor Augen, daß er nicht in einem Fernsehthriller war und nahm sich wieder das Telefonbuch vor.

Chelsea. Da stand es ja: St. Leonard's Terrace – eine sehr gute Adresse. Es mußte Robin finanziell gutgehen. Guy wählte die Nummer. Es hätte ihn nicht überrascht, wenn niemand an den Apparat gekommen wäre, aber Maeve hob ab.

»Ja, wer spricht?«

Was für eine Art, einen Anruf entgegenzunehmen! Zum ersten Mal fiel ihm ihre recht »gewöhnliche« Stimme auf, die seiner eigenen ähnlicher war als Robins aristokratischem Idiom.

»Ich bin's, Guy. Maeve, ich wollte mich nur erkundigen, wie es Robin geht.«

Sie schwieg vor Verblüffung, wozu sie ja auch Grund hatte. Dann sagte sie in einem Ton, in dem anscheinend das Mißtrauen mit der Bereitschaft, zu leben und leben zu lassen, im Streit lag: »Er ist wirklich ganz okay.« Sie legte eine Pause ein, offenbar krampfhaft überlegend. »Danke, Guy. Ich möchte dir sagen, danke.«

»Es freut mich zu hören, daß es ihm bessergeht.«

Einen Augenblick lang dachte er, sie werde jetzt fragen, ob er sie auf den Arm nehmen wolle. Aber sie tat es nicht. »Sie sind sehr zufrieden mit ihm. Von der Gehirnerschütterung werden keine nachteiligen Folgen oder sonst was zurückbleiben.«

»Sag ihm, er soll auf sich aufpassen.«

Das war wirklich der Zweck des Anrufs. »Ich würde ihn heute nicht mehr aus dem Haus gehen lassen. Sorg dafür, daß er sich still hält.« Beinahe hätte er gesagt: Geht nicht an die Tür, wenn es klingelt. Sie hätte ihn für verrückt gehalten. »Grüß ihn von mir, ja?«

»Klar tu' ich das, ja, Guy, danke.«

Er zögerte. »Ist Leonora da?«

»Nein.« Der bisherige überraschte, erfreute, gerührte Ton war verschwunden, und Maeve sprach wieder mit ihrer aggressiven Stimme. »Wieso sollte sie denn dasein? Natürlich ist sie nicht hier. Hast du deswegen in Wahrheit angerufen?«

Er verabschiedete sich. Dann versuchte er Danilo zu erreichen. Das war nie leicht, denn Danilo konnte sich immer an ungefähr zehn verschiedenen Stellen aufhalten, in Klubs, in den zwei Büros in Soho, bei seinem alten Papa, in einem der Wettbüros seines Bruders, des Buchmachers, oder auf einer Pferderennbahn. Nachdem fünf Versuche nichts erbracht hatten, erwischte er Tanya in ihrer Boutique in Richmond. Danilo sei in Brüssel – warum, sagte sie nicht – und werde am nächsten Abend sehr spät zurückkommen.

Guy war sich nun beinahe sicher, daß nicht Robin, sondern Rachel Lingard Leonora die Sache mit Con Mulvanney erzählt hatte. Genauer gesagt: Er war überzeugt, daß es nicht Robin gewesen war, und nicht völlig sicher, was Rachel betraf – er war beinahe, doch nicht absolut sicher. Aber es wäre auf jeden Fall eine gute Sache, Rachel aus Leonoras engstem Kreis zu entfernen. Er wünschte, Danilos Killerkommmando mit einem Wort oder einem Knopfdruck von Robin auf Rachel umdirigieren zu können. Er wünschte Robin wirklich nicht mehr den Tod; er käme ganz ungelegen, er wäre *unnötig*.

Er machte sich einen Drink, den ersten des Tages, eine sehr starke Mixtur aus drei Vierteln Campari und etwa einem Löffel voll Orangensaft. Während er Newtons Nummer wählte, klingelte es an der Haustür.

Bei Guy läutete es nur selten, es sei denn, er erwartete jemanden. Celeste konnte es nicht sein, denn sie hatte einen Fototermin draußen in Totteridge. Und außerdem besaß sie einen Schlüssel. Während er in den Hörer lauschte und das Telefon klingeln ließ, das am anderen Ende nicht abgenommen wurde, dachte er: Draußen ist Leonora. Er legte auf. Natürlich war es Leonora – was konnte näherliegen? Bei seinem Anruf tags zuvor hatte er gespürt, daß sich ihre Einstellung änderte, daß sie sich ihm wieder zuwandte, daß ihre besseren Instinkte die Oberhand gewannen und all das Verstockte, die Sturheit der letzten Jahre vergangen und verschwunden war.

»O Guy, wie gern hätte ich...«, hatte sie gesagt. Was hätte sie gewünscht? Daß sie sich dazu überwinden könnte, ihren Stolz zu vergessen, natürlich, zu ihm zurückzukehren, so daß es zwischen ihnen wieder war wie früher.

Wieder läutete es. Er stellte das Glas ab. Nach kurzer

Überlegung schob er es hinter eine Vase. Er durfte nicht vor Glückseligkeit sterben, wenn sie sich ihm in die Arme warf ... Nicht zur Tür zu rennen, war alles, was er tun konnte. Er schritt gemessen hin, öffnete sie schwungvoll, auf seinem Gesicht lag bereits ein entzücktes Willkommenslächeln.

Vor der Tür stand Tessa Mandeville.

13

Seine Enttäuschung war so schrecklich, daß er unfähig war, etwas zu sagen. Er war sprachlos, starrte sie wie schwachsinnig an, sah sie aber nur durch einen Schleier. Außerstande, ihr auch nur zu antworten, stand er da, während sie an ihm vorbei ins Haus drängte.

Bei einer anderen Gelegenheit hätte er jemandem aus Leonoras Familie voll stolzer Zufriedenheit sein Haus vorgeführt. Keiner von ihnen war je dagewesen. Da ihm bekannt war, in welch vorstädtisch-viktorianischem Ambiente Tessa selbst lebte, hätte er mit Hochgenuß registriert, wie sie die Beweise seines Reichtums wahrnahm, die Teppiche, die Antiken, den Kandinsky. Gerade sie erkannte höchstwahrscheinlich, daß es tatsächlich ein Kandinsky war. Jetzt aber lag ihm überhaupt nichts daran. Er folgte ihr stumm in den Salon.

Sie war wie gewöhnlich sehr elegant angezogen. Sie trug ein tabakbraunes Seidenkleid, das, obwohl ohne Taille und sehr gerade geschnitten, nur von einer sehr schlanken Frau getragen werden konnte. Dem heißen Wetter machte sie kaum Konzessionen. Sie hatte Schuhe von der Farbe blank geriebener Eicheln und eine mit Zweigen und Blättern gemusterte Strumpfhose an. Auf ihrem Gesicht hatten sich seit seiner letzten Begegnung mit ihr noch mehr Falten gebildet. Sie hatte die Figur, die Beine und Haare einer jungen Frau, aber ein verknittertes

Gesicht mit Runzeln, tief wie Narben. Ihre Fingernägel waren kupferfarben bemalt.

»Richtig tapfer von mir, allein hierherzukommen, nicht?« sagte sie.

Er fand seine Stimme wieder. Der Ton hörte sich an wie ein Seufzen. »Tapfer?«

»Obwohl ich dich darauf hinweisen möchte, daß mindestens ein Dutzend Leute wissen, wo ich bin. Solltest du auf dumme Gedanken kommen, würdest du nicht ungestraft davonkommen.«

»Machen Sie sich nicht lächerlich«, sagte er.

»Du verfolgst meine Tochter, du verprügelst meinen Sohn, du versuchst, meinen Sohn zu überfahren...«

Diese unfaire Behauptung empörte ihn. »Ich war mit Leonora mittagessen, als der Unfall passierte, ich war in ihrer Wohnung... Tessa, ich bin mit einem Taxi zu Leonora gefahren. Und außerdem war ich meilenweit von Lancaster Gate entfernt. Sie können doch nicht annehmen, ich würde...«

»Kann ich nicht? Komisch, daß du über alles Bescheid gewußt hast. Maeve hat gesagt, du hättest sie korrigiert, ihr genau erklärt, wo es passiert ist. Du hättest immerzu Dinge gesagt wie Brook Street und Victoria Gate, als wärst du dort gewesen. Ich glaube, daß du verrückt bist. Du hast nichts anderes im Kopf, als alle, die meiner Tochter nahestehen, zugrunde zu richten, sie umzubringen oder zu Krüppeln zu machen. Ich hätte nie zulassen dürfen, daß sie mit dir etwas zu tun hat, ich mache mir Vorwürfe deswegen. Schon damals, vor Jahren, hätte ich einschreiten sollen. Als nächstes wirst du William etwas antun. Ich weiß, worauf du es abgesehen hast, ich weiß alles. Ich habe dich damals gesehen, wie du in deinem protzigen Schlitten vor meinem Haus gesessen bist.«

Die Genauigkeit dessen, was sie sagte, war unheimlich. Sie war der Wahrheit ganz nahe gekommen. Er trat von ihr weg und öffnete die Terrassentür. Er war genausowenig darauf versessen, mit ihr hier eingeschlossen zu sein, wie sie mit ihm. Die Hitze, der Duft seiner Kletterrosen strömten herein. Er sah das Häufchen Porzellanscherben auf dem Steinpflaster, und sie sah es ebenfalls.

»Hast dich hier ausgetobt, was?«

»Weswegen sind Sie hierhergekommen, Tessa?«

Sie setzte sich unaufgefordert. Vermutlich hatten seine Gelassenheit, seine gleichgültige Haltung sie dahingehend beruhigt, daß er ihr nichts tun wollte. Sie starrte ihn an, ohne etwas zu sagen.

Er holte sein Glas und fragte sie, obwohl ihm das Absurde daran bewußt war, ob sie etwas zu trinken möchte.

»Natürlich möchte ich nichts zu trinken!« Sie spuckte die Worte förmlich aus.

»Was *möchten* Sie dann?«

»Dir folgendes sagen. Erstens: Mein Mann wird einen Gerichtsbeschluß erwirken, der dich daran hindert, Leonora weiter zu belästigen, wenn du sie nicht von diesem Augenblick an in Ruhe läßt. Ist das klar? Zweitens: Leonora wird am sechzehnten September getraut. Um zwölf Uhr auf dem Standesamt Kensington. Ich bin hierhergekommen, um dich mit allem Ernst, wirklich mit allem Ernst davor zu warnen, bei dieser Gelegenheit irgendwas anzurichten, verstanden?«

»Was sollte ich anrichten?« sagte er, nun beinahe schon belustigt. Sie war eine komische Figur, wie sie ihn so drohend anstarrte, während die langen, knochigen Finger mit den kupfernen Nägeln die entblößten, blanken Knie umklammerten. Die Intensität ihres finsteren Ausdrucks verzerrte ihr Gesicht zu einer grotesken Fratze.

»Weiß Gott, was. Ich weiß nicht, ein – ein Geschrei! Es ist dir durchaus zuzutrauen, daß du dort auftauchst und herumbrüllst. Oder daß du über William herfällst oder über meine Tochter – alles Mögliche! Daß du herumbrüllst, du hättest irgendwelche schwachsinnigen älteren Rechte auf sie.«

»Die hab' ich auch.«

»Die hast du nicht, Guy Curran! Wie kannst du dich erdreisten, so etwas zu sagen! Sie liebt William, und er liebt sie, und sie werden unendlich glücklich werden. Ich werde nicht zulassen, daß ein Schwachkopf wie du, ein Dreckskerl aus einer billigen Mietskaserne in der übelsten Gegend Londons sich an meiner Tochter vergreift!«

Zorn wallte in ihm auf. Ihr Snobismus hatte ihn tiefer getroffen, als ihre Drohungen es vermochten. Er hätte ihr gerne gesagt, sie sei hier in seinem Haus und solle verschwinden, sie solle sich nicht herausnehmen, in seinem Haus in einem solchen Ton zu ihm zu sprechen, doch er dachte an Leonora, dachte daran, daß Leonora dies alles zu hören bekäme. Es war schon schlimm genug, wie er Rachel beleidigt hatte; so jedenfalls würde sie es sehen. Er mußte ganz ruhig bleiben. Mit äußerster Beherrschtheit sagte er: »Sie wird ihn nicht heiraten, sie wird ihn niemals heiraten.«

Tessa Mandeville wurde kreidebleich. »Du schmutziger Dealer«, sagte sie. »O ja, sieh mich nur so an. Laß dir gesagt sein, ich weiß alles über dich. Eine sehr gute

Freundin von Leonora hat mir alles erzählt – daß du mit Drogen handelst, junge Menschen zugrunde richtest, ihren Eltern das Leben zur Hölle machst.«

»Wer war das?«

»O ja, das werde ich ausgerechnet dir erzählen! Damit du sie dir vornehmen und zusammenschlagen kannst, nehme ich an. Eine gute Freundin, mehr sage ich nicht. Jemand, der es mit Leonora besser meinte und meint, als du es jemals könntest.«

Er sagte: »Ich möchte Sie nicht an die Luft setzen, Tessa. Sie sind Leonoras Mutter, das darf ich nicht vergessen. Ich gehe jetzt nach oben, und sobald ich weg bin, gehn Sie vielleicht, ja?«

In Wirklichkeit wollte er nicht nur von ihr weg, sondern er wollte allein sein. Er hatte also richtig vermutet, was Rachel betraf. Rachel, sie hatte all den Schaden angerichtet und richtete ihn weiter an, und in diesem Augenblick war sie vermutlich bei Leonora und träufelte ihr Gift ein. Leonora war seiner Erinnerung zufolge bei jenem Telefonanruf sanfter und liebevoller zu ihm gewesen als jemals zuvor seit ihrem Einzug in die Wohnung. »O Guy, wie gern hätte ich...« Was hatte sie sagen wollen? Wie schön es wäre, wenn zwischen ihnen alles wieder so sein könnte wie früher? Wie schön es wäre, wenn sie William nie kennengelernt hätte?

Jetzt aber war sie vermutlich wieder zu Hause, bei Rachel, die krank im Bett lag. Er konnte sich vorstellen, wie sie neben Rachels Bett saß, wie Rachel wiederholte, was er zu ihr gesagt hatte, und hinzufügte: »Was kann man von so einem Subjekt auch anderes erwarten?«

Von unten hörte er Tessas Schritte. Jetzt nicht mehr.

Sie war stehengeblieben. Natürlich. Sie war vor dem Kandinsky stehengeblieben, ließ ihn auf sich wirken, taxierte seinen Wert. Wieder waren die Schritte zu hören, und dann schloß sich die Haustür, nicht gerade krachend, aber energisch zugezogen. Er ging in sein Schlafzimmer und schaute ihr durchs Fenster nach. Sie ging in Richtung Marloes Road und hielt dabei nach einem Taxi Ausschau. Er hoffte, sie würde keines erwischen, und vermutlich war es auch so, um diese Uhrzeit.

Also war es Rachel. Die Verbindung mußte, wie er ursprünglich angenommen hatte, dadurch zustande gekommen sein, daß sie und die Vasari beide in der Sozialarbeit tätig waren. Er ging nach unten und hatte gerade begonnen, eine der Nummern zu wählen, die er von Danilo hatte, da fiel ihm ein, daß er ja in Brüssel war. Es beunruhigte ihn etwas, daß er die Hunde, die Robin Chisholm bedrohten, bislang noch nicht hatte zurückpfeifen können, aber daran ließ sich offenbar nichts ändern.

Eine Sache ging ihm durch den Kopf, beschäftigte ihn den ganzen Abend über immer wieder einmal. Beim Essen mit Celeste im *Pomme d'Amour* und hinterher im Klub in der Noel Street, wo er sich mit Robert Joseph zu einem Drink traf, kehrten seine Gedanken wiederholt zu Tessa Mandeville und den Dingen zurück, die sie gesagt hatte. Weswegen war sie eigentlich zu ihm gekommen?

Das war alles Blödsinn, dieses Gerede von einem Gerichtsbeschluß, der ihn davon abhalten sollte, Leonora zu »belästigen«. Wie konnte man eine Frau belästigen, wenn sie mit einem zusammensein wollte? Schließlich war es ja Leonora selbst gewesen, die damals, vor dreieinhalb Jahren, vorgeschlagen hatte, sich sonnabends zum

Mittagessen zu treffen. Als Rachel und die anderen ihr eingeredet hatten, jede wirkliche Beziehung zu ihm abzubrechen, ihm den Laufpaß zu geben, hatte sie die regelmäßigen samstäglichen Treffen vorgeschlagen. Leonora war daran genauso viel gelegen wie ihm, das stand fest. Sie wollte von ihm angerufen werden. Hatte sie nicht am Telefon gesagt: »Ruf mich morgen an.«

Also war es Tessa um etwas anderes gegangen. Es war nur eine Tarnung für irgend etwas anderes gewesen. Angeblich war sie gekommen, um ihn davon abzuhalten, bei Leonoras Trauung irgendeine Szene zu machen, in Wirklichkeit aber, um *ihm zu sagen, wo die Trauung stattfinden würde,* und dabei war ihm der Schauplatz bereits bekannt. Er war voll Mißtrauen gegen sie alle, und jetzt war er gegenüber Tessa noch mißtrauischer. Was führte sie im Schilde? Warum hatte sie sich den weiten Weg gemacht, ihn zu Hause aufgesucht, was sie noch nie vorher getan hatte – nur um ihm das zu sagen?

Dann ging ihm ein Licht auf. Er hätte, vor Celeste, beinahe laut hinausgelacht. Tessa hatte ihm das Standesamt Kensington genannt, weil die Trauung keineswegs dort stattfinden würde. Sie würde im Standesamt Camden vollzogen werden, das beim Bahnhof King's Cross, in Newtons Stadtteil, war. Man konnte in seinem eigenen oder, wahlweise, auch in dem des Partners getraut werden. Tessa hatte ihm Kensington für den Fall genannt, daß er beabsichtigte hinzugehen. Wie durchsichtig von ihr – es war wirklich recht komisch.

Nicht, daß es irgendwie von Bedeutung gewesen wäre. Leonora würde nicht getraut werden. Sie *wollte* ja gar nicht heiraten. Wieder hörte er ihre Stimme, und ihr Ton wirkte unendlich weich und sehnsuchtsvoll, als sie aussprach, wie schön es wäre, wenn... »Guy, mein Lieber«, hatte sie gesagt, als sie ihm erklärte, daß sie nicht mit ihm zum Abendessen ausgehen könne. Wahrscheinlich hatten sie ihr mit allen möglichen Konsequenzen gedroht, als sie ihnen verriet, daß sie wieder etwas mit ihm anfangen wollte. Rachel beispielsweise, die Leonora ihren Wohnungsanteil abkaufen wollte, Rachel hatte ihr vermutlich erklärt, daraus würde nichts werden, sollte Leonora weiterhin etwas mit ihm zu tun haben. Anthony Chisholm war imstande, sie aus seinem Testament zu streichen oder ihr zumindest keinerlei Geld zukommen zu lassen.

»Guy, mein Süßer«, sagte Celeste, »ich gäbe viel dafür, wenn ich wüßte, was du jetzt denkst.«

Er erzählte ihr von Tessas Besuch. Ihr Gesicht umwölkte sich. Sie schwieg. »Ich habe Kopfschmerzen«, sagte er. »In der letzten Zeit bekomme ich oft welche. Glaubst du, es kommt davon, daß ich meistens voller Zorn bin?«

Sie fuhr mit ihm nach Hause. »Du mußt dich damit abfinden«, sagte sie sanft. »Früher oder später mußt du dich damit abfinden, daß sie William heiraten wird.«

»Das würde dir gut passen, nicht?«

Sie kniete sich auf den Terrassenboden und klaubte die Scherben der Vase zusammen. Er wünschte, er hätte nicht gesagt, was er gesagt hatte, aber sie gab keine Antwort darauf. Danilo würde am nächsten Abend zurückkommen; Guy nahm sich vor, ab zehn Uhr immer wieder zu versuchen, ihn zu erreichen. Vermutlich mußte er Danilo für all die Scherereien, die er verursachte, noch einmal fünfzehnhundert Pfund geben, aber was lag schon daran?

Celeste sagte: »Kauf ihr doch ein richtig hübsches Hochzeitsgeschenk.«

Sie war nie gehässig gegen andere, aber diesmal ...? Sie meinte das doch nicht ernst, oder? Er füllte sich zum letzten Mal das Glas, diesmal mit Wodka »on the rocks«, und wurde sich dabei bewußt, daß er seit dem Campari mit Orangensaft, seit Tessa um fünf Uhr gekommen war, ununterbrochen getrunken hatte.

Am nächsten Morgen rief er, während Celeste noch schlief, in der Wohnung in der Portland Road an. Maeve hob ab. Sie war im Begriff, zur Arbeit zu gehen. Er fragte nicht nach Leonora, nicht gleich als erstes.

»Wie geht es Robin?« Er wollte es wirklich wissen. Die Sorge, daß Danilos Killer zugeschlagen haben könnten, hatte ihn den größten Teil der Nacht wach gehalten.

»Es geht ihm gut«, sagte sie. Aber woher wollte sie das wissen? Meinte sie damit, daß es ihm gutgegangen war, als sie ihn am Abend vorher verlassen hatte?

»Du hast heute morgen mit ihm gesprochen?«

»Gerade eben, Guy.« Welch eine Erleichterung! Nicht, daß ihm viel an Robins Schicksal gelegen wäre, aber nach dem blauen Auge, das er Robin verpaßt, und dem, was Tessa gesagt hatte, war ihm klargeworden, daß Leonora ihm nur zu leicht die Schuld geben konnte, wenn ihrem Bruder etwas zustieß. »Er hat mich angerufen. Er hat toll geschlafen, sich richtig frisch gefühlt. Wie er sich angehört hat, ist er wieder ganz obenauf. Ist das nicht super?«

Guy stimmte ihr zu und fragte, ob er Leonora sprechen könne.

»Sie ist nicht hier, Guy. Sie ist bei William.«

Er rief die Nummer in der Georgiana Street an. Es war natürlich noch früh am Tag, noch nicht neun, aber es überraschte ihn doch, Newtons Stimme zu hören – nein, mehr noch: Es verblüffte ihn, brachte ihn aus der Fassung. Er hätte beinahe den Hörer wieder aufgelegt, sagte aber dann doch: »Hier spricht Guy Curran.«

»Oh, guten Tag.« Der Ton war nicht freundlich. Aber Guy hätte Newton noch mehr verachtet, als er es ohnedies schon tat, wenn dieser ihn herzlich oder sogar in einem einschmeichelnden Ton begrüßt hätte.

»Wie geht's Ihnen?« fragte Guy in einem kalten Ton.

»Ganz hervorragend. Ihnen hoffentlich auch. Und was kann ich für Sie tun?«

»Ich würde gern mit Leonora sprechen.«

Die meisten Leute leiten eine unerfreuliche Nachricht mit einem »leider« ein. Nicht so Newton, und Guy bemerkte es.

»Sie ist nicht da.«

»Jetzt hören Sie mal«, sagte Guy, dessen Zorn rasch entflammt war, in aufgebrachtem Ton. »Eben, vor weniger als fünf Minuten, hab' ich erfahren, daß sie bei Ihnen ist.«

Der Typ hörte sich gelangweilt, aber immer noch geduldig an. »Vor weniger als fünf Minuten war sie auch noch da. Vor zwei Minuten ist sie weggegangen. Möchten Sie wissen, wohin?«

»Natürlich möchte ich das wissen. Wo ist sie denn?«

»Bei ihrem Vater. Susannahs Mutter ist gestorben, und Leonora begleitet Susannah, um diverse Dinge zu regeln, den Todesfall zu melden und ein Bestattungsinstitut aufzusuchen. So, damit habe ich Ihnen alles gesagt, was ich weiß, und Sie werden entschuldigen, daß ich auflege, da ich schon verspätet bin. Auf Wiedersehen.«

Guy hatte keine Ahnung, wo Susannahs Mutter genau gewohnt hatte. Hoffnungslos, die beiden zu finden, hoffnungslos, sich das verlockende Bild weiter auszumalen, wie er mit Leonora in einem Wartezimmer saß, leise mit ihr sprach und dann die beiden Frauen zu einem wunderbaren Mittagessen in irgendein Restaurant führte. Es wäre ein Trost für Susannah, gegen die er nie etwas gehabt hatte, und würde sie vom Tod ihrer Mutter ablenken, an der sie vermutlich sehr gehangen hatte. Er mußte Leonora später in der Lamb's Conduit Street erwischen.

Er brachte Celeste eine Tasse Tee nach oben.

»Danke dir, mein süßer Guy«, sagte sie.

Sie schlug die Augen auf und streckte ihm dann die Arme entgegen. Schon seit Wochen hatte er nicht mehr mit ihr geschlafen. All das, was geschehen war, und die Furcht und der Zorn dazu schienen sein sexuelles Verlangen ganz aufgezehrt zu haben. Aber er beugte sich hinab und ließ sich von ihr umarmen. Sie war warm, duftete süß und fühlte sich seidig an, als er sie berührte. Er legte sich neben sie und zog sie an sich. Er merkte nicht, wie fest er sie umklammert haben mußte, bis sie ihre Nase und ihren Mund dem Druck seines Gesichts entzog, bis sie keuchend sagte: »Nein, Guy, du tust mir weh!«

Während sie im Bad war, wählte er Anthony Chisholms Nummer. Die Leitung war besetzt. Fünf Minuten später war sie noch immer belegt. Er rief das Fräulein vom Amt an, erhielt die Auskunft, daß über den Anschluß tatsächlich gesprochen werde, und beschloß, es bis zum Nachmittag sein zu lassen. Fatima erschien, als er gerade das Haus verließ. Sie gab Geräusche von sich wie eine bekümmerte Henne, die ihr Küken verloren hat, als sie die schwarzen und rosafarbenen Scherben sah. »Ajii!« Guy holte seinen Wagen aus der Garage. Er wollte nach Northolt zum Atelier fahren und anschließend zu einem Autobahnhotel am Anfang der M1, um nachzusehen, wie der dort stattfindende Bilderverkauf lief. Während er mit dem Jaguar rückwärts in die kopfsteingepflasterte Straße hinaus- und dann langsam auf die Earl's Court Road zufuhr, ging ihm der Gedanke durch den Kopf, ob er vielleicht seinem Haus entwachsen war. In seiner Situation hatte er die Phase der ehemaligen Kutscherhäuschen hinter sich gelassen. Schließlich wurde er im kommenden Januar dreißig. Ein Haus am Lansdowne Crescent oder vielleicht sogar etwas in der Gegend von Campden Hill, Duchess of Bedford Walk ... Würde Leonora etwas dagegen haben, auf dieser Seite, der *guten* Seite der Holland Park Avenue, zu wohnen?

»Nur zu, Schmusekätzchen« ging in Barnet sogar noch besser als die »Lady aus Thailand«. Die Frau, die den Verkauf leitete und mit der er ein gräßliches Mahl im Speisesaal des Motels einnahm (auf ovalen Tellern knorpelige, angebrannte Steaks, Erbsen aus der Dose, Tomatenhälften, Pommes frites, Pilze, schleimig wie Schnecken, und Broccolispitzen, die aussahen wie Bäume aus einem Spielzeugbauernhof), sagte ihm, sie könnte zwei-, dreimal so viele davon verkaufen. Guy versprach, diese Menge zu liefern. Vom Motel aus rief er in der Lamb's Conduit Street an, hatte aber kein Glück. Dagegen erwischte er Tanya in ihrer Boutique. Danilo werde am späten Abend zurück erwartet, auf jeden Fall bis elf Uhr.

Vor Guys Augen erschien ein gräßliches Bild: Robin Chisholm drückte den Knopf an seiner Türsprechanlage und öffnete im Bademantel dem Mann, der gekommen war, um irgend etwas zu reparieren oder einen Zählerstand abzulesen. Mit einem schallgedämpften Revolver oder einem Knüppel oder, wenn Danilos »Gehilfen« in der letzten Zeit richtig heimtückisch zu Werke gingen, mit dem dünnen, rasch eindringenden Stilett...

Er fuhr ins Reisebüro. Auch da gingen die Geschäfte prächtig. Vom Büro dahinter rief er die Nummer der Wohnung in der St. Leonard's Terrace an. Niemand ging an den Apparat, es klingelte und klingelte, zehnmal, fünfzehnmal. Er legte den Hörer auf und wählte noch einmal. Diesmal meldete sich nach viermaligem Klingeln Robins Stimme. Vermutlich hatte er, Guy, sich beim ersten Mal verwählt. Es war eine große Erleichterung für ihn, Robin sagen zu hören: »Hallo, wer spricht?«

Sie gaben ihm einen wunderbaren neuen Schwung, die mannigfaltigen, ansehnlichen Erfolge an diesem Tag. Lange Zeit waren die Dinge nicht besonders gut gelaufen. Es wäre naheliegend gewesen, nördlich am Regent's Park vorbei nach Hause beziehungsweise ins West End zu fahren, aber es zog ihn irgendwie in eine andere Richtung, auf die Euston Road zu. Über den Tavistock Place in die Guilford Street und von dort aus in die Lamb's Conduit Street... An sich sollte er sich mit ihr nur samstags treffen, zum Lunch, aber – ach, was *sollte es*! Sie wollte ihn doch sehen. Hatte sie nicht gesagt, wie schön es wäre, wenn sie wieder zusammensein könnten?

Es war heiß, die Luft war unbewegt in der gelben Sonnenhitze. Jeder Ort, wo er mit ihr zusammen und glücklich gewesen war, brachte ihm nur Schmerz. Es war, als empfände er, was sie betraf, auf zwei Gefühlsebenen, einer oberen, die optimistisch, fröhlich, zuversichtlich war, und einer unteren, wo Furcht und Zweifel herrschten. Die Orte, an denen sie zusammen gewesen waren, evozierten Bilder in dieser unteren Schicht. Er erinnerte sich an Zurückweisungen, erinnerte sich mit einem Gefühl, das mehr Panik war als Schmerz, daß sie seit sechs Jahren nicht mehr miteinander geschlafen hatten.

Die Häuser in dieser Gegend Londons sind alt, mehr frühes als spätes neunzehntes Jahrhundert. Ihr Mauerwerk ist von einem dunklen Graubraun, Eingänge und Fenster sind hoch und schmal, die Dächer unsichtbar. Nur sehr wenig Grün zeigte sich, abgesehen von den Baumkronen in der Ferne, die in die Höhe ragten wie die Vegetation in einem mauerumgebenen Garten. Susannah hatte an den Fenstern Blumenkästen, in denen statt der üblichen Geranien kleinblättriger Efeu und Pflanzen mit flaumigen Blättern wuchsen. Guy läutete und bereitete sich innerlich, wie er es immer tun mußte, auf Leonoras Anblick vor.

Die Tür wurde von einer Frau geöffnet, die er erkannte, aber nicht sofort einordnen konnte. Ihr schien es genauso zu gehen.

»Ich bin Guy Curran«, sagte er.

»Ach *ja*! Ich bin Janice. Wir haben uns auf Noras Geburtstagsparty kennengelernt.«

Er haßte die Kurzform, mit der ihre Angehörigen – er selber durfte es nicht – Leonora anredeten. Die Frau, die sie gerade gebraucht hatte, war, wie ihm jetzt einfiel, die Kusine, die nach Australien geheiratet hatte. Sie war ziemlich pummelig, hatte ein blasses Vollmondgesicht, hervortretende Augen und üppiges, langes, mausgraues Haar, das sie zu einem »Bauernzopf« geflochten trug. Guy hatte eine besondere Abneigung gegen indische Baumwollkleider (sie waren billig, schlecht geschnitten und formlos), und natürlich hatte sie ein solches an, gelbbraun mit schwarzen Hieroglyphen und weißen Stellen dazwischen. Ihre Hüften waren breit, und wenn man ihn fragte, sah sie aus wie jemand, der als ein Laib Vollwertbrot verkleidet zu einem Kostümfest geht.

»Ich dachte erst, Sie wären ein Leichenbestatter«, sagte sie jetzt. »Susannah erwartet nämlich einen. Sie wissen, daß ihre Mutter gestorben ist?«

»Ja. Man hat es mir gesagt. Kann ich reinkommen?«

Janice ließ ihn widerwillig eintreten. Er merkte, daß sie ihn von oben bis unten ansah, als beginge er irgendeinen schrecklichen *faux pas*. »Sie hat vor kurzem ihre *Mutter* verloren. Die meisten Leute schreiben oder rufen an.«

»Ich bin wegen Leonora gekommen«, sagte er ungeduldig.

Doch in diesem Augenblick steckte Susannah selbst den Kopf über das Treppengeländer. Das Wohnzimmer war im Ober-, die Schlafzimmer befanden sich im Erdgeschoß. Susannah reagierte ihm gegenüber nicht wie all die anderen Frauen, die Leonora nahestanden – diese aufgebrachte Australierin eingeschlossen –, auf eine aggressive oder moralisierende Art. Sie rief seinen Namen und sagte, wie nett es sei, daß er gekommen war. Offensichtlich hatte sie nicht gehört, was er zu Janice gesagt hatte. Als er oben am Treppenende ankam, trat sie auf ihn zu, legte die Arme um ihn und küßte ihn auf eine beinahe mütterliche Art, obwohl sie bei weitem nicht alt genug war, um seine Mutter sein zu können.

Es war geradezu ein Schock, von einer Frau *nett* geküßt zu werden, auch wenn Celeste das immerzu tat. Denn das hier war ein anderer Fall. Susannah nahm offenbar an, er sei gekommen, um ihr sein Beileid auszusprechen. Nun, ihm war es recht. Er empfand ein herzliches Gefühl für sie, und sie fand seinen Beifall. Susannah mochte bekümmert sein, weil sie in Trauer war, aber sie zeigte es nicht. Sie war sorgfältig und ziemlich stark geschminkt, was Guy bei Frauen als richtig empfand, ihr dichtes, drahtiges Haar war zu einer modischen Seeigelfrisur gefönt, sie trug eine schwarze Seidenhose mit einem schokoladebraun und schwarz gestreiften Oberteil und dazu reichlich eleganten Silberschmuck in Form von Panzerketten sowie einen breiten, glitzernden Gürtel. Wie schade, daß Leonora sich kein Beispiel an Susannah nehmen konnte oder wollte!

Während er ihr ins Wohnzimmer folgte, in dem er seit beinahe vier Jahren nicht mehr gewesen war, dachte er an die Zeit, als Leonora hier gewohnt hatte, wie er sie abgeholt hatte, um mit ihr auszugehen, und von Anthony Chisholm mit Getränken bewirtet worden war. Nein, so lange war es doch nicht her... Das erste, was er sah, sogar noch vor Leonora, war eine weiße, silbern umrandete Karte auf dem Kaminsims. Es mußte eine Hochzeitseinladung sein, aber er konnte aus dieser Entfernung nicht sehen, was darauf gedruckt war.

Leonora stand auf, als er hereinkam. Sein Herz war bereits ins Rotieren gekommen und schickte einen Trommelschlag nach oben in seinen Kopf. Sie sah furchtbar aus, aber was lag daran?

Sie küßte ihn, ohne ihn zu umarmen und ohne viel Wärme, aber sie hatte ja auch nicht ihre Mutter verloren. (Ein Jammer, dachte er.) Janice, die hinter ihm stand, begann des langen und breiten zu erzählen, wie sie ihn erkannt und doch nicht erkannt und dann gedacht habe, er sei jemand von dem Beerdigungsinstitut oder aus einem Blumengeschäft. Leonora trug schwarzweiße Kunststoffohrringe. Natürlich keine Spur Make-up, und ihr Haar wirkte fettig. Sie hatte eine grüne Trainingshose und ein schwarzes Sweatshirt an, das sich durch Alter und unsachgemäßes Waschen verfärbt hatte. Seit sie Newton kennt, dachte Guy, ist das bißchen Geschmack in Kleiderdingen, das sie einmal besessen hat, völlig in die Binsen gegangen. Der Idiot erzählte ihr vermutlich, daß er sie um ihrer selbst, nicht um ihrer äußeren Erscheinung willen liebte.

Immerhin fragte sie ihn nicht, weshalb er gekommen war. Noch rechtzeitig fiel ihm ein, etwas dem Anlaß Entsprechendes über Susannahs Mutter zu sagen.

»Es war wirklich sehr aufmerksam von dir zu kommen, Guy«, sagte Leonora und strahlte ihn an. Er fand ihr Lächeln spontaner und freier, als er es seit Monaten an ihr erlebt hatte. »Was für einen Tag wir hinter uns haben! Manche dieser Leute sind so gefühllos. Weißt du, was die Frau auf dem Standesamt zu der armen Susannah gesagt hat? Anscheinend arbeiten dort meistens Frauen. Männer nehmen die Stellungen nicht an; sie sind zu schlecht bezahlt, wieder die ewige, alte Geschichte. Sie hat gesagt: ›Ist das der erste Todesfall, den Sie melden?‹ Und als Susannah ja sagte, hat sie gesagt: ›Es wird wohl nicht der letzte sein. Guten Morgen.‹ Kannst du dir das vorstellen?«

Janice hatte sie verlassen, um Tee zu machen, nachdem sie sich vorher im Flüsterton mit Susannah besprochen hatte. Leonora begann ihn aufzuklären, daß ihre Cousine bei Anthony und Susannah logiere, daß der Mann ihrer Cousine nächste Woche nach England kommen werde und wie traurig es für die arme Janice sei, Susannahs Mutter, die sie besonders gern gehabt habe, nicht mehr lebend angetroffen zu haben. Guy hatte noch nie eine Familie erlebt, deren Mitglieder einander so zugetan waren wie die Chisholms. Selbst die am Rand des »Wurzelgeflechts«, Leute, die nicht einmal richtige Verwandte waren, machten sich wegen der anderen verrückt. Leonora erweckte den Eindruck, daß Janice zwölftausend Meilen weit angereist war, um an das Sterbebett einer alten Frau, der Mutter ihrer angeheirateten Tante, zu eilen, die sie in ihrem ganzen Leben vermutlich nur ein- oder zweimal gesehen hatte. Wie recht er gehabt hatte, die Einflüsse, die auf Leonora wirkten, nicht zu unterschätzen!

Von seinem Platz aus versuchte er, die Karte auf dem Kaminsims zu erspähen, aber Susannah mußte unbedingt vor dem georgianischen Kamin, der vorzüglich erhalten war, stehenbleiben und sich gegen den Sims lehnen. Guy wollte nicht zu auffällig den Kopf verrenken. Susannah hatte über die Beisetzung ihrer Mutter zu sprechen begonnen.

»Wir stecken in einem Dilemma, Guy. Wir wissen wirklich nicht, was wir tun sollen. Sollen wir Guy um seine Meinung bitten, Leonora? Als jemanden, der die Sache von einer anderen Seite sieht, was meinst du?«

Leonora schenkte ihm wieder ein reizendes Lächeln. »Wir werden sehen, was Guy dazu sagt.«

»Meine liebe Mutter hat nämlich keinerlei Verfügungen über – nun, ich muß es einfach geradeheraus sagen –, darüber hinterlassen, ob sie beerdigt oder verbrannt werden möchte. Natürlich, heute lassen sich die meisten Leute verbrennen, aber die Einäscherung kommt mir so... ich hätte beinahe gesagt, ›so endgültig‹ vor, als wäre nicht schon der Tod etwas Endgültiges, aber vielleicht verstehen Sie, was ich meine.«

»O ja, ich verstehe, was Sie meinen«, sagte Guy und verrenkte dabei den Hals.

»Und dann geht es um die Frage: wo? Die hübschen Londoner Friedhöfe sind alle belegt, und das bedeutet, daß einem nur die finsterste Provinz bleibt. Meine Mutter hat in Earlsfield gelebt, aber der Friedhof dort kommt nicht in Frage, er ist schon seit ungefähr hundert Jahren aufgelassen, soviel ich weiß.«

Janice kam mit dem Tee herein und stellte die Kanne so auf einen Tisch, daß Guy genötigt war, seinen Stuhl umzudrehen, so daß die Lehne nun dem Kamin zugekehrt war. Die Zeit, in der er richtige Sachen zu trinken begann, war schon so nahe, daß er eigentlich keinen Tee wollte, aber er trank trotzdem eine Tasse. Dagegen lehnte er ein Stück von der Pfirsichsahnetorte ab, auf die sich die fette, kleine Janice unklugerweise stürzte. Seine Gedanken beschäftigten sich damit, wie es ihm wohl gelingen könnte, Leonora nach Hause zu fahren – genauer gesagt, sie in seinen Wagen zu bekommen, loszufahren, um sie angeblich nach Hause zu bringen, und sie dann zu überreden, mit ihm zu Abend zu essen.

Janice erzählte gerade eine detaillierte und, wie Guy fand, äußerst geschmacklose Geschichte über die Abenteuer eines Bekannten von ihr, der vom Cobb in Lyme Regis die Asche eines geliebten Menschen verstreut habe, Susannah sagte, das sei ein eigenartiger Zufall, denn sie und Anthony wollten in ein paar Wochen einen kurzen Urlaub in Lyme verbringen. Die Türklingel rief Janice weg, so daß sie von weiteren Anekdoten abgehalten wurde. Obwohl sie von den anderen wiederholt aufgefordert wurde, sich doch zu setzen und auszuruhen, schien sie sich zu einer Art vorläufigem Au-pair-Mädchen ernannt zu haben. Zu Guys großer Freude blieben er und Leonora ein paar Augenblicke allein. Der Mann vom Begräbnisinstitut war gekommen, und Susannah wurde nach unten gerufen.

»Ich hoffe sehr, sie hat einen Entschluß gefaßt«, sagte Leonora. »Sie muß ihm ja sagen, so oder so.«

»Geh mit mir zum Abendessen, Leo.«

»Oh, das kann ich nicht, Guy. Es tut mir schrecklich leid, aber ich kann nicht.« Nicht »Das tu' ich doch nie« oder »Ich treffe mich schon sonnabends mit dir zum Mittagessen«, nein, nichts mehr dergleichen. »Ich bleibe hier, und William kommt auch. Wir gehen alle zusammen abendessen, damit die arme Susannah nicht zu kochen braucht.«

Aus war's mit seinem schönen Plan, sie nach Hause zu fahren und... Dafür aber sagte sie: »Es tut mir wirklich leid. Es wäre nett gewesen. Maeve hat mir gesagt, du hättest heute morgen angerufen, um dich nach Robin zu erkundigen. Das war reizend von dir, ich rechne es dir hoch an.«

Er wagte es, die Hand übers Sofa auszustrecken und ihre zu fassen. Er war sich sicher, sie würde sie ihm entziehen, doch sie tat es nicht. Sie ließ sogar ihre Finger weich in seiner Hand ruhen und richtete auf ihn einen Blick voll solcher Süße, solchem Mitfühlen, daß er, wäre nicht in diesem Augenblick Janice zurückgekommen, die Beherrschung verloren hätte, daß er aufspringen und sie in seine Arme hätte ziehen müssen. Statt dessen stand er auf, um zu gehen. Es war nicht gerade ein Vergnügen, mit dieser fetten Person zusammenzusein, die ihn mit ihren stechenden Augen vorwurfsvoll anstarrte.

»Mittagessen am Sonnabend?« sagte er.

»Ja, lieber Guy, natürlich. Wohin wollen wir gehen?«

»Ins *Savoy*«, sagte er. »Wir gehen in den River Room im *Savoy*.«

Sie protestierte nicht. Sie war im Begriff, sich ihm gegenüber zu verändern, wieder zu werden, was sie gewesen war. Er küßte sie zum Abschied, stand auf, wandte sich dem Kamin zu und stellte fest, daß die Vermählungskarte verschwunden war. Sie war dort gewesen, als er vor einer halben Stunde ins Zimmer gekommen war, und jetzt war sie fort.

Irgend jemand hatte sie heimlich weggenommen, damit er nicht zu sehen bekam, was darauf stand.

14

Er hatte Leonora schon ziemlich lange gekannt, ehe er ihren Bruder kennenlernte. An einem Wintertag, kurz vor oder nach Weihnachten, trat er mit Leonora ins Wohnzimmer ihres Elternhauses, wo ein Junge mit einer Zeitung in der Hand am Fenster stand und las. Er mußte gehört haben, daß sie hereinkamen, aber er blickte nicht sofort um, sondern las die Seite zu Ende. Dieses Verhalten hatte etwas von dem eines Schuldirektors oder sogar eines Polizisten, etwas Gewolltes, Geringschätziges, obwohl der Junge geradezu babyhaft wirkte. Er war zwar ziemlich groß, viel größer als seine Schwester, doch als er schließlich den Kopf wandte, zeigte er das Gesicht eines Fünfjährigen, pausbäckig, unschuldig, mit der Haut eines Kleinkindes und einem Rosenknospenmund. Um so verblüffender war die Stimme, die zwischen diesen Babylippen herauskam. Sie war tief und voll, sie *tönte*, und der Junge sprach mit einem Akzent, den man (wie Guy später von Leonora erfuhr) nur erlernen kann, wenn man eine der Nobelprivatschulen besucht.

»Ist das dein Galan, Nora?«

Guy hatte das Wort schon einmal gehört, aber nur im Fernsehen. Er hätte viel dafür gegeben – würde heute noch viel dafür geben –, eine solche Stimme zu haben. Leonora stellte die beiden einander vor.

»Robin, das ist Guy. Guy, das ist mein Bruder.«

Schon damals, mit fünfzehn, hatte Robin Chisholm diese spöttische Art an den Tag gelegt, durch die sich sein unerfreulicher Charakter so unangenehm auszeichnete. Sie war weder witzig noch amüsant, sie war nur unverschämt.

»Guy«, sagte er. Er sagte es langsam und mit einer gewissen Verwirrung. Dann sprach er den Namen noch einmal aus, nachdenklich, als handelte es sich um den eines Menschen, den er vor langer Zeit gekannt hatte, aber nicht recht einordnen konnte. »Guy. Sag, findest du es nicht schwierig, so zu heißen? Wenn Nora dich nicht vorgestellt hätte, hätte ich glatt gedacht, du heißt, sagen wir mal, Kevin oder Barry. Ja, Barry würde gut zu dir passen.«

Er wirkte wie ein unschuldiges Knäblein, lächelnd, mit großen Augen, pausbäckig und rosenwangig. Er wollte, daß das Objekt seiner kränkenden Bemerkungen sich beleidigt fühlte. Denn Beleidigungen waren es, daran bestand für Guy kein Zweifel. Leonoras Bruder wollte zu verstehen geben, daß der Name Guy für seinen Träger viel zu vornehm sei.

Sie nahm Guy in Schutz. »Oh, halt die Klappe! Du kannst dir gar nicht erlauben, dich über anderer Leute Namen lustig zu machen. Robin ist ja vielleicht in Ordnung, solange du wie ein Kleinkind aussiehst, aber wenn du alt bist, wirst du damit schön dastehn.«

Bereits damals war Robin Chisholm – was zu seinem Alter überhaupt nicht paßte – stolz darauf, jünger auszusehen, als er war. Schön, so sind die meisten Leute mit dreißig, aber doch nicht mit *fünfzehn*! Guy, der ihn gelegentlich sah, nicht oft, doch öfter, als ihm lieb war, hatte den Eindruck, daß Robin sein babyhaftes Aussehen auch noch kultivierte. Es hätte ihn nicht überrascht, Leonoras Bruder mit dem Daumen im Mund anzutreffen.

Die Chisholms hatten ihre Tochter auf eine staatliche Schule und auf eine prestigeträchtige Universität geschickt. Ihr Sohn besuchte ein Internat, eine Privatschule mit hohen Gebühren, brach aber dann die Ausbildung am Polytechnikum ab, auf das er mit knapper Not gekommen war, und ging statt dessen »in die City«. Er war dreiundzwanzig, als bei ihm zum ersten Mal Ohnmachtsanfälle auftraten. Man nahm erst an, er habe einen Gehirntumor, dann wurde Epilepsie vermutet. Wie sich herausstellte, fehlte ihm gar nichts. Guy glaubte insgeheim, daß Robin die ganze Sache sorgfältig geplant und inszeniert habe, um sich aus der Firma herauszumogeln, bei der er angestellt war, eine Investmentgesellschaft, über die ein paar Wochen nach dem Beginn von Robins Krankenhausaufenthalt ein Finanzskandal von gigantischen Ausmaßen hereinbrach.

Robin gehörte zu den Leuten, auf die die Welt verzichten könnte. Aber dazu brauchte es nicht ihn, Guy, ein anderer konnte dafür sorgen, daß es mit Robin ein schlimmes Ende nahm. Er war es nicht gewesen, der Leonora über Con Mulvanney ins Bild gesetzt hatte. Außerdem war Guy, nachdem er an diesem Abend Danilo nicht erreicht und sich die Sache die halbe Nacht hatte durch den Kopf gehen lassen, zu dem Schluß gelangt, daß Robin von allen Leuten um sie herum vermutlich den geringsten Einfluß auf Leonora hatte. Natürlich liebte sie ihn, das war selbstverständlich – sie sagte es ja oft genug, sagte es nach Guys Geschmack von viel zu vielen Leuten –, aber Robin irritierte sie auch, sie war keineswegs in allem mit ihm einverstanden.

All das bewirkte, daß ihm Robin im Traum erschien. Robin war tot, war die lange Treppe in der Portland Road hinuntergestoßen worden, und Maeve hatte seine blutüberströmte Leiche entdeckt. Der Traum war mitnichten irrational, kein unmögliches Phantasieprodukt, was Guy noch mehr beunruhigte. Er konnte nicht vor halb neun in der St. Leonard's Terrace und bei Danilo frühestens um neun Uhr anrufen. Während er sich beim Kaffeekochen durch die Küche bewegte, klopfte er immer wieder auf Holz. Es war eine alte, abergläubische Angewohnheit, die er längst abgelegt geglaubt hatte.

Auf Holz zu klopfen, hieß es, wehrt Unheil ab. Es hält fern – ja, was? Seine Großmutter, von der er diesen Brauch und außerdem auch gelernt hatte, anderen Leuten kein Salz, einem Freund kein Messer zu reichen und die Fugen zwischen Pflastersteinen zu meiden, hatte sich nicht näher über den Sinn dieser Handlungen ausgelassen. Sie sorgten einfach dafür, daß einem nichts geschah. Komisch, daß er jetzt, nach so langen Jahren, an seine Großmutter zurückdachte. Glücklicherweise war die Küche üppig mit Eichenfurnier neu ausgestattet worden und somit ein Paradies für Leute, die auf Holz klopfen.

Um zehn nach neun meldete sich Danilo, noch verschlafen, am Telefon. Guy war beinahe durchgedreht, weil er in der vergangenen halben Stunde zehnmal in der St. Leonard's Terrace angerufen, dort aber niemanden an den Apparat bekommen hatte. Robin war tot, das stand für ihn fest, und damit war Leonora für ihn auf immer verloren, aber trotzdem wollte er Danilo bitten, die Jagd auf Robin abzublasen. Danilo nahm Guys Sinneswandel übellaunig auf, fand sich aber bereit, sich mit ihm um sechs Uhr in einem Klub, der *The Black Spot* hieß, auf einen Drink zu treffen. Obwohl für ihn feststand, daß es zu spät war, daß Robins Leiche just in diesem Augenblick in einem Leichenschauhaus von Maeve identifiziert wurde, versuchte er es noch einmal mit der Nummer in Chelsea.

Völlig unerwarteterweise wurde der Hörer abgenommen, doch noch ehe jemand sich melden konnte, hörte Guy, wie Robin aus dem Hintergrund brüllte: »Gehn Sie doch an den Scheißapparat! Ich bin im Bad.«

Dann hörte er jemanden im Ton seiner Großmutter – es mußte die irische Putzfrau sein – sagen: »Hallo, wer spricht? Mr. Chisholm ist beschäftigt.«

Guy hielt vor Erleichterung die Luft an. Er war drauf und dran zu sagen: »Richten Sie ihm aus, er soll wieder ins Bett gehen und dort bleiben.« Im letzten Moment besann er sich eines Besseren.

The Black Spot bestand nur aus Tresen und Fußboden. Tische gab es keine, man konnte nur auf einem Hocker an der langen, in Schwarz und Silber gehaltenen Theke sitzen. Es war sehr dunkel, nach amerikanischer Art. Die erste Person, die Guy sah, war Carlo, der neben seinem Vater auf einem Barhocker saß und aus einem Brandyglas irgend etwas Dunkles, Schaumiges trank. Es war vermutlich eine Cola, doch das Glas ließ es weltmännisch, ja sogar irgendwie unheimlich erscheinen. Guy war ziemlich überrascht. Doch dann fiel ihm ein, daß er mit zehn Jahren zu gerne in solche Bars gegangen wäre, nur hatte er nie eine Gelegenheit dazu bekommen.

Carlo hatte Junior-Designer-Jeans und ein schwarzes Sweatshirt an, auf dem in rosafarbenen Leuchtbuchstaben *Bread-head's Kid* stand. Er sagte »Hi« zu Guy und aß weiter seine frittierten Garnelen aus einem Aschenbecher. Danilo trug einen karamelfarbenen Tweedanzug in Fischgrätenmuster und darunter ein karmesinrotes Hemd mit offenem Kragen.

»Du siehst nicht besonders gut aus«, sagte Danilo.

Guy antwortete mit einem ungeduldigen Schulterzukken. Das sagte Danilo jedesmal, wenn sie zusammenkamen. »Das kommt von der Beleuchtung hier, wenn von Beleuchtung überhaupt die Rede sein kann.« Er bat den Barkeeper um einen Wodka-Martini. »Wir können uns nicht unterhalten«, sagte er zu Danilo und wies mit dem Daumen in Carlos Richtung.

»Nichts daran zu ändern, Kumpel. Was sollte ich machen? Das eine von den Kindermädchen hat die Grippe, das andere ist abgehauen. Tanyas Schwester ist zwar bereit, die anderen Kinder zu nehmen, nur ihn will sie nicht bei sich haben. Als er letztes Mal dort war, hat er ihren *Apocalypse-Now*-Video in den Mikrowellenherd gesteckt. Er hat gesagt, er wollte wissen, was passiert. Mervyn«, sagte er zu dem Barkeeper, »nimm ihn mit nach hinten und laß ihn *Mork and Mindy* anschaun. Nur fünf Minuten, bitte.«

»Das kommt heute nicht, Papi. Nur *Buck Rogers in the 25th Century*.«

»Dann geh nach hinten und schau dir das an.« Danilo brauchte noch ein Glas von dem Rotwein, den er bevorzugte. »Mach das nicht noch mal mit mir«, sagte er in dramatischem Ton zu Guy. »Nicht noch mal.«

»Nicht noch mal was?«

»Ruf nicht noch mal mit dem Scheiß an, daß du es dir anders überlegt hast.« Er senkte die Stimme zu einem Raunen. »Du hättest den armen, alten Chuck zum Mörder machen können, ist dir das nicht klar?«

Der arme, alte Chuck, wer der Typ auch war, hatte sicher schon einen Mord, mehrere Morde auf dem Kerbholz. Außerdem kam es doch nicht darauf an, ob es um dieses oder um jenes Opfer ging. Guy wußte, daß es keinen Sinn hatte, mit Danilo zu streiten. Er sagte, es tue ihm leid, er sehe ein, daß er ein bißchen gedankenlos gewesen sei.

»Unreif«, sagte Danilo. »Das bist du gewesen, unreif. Nennen wir doch das Kind beim Namen. Jetzt hör mal gut zu, Guy. Wir hätten in dieser bewußten Gegend beinahe einen ganz scheußlichen Unfall bekommen. Ich möchte, daß du sorgfältig überlegst. Möchtest du, daß ich diese Sache weiter betreibe, oder möchtest du es nicht? Die ursprüngliche Person, die du beseitigt haben wolltest, ist, wie ich verstehe, aus der Schußlinie, und aus persönlichen Gründen bedaure ich das nicht. Doch dem, was du heute morgen an der Strippe gesagt hast, habe ich irgendwie entnommen, daß du jemand anderen im Visier hast. Nein, beantworte das nicht jetzt. Nenne keinen Namen. Ich möchte, wie gesagt, daß du dir die Sache sorgfältig überlegst.«

»Ich hab's mir schon überlegt.« Sie waren, abgesehen von einem Paar, das sich am anderen Ende küßte, allein in der Bar. Guy dachte, genau das würde die Polente tun, diese alte Masche: eine Polizeibeamtin und ein Kriminalinspektor in traulicher Umarmung, aber in Wahrheit ganz Ohr. Trotzdem sagte er, sehr leise: »Rachel Lingard.« Dazu gab er die Adresse in der Portland Road an. Und da Chuck vielleicht ihren Namen gar nicht zu wissen brauchte und sie nur erkennen mußte, zog er eine Visitenkarte aus der Tasche und schrieb darauf: *Klein, Mopsgesicht, fett, Brille, dunkles Haar, straff nach hinten, ungefähr siebenundzwanzig,* eine grausame, aber treffende Beschreibung Rachels. Sie durfte nicht mit Maeve oder – da sei Gott vor! – Leonora verwechselt werden.

In Anbetracht dessen kam es ihm merkwürdig vor, daß sich niemand meldete, als er um neun, mittags, um vier Uhr nachmittags und um zehn Uhr abends in ihrer gemeinsamen Wohnung anrief. Dazwischen rief er auch in der Georgiana Street an. Niemand ging dort an den Apparat, bis gegen halb elf Uhr, als Newton schließlich beim vierten Versuch den Hörer abnahm.

»Leonora ist im Bett. Sie war müde und ist zeitig schlafen gegangen.«

»Sie wird schon mit mir sprechen.«

»Das wird sie nicht. Ich hab' Ihnen ja gesagt, sie ist schon im Bett.«

»Sie haben doch sicher einen Zweitanschluß im Schlafzimmer.«

Newton sagte dunkelsinnig: »Ich bin ein armer Mann, Euer Majestät.« Damit legte er auf.

Ganz ähnlich war es am folgenden Tag. Guy mußte mit seinem Buchhalter sprechen und rief von dem Restaurant aus, wo er dem Mann ein Mittagessen ausgab, in der Portland Road an. Er versuchte es mit der Georgiana

Street, dann der St. Leonard's Terrace. Dort hob Maeve ab.

»Ich wohne jetzt hier. Ich wollte sowieso nach Leonoras Hochzeit bei Robin einziehen, und wir haben beide gefunden, ich könnte es ebensogut jetzt schon tun.«

»Weißt du zufällig, wo Leonora ist?«

»Ich nehme an, das sagst du sogar im Schlaf, oder nicht? Es wird auf deinem Grabstein stehen: Guy Curran, 1960 bis ..., ruhe in Frieden, ›Wo ist Leonora?‹ Nein, ich weiß nicht, wo sie ist. Du bist eine verdammte Nervensäge, weißt du das?«

Er mußte zu dem Buchhalter zurück. In der Zwischenzeit war der Kaffee serviert worden. Guy trank zu dem seinen einen großen Brandy. Ein Taxi brachte ihn in die Scarsdale Mews und zu seinem eigenen Telefon zurück. Das Zimmer und der grüne Garten, wie er durch die Terrassentür zu sehen war, schienen sich durch seinen Zorn rot zu färben. Um den Zorn zu bändigen, mußte er ihre Stimme hören; sie war für ihn wie ein Beruhigungsmittel. Er brauchte eine Dosis ihrer Stimme.

Sie war nicht in der Portland Road, sie war nicht in der Georgiana Street. Wo hält sie sich nur auf, dachte er, wo hält sie sich versteckt? Vermutlich wird sie von Rachel versteckt, die sie in die Arbeit mitnimmt oder weiß Gott was sonst tut, um sie von mir fernzuhalten. Später wählte er die Nummer in der Lamb's Conduit Street. Janice nahm den Hörer ab.

Sie war nur vier oder fünf Jahre dort unten gewesen, hatte aber bereits einen australischen Akzent. Aus irgendeinem Grund brachte sie der Klang seiner Stimme zum Kichern. Es kam ihm vor, als hätten sie und Susannah gerade über ihn gesprochen – nein, mehr so, als erinnerte sie sich an irgendeinen Streich, den man ihm gespielt hatte.

»Entschuldigung«, sagte sie. »Ich habe gerade über etwas gelacht, als das Telefon läutete, und konnte nicht aufhören. Ich hole jetzt Susannah.«

Susannah war eine nette Person. So oft, ja, in den meisten Fällen konnte man nicht verstehen, warum Leute bestimmte Leute heirateten, aber was Susannah betraf, war leicht zu sehen, was an ihr auf Anthony Chisholm so anziehend gewirkt hatte.

»Hallo, Guy«, sagte sie mit echter Wärme, und sie sprach seinen Namen mit einer Betonung aus, daß es ihn durchrieselte – als wäre sie hocherfreut, seine Stimme zu hören, als wäre er jemand, den sie liebte und von dem sie seit Monaten nichts gehört hatte. »Es war so nett, Sie neulich zu sehen. Es muß eine Ewigkeit her sein, daß wir uns zum letzten Mal gesehen haben.«

Er hatte vorgehabt, sich cool und unbeschwert zu geben, Small talk zu machen. Aber ihre Worte bewegten ihn. Er war ohnehin am Rand seiner Nerven, seiner Beherrschung. »Zu lange«, sagte er, und dann: »Sie waren immer gut zu mir, Susannah. Als einzige aus Ihrem Kreis. Sogar Leonoras Vater hat sich gegen mich gestellt.«

»Aber nein, Guy, ich bin sicher, das stimmt nicht. Anthony und ich, wir haben Sie immer gern gehabt. Es ist nur so... Entschuldigen Sie mich bitte einen Moment.« Er hörte, wie sie den Höhrer hinlegte und zur Tür ging, um sie zu schließen. Das geschah, damit die verkicherte, kleine Janice nichts mitbekam. »Guy, Leonora ist eine erwachsene Frau, sie ist für ihr Leben selbst verantwortlich. Ich verstehe, wie bitter es für Sie sein muß zu erleben, daß sie William Ihnen vorzieht, aber wenn das so ist, wer kann daran etwas ändern? Übrigens möchte ich Ihnen sagen, daß ich finde, Ihre ... ja, Ihre Treue gegenüber Leonora ist etwas sehr Schönes. Sie haben sich verhalten wie einer jener Ritter des Mittelalters, die sich jahrelang den Damen ihres Herzens weihten. Wirklich, so sind Sie gewesen. Aber, mein lieber Guy, das muß jetzt ein Ende haben – das sehen Sie doch ein, nicht?«

»Es wird nie ein Ende haben«, sagte er mit leiser Stimme.

»Was haben Sie gesagt?«

»Es wird nie ein Ende haben, Susannah. Denn ich glaube, ja, ich *weiß*, daß sie zu mir zurückkommen wird. Ich weiß, wir werden bis ans Ende unserer Tage zusammensein und diese Geschichte im Rückblick als eine vorübergehende Verrücktheit betrachten.«

»Ja, wenn Sie die Dinge so sehen wollen, kann ich Sie nicht davon abhalten. Ich möchte Sie einfach davor bewahren, daß Sie Ihr Elend noch verlängern, das ist alles.«

Warum nicht mit der Sprache herausrücken? »Gestern war auf Ihrem Kamin eine Einladung zu der Hochzeit. Sie war dort, als ich kam, aber als ich mich verabschiedet habe, hatte jemand sie weggenommen.«

Sie antwortete sofort, ohne das geringste Zögern. »O nein, Guy, da müssen Sie sich irren. Warum sollten wir eine Einladung bekommen? *Wir* laden ja zu der Hochzeit ein.«

Darauf gab es keine Antwort. War es möglich, daß er es sich eingebildet hatte? Er dachte: Susannah würde mich nicht belügen, *sie* nicht. Er fragte sie, ob sie wisse, wo

Leonora war. Nein, aber sie erwarte, sie am nächsten Tag zu sehen. Leonora wolle zur Beerdigung kommen.

Vermutlich wird der ganze Verein hingehen, dachte Guy, nachdem er das Gespräch beendet hatte. Tessa und Magnus Mandeville, Robin und Maeve, William Newton und sogar einige aus dessen Verwandtschaft. Sie wurden allesamt in das große Spinnennetz der Chisholms gezogen. Ein kurzer Tagtraum gewährte Guy einen flüchtigen Blick in eine Zukunft, in der die Chisholms, nachdem Leonora ihn geheiratet hatte, *seine* Familie – beziehungsweise was es davon gab, was sich davon finden ließ – in ihren Kreis zogen. Sie waren imstande, nach seiner Mutter, nach seiner Großmutter zu fahnden, sofern die Gute noch am Leben war. Er stellte sie sich alle an einem gewaltigen Eßtisch vor, wie sie irgend etwas feierten. Robins Hochzeit? *Seine* und Leonoras Hochzeit? Warum nicht? Warum auch nicht?

Er rief noch einmal, mehrmals in der Georgiana Street und in der Portland Road an. Weder hier noch dort hob jemand ab. Newton hielt sie davon ab, ans Telefon zu gehen, oder Rachel Lingard hinderte sie daran. Ja, letzteres war wahrscheinlicher, denn Leonora mußte ja nach Hause gehen, um sich passende Sachen für das Begräbnis zu holen. Aber der morgige Tag würde nicht nur das Erdendasein von Susannahs Mutter, sondern auch von Rachel beschließen.

Zweifellos hatte Chuck oder Chucks Mann bislang noch nicht die Gelegenheit gefunden, den Schlag zu führen. Sonst wüßte Guy davon. Es war nicht so, daß er erwartete, Danilo werde anrufen und ihm berichten, daß die Tat ausgeführt worden sei. Leonora würde anrufen. Es bereitete ihm ein bißchen Skrupel, wenn er daran dachte, wie unglücklich sie sein würde. Sie hatte wirklich etwas übrig für die häßliche, fette Rachel mit ihrem Egotrip, mit ihrem überlegenen Gehabe und ihrer Art, das Leben anderer Menschen rücksichtslos zu manipulieren. Die Nachricht, daß Rachel bei einem Autounfall umgekommen (oder bei einem Raubüberfall getötet worden oder von einer Themsebrücke gestürzt) war, würde sie derart erschüttern, daß sie sicher nicht mit dieser absurden Hochzeit Ernst machen würde. Sie würde bei ihm Trost suchen.

Am nächsten Morgen rief er so früh, wie es gerade noch anging, kurz nach acht, in der Portland Road an. Er war in seinem Schlafzimmer und klopfte auf Holz, diesmal an das Kopfende des Linnell-Betts. Jemand hob ab, sagte aber nichts. Er wußte, wer es war.

»Ich weiß, daß du es bist, Rachel«, sagte er. »Es ist sinnlos, bei mir Theater zu spielen.« Er hätte gern gesagt, was die Kinder aus seinem früheren Viertel sagten, wenn sie eine Frau anbettelten und nichts bekamen: »Stirb, Miststück, stirb!« Aber sie würde ja wirklich bald sterben, und möglicherweise hörte jemand zu. »Ich würde gern mit Leonora sprechen, bitte.«

Sie legte auf.

Er wählte die Nummer noch einmal und ließ es läuten. Als klar war, daß sie nicht an den Apparat gehen würde und auch Leonora davon abhielt, legte er den Hörer hin, um sie damit zu quälen, daß es läutete und läutete. Vielleicht sollte er auf die Beerdigung von Susannahs Mutter gehen, aber er wußte nicht, wo sie stattfand. Seit drei Tagen hatte er jetzt nicht mit Leonora gesprochen. Hatte es jemals eine so lange Pause gegeben, abgesehen von der Ferienzeit und ihrem Collegebesuch? Selbst damals, als sie in dem möblierten Zimmer gewohnt hatte und das Telefon im Erdgeschoß gewesen war, war die Spanne nie so lange gewesen. Er geriet in Panik, wenn seine Gedanken diese Richtung einschlugen, und so strengte er sich an, sie loszuwerden. Nachdem er den Hörer wieder auf die Gabel gelegt hatte, stieg er in den Jaguar und fuhr zu einer Verkaufsausstellung seiner Bilder in Wallington in der Grafschaft Surrey.

Auf der Rückfahrt kam er zum Eingang des Krematoriums von Croydon. Hier wird es wohl stattfinden, dachte er, parkte den Wagen so, daß er halb auf dem Gehsteig stand, und wartete. Wie wunderbar wäre es, sie auch nur zu sehen! Dann würde er aussteigen und hineingehen, den Trauergästen folgen und hinten in der Krematoriumskapelle unauffällig Platz nehmen. Er malte sich aus, wie er sie beispielsweise zum Begräbnis ihrer eigenen Mutter ausstaffieren würde, ein Trauerfall, der vielleicht in vier oder fünf Jahren, nachdem sie längst schon verheiratet waren, eintreten mochte und den er sich innigst herbeiwünschte. Ein schlichtes, schwarzes, von Jean Muir entworfenes Kleid mit einem einzigen Volant, fünfzehn Zentimeter oberhalb des Saums, ein breitrandiger schwarzer Hut, schwarze Wildlederpumps und eine glänzende schwarze Strumpfhose mit Nähten. Es gefiel ihm, sie sich mit einem Schleier vorzustellen, sich auszumalen, wie ihr Gesicht geheimnisvoll verborgen und nur für ihn erkennbar war.

Sie würden Seite an Seite hineingehen, er würde sie stützen, sie sich an seinen Arm klammern. Er sah sie im

Geist, wie sie in der vordersten Kirchenbank niederkniete, um ein kurzes Gebet zu sprechen, ehe der Trauergottesdienst begann. Der lange, schmale Sarg mit Tessas langer, schmaler Leiche erschien, getragen von einem Halbdutzend Männer, Magnus, Anthony, Michael Chisholm, Robin – aber er selbst würde doch auch unter den Trägern sein, nicht? Aber wenn es ihm auch gelingen würde, Leonora zu gewinnen, so würde ihn doch ihre Familie niemals als einen der ihren akzeptieren, überlegte er und blickte dabei hoch und sah, wie eine Prozession von Autos langsam aus dem Eingang gefahren kam.

Er sprang aus dem Jaguar. Der erste Wagen war mit sehr alten Leuten besetzt, die weißhaarigen Köpfe wie Löwenzahnköpfe. Er starrte hin, er musterte die Gesichter. Der zweite Wagen war mit sehr alten Leuten besetzt. Im dritten Fahrzeug saßen zwei etwas jüngere, grauhaarige Leute. Hinter ihm sagte jemand: »Entschuldigung, Sie können hier nicht parken.«

Es war eine Politesse. Er fuhr nach Hause. Fatima war noch da und polierte die Möbel. Guy ging nach oben und versuchte von seinem Zweitapparat im Schlafzimmer aus Leonora anzurufen. Das erinnerte ihn daran, wie ihn Newton spöttisch »Euer Majestät« genannt hatte. Niemand hob ab, weder in der Portland Road noch in der Georgiana Street.

Sie wird doch hoffentlich nicht den Lunch mit mir vergessen, dachte er. Sie hatten keine bestimmte Zeit vereinbart. Aber vielleicht war das auch nicht nötig; sie trafen sich ja immer um ein Uhr. Im *Savoy*, dachte er, um eins. Die Haustür schloß sich, als Fatima ging. Er ging nach unten und mixte sich einen ordentlichen Drink,

Wodka mit Eiswürfeln und ein paar Tropfen Angostura. Immer wieder fiel ihm die Hochzeitseinladung ein. Zum ersten Mal kam ihm der Gedanke, wie sonderbar es war, daß sie, wenn sie schon Einladungen zu dieser lächerlicher Hochzeit verschickten, ihn dabei übergangen hatten. Genauer gesagt: sonderbar aus ihrer Sicht der Dinge, nicht aus seiner. Aus seiner Sicht wäre es grotesk, ihn zu Leonoras Hochzeit mit einem anderen Mann einzuladen. Aber so würden sie es nicht sehen. In ihren Augen war er sicher ein alter Freund, der das gleiche Recht auf eine Einladung hatte wie dieses Miststück Rachel – sogar ein größeres, weil er Leonora länger kannte. Warum also hatten sie ihn nicht eingeladen?

Weil sie keine Einladungen verschickten? Weil diese Karte mit dem silbernen Rand überhaupt nicht auf dem Kaminsims gewesen war. Er hatte sie sich eingebildet. Er hatte sich da in etwas hineingesteigert und sich vorgegaukelt, daß es die Karte gab. Der Garten war wieder grün, das Wasser im Teich glänzte unbewegt und trug Wasserlilien dicht an dicht. Die Blätter waren an der Oberseite grün und karmesinrot gesäumt, die Blüten geädert und gemasert, rosen- und elfenbeinfarben. Er bemerkte, daß die Rosen verblüht waren, ging hinaus und brach die abgestorbenen Knospen ab. Es war still hier draußen im Garten, der hinter den ehemaligen Kutscherhäuschen versteckt war und von dem aus der Verkehr nur als ein fernes Pulsieren zu hören war. Hier war eine friedvolle, wohltuende Atmosphäre. Man könnte niemals den Verstand verlieren, niemals könnten sich im Kopf und in der Phantasie seltsame, unerklärliche Dinge einnisten, wenn man hier in entspannter Ruhe saß.

Etwa eine Stunde später klingelte das Telefon. Seine Intuition sagte ihm, es mußte Leonora sein. Zwar war es Jahre her, daß sie ihn angerufen hatte, aber er wußte, daß es Leonora war. Er ging so rasch ins Haus, daß er das rote Lacktischchen neben der Tür umstieß, auf dem früher die chinesische Vase gestanden hatte. Mit pochendem Herzen nahm er den Hörer ab. Celeste meldete sich und fragte, ob er vergessen habe, daß er mit ihr auf die Party ihrer Freundin gehen wollte. Er habe sie doch noch anrufen wollen deswegen, es aber nicht getan.

Guy hatte es wirklich vergessen. Er sollte eigentlich hinfahren, solche Dinge machten ihm Spaß, er hatte die Einladung der Freundin akzeptiert und Celeste die Zusage gegeben, aber trotzdem hatte er keine Lust darauf. Er habe sich vermutlich etwas geholt, sagte er, irgendein Virus, oder einer seiner Migräneanfälle bahne sich an. Sie hörte ihm resigniert zu und machte keinen Versuch, ihn umzustimmen. Nachdem sie aufgelegt hatte, dachte er beinahe krank vor Enttäuschung: Da du ohnehin noch den Hörer in der Hand hast, kannst du gleich in der Georgiana Street anrufen.

Niemand meldete sich. Er mixte sich noch einen Drink und wählte die Nummer in der Portland Road. Er klopfte auf das rot lackierte Holz – war es auch Holz? Wieder keine Antwort. Vielleicht war Rachel bereits tot. Chuck würde die Sache vermutlich unten in Brixton erledigen, wo Rachel arbeitete. Viele Leute sagten, für eine Frau, zumal für eine weiße Frau sei es riskant, allein durch die Seitenstraßen in Brixton zu gehen. Guy hatte das nie so richtig geglaubt, aber vielleicht, so dachte er, ist doch was dran.

In seinem Kopf formte sich ein Szenario. Die Polizei würde jemanden brauchen, der Rachels Leiche identifizierte. Man würde Leonora oder Maeve darum ersuchen – höchstwahrscheinlich Leonora, weil sie noch immer mit Rachel zusammenwohnte, während Maeve ausgezogen war. Natürlich würde sie William Newton bitten, sie zu begleiten, da sie vor Kummer und Entsetzen außer sich war. Aber Newton würde sich weigern, denn er war zu zimperlich, ein Typ von der Sorte, für die die Vorstellung, eine Leiche zu sehen, zuviel ist, zumal wenn sie in einer Verfassung war, in der sich die tote Rachel befinden würde. So würde sich Leonora in ihrer Verzweiflung an den einen wenden, auf den Verlaß war, an ihre einzige, ihre wahre Liebe, und gemeinsam würden sie nach Brixton fahren. Er würde sie in seinem Jaguar hinbringen. Dort angekommen, nähme er die Sache selbst in die Hand. »Ich kannte die Verstorbene ebenso gut wie meine Verlobte, *Sergeant*. Überlassen Sie die Identifizierung mir.« Hinterher, im Wagen, würde sie sich an ihn klammern und sagen: »Du warst immer der Richtige für mich, Guy. Ich muß nicht ganz bei Trost gewesen sein...«

Nach zwei weiteren starken Wodkas war er zwar noch vollkommen nüchtern, aber seine Stimme war mittlerweile ein bißchen undeutlich. Er stellte sich vor den Spiegel und sprach probehalber mit sich selbst. Ehrlicherweise mußte er sich eingestehen: Eigentlich möchte ich nicht, daß Leonora mich so sprechen hört. Es hat noch Zeit für einen letzten Versuch, wenn ich aus dem Restaurant zurückkomme.

Er machte sich zu Fuß auf. Die frische Luft tat ihm gut.

Es war für ihn etwas ganz Ungewöhnliches, in einem Lokal zu essen, ohne daß er vorher einen Tisch bestellt hatte. Ein Stück weit an der Old Brompton Road war ein italienisches Restaurant, wo er einmal mit Celestes Vorgängerin, einer Halbchinesin und Stewardeß auf einer Boeing 747, eine gute Pizza gegessen hatte. Vier Tage war es jetzt her, daß er mit Leonora gesprochen hatte... Es war besser, sich auf Rachel zu konzentrieren, deren Leiche inzwischen in irgendeinem Winkel liegen mochte, ja, beinahe mit Sicherheit lag. Es war kurz vor acht Uhr, mehr als achtundvierzig Stunden, seit er Danilo auf sie angesetzt hatte.

Das Restaurant war irgendwo in dieser Reihe von Geschäften. Ein Mann, ein Bettler, der total auf den Hund gekommen war oder wie man es sonst nennen wollte, lag der Länge nach auf der Schwelle eines Bioladens, der schon lange geschlossen hatte. Es war ein Farbiger, ein noch jüngerer Mann, anscheinend hochgewachsen, mager, beinahe ausgemergelt und mit schwärzlichen Fetzen bekleidet. Neben ihm auf dem Gehsteig lag eine Mütze, und das Fünfpencestück darin war das einzige Zeichen, daß es sich nicht um eine Kopfbedeckung handelte, die so eben mal auf den Boden geworfen worden war.

Er lag auf dem Rücken, die Hände hinter dem Kopf gefaltet und starrte nach oben. Die Lippen waren geöffnet, die Zähne sehr weiß, und dazwischen ein goldener Schimmer. Er sah nicht zu Guy hin, und dieser warf ihm auch nur einen raschen Blick zu, war aber überzeugt, daß der Mann Linus war. Ein schrecklich veränderter Linus, heruntergekommen, mit Bartstoppeln auf den früher immer glatten Wangen und einer häßlichen Narbe quer über einem der Backenknochen, aber derselbe Mann. Guy ging weiter. Er war inzwischen ganz nüchtern, zitterte aber. Seine Hände flatterten, es war ihm zumute, als könnten ihn seine Beine kaum mehr tragen, aber dennoch marschierte er weiter. Er vergaß, daß er nach dem italienischen Restaurant gesucht hatte, und ging mit unsicheren Schritten durch die Straße, die The Boltons heißt, und dann die Fulham Road entlang. Es war ihm nur noch darum zu tun, möglichst viel Abstand zwischen sich und das arme menschliche Wrack zu legen, das Linus gewesen sein könnte, das Linus *war*.

Doch als er in das Restaurant trat, das er in der Cale Street entdeckte, zur Theke ging und sich einen großen Wodka-Martini bestellte, ehe er nach einem Tisch fragte, entrang sich ihm beinahe ein Stöhnen bei dem Gedanken, daß er weggelaufen war. Warum war er nicht stehengeblieben und hatte seinen Freund gefragt, wie er ihm helfen könnte?

Das hieß natürlich, die Sache vereinfachen. Aber er hätte den Mann immerhin fragen können, ob er Linus sei. Für einen Weißen ist die genaue Identität eines schwarzen Menschen nicht leicht auszumachen. Dieses sofortige Erkennen ohne den Schimmer eines Zweifels gibt es nicht, und ein leichter Zweifel blieb in Guy zurück. Als er Linus das letzte Mal gesehen hatte, war dieser ein geschmeidiger, gesunder, schöner junger Kerl gewesen, ein Gangster, dem es bestens ging. Er war immer gut, wenn auch auffällig bunt gekleidet gewesen. Er hatte einen Goldzahn gehabt, erinnerte sich Guy, und das war eigentlich ungewöhnlich bei jungen Menschen, aber nicht so ungewöhnlich bei jemandem von karibischer Herkunft.

Guy setzte sich an seinen Tisch, bestellte irgendein Gericht mit Huhn und einen zweiten Wodka-Martini, während er auf das Essen wartete. Der Bettler auf der Schwelle hatte einen Goldzahn gehabt. Im Geist ging er eine halbe Stunde zurück und sah wieder die geöffneten Lippen: voll und glänzend, mit einem Stich ins Bläuliche, und zwischen den weißen Schneidezähnen einen goldenen Schimmer. Es war Linus gewesen. Was war ihm zugestoßen, daß es so weit mit ihm gekommen war?

Fünfzehn Jahre war das jetzt her... Die jugendlichen Straßenbanden hatten damals keinen Rassismus gekannt. Darauf konnte man heute stolz sein, das war etwas Erfreuliches, doch seinerzeit hatte es keiner von ihnen in diesem Licht gesehen; es hatte sie nur erstaunt, wenn die Polizei und die Sozialarbeiter von Rassenunruhen unter der Jugend in Notting Hill sprachen. Guy hätte beinahe – beinahe, aber nicht ganz, wenn er ehrlich war – sagen können, daß er die Hautfarbe eines anderen Menschen gar nicht bemerkte. Er wußte, daß es in den Augen mancher Leute ein Nachteil ist, irischer Abstammung zu sein. Linus war ein junger Teufel gewesen. Einmal hatte er in der Central Line der U-Bahn zwischen den Stationen Notting Hill und Queensway drei amerikanische Touristen um fünfhundert Pfund erleichtert, ohne daß sie das geringste davon bemerkten.

Das Essen kam, aber er konnte nur darin herumstochern. Er trank eine Karaffe vom Wein des Hauses. Warum, fragte er sich, bin ich hiergeblieben, um etwas zu essen? Er hätte unverzüglich zu der Stelle zurückkehren sollen, wo er Linus hatte liegen sehen. Er war davongelaufen. Er stand auf, zahlte und nahm sich vor zurückzugehen. Er mußte dorthin, wo der junge Schwarze auf der Ladenschwelle lag, und sich vergewissern, daß es sich um Linus handelte.

Er ging die Straße entlang und hielt nach einem Taxi, nach jenem glühenden, goldenen Würfel Ausschau, der, wenn er auf einen zukommt, das willkommenste aller Lichter auf den Straßen ist. Da näherten sich ihm auf der King's Road, Arm in Arm wie ein altes Ehepaar, Robin Chisholm und Maeve Kirkland.

Daß sie hier waren, überraschte natürlich weniger als seine eigene Gegenwart in diesem Viertel. Sie wohnten ja nur eine Straße weiter. Die King's Road war sozusagen ihre Dorfhauptstraße. Guy erwartete, daß sie entweder, wie damals im Park, so taten, als sähen sie ihn nicht, oder daß sie auf der Straße einen Krach anzettelten. Er wappnete sich dafür und nahm einen grimmigen Blick an, indes sie näher kamen. Sie waren wieder darauf abgefahren, sich wie Zwillinge anzuziehen, was vielleicht für ihre Beziehung bezeichnend war. Diesmal waren die rosafarbenen Hemden identisch. Worin sie sich unterschieden, das waren die Jeans: ihre waren rußfarben, seine blau und ausgewaschen. Robin war nichts davon anzumerken, daß er mit knapper Not einem schweren Unfall entgangen war, und auch das blaue Auge hatte er nicht mehr. Guy mußte sich davon abhalten, seine Wange zu berühren, wo noch immer schwach die Kratzspur eines Fingernagels zu sehen war.

Beide lachten ihn mit einem breiten Grinsen an. »Alles vergeben und vergessen, *old man*?« sagte Robin.

Guy hatte noch nie gehört, daß irgendein Mann unter sechzig einen anderen »old man« nannte. »Wie geht's so?« sagte er und dann, höflichkeitshalber: »Freut mich, daß du wieder auf den Beinen bist.«

»Oh, ich bin wieder ganz in Kampfform.« Das kam Guy als eine unglückliche Wortwahl vor. Da er Robin kannte, hatte er keinen Zweifel, daß die Worte bewußt gewählt waren. »Und was«, tönte Robin, »führt dich in diese fernen Gefilde?« Ohne eine Antwort abzuwarten, lud er Guy zu einem Drink in die St. Leonard's Terrace ein.

Diese Herzlichkeit machte Guy sprachlos. Was führte Robin im Schilde? »Tut mir leid, ich würde gern, aber ich bin ein bißchen in Eile.«

»Du hast gar nicht gefragt, wo Leonora ist«, sagte Maeve spitz.

Sie hatte recht. Er wurde sich bewußt, daß er während der vergangenen Stunden nicht an Leonora gedacht hatte. Es mußte ein Rekord gewesen sein. »Nein«, sagte er. »Nein. Ich nehme an, sie ist in der Portland Road. Ich treffe mich morgen mit ihr zum Mittagessen.«

»Sie ist zu William gezogen, weil Rachel fort ist. Es hat keinen Sinn, daß sie allein in der Wohnung bleibt.«

Es durchzuckte ihn. »Was willst du damit sagen, Rachel ist fort?«

»Sie ist doch in Urlaub geflogen.«

»In Urlaub?« sagte er.

»Heute vormittag. Sie ist mit Dominic nach Spanien geflogen. Warum machst du so ein Gesicht, Guy? Ich spreche von Rachel, nicht von Leonora.«

Ein Taxi näherte sich. Er winkte es herbei, sagte dem

Fahrer, er solle ihn in Bolton Gardens absetzen, verabschiedete sich von den beiden und stieg ein. Als das Taxi davonfuhr, sah er durchs Rückfenster Maeves Gesicht: Ihr Mund stand ein wenig offen, und sie schüttelte den Kopf. Also war ihm Rachel entkommen, oder vielmehr, sie war Chuck entkommen. Rachel war mit einem dieser Klugscheißer aus ihrem Freundeskreis im Urlaub. Das Wichtige war natürlich nicht, daß sie tot, wichtig war, daß sie nicht da war. Und nun war sie nicht da.

Der Abend war windig geworden und nicht mehr warm, der Herbst im Anzug. Der Beton der Türschwelle von diesem Laden war kalt und hart, und die Kälte drang wie ein Schmerz durch dünne, rußfarbene Kleiderfetzen. Guy stieg in Bolton Gardens aus dem Taxi und ging die paar Schritte zurück in die Old Brompton Road.

In dem Ladeneingang lag niemand. Linus, wenn es sich um Linus gehandelt hatte, war verschwunden. Das einzige Indiz, daß er an dieser Stelle gelegen hatte, war eine Zigarettenkippe, ein winziger Stummel, viel kürzer, als ihn die meisten Tabakraucher hinterlassen. Guy hob ihn auf, schnupperte daran und roch den süßlichen, leicht benommen machenden Duft von Marihuana.

15

Sie verspätete sich. Er saß an ihrem großen, runden Tisch in dem geschmackvoll dekorierten Raum, entschlossen, nicht schon wieder auf die Uhr zu sehen. Er hatte etwas zu trinken bestellt und sich vorgenommen, erst wieder einen Blick auf die Uhr zu werfen, wenn der Drink kam. Daß er nicht hatte widerstehen können, sich eine Zigarette anzuzünden, trug ihm tadelnde Blicke einer Frau ein, die einen rosafarbenen Hut aufhatte. Guy zwang sich, zum Fenster hinauszuschauen.

Der bestellte Brandy wurde serviert. Es war das stärkste Getränk, das ihm einfiel, abgesehen von völlig exzentrischen Dingen wie Absinth oder Zubrovka. Derlei gab es vermutlich nicht einmal im *Savoy*. Er schaute auf die Uhr. Es war zwölf Minuten nach eins. Seit Tagen hatte er nicht mit ihr telefoniert. Diese Verabredung im *Savoy* war nie bestätigt worden. Er dachte: Sie wird nicht kommen. Sie haben mich besiegt. Sie haben sie in Newtons Wohnung verfrachtet, sie werden niemals zulassen, daß sie noch einmal mit mir spricht. Ich warte bis zwanzig nach. Wenn sie bis zwanzig nach nicht da ist ... was tue ich dann? Was soll ich dann tun?

In die Georgiana Street fahren, dachte er. Sie suchen. Seit er sie am Dienstag in der Lamb's Conduit Street gesehen hatte, hatte er nicht mehr mit ihr gesprochen. Das waren vier Tage. Er hätte hartnäckig bleiben, er hätte schon vorher nach ihr suchen sollen. Sie konnte weiß Gott wo, sie konnte mit Rachel nach Spanien geflogen sein. Er machte den Kellner auf sich aufmerksam und bat um ein zweites Glas Brandy. Natürlich kam sie nicht, es stand für ihn fest, daß sie jetzt nicht mehr kommen würde. Er blickte auf seine Uhr. Es war zweiundzwanzig Minuten nach eins.

Der zweite Brandy war beinahe getrunken, als der Kellner sie an den Tisch führte. Guy sprang auf. Vergessen waren die Qualen des langen Wartens, sie sah *wunderbar* aus. Dies eine Mal hatte sie sich in Schale geworfen, für ihn und für dieses Nobelrestaurant.

Aber vielleicht nicht nur für dies eine Mal. Vielleicht blieb es dabei. Es gehörte zu dem Veränderungsprozeß, den sie durchmachte und der sie zu ihm zurückführte. Er vergaß die vergeblichen Anrufe, die Tage des Schweigens. Sie trug ein Leinenkostüm. Der kurze Rock war tiefblau, die lange, hochgeschlossene, eng taillierte, ausgestellte Jacke in einem dunklen Rosaton mit breiten vertikalen Streifen in Dunkelblau und Altrosa. Die Ärmel waren umgeschlagen, so daß das rosafarbene und blau gesprenkelte Futter zum Vorschein kam. Dazu trug sie eine malvenfarbene Strumpfhose und blaue Wildlederschuhe, und die Ohrringe bestanden aus dunkelroten, gläsernen Rosen.

Ihr Haar glänzte. Es wirkte wie frisch geschnitten, und zur Abwechslung einmal gut geschnitten. Auf ihrem Gesicht lag ein Glühen, so daß er einen Augenblick lang dachte, sie habe Make-up aufgelegt. Sie küßte ihn nacheinander auf beide Wangen, woran nichts Ungewöhnliches war.

»Tut mir leid, daß ich so spät komme, Guy. Die U-Bahn hatte eine Betriebsstörung.«

Wen interessierte die U-Bahn? Ihre exzentrische Art, sich in der Stadt zu bewegen, brachte ihn zum Lachen. »Leonora, Liebling«, sagte er. »Du siehst so schön aus. Ich möchte, daß du immer so aussiehst.«

»Dafür hat meine Mutter gesorgt. Sie hat gesagt, ich kann nicht in Jeans ins *Savoy*. Und da ich vor kurzem das Kostüm hier gekauft habe, hab' ich mir gedacht, ja, warum eigentlich nicht?«

»Deine Mutter hat gewollt, daß du dich zum Lunch mit mir feinmachst?«

Sie lächelte, das knappe Lächeln, bei dem sich die Mundwinkel nicht weit öffneten. »Meine Mutter möchte immer, daß ich mich feinmache, wenn ich, egal mit wem, zum Lunch ausgehe.«

Das ignorierte er am besten. »Bestell dir doch zur Abwechslung mal was Nettes zu trinken«, sagte er. »Verdirb nicht die Stimmung mit Orangensaft.»

»Na gut, ich werd' dir zuliebe einen Sherry trinken. Aber keinen trockenen, einen köstlichen, dunkelbraunen, klebrigen Bristol Cream.«

»Du bist also in die Georgiana Street umgezogen«, sagte er.

Sie begann zu erklären, warum. Er erzählte ihr, daß er Maeve und Robin begegnet war. Der offensichtliche Waffenstillstand, die Entspannung zwischen ihm und Robin schien ihr große Freude zu machen. Sie langte über den Tisch und drückte Guys Hand mit festem Griff. Nein, sagte sie, nicht einmal ihm zuliebe werde sie Fleisch essen. Sie nehme Fisch. »Hummer?« schlug ihr Guy vor.

Die Idee ließ sie erschauern; sie wollte Seezunge bestellen, zuerst kreolische Garnelen und danach Seezunge mit Bratkartoffeln – warum nicht? – und Gemüse anstelle eines Salats. Ein richtiges Essen, stellte Guy entzückt fest.

Obwohl er es keineswegs vorgehabt hatte, erzählte er ihr von seiner Begegnung mit Linus und fragte, ob sie sich an Linus erinnere.

»Aber natürlich. Er mochte mich nicht. Ich werd' es nie vergessen, wie wir uns das erste Mal gesehen haben, draußen auf der Straße, in der Talbot Road oder irgendwo, und du warst nett zu mir und hast mich an einem Joint ziehen lassen – obwohl du das wirklich nicht hättest tun sollen –, und Linus, er hat in den Rinnstein gespuckt.«

Sie erinnerte sich an alles. Sie erinnerte sich noch, wie er damals gewesen war! Das Herz ging ihm fast über. »Auf der Türschwelle lag der Stummel von einem Joint«, sagte er.

»Er hat mich nie gemocht«, wiederholte sie. »Ohne jeden Grund. Er war halt einer von diesen Schwulen, die Frauen nicht mögen.«

»Linus war doch nicht schwul.« Manchmal machte es ihn betroffen, welche Dinge sie sich ausdachte, wie *vielschichtig* ihr Denken war, was für Dinge in ihrem hübschen Kopf vor sich gingen. »Wie kommst du darauf? Er hatte doch diese Sophette als Freundin. Sie hätte zwar seine Mutter sein können, aber sie war seine Freundin.«

»Genau«, sagte Leonora und lachte ein bißchen. »Bist du dir sicher, daß er der Mann in dem Ladeneingang war?«

»Beinahe sicher.«

»Verschaffe dir lieber volle Gewißheit, bevor du irgendwas tust.«

Sie verzehrte ihre Garnelen mit Genuß, sie aß den Fisch ganz und die Kartoffeln größtenteils auf. Sie wollte zwar keinen zweiten Sherry, aber sie teilte seinen Frascati mit ihm. Er mußte eine zweite Flasche bestellen.

»Guy«, sagte sie tiefernst, »es ist sehr anständig, sehr gütig von dir, daß du Linus helfen willst, wenn er es wirklich ist und wenn er kaputt ist, aber ich finde, du solltest dich an *eines* erinnern. Linus war ein Pusher, er hat mit gefährlichen Drogen gehandelt. Damit hat er sein Geld verdient. Er ist wahrscheinlich durch seine eigene Sucht so tief gesunken. Hast du daran gedacht?«

Er mußte sich im Zaum halten, um ihr nicht ins Gesicht zu starren. Wußte sie denn nicht Bescheid? Wußte sie nicht, daß das, was für Linus galt, auch auf ihn zutraf?

»Es wäre ein bißchen hart zu behaupten«, sagte sie, »daß er nur seine verdiente Strafe bekommen hat, aber man könnte schon sagen, daß er es sich selbst zuzuschreiben hat.«

»Und deswegen soll man ihn in der Gosse liegen lassen? Wer gibt dir solche Ideen ein? Newton?«

»Du identifizierst dich mit Linus. Das ist der Grund, warum dir seine Lage so nahegeht. Du siehst dich selber in ihm, durch irgendwas ruiniert. Oh, ich spreche jetzt nicht von Armut oder Kriminalität, ich meine etwas anderes. Ihr habt ja ein ähnliches Leben geführt, ihr seid beide gleich alt, kommt aus einem ähnlichen Milieu, habt früher auf die gleiche Weise euer Geld verdient.«

»Das sprichst du jetzt Rachel nach.«

Sie gab keine Antwort.

»Was weißt du davon, wie ich mein Geld verdient habe, Leonora?« fragte er mit schwerer Stimme.

Sie antwortete unschuldig: »Du hast Marihuana verkauft, nicht? Das war mir immer klar.«

Der Schreckensaugenblick ging vorüber. Sie trank ein zweites Glas Wein, wollte dann aber keinen mehr. Dagegen war sie mit Begeisterung bereit, sich ein wunderbares Dessert zu bestellen, eine Art Skulptur aus Schokolade mit blattdünnen, verdrehten Blütenblättern, weiß, cremefarben und dunkelbraun. Die Entscheidung über den Nachtisch, seine Ankunft brachten sie von dem Thema ab. Er begann über die nächsten beiden Wochen nachzudenken, die Hochzeit, von der jedermann *behauptete,* daß sie am sechzehnten September stattfand, in vierzehn Tagen also. Natürlich würde sie nicht stattfinden, aber...

»Ich hab' dich die ganze letzte Woche nicht am Telefon erreicht«, sagte er.

»Ja, ich weiß. Tut mir *leid,* Guy. Aber von jetzt ab bin ich immer in der Georgiana Street.« Sie lächelte ihn an, den Kopf leicht seitwärts geneigt. »Ich muß ja manchmal aus dem Haus, weißt du.«

»Du hast die Wohnung in der Portland Road endgültig aufgegeben?«

»Wie es aussieht, ja. Da Maeve ausgezogen und Rachel fort ist, schien es nicht viel Sinn zu haben, dorthin zurückzukehren. Übrigens wollen wir sie Janice und Gerry zur Verfügung stellen, solange sie sich in England aufhalten. Es ist netter für sie, ein eigenes Quartier zu haben, als bei Daddy und Susannah logieren zu müssen. Und wenn Rachel zurückkommt, ändern wir die Verträge, und dann gehört die Wohnung ihr allein.«

Als sie mit dem Dessert fertig war, gingen sie zum Embankment hinab. Er nahm ihre Hand, und sie ließ ihn gewähren. Die Worte waren in seinem Kopf, und er wollte sie auch herausbringen, aber er hatte Angst. Sie waren jetzt in seinem Mund und warteten darauf, ausgesprochen zu werden. Leonora sprach über den Fluß, die Boote und Schiffe darauf. In der Woche vorher war ein Vergnügungsdampfer gesunken, das schlimmste Schiffsunglück, zu dem es seit hundert Jahren auf der Themse gekommen war. Fünfzig Personen waren ertrunken. Jetzt redete sie davon, wie einem zumute sein müsse, wenn man unter dem Deck gefangen war, und erschauerte. Die Worte drängten sich in seinen Mund, würgten ihn, stürzten aus ihm heraus. »Sagt dir der Name Con Mulvanney etwas?«

Arglose Augen schauten ihn sanft an – sie verstand ihn nicht. »Nichts. Nein, nichts. Um was geht es dabei, Guy?«

»Es war ein Mann, der LSD nahm und an Bienenstichen starb.«

»Ach ja.« Er sah, daß ihr etwas dämmerte, und das Herz sank ihm. »Ja, davon hab' ich gehört. Es ist lange her. Ich habe nie erfahren, ob es wahr war.«

»Es war wahr.«

»Was soll ich dazu sagen, Guy? Willst du mir davon erzählen?«

»Er hat mich um den Stoff angebettelt. Ich wollte ihm das Zeug nicht geben. Aber hinterher war ich fix und fertig, Leo, Liebling, ich habe mich furchtbar geschämt. Und ich wollte nicht, daß du es jemals erfährst, ich wußte, wie es auf dich wirken würde. Auf unsere Beziehung. Was du über mich denken würdest.«

»Ich wußte, du mußt einen Grund gehabt haben, es zu tun«, sagte sie. »Es hat überhaupt nichts geändert.«

»Es hat überhaupt nichts geändert?«

»Daran, wie ich zu dir eingestellt war«, sagte sie.

Er nahm sie in die Arme. Sie lehnte gegen eine glatte, steinerne Säule, und er legte die Arme um sie und küßte sie. Küsse dieser Art waren zwischen ihnen seit Jahren, fünf, sechs Jahren nicht mehr getauscht worden. Es war ein langer, inniger Kuß, bei dem sich die Zungen trafen, von der Art, die einem sexuellen Akt vorausgeht, nicht ein Kuß für einen windigen Winkel am Fluß, während Leute vorbeigingen und ein Schiff auf der Themse einen langen, lauten Sirenenton aussandte.

»Ich liebe dich, Leonora«, sagte er. »Ich habe dich immer geliebt. Ich werde dich lieben, bis ich sterbe. Kehr zu mir zurück. Ich weiß, daß du eines Tages zu mir zurückkommen wirst. Tu es jetzt!«

Sie sagte mit unendlicher Traurigkeit: »Es ist zu spät dafür, Guy.«

»Warum ist es zu spät? Es ist nie zu spät. Ich liebe dich, und du liebst mich, und du weißt, daß du mit dieser verrückten Heirat, dieser lächerlichen Heirat doch nicht Ernst machen wirst. Siehst du nicht, daß es ein Verbrechen an dir und an mir wäre, diesen Mann zu heiraten? Aber ich weiß ja, du wirst es nicht tun. Ich weiß, du liebst mich. Du hast es mir gezeigt. Ich weiß, daß du mich jetzt liebst.«

»Gehn wir bitte weiter, Guy«, sagte sie.

Sie gingen den Weg durch die Victoria Embankment Gardens entlang. Es war kühl und windig, und die Themse strömte mit kleinen, grauen Wellen dahin.

»Versprich mir, mich damit nicht zu bedrängen«, sagte sie. »Es ist auch so schon schwer genug für mich. Die Dinge sind schon schwer genug.«

»Liebling, ich werde nichts tun, was du nicht willst. Ich werde alles tun, was du verlangst. Du hast mich so glücklich gemacht.«

»Du kannst einem recht zusetzen, weißt du, Guy. Du hörst und hörst nicht auf. Aber das tust du jetzt nicht mehr, ja? Du bedrängst mich nicht mehr?«

»Jetzt, da ich weiß, du liebst mich, bin ich so glücklich, daß ich kein Wort mehr darüber sagen werde.«

»Komm doch am Mittwoch zum Abendbrot zu uns«, sagte sie. »Würdest du das tun? Ruf mich morgen und am Montag und Dienstag an und komm am Mittwoch gegen halb acht zum Abendbrot zu uns.«

Abendbrot, was ist das? hätte er vielleicht geantwortet, wenn es nicht Leonora gewesen wäre. »Dinner«, nicht Abendbrot, hieß es, wenn man richtig zu Abend aß. Natürlich, in den alten Zeiten, zu Hause bei seiner Mutter, hatte es »Tea-time« geheißen, wenn man abends etwas aß, sofern überhaupt etwas zum Essen dagewesen war. »Wer ist ›uns‹?« fragte er.

»William wird natürlich dasein. Guy, es ist ja Williams Wohnung. Sei vernünftig. Sei *nett.*«

»Ich werde nett sein. Ich werde kommen. In ein und derselben Woche werde ich dich gleich zweimal zu sehen bekommen. Wo sollen wir nächsten Samstag zu Mittag essen?«

Sie lachte. »Darüber können wir uns am Mittwoch unterhalten.«

Nachdem sie ihn verlassen hatte, nahm er kein Taxi.

Er ging zu Fuß. Sie hatte ihn beim Abschied noch einmal geküßt, ihm einen warmen, innigen, zärtlichen Kuß gegeben. Und nun war er wieder allein. Sie hatte ihm gesagt, daß sie ihn liebe, daß nichts etwas daran geändert habe, sie hatte ihre Liebe zu ihm ins Leben zurückgerufen. Natürlich hatte sie auch gesagt, es sei zu spät, zu ihm zurückzukehren, aber das war nicht ernst gemeint gewesen. Vermutlich dachte sie, er wolle sie nach ihrem Akt der Untreue nicht mehr wiederhaben, doch darin täuschte sie sich ganz und gar.

Während er das Embankment entlangging, kam ihm der Gedanke, daß es für Menschen in ihrer Situation, die nach einer Trennung wieder zueinanderfinden, normal wäre, zusammen nach Hause zu gehen. Für Leonora wäre es eigentlich natürlich gewesen, jetzt mit zu ihm nach Hause zu fahren. Aber er verstand ja, warum sie das nicht tun konnte. Hatte sie nicht gesagt, die Dinge seien schwer für sie? »Es ist auch so schon schwer genug«, hatte sie gesagt. Nichts hätte klarer zeigen können, unter welchem Druck sie von seiten ihrer Familie stand, bei William Newton zu bleiben. Ihre Familie hatte ihn für sie aufgetan, sie zusammengebracht, und jetzt vereinten sich alle, um sie an ihn zu fesseln.

Sie wollten nur eines, das war ganz klar: den sechzehnten September und damit diese Hochzeit hinter sich bringen. Sie verhielten sich wie irgendeine königliche Familie in grauer Vorzeit oder in einem Märchen, die die Prinzessin in einen Turm einschloß, bis sie sich zur Heirat mit dem Zimtzwerg bereitfand. Er lächelte vor sich hin, während ihm diese Gedanken durch den Kopf gingen. Aber schon bald wurde er wieder zornig, zornig *ihretwegen*, die sie unglücklich gemacht hatten, seine süße und schöne, angebetete Leonora, die »die Dinge schon schwer genug« fand, weil sie zur Heirat mit einem Mann gepreßt wurde, den sie nicht liebte.

Es begann zu regnen, und er winkte einem Taxi. Sobald er wieder in der Scarsdale Mews war, wollte er sofort in seinem Terminkalender nachsehen, welches Vorhaben er am Mittwoch streichen mußte. Am Mittwoch – nichts. Einen Augenblick lang konnte er kaum glauben, was er las, und dann wurde es ihm nur allzu klar. Er *erinnerte* sich wieder.

Am Montag sollte er Celeste, die an diesem Tag Geburtstag hatte, nach Stratford-on-Avon fahren, sie ins *Shakespeare Memorial Theatre* führen und dann die Nacht im *Lygon Arms* in Broadway verbringen. *Sollte.* Er hatte die Eintrittskarten, hatte das Zimmer bestellt. Sie hatte es in guter Haltung hingenommen, daß sie vergangenen Freitag von ihm enttäuscht worden war. So etwas konnte er ihr nicht noch einmal antun. Während er die nächsten Tage noch einmal im Geist durchging, begann er seine Telefonanrufe bei Leonora zu planen. Am Montag müßte es ihm eigentlich gelingen, sie zu erreichen, ehe er sich auf den Weg machte, und am Dienstag konnte er sie vom Hotel aus anrufen...

Celeste verbrachte die Nacht zum Montag bei ihm. Sie kam am späten Nachmittag an, gerade als er nach dem Gespräch mit Leonora den Hörer auflegte. Da Tessa und Magnus anwesend waren, war ihre Unterhaltung, es konnte nicht anders sein, fade und im ganzen gesehen bedeutungslos verlaufen. Leonora hielt sich an diesem

Tag noch einmal in der Portland Road auf und packte ihre persönlichen Habseligkeiten zusammen, damit, wie sie sagte, ihre Mutter und ihr Stiefvater sie mit zu sich nach Hause nehmen und in ihrer Garage einlagern konnten. Dies gab Guy den erfreulichen Gedanken ein, daß sie, sollte sie wirklich vorhaben, Newton zu heiraten, ihre Sachen in *dessen* Wohnung gebracht hätte.

»Liebling«, sagte er. »Ich hätte die Sachen doch mit hierher nehmen können. Warum hast du mich denn nicht darum gebeten?«

Es war ihm klar, daß sie in Tessas Gegenwart ganz neutral sprechen, ja, Small talk machen mußte. In Tessas Gegenwart, die ihr ohne Zweifel im Nacken saß und jedes Wort registrierte, um es ihr später unter die Nase zu reiben. Er konnte Tessa förmlich sehen, diese Gespensterheuschrecke, wie sie in der Wohnung umherraste, dies und jenes in die Hand nahm und es sich einfallen ließ, ausgerechnet etwas aus einem Regal dicht hinter Leonora zu räumen, während ihre Tochter am Telefon war. Er sah ihre sehnigen braunen Hände vor sich, die knochigen Hände eines Skeletts, überzogen mit einem Stück brüchigen Leders, und mit Nägeln, die wie silberne Messerklingen aussahen, ihren kleinen Kopf mit dem streng in den Nacken gekämmten Haar, diesen Nacken, der aussah wie der Hals einer Schildkröte, die mißtrauisch aus ihrem Panzer lugt.

»Ich muß aus geschäftlichen Gründen wegfahren, Leo«, sagte er. »Nur morgen und übermorgen.« Das war zwar gelogen, aber in diesem Augenblick empfahl es sich nicht zuzugeben, daß er mit einer anderen wegfuhr und die Nacht mit ihr verbrachte. In diesem Punkt zu schwindeln, sagte sich Guy spitzfindig, wäre nur schlimm, wenn es sein *Wunsch* gewesen wäre, mit Celeste wegzufahren. »Aber ich ruf' dich trotzdem an, ich richt' es so ein, daß ich unterwegs an ein Telefon rankomme.«

Erst als er sehr früh am nächsten Morgen in dem chinesischen Bett neben Celeste aufwachte, begann er sich zu erinnern, was Leonora über Con Mulvanney zu ihm gesagt hatte. Ihr Kuß, die Erklärung ihrer fortdauernden Liebe, ihre Enthüllungen über die Pressionen, denen sie ausgesetzt war – all das hatte diese schlichten Bemerkungen aus seinem Gedächtnis verdrängt. Er hatte sich nicht einmal daran erinnert, als er am vorigen Nachmittag mit ihr telefonierte. Aber jetzt waren sie zurückgekommen, jetzt in den dunklen, frühen Morgenstunden. Er sah, daß die leuchtenden Zeiger seiner kleinen Uhr auf halb fünf zeigten.

»Ja, davon hab' ich gehört«, hatte sie gesagt. »Vor langer Zeit. Ich habe nie erfahren, ob es wahr war.«

Sie hatte davon gehört. Er hatte nie im Ernst daran gezweifelt, er hatte nie einen Beweis gebraucht, aber nun war seine Vermutung Gewißheit geworden. Warum hatte er sie nicht gefragt, wer ihr davon erzählt hatte? Weil er so überwältigt gewesen war, vor Freude über das, was sie als nächstes sagte: daß all das in keiner Weise ihre Gefühle ihm gegenüber verändert habe. Außerdem wußte er ja Bescheid. Rachel hatte es ihr erzählt, Rachel, die jetzt nach Spanien in Urlaub geflogen war. Und was für eine Veränderung das bewirkt hatte! Kaum war Rachel verschwunden, kaum war ihr Einfluß gebrochen, kehrte Leonora in seine Arme zurück.

Dennoch empfand er es schmerzhaft, daß sie in diesem Augenblick nicht in seinen Armen lag. Nur ein Narr hätte sich nicht gefragt, warum sie Newton nicht einfach sitzenließ, in ein Taxi stieg und hierher zu ihm kam. Aber er wußte, warum sie das nicht tun würde. Der Druck und die Drohungen seitens ihrer Familie waren noch immer zuviel für sie, sie mußte davon befreit werden, und zwar durch ihn. Hätte irgendeine Möglichkeit bestanden, daß sie hierherkam, wäre jetzt Celeste nicht da, mit ihrem zobelschwarzen, über das Kopfkissen ausgebreiteten Haar und den braunen Schultern, die aus den weißen Rüschen ihres Nachthemds hervortraten. Während der vergangenen Nacht, ja, schon seit einiger Zeit hatte sich keine Gelegenheit ergeben, dieses hübsche Kleidungsstück abzustreifen. Sonderbarerweise ging ihm der Gedanke durch den Kopf, daß sie es nie wieder für ihn ablegen würde.

Als er schon dachte, mit dem Schlafen sei es bis zur nächsten Nacht vorbei, wenn er irgendwo in den Cotswolds in einem Bett lag, kehrte der Schlaf zurück und umfing ihn bis nach acht Uhr. Celeste war vor ihm auf den Beinen, was einen Anruf bei Leonora in der Theorie schwierig und in der Praxis unmöglich machte. Um zehn waren sie unterwegs. In dem Lokal, wo sie zu Mittag aßen, konnte er Celeste unmöglich aufbinden, er müsse aus geschäftlichen Gründen telefonieren. Sie wußte zuviel, sie würde es ihm nicht abnehmen. Es war ihr Geburtstag, und sie kostete ihn aus. Er hatte ihr gerade einen großartigen Lunch spendiert und ihr ein Geschenk versprochen, irgend etwas aus dem nettesten Modegeschäft in Stratford, das ihr gefiel. Sie sah wunderbar aus, hatte das schöne Haar zu Zöpfchen geflochten und diese oben auf dem Kopf zusammengerollt und trug einen cremefarbenen Hosenanzug und ein karamelbraunes Hemd. Die Männer verdrehten die Köpfe, sahen erst sie an und dann ihn. Es war unmöglich, daß er jetzt zum Telefon ging, um Leonora anzurufen, und Celeste eine Lüge, geschweige denn die Wahrheit servierte.

Das Stück, das sie sich ansahen, war *Romeo und Julia*. Guy hatte nur selten zuvor, wenn überhaupt, einen Shakespeare auf der Bühne gesehen. Vielleicht per Zufall im Fernsehen, doch nicht auf einer richtigen Bühne.

»Du hattest gedacht, es würde dich langweilen, stimmt's?« sagte Celeste, als sie in den Jaguar stiegen. »Aber ich habe dir angemerkt, daß es dir sehr gefallen hat. Du bist wie ein Junge, der Shakespeare nur in der Schule gelesen hat und nicht glauben kann, daß es das gleiche Stück ist, wenn er es richtig aufgeführt sieht.«

»Ich kann mich nicht erinnern, daß wir in der Schule Shakespeare gelesen hätten«, sagte Guy.

»Guy, mein Süßer, er ist an den Tagen durchgenommen worden, als du durch Notting Dale getanzt und gehopst bist.«

»Vielleicht«, sagte er. »Weißt du, woran mich das Stück erinnert hat?«

Sie gab keine Antwort. Er spürte förmlich ihr Schweigen voll Wärme und Kummer. Dann sagte sie mit großer Entschiedenheit: »Ja.«

Es war ihre, seine und Leonoras eigene Geschichte, die Geschichte von dem unglückseligen Liebespaar und der tyrannischen Familie. Er hatte natürlich niemanden umgebracht, aber in den Augen ihrer Familie hatte er es doch getan: Con Mulvanney. Con Mulvanney war sein – wie hieß er doch? – Tybalt. Das Stück hielt ihn in seinem Bann, während er südwärts fuhr, und rief in seiner Phantasie romantische Bilder hervor. Diese Szene im Obstgarten und die auf dem Balkon – wie leicht war es, sich selbst an Romeos und Leonora an Julias Stelle zu versetzen. Er wünschte, sich an den Text erinnern zu können, er hätte sich so gerne mit Celeste darüber unterhalten. Doch irgend etwas an ihrer Haltung, wie sie, die Schultern starr, das Profil hart wie Bronze, dasaß und im Dunkeln vor sich hin starrte, sagte ihm, daß es nicht möglich war.

Als sie endlich in ihrem Hotelzimmer waren, war es Mitternacht. Der Tag war vergangen, ohne daß er Leonora angerufen hatte. Er hatte sich danach verzehrt, sie anzurufen, selbst in den Pausen der Vorstellung hatte er daran gedacht, es zu tun, hatte er überlegt, wie er Celeste entwischen und einen Apparat finden könnte, doch es war unmöglich gewesen. Nicht zum ersten Mal war ein Tag vergangen, ohne daß sie sich am Telefon unterhalten hatten. Nun aber hatten sie zum ersten Mal nicht miteinander gesprochen, weil *er* sich nicht gemeldet hatte.

Celeste brach ihr Schweigen. Sie redete wieder, sprach über das Zimmer, den Ausblick, der sie am Morgen erwarten würde. Doch das wunderbare Vertrauen zwischen ihnen, das es ihm ermöglicht hatte, ihr, ohne sie zu lieben, alles, wirklich alles anzuvertrauen, ihrer beider Fähigkeit, sich in den andern hineinzuversetzen – das war vorbei.

Es war für immer verloren, er hatte es zugrunde gerichtet, es würde niemals wiederkehren.

Aber was lag daran? Während er in dem Doppelbett lag, keinen Meter von Celeste getrennt, ging ihm der Gedanke durch den Kopf, daß es ihm ohnehin bestimmt war, sie zu verlieren, sobald er wieder mit Leonora vereint war.

16

»Du hast gestern nicht angerufen.«

»Liebling, es tut mir schrecklich leid. Hast du dir Sorgen gemacht? Du hast dich doch hoffentlich nicht aufgeregt.« Daß ihr das Ausbleiben seines Anrufs mißfiel, machte ihn so selig, daß er den Ton freudiger Aufregung in seiner Stimme nicht verbergen konnte. »Es ging nicht. Es war einfach nicht möglich. Kannst du mir verzeihen?«

»Ach, es ist nicht *wichtig*, das ist nicht der Punkt. Ich wollte damit nur sagen, daß es dir so gar nicht ähnlich sah.«

Sie mußte in der Wohnung geblieben sein, um auf seinen Anruf zu warten. Er war glückselig. In seinem Kopf ging es zu, als steckte jemand darin und vollführte einen schwungvollen Tanz. »Du bist eigens zu Hause geblieben und hast gewartet, daß das Telefon klingelt? O Leo!«

»Ich war zufällig zu Hause. Ich habe nicht weggemußt.«

Ach ja. Wer's glaubt! Beinahe hätte er laut herausgelacht. »Leo, kann ich dich etwas fragen? Es geht um das, worüber wir uns am Samstag unterhalten haben. Ich weiß nicht, warum ich dich damals nicht schon danach gefragt habe. Du hast gesagt, du wüßtest alles über – na ja, über Con Mulvanney. Weißt du noch?«

»Über wen?«

»Über den Mann, der an den Bienenstichen gestorben ist. Du hast gesagt, du wüßtest über die ganze Sache Bescheid, du hättest davon gehört, vor langer Zeit. Es ist übrigens genau vier Jahre her.«

»Ja«, sagte sie, »das kann hinkommen. Ich wohnte damals noch bei Papi und Susannah. Es war, bevor ich mit Rachel nach Fulham gezogen bin.«

»Leo, wer hat dir davon erzählt? Das war Rachel, stimmt's?«

»Rachel?«

Er sah alles so klar vor sich, daß er ihr den Hergang zu erzählen begann, so wie er sich nach seiner Meinung abgespielt hatte. »Con Mulvanney hat in Süd-London, in Balham, gewohnt, und ebenso diese Frau, die dabei war, als er starb. Sie war so eine Art Sozialarbeiterin, und Rachel arbeitet ja als Sozialarbeiterin in Süd-London, und so hat es sich ergeben, daß sie es Rachel erzählt hat. Sie hat gesagt, sie würde es allen Leuten erzählen.«

»Guy«, unterbrach sie ihn, »wovon redest du eigentlich? Ist dir klar, wovon du redest? Mir nämlich nicht. Susannah hat es mir erzählt, *Susannah.*«

Der Name explodierte in seinen Ohren. *Susannah,* von der er geglaubt hatte, sie stehe auf seiner Seite, die Frau, die von allen um Leonora am nettesten zu ihm gewesen war – sie also hatte ihn verraten, hatte ihm die Geliebte entfremdet. Er hätte schon früher darauf kommen müssen. Warum war er ein solcher Idiot gewesen?

»Natürlich.« Er hörte sich stammeln. »Susannahs Mutter hat ja angeblich irgendwo in Earlsfield, also im Osten von Wandsworth, gewohnt, das an Balham anschließt. Dort war sie im Krankenhaus.«

»Guy, ich weiß wirklich nicht, was das soll. Susannahs Mutter hatte nie etwas damit zu tun. Es ist wohl besser, ich erzähl' dir die Sache, obwohl ich mir fest vorgenommen hatte, es nie zu tun.«

»Was für eine Sache?« Er berührte den Holzrahmen der Terrassentür und wartete.

»Eine Frau hat Susannah geschrieben – genauer gesagt, Susannah und meinem Vater. Der Brief war an Mr. und Mrs. Anthony Chisholm adressiert; ich war dort, als er kam. Ich nehme an, daß sie dachte, Susannah sei meine Mutter. Sie schrieb, um sie vor dir zu warnen, in meinem Interesse. Schau, Guy, was ist schon daran? Was macht es denn aus? Ich hab' zu dir gesagt, es hat überhaupt nichts geändert. Ich muß jetzt gehen, wir telefonieren schon seit einer halben Stunde.«

»Bitte, geh jetzt nicht, Leo, leg bitte nicht auf. Das ist schrecklich wichtig für mich, ich muß es wissen. Wer hat an deine Eltern geschrieben?«

»An Papi und Susannah«, berichtigte sie ihn. Er hörte aus ihrer Stimme eine zunehmende Ungeduld. »Also, ich sag's dir schnell, und dann muß ich gehen. Ich habe dir gesagt, daß es an meiner Einstellung zu dir nichts geändert hat, und das mußt du mir glauben. Diese Frau hieß Vasari, ich habe den Namen immer behalten, weil der Mann, der über das Leben der Maler schrieb, genauso hieß.« Er wußte nicht, was sie meinte, war ratlos. »Vasari«, sagte sie, »Polly oder so ähnlich. Sie hat an sie geschrieben, sie sollten nicht zulassen, daß ich dich heirate. Mein Gott, ich war damals zweiundzwanzig Jahre alt. Sie sollten mich davon abhalten, dich zu heiraten, weil du eine Gefahr für die Gesellschaft seist und ihrem

Freund Drogen gegeben hättest. So was Ähnliches war es. Susannah hat den Brief geöffnet, weil er an sie beide adressiert und Papi ins Büro gegangen war.«

»Und sie hat dir einfach so erzählt, was drin stand?«

»Ich war dabei, als sie den Brief öffnete. Natürlich zeigte sie ihn mir. Schau, ruf mich später an, wenn du willst, aber jetzt muß ich wirklich gehen, jetzt sofort.«

Er sagte, er werde sie um sieben wieder anrufen. Sie verabschiedete sich rasch und legte auf. Guy seufzte. Die Geheimnisse der Vergangenheit und der Gegenwart aufzuklären führte nur zu weiteren Komplikationen. Natürlich konnte man sich leicht vorstellen, wie Poppy Vasari hinter seine Beziehung zu Leonora gekommen war, und auch, wie sie herausgebracht hatte, wer Leonora war. Damals waren sie oft zusammen gewesen, war er häufig in die Lamb's Conduit Street gekommen. Vermutlich war ihm Poppy Vasari gefolgt und hatte den Namen neben dem Klingelknopf an der Tür gelesen. Wie die rachsüchtige Person es genossen haben mußte, den Brief zu schreiben, der sein Leben ruinieren sollte!

Und Susannah, diese tückische Person, diese Schlange im Gras ... Eine wohlmeinende Frau, die auch nur einen Schimmer von Loyalität besaß, hätte den Brief doch, nachdem sie die erste Zeile gelesen hatte, angewidert weggeworfen. Die Frau, die Susannah in seinen Augen gewesen war, hätte kein Wort von dem Geschreibsel geglaubt und hätte es schon gar nicht und vor allem nicht umgehend dem Mädchen gezeigt, das damit gewarnt werden sollte. Die Heuchelei daran empörte ihn. Es wäre nicht so schlimm gewesen, hätte Tessa es getan, die nie vorgegeben hatte, ihn zu mögen, die ihren Haß auf ihn nie verheimlicht hatte. Aber Susannah mit ihren gütigen Ratschlägen, ihren Judasküssen!

Um sieben rief er Leonora wieder an. Er machte sich darauf gefaßt, daß Newton an den Apparat kam, mit seiner entnervten Stimme, die so überlegen klang, aber es meldete sich Leonora.

»Kann er mithören, was du sagst?« fragte Guy.

»Wenn du William meinst – er ist nicht da. Er war den ganzen Tag in Manchester und ist noch nicht zurück.«

»Wird er bis morgen abend zurück sein?«

»Ja, natürlich. Er kommt heute abend, jede Minute, nehme ich an.«

»Leonora, erzähl mir von dem Brief, den Poppy Vasari an Susannah geschrieben hat.«

»Ach, Guy, vergiß doch den Brief. Ich wollte, ich hätte nie davon gesprochen. Du machst viel zuviel Aufhebens darum. Diese Poppy – heißt sie so? – Vasari hat Papi und Susannah geschrieben, daß du deinen Lebensunterhalt mit dem Verkauf gefährlicher Drogen verdienst. Ich glaube, sie hat von ›harten Drogen‹ gesprochen. Sie behauptete, du hättest ihm, diesem Con Mulvanney, ein, wie sie es ausdrückte, Halluzinogen gegeben, und er sei darauf verrückt geworden und habe den Kopf in den Bienenkorb gesteckt. Dieser Teil stand ja in den Zeitungen. In dem Brief war auch ein fotokopierter Zeitungsbericht über die gerichtliche Untersuchung der Todesursache. Susannah hat ihn mir gezeigt – beziehungsweise ich habe ihn sozusagen über ihrer Schulter mitgelesen. Sie hat gesagt, sie würde Papi wohl nichts davon erzählen. Sie war ganz aus der Fassung.«

»Und was hast du zu ihr gesagt?«

»Wenn du es wissen willst, ich habe gesagt, meiner Meinung nach sei es wahrscheinlich Verleumdung, solche Sachen in einem Brief zu schreiben.«

»Hat Susannah deinem Vater was davon gesagt?«

»Das weiß ich nicht. Ich habe sie nicht gefragt, und er hat nie darüber gesprochen. Sie hat Magnus davon erzählt.«

»*Sie hat was?*«

»Guy, reg dich bitte nicht auf. Sie hat Magnus davon erzählt, weil er Anwalt ist. Sie hat ihn in seinem Büro angerufen und ihn gefragt, was man mit einem solchen Brief anfangen soll. Ich nehme an, sie hat gemeint, ob sie die Sache der Polizei melden sollte.«

»Gütiger Himmel«, sagte Guy, »gütiger Himmel!«

»Aber du brauchst dir keine Sorgen zu machen, denn er hat gesagt, am besten wäre es, den Brief zu verbrennen. Ich nehme an, er dachte, es sei ein anonymer Verleumdungsbrief, obwohl er tatsächlich unterschrieben war.«

»Zweifellos hat der alte Totenschädel deiner Mutter davon erzählt.«

»Möglich. Nun ja, ich nehme es an. Meine Mutter hat mit mir nie darüber gesprochen. Es wäre mir lieb, wenn du Magnus nicht so nennen würdest. Susannah und ich haben uns ziemlich eingehend darüber unterhalten. Ich habe ihr erzählt, daß wir damals alle Gras geraucht haben, und sie hat erklärt, daß sie es auch getan hat, und ich habe gesagt, daß du wahrscheinlich mit Drogen gehandelt *hast*, als du jünger warst. Das war wegen des Milieus, aus dem du kamst, und wegen der Leute, mit denen du verkehrt hast – du nimmst mir doch nicht übel, daß ich das gesagt habe, oder, Guy?«

»Ich nehme überhaupt nicht übel, was du sagst«, antwortete er.

»Susannah meinte nur, es hätte eine Rolle spielen können, wenn ich ernsthaft daran gedacht hätte, dich zu heiraten, was ich aber ja nicht täte.«

»Das hat sie gesagt?«

»Es hat keinen Sinn, es immer wieder durchzukauen. *Es hat an meinen Gefühlen dir gegenüber nichts geändert, Guy.* Du weißt ja, wie ich denke, ich hab' es dir oft genug gesagt. Du, ich höre William heimkommen. Wir sehen dich morgen abend, in Ordnung?«

»Ich ruf' dich gleich morgen früh an.«

»Nein, ich bin morgen vormittag nicht hier. Wir sehen uns morgen abend gegen halb acht.«

Er war mit Robert Joseph und einem Mann, der Präsident einer spanischen Hotelkette war, zum Abendessen verabredet. Sie wollten sich in einem Restaurant in Chelsea treffen, nicht weit von jenem Lokal entfernt, wo er an dem Abend gegessen hatte, an dem er den Obdachlosen, der möglicherweise Linus war, gesehen hatte. Guy ging die Old Brompton Road entlang. Was hatte Leonora damit gemeint, sie werde »morgen vormittag nicht hier sein«? Wohin konnte sie schon gehen? Dann fiel es ihm ein. Morgen war der sechste September, und die Schule fing wieder an, und damit auch ihre Arbeit. Doch Moment mal! Das war doch ein bißchen eigenartig, mit dem Unterricht wieder anzufangen, wenn man vorhatte, in weniger als zwei Wochen zu heiraten und dann zwei Wochen Urlaub zu nehmen. Bei Lehrerinnen war es üblich, daß sie in den großen Ferien heirateten und in die Flitterwochen fuhren. Aber natürlich, es konnte nur eines bedeuten: daß sie nicht heiraten würde, es niemals im Ernst vorgehabt hatte. Es war alles ein Phantasiegespinst. Wollte sie ihn damit vielleicht eifersüchtig machen? Wenn ja, hatte sie zweifellos Erfolg gehabt. Er lächelte vor sich hin. So sind die Frauen eben, sinnierte er.

Er hatte die Earl's Court Road hinter sich und begann nach Linus Ausschau zu halten. In einem Eingang, allerdings nicht dem zu dem Bioladen, lag ein schlafender Mann in Fötusstellung, Gesicht und Kopf mit einer Zeitung bedeckt. Guy hatte zwar den Eindruck, es handle sich um den gleichen, war sich aber nicht ganz sicher. Er brachte es auch nicht fertig, den Mann zu wecken. Was ihm über Leonora und ihre fingierte oder phantasierte Hochzeit klargeworden war, hatte ihm ein solches Glücksgefühl, solchen Auftrieb gegeben, daß sein Interesse an Linus vorübergehend nachgelassen hatte. Außerdem konnte er sowieso nichts tun. Die Zeitung wegzunehmen und sich das Gesicht des schlafenden Mannes anzusehen, erschien ihm als ein empörender Akt fühlloser Dreistigkeit. Hier hatte Linus offenbar sein »Revier«. Er würde ihn ein andermal wiederfinden.

Ein Taxi fuhr heran, und er stieg ein. Voller Haß dachte er an Susannah, sah sie in ihrem eleganten schwarzen Hosenanzug in der Wohnung der Chisholms vor sich. Sie lehnte sich lächelnd übers Treppengeländer, und er folgte diesem Willkommensgruß in das Wohnzimmer. Die weiße, silbern geränderte Karte stand auf dem Kaminsims. Vermutlich war es eine Einladung zur Hochzeit anderer Leute. Ja, so dürfte es gewesen sein. Es war eine Einladung zur Vermählung eines anderen Paars, die bereits stattgefunden hatte, und weil die Karte daher überflüssig war, hatte Janice sie genommen und weggeworfen, als sie hinausging, um Tee zu machen. Diese Erklärung stellte ihn vollkommen zufrieden.

Blumen, Pralinen, Wein – oder ein richtiges Geschenk? Er hatte sie nie Pralinen naschen sehen. Sie war eine Biokostanhängerin. Blumen mußten in eine Vase gestellt werden, was bedeutete, daß sie aus dem Zimmer gehen und ihn mit Newton allein lassen würde. Ein Geschenk, das seinen Namen verdiente, konnte in ihrem Fall nur Schmuck sein, und sein Gefühl sagte ihm, daß dies irgendwie unangebracht, übertrieben, zu demonstrativ wäre. So unwichtig William Newton auch sein mochte, nicht mehr als eine Kreatur oder Marionette Anthonys und Susannahs, war es schließlich doch sein Heim, und ohne Zweifel betrachtete er Leonora nach wie vor als seine Verlobte, die ihn am Sonnabend in einer Woche heiraten würde. Guy konnte sich nicht vorstellen, Leonora in Newtons Gegenwart ein Paar Ohrringe im Wert von beispielsweise dreihundert Pfund zu überreichen.

Er entschied sich für Champagner, eine Flasche Piper Heidsieck. Sollte er einen Anzug anziehen? Er glaubte nicht, daß Newton überhaupt so etwas wie einen Anzug besaß. Also waren Designer-Jeans und ein Pullover vielleicht am besten. Warm würde es nicht sein. Guy wurde sich bewußt, daß er wegen des Abends, den er vor sich hatte, so nervös und beklommen war, als hätte er noch nie im Leben auswärts zu Abend gegessen. War damit zu rechnen, daß auch andere Leute da waren? Wenn er sie nur anrufen könnte! Durch seinen Kopf schwirrte ein

Gedanke: daß er sie an diesem Abend schließlich Newton abspenstig machen, sie unter dessen Nase als ein glückliches Opfer entführen und zu sich nach Hause bringen würde, für immer.

Nach einer durchschlafenen Nacht war sein Zorn abgekühlt. Er empfand keinen Haß mehr auf Susannah. Er nahm ihr übel, was sie getan hatte, er wollte sie nie mehr sehen, und sollte er ihr auf der Straße begegnen, würde er mit abgewandtem Kopf an ihr vorübergehen, aber sein Haß war vergangen. Schließlich hatte sie ihr Ziel verfehlt, war es ihr nicht gelungen, Leonora gegen ihn einzunehmen. Leonora hatte ja selbst gesagt, die Sache habe an ihrer Einstellung zu ihm nichts geändert. Susannah hatte sich zwar in unentschuldbarer Weise in sein Leben eingemischt, aber das zählte nicht mehr, denn es hatte nie etwas bewirkt, war einfach bedeutungslos.

Doch seine Entdeckung veränderte die Situation. Rachel, als Chucks Opfer ausersehen, war ganz offensichtlich unschuldig. Rachel hatte nie mit Poppy Vasari gesprochen, nicht einmal von ihr gehört, Rachel hatte nie etwas davon erfahren, daß er ein Dealer gewesen war, und mithin hatte sie nicht den Tod verdient. Gleichwohl scheute Guy, der sonst eigentlich kein Feigling war, davor zurück, Danilo aufzuklären. Nachdem er sich schon die Sache mit Robin Chisholm anders überlegt hatte und deswegen von Danilo hart gerüffelt worden war, zögerte er, ihm zu gestehen, daß er sich auch in Rachels Fall geirrt hatte.

Er konnte ja nicht einmal sagen, vergiß Rachel Lingard, Susannah Chisholm, sie ist es. Susannah *war* es nicht, er wollte nicht, daß sie umgebracht würde, er wollte nur nie wieder ein Wort mit ihr wechseln. Für die bevorstehende Einladung zum Abendessen entschied er sich schließlich – die Sonne war herausgekommen – für eine weiße Leinenhose, ein schwarzes Seidenhemd und einen weiß und cremefarben gemusterten Seidenpullover mit V-Ausschnitt. Während er sich anzog, kam er zu dem Schluß, daß es zumindest vorläufig nicht nötig war, Danilo etwas zu sagen. Rachel war schließlich nicht in England, befand sich in irgendeinem spanischen Badeort in Sicherheit. Chuck wußte das vermutlich, oder zumindest wußte er, daß sie verreist war, und würde nichts unternehmen, bis sie am fünfzehnten September zurückkam.

Kurz bevor er das Haus verließ, genehmigte er sich einen starken Brandy und dann noch ein zweites Glas. Er brauchte ihn, und in der Georgiana Street wurde vielleicht nicht viel geboten. Das Taxi wartete, während er in das Weingeschäft ging und den Champagner kaufte. Er war noch früh dran, also ließ er sich von dem Fahrer am Mornington Crescent absetzen und begann, den Rest des Weges zu Fuß zu gehen, wobei er die schwere, in malvenfarbenes Seidenpapier gehüllte Flasche hin und her wiegte. Als er ankam, war es noch immer erst zwanzig nach sieben. Die Häuser hier hatten kümmerliche Vorgärten, schäbige Gärtchen mit verdorrtem Gras und staubbedeckten Büschen. Ein paar Stufen führten zum Hauseingang hinauf, und drunter war ein tiefes Souterrain. Im Vorgarten des Hauses, in dem Newton wohnte, stand eine Stange mit einer Maklertafel, auf der in Druckbuchstaben stand: *Einzimmer-Luxuswohnung* und *verkauft, vorbehaltlich Vertragsunterzeichnung.*

Das Haus hatte fünf Wohnungen, eine auf jeder Etage. Guy konnte sich sehr gut ausmalen, worin der »Luxus«, mit dem der Makler warb, wahrscheinlich bestand. Ein Badezimmer, dessen Wände tatsächlich gefliest waren, und irgendeine Art Zentralheizung. Die Vorstellung gefiel ihm nicht sehr, daß Leonora hier wohnte, in einer abgelegenen Seitenstraße, die den Eindruck machte, als wäre sie nachts unsicher, in einem grauen Backsteinhaus, das einen neuen Fassadenanstrich vertragen konnte.

Aus dem Gitter der Sprechanlage kam Newtons Stimme. Er fragte nicht, wer da sei, sondern sagte nur: »Kommen Sie rauf!« Dann summte der Türöffner.

Eine steile Treppe, lang, zwei Etagen hoch. Wieder eines dieser trübseligen Mietshäuser ohne Lift. Newton erwartete ihn auf dem Treppenabsatz, vor der geöffneten Tür. Er sagte: »Hallo« und streckte Guy die Hand entgegen. Nach kurzem Zögern schüttelte Guy sie. Er war froh, daß er keinen Anzug angezogen hatte. Newton trug Jeans und einen grauen Pullover mit einem Loch in einem der Ellenbogen. Sein zimtfarbenes Haar stand in die Höhe wie bei einem Punk, nur daß es von Natur aus so wuchs, nicht mit Gel gestylt war.

Leonora war im Wohnzimmer. Sie wirkte unsicher, fand Guy, oder vielleicht auch überaus verlegen. Sie hatte auch allen Anlaß dazu in diesem Schuppen von Zimmer mit der überraschend niedrigen Decke und den zwei kleinen Schiebefenstern, durch die man die graue Fassade gegenüber sah. Er hatte sein Herzpochen beim Heraufsteigen hinter sich gebracht und trat jetzt mit so wenig Scheu auf sie zu, als wäre sie Celeste. Sie küßte ihn, wenn auch nur ganz flüchtig. Natürlich, Newton schaute ja zu. Guy reichte ihm den Champagner, und Newton sagte: »Was für eine festliche Gabe! Was feiern wir denn?«

Guy mußte lächeln. Der Zimtzwerg war wirklich kein Mann von Welt. Guy empfand ein Gefühl der Macht. Er sagte liebenswürdig: »Wissen Sie, heutzutage trinkt man Champagner häufig als Aperitif. Es muß nicht unbedingt etwas zu feiern geben.«

»Aha. Dann wäre es nicht fehl am Platz, ihn jetzt zu trinken?«

»Das ist doch absurd, William«, sagte Leonora, die verlegen wirkte, obwohl Guy nicht einsah, was daran absurd war.

Er sah sich gründlich im Zimmer um. Das Mobiliar war von der Sorte, wie es Leute mittleren Alters, die es zu etwas gebracht haben, abstoßen und an junge Verwandte weitergeben. Der Teppich stammte nach seiner Schätzung aus einem jener Notverkäufe, wie sie nach einem Brand in einem Geschäft abgehalten werden. In einer Ecke war sogar die verbrannte Stelle zu sehen. An der Wand, über einem viktorianischen Kamin aus Gußeisen und geblümten Kacheln, einem Kamin, den Newton nicht in einem Antiquitätengeschäft gefunden hatte, sondern der 1895 zusammen mit der übrigen abgewohnten Ausstattung hier eingebaut worden war, hingen die Säbel.

Sie waren an der dicksten Stelle der Klingen gekreuzt. Der eine war ohne, der andere in einer ziemlich abgewetzten, schäbigen, bestickten Scheide. Sie riefen Guy jenen Traum in Erinnerung, in dem er in den Kensington

Gardens gegen Newton gefochten und ihm das Herz durchbohrt hatte. Er erinnerte sich, daß Newton gesagt hatte, er wolle die Säbel veräußern. Er hatte damals, nach dem Kinobesuch, auch vom Verkauf seiner Wohnung gesprochen.

»Ist das hier die Wohnung, die so gut wie verkauft ist?« Mit dieser Frage hatte er begonnen, als Leonora mit drei Gläsern auf einem Tablett zurückkam (einem Flötenglas für Champagner, einem Weißweinglas und einem, das aussah, als wäre es für eine Grapefruithälfte gedacht). Guy war drauf und dran, sich zu erbieten, die Flasche zu entkorken, hielt sich aber zurück, weil er sehen wollte, wie Newton Murks machte, und das auch noch vor Leonora.

Sie wirkte sorgenvoll und sah längst nicht so gut aus, wie sie aussehen konnte. Verschwunden war die elegante, modische junge Frau in dem dunkelblauen und rosafarbenen Leinenkostüm, der hübschen Strumpfhose und den reizenden Schuhen. Mit Newton zusammenzusein, bekam ihr einfach nicht. Diese Folgerung war unvermeidlich, jedermann würde es feststellen. Ihre weiße Hose würde nur dann gut wirken, wenn sie nach jedem Tragen gewaschen wurde, und was dieses ausgewaschene Sweatshirt anging... Ihr Haar war straff nach hinten gekämmt und wurde von einer dieser gräßlichen Krokodilspangen auf dem Hinterkopf festgehalten. Und die roten Glasröschen, die an ihren Ohren hingen, wirkten zusammen mit dem übrigen Aufzug einfach lächerlich.

Newton öffnete die Champagnerflasche ohne Malheur. Es muß eine der Flaschen sein, die sich leicht entkorken lassen, dachte Guy, manchmal bekommt man ja so eine.

Sie begannen über den Verkauf von Newtons Wohnung zu sprechen, und Guy fragte ihn, wohin er ziehen wolle. Er fragte, wohin *er*, Newton, ziehen wolle, aber dieser sagte: »Ich nehme an, wir werden uns ein Haus kaufen.«

Guy ignorierte das »wir«. »Lassen Sie sich lieber nicht zuviel Zeit damit. Denken Sie dran: Immobilien sind die besten Investitionen. Selbst bei einer Rezession auf dem Immobilienmarkt ist es ein großer Fehler, wenn man sein Heim verkauft und den Erlös anderweitig anlegt.«

»Ich werd's mir merken, Guy«, sagte Newton.

Guy war über den Immobilienmarkt recht gut informiert und blieb noch bei dem Thema. Er erwähnte seine eigenen Pläne, das Domizil zu wechseln, vielleicht ein Haus am »besten Ende« der Ladbroke Grove zu kaufen. Was Leonora zum Stanley Crescent meine, der Wohngegend, in der, wie er gehört habe, Fernsehstars und ein weltberühmter Sänger lebten, was sie zu einer Villa im italienischen Stil am eleganten Stanley Crescent sagen würde. William sagte, was Leonora meine, habe doch wohl kaum einen Einfluß darauf, ob Guy kaufe oder nicht. Er sagte es in einem kalten Ton, und Guy ging die Frage durch den Kopf, ob die beiden sich vor seiner Ankunft vielleicht gestritten hätten. Leonora ging hinaus, um letzte Hand an das Abendessen zu legen, und Guy wechselte das Thema. Er gedachte, taktvoll zu sein, sich gut zu benehmen, so lange es ging.

»Sehr herbstlich, dieser Abend«, sagte er und blickte zum Fenster hin.

»Die Nächte werden bald kürzer werden«, sagte Newton.

Guy blickte ihn prüfend an, um zu sehen, ob Newton ihn auf die Schippe nehmen wollte, aber offenbar war es nicht so. Newton blickte zugleich ernst und freundlich drein. Er begann über den vergangenen Sommer zu sprechen, den sonnenreichsten des Jahrhunderts.

Das Essen war nichts Besonderes. Wenn jemand nicht richtig kochen kann oder will, dachte Guy, ist es besser, für Gäste Räucherlachs und ein kaltes Brathuhn zu kaufen, als sich an so einem sonderbaren Hackbraten zu versuchen. Seine Zweifel wuchsen noch, als Leonora ihm sagte, in dem Hackbraten sei gar kein Fleisch, er bestehe nur aus Soja und Kräutern. Das einzige Gute an dem Essen war der Wein, ein überraschend guter Bordeaux, von dem Newton tatsächlich zwei Flaschen aufbot. Guy machte ihm ein Kompliment zu dem Wein. Der Alkohol hob, wie immer, seine Stimmung. Trotzdem war er sich bewußt, daß es ihm unmöglich wäre, hier einen untätigen Abend zu verbringen und allein nach Hause zu gehen. Der Brandy und der Wein hatten ihm einen wunderbar klaren Kopf beschert. Er sah, daß der kritische Moment, die Zeit zum Handeln gekommen war. Aber nicht diese Erkenntnis war es, die die Atmosphäre umschlagen, die die Gewitterwolken rasch aufziehen ließ. Den Anlaß lieferte die in aller Unschuld gestellte Frage an Leonora, wie ihr erster Schultag nach den Ferien verlaufen sei.

»Ein Jammer, daß du kochen mußtest. Wir hätten doch zum Essen ausgehen können.«

Anlaß zu dieser Bemerkung war teilweise das Dessert, das sie auftischte, ein selbstgemachtes Sorbet, das in

Farbe und Textur aussah wie drei Tage alter Schnee, nur mit großen Eiskristallen darin, wie Glassplitter. Es schmeckte auch wie Schnee, nach nichts, obwohl Guy den Verdacht hatte, es sollte Zitronengeschmack haben.

»Warum ist es ein Jammer, Guy? Weil das Essen so miserabel ist? Entschuldigung, ich weiß, mit meinen Kochkünsten ist es nicht weit her. Aber William ist noch schlimmer, abgesehen von Curryspeisen. Sein Curry ist großartig, aber wir haben nicht gewußt, ob das dein Geschmack ist.«

Die Vorstellung, von einem Mann könne tatsächlich erwartet werden, daß er für Gäste kochte, schockierte ihn nicht wenig. Aber das behielt er für sich. Eilends versicherte er Leonora – die sich bei ihm *entschuldigt* hatte –, er habe damit nur sagen wollen, sie habe sicher einen schweren Tag in der Schule hinter sich, jetzt, am ersten Tag nach den Ferien.

Sie wurde rot. Seit Jahren hatte er sie nicht so tief erröten sehen. Newton schien nichts zu bemerken. Er war mit dem alten, harten Käse beschäftigt, der den ganzen Abschlußgang bildete. Aber er blickte hoch und sagte mit vollem Mund: »Sie war heute nicht dort. Sie hat gekündigt – erinnern Sie sich nicht?«

Erinnern an was? Was meinte der Typ? »Leo, du hast deine Stelle aufgegeben? Davon hast du mir gar nichts gesagt.«

»Ich habe sie aufgegeben«, sagte sie, »als ich erfuhr ... Ich will sagen, ich hab' sie im Juni gekündigt.«

»Was wolltest du weiter sagen?« fragte er. »Als du was erfahren hast?«

Newton nahm die Weinflasche in die Hand. Er blickte

Leonora an, die den Kopf schüttelte, goß Guy und dann sich selbst nach. Er trank langsam einen langen Schluck und sagte: »Als sie erfuhr, daß ich für BBC Northwest arbeiten würde.«

Guy sah sie an. »Ich verstehe nicht.«

»Sie müssen es ja auch nicht unbedingt verstehen.«

Newton konnte einen ganz einfachen und unschuldig klingenden Ton anschlagen, und er konnte unvermittelt scharf werden. Und die Schärfe begann nun zu Eis zu erstarren. »Ich habe einen neuen Job. In Manchester. Die Studios von BBC Northwest sind in Manchester. Und da ich nicht aufs Pendeln versessen bin, liegt es in der Natur der Sache, daß ich dort wohnen werde. Frage beantwortet?«

»*Sie,* ja«, sagte Guy. »Ich sehe nicht ein, warum Leonora ihre Stelle aufgeben muß, weil Sie nach Manchester ziehen.«

»Sie sehen das nicht ein? Manchmal sind Sie ziemlich schwer von Begriff. Das ist mir schon einmal aufgefallen. Aber ich will es Ihnen in einfachen Worten erklären. Leonora hat ihre Stelle in West-London aufgegeben, weil sie vorhat, in Manchester eine andere anzunehmen. Sie wird mit mir in Manchester leben. Von diesem Monatsende an. Leonora wird mit mir zusammenleben, weil sie *mit mir verheiratet sein wird.*«

»Warum hast du mir davon nichts erzählt, Leonora?«

»Weil sie vor Ihrer Reaktion Angst hat. Sie hat Angst davor, was Sie tun werden. Und wer kann es ihr verdenken? So, und jetzt sprechen wir bitte über etwas anderes. Wechseln wir das Thema. Wir können ja wieder über eine der Sachen reden, die Sie so faszinieren, das Häuserkaufen oder das herbstliche Wetter, über egal welchen Blödsinn, nur um Himmels willen nichts, was uns noch gereizter macht.«

Er packte es nicht gerade richtig an, Guys Gereiztheit zu dämpfen. Guy sprang auf. Bevor er den Mund auftun konnte, sagte Leonora: »Bitte hört auf zu streiten, ihr zwei. Bitte hört sofort damit auf. Ich hätte es dir sagen sollen, Guy, aber William hat recht, du bist so *unbeherrscht.*«

»Erwartest du, daß ich das widerspruchslos hinnehme? Daß er beabsichtigt, dich fortzuschleppen? Dich nach Nordengland zu verschleppen?«

»Warum denn nicht? Wir werden schließlich Mann und Frau sein. Wenn sie eine Anstellung in Manchester bekommen hätte, wäre ich ihr gefolgt. Das ist doch wohl der Sinn des Verheiratetseins, daß man ein gemeinsames Leben führt.«

»Ich möchte hören, was Leonora zu sagen hat, nicht Sie. Lassen Sie sie ihre Sache selbst vertreten. Dazu ist sie durchaus in der Lage, das kann ich Ihnen versichern. Jetzt sag mir, Leonora, du wolltest mich doch nicht verlassen, ja? Du denkst nicht im Ernst daran, nach Manchester zu ziehen?«

»Was wollen Sie damit sagen, ›mich verlassen‹?« fragte Newton, nun ganz kalt. »Jemanden, mit dem man nicht verbunden ist, verläßt man nicht. Leonora hat Sie vor sieben Jahren verlassen.«

»Das ist eine Lüge!« brüllte Guy. »Sie liebt mich, sie hat es mir hundertmal gesagt. Sie wird Sie nicht heiraten. Wie kommen Sie darauf, daß sie es tun wird? Ihre Familie hat Sie für sie aufgegabelt und sie Ihnen zugeschoben, aber sie können ihr nicht vorschreiben, wie sie zu denken hat, sie können ihre Gefühle nicht verändern. Sie gehört mir und wird mir immer gehören ...«

»Guy ...« Leonora kam um den Tisch herum auf ihn zu. Newton blieb sitzen, schaute vor sich hin, gelassen, kalt wie Eis. »Guy«, sagte Leonora. »Du mußt damit aufhören, du mußt ...«

»Sorg dafür, daß er mich nicht mehr anlügt, dann hör' ich gern auf.«

»Er lügt ja nicht. Ich werde ihn heiraten, und ich werde mit ihm nach Manchester gehen.«

»Ich glaube es nicht. Ich bin nicht bereit, es zu glauben. Nur über meine Leiche werde ich es zulassen, daß du mit ihm fortgehst.«

»Wunderst du dich, daß ich dir nichts davon erzählt habe, wenn du so daherredest? Ich habe dir nichts davon gesagt, weil ich vermeiden wollte, daß du dich so aufführst.«

Guy sah sie an und spürte dabei, wie sich in ihm eine Flut des Elends sammelte und hochstieg. Er hatte noch nie ein so starkes Verlangen empfunden, sich in ihren Armen auszuweinen. Er hätte sie am liebsten in die Arme genommen und gebettelt, nicht fortzugehen. »Du wirst nicht weggehen, nicht wahr, Leonora?«

Sie gab keine Antwort, aber ihr Gesicht war verzerrt, als litte sie Schmerzen.

»Deshalb also verkaufst du deinen Wohnungsanteil an Rachel«, sagte er. »Deshalb verkauft er seine Wohnung.«

»Bitte, Guy, sprich nicht so weiter. Bitte hör auf zu schreien.«

Langsam wurde ihm alles klar. »Das ist der Grund,

warum er...« – er machte eine verächtliche Armbewegung – »...diesen ganzen Plunder loswerden will. Diesen ganzen Schrott«, sagte er, »die Säbel dort. Er hat gesagt, er möchte seine Säbel verkaufen.«

Guy zitterte am ganzen Leib. Er machte zwei Schritte zum Kamin hin und riß die Säbel von der Wand herunter. Newton saß mit einem ungläubigen Gesichtsausdruck da. Guy warf den blanken Säbel auf den Tisch und riß den anderen aus seiner Scheide. Leonora packte ihn am Arm. Er schüttelte sich frei und sprang, die glänzende Klinge schwingend, ein paar Schritte zurück.

»Ich kämpfe jetzt mit dir um sie! Wir schlagen uns!« Er zitterte nicht mehr. Das Adrenalin schoß ihm durch die Adern und löschte den verzehrenden Schmerz. »Ich kämpfe mit dir, bis einer von uns tot ist!«

17

William Newton, der aufgestanden war, nahm den Säbel auf dem Tisch in die Hand und betrachtete ihn wie irgendein Werkzeug, von dem er zwar gehört, das er jedoch noch nie gesehen hatte. Er legte ihn wieder auf den Tisch und sagte zu Guy: »Warum legen Sie das Ding nicht hin und gehen nach Hause?«

»Er hat Angst, sich mit mir zu schlagen, Leonora«, sagte Guy.

»Es wäre vielleicht unklug.« Ein leichtes Lächeln, vermutlich von Nervosität verursacht, erschien auf Newtons Pferdegesicht. »Das sind alte Kampfsäbel, sie sind kein Wandschmuck.«

»Du Feigling«, sagte Guy. »Was ist mit deiner Ehre? Gib's zu, du hast Schiß. So sieht der Mann aus, den dir deine Eltern als Gatten ausgesucht haben, Leonora. Ist er nicht jämmerlich?« Er hob den Säbel. Es war Jahre her, daß Guy Fechtunterricht gehabt hatte, aber er war kräftig und fit. Er hielt den Säbel leicht aufwärts geneigt, so daß die Spitze mit Newtons Augen auf gleicher Höhe war.

Leonora sagte atemlos: »Ich ruf' die Polizei.«

»Wozu?« sagte Guy. »Mir passiert schon nichts.«

»Ich ruf' die Polizei, wenn du nicht sofort den Säbel weglegst.«

»Nein, das wirst du nicht, mein Kind.«

Der Telefonapparat auf dem Wandtischchen hatte eine

lange Schnur. Guy holte mit dem Säbel weit aus und traf die Schnur fünfzehn Zentimeter von der Stelle entfernt, wo sie aus der Wand kam. Der Apparat fiel von dem Tischchen herunter, aber die Schnur blieb intakt. Er griff rasch danach, zerrte an ihr und riß sie aus der Wand.

»Um Himmels willen – bist du verrückt?«

»Sag so was nicht zu mir, Leo. Du hättest mir nicht mit der Polizei drohen sollen. Geh bitte aus dem Weg oder lauf ins andere Zimmer, wenn du willst.« Verachtungsvoll setzte er hinzu: »Falls es eins gibt.« Er drehte sich wieder zu Newton um, der nichts gesagt, auf keine von Guys Beleidigungen reagiert hatte, nur dastand, während das Lächeln noch immer seine Lippen umspielte. »Zimtzwerg, elender Gnom, aufgeblasener Wichtigtuer!«

Newton nahm lässig den Säbel in die Hand. Die Klinge war stumpf, wirkte aber scharf. So schäbig sie an der Wand ausgesehen hatten, waren die Waffen doch gut gepflegt worden. Die beiden Männer standen einander gegenüber, die Säbel in den Händen, aber ohne sie zu kreuzen, ohne irgendein einleitendes Ritual auszuführen. Sie blickten einander an, und Leonora beobachtete sie, während sie sich eine Hand über den offenen Mund hielt.

Guy rührte sich als erster. Er schlug mit seinem Säbel schwungvoll nach rechts und links und führte dann einen raschen, kraftvollen Stoß gegen Newton, doch dieser wich mit einem Sprung um den Tisch aus. Guy stach wieder zu, diesmal über die Tischplatte, wobei er die Weinflasche umstieß. Newton duckte sich und sprang dann ans Ende des Tisches, wo er gesessen hatte. Sein und Guys Säbel prallten mit einem hellen Klirren gegeneinander. Guy stieß wieder zu, und die Säbel kreuzten sich zweimal in der Luft. Newton machte ein, zwei Augenblicke lang ein paar spielerische Bewegungen mit dem Säbel wie ein Tennisspieler, der sich vor einem Spiel einschlägt, und schlug dann mit einer weit ausholenden Bewegung Guys Waffe zur Seite.

»Mieser Zuhälter!« brüllte Guy, »Speichellecker, Schlappschwanz, Klugscheißer!«

Newton begann zu lachen. »Ich muß Ihnen sagen«, keuchte er, »daß ich darin ganz schön Übung habe. Wenn Sie jetzt also aufhören möchten, bin ich einverstanden.«

»Er will damit sagen, daß er gut ist«, rief Leonora. »Er hat für seine Universität gefochten.«

»Ich auch«, sagte Guy, »für die Universität des Lebens! Jetzt wisch dir dieses Grinsen vom Gesicht!« schrie er Newton an und machte einen Ausfall.

Leonora legte die Hände an den Kopf. Die Säbel prallten jetzt nur noch gegeneinander. Guy schlug wild drauflos, hierhin und dorthin, ohne jede Kunstfertigkeit oder Kontrolle. Er sprang zurück und ging mit einer von unten hochgezogenen Bewegung auf Newton los. Newton wich diesmal nicht seitwärts aus, sondern lenkte mit einem einzigen Seitenhieb die Klinge ab. Guy spürte, daß Leonora hinter ihm war. Eine ihrer Hände klammerte sich an seiner Schulter fest. Er schüttelte sie ab. Newtons Säbel abwehrend, wich er zurück. Sie schrie auf.

»Bitte, Guy, bitte hör auf. Ich hole die Nachbarn, das schwöre ich. Ich geh' hinunter auf die Straße und rufe die Polizei an. Du mußt aufhören!«

»Verdammt noch mal, halt dich da raus!« So hatte er noch nie zu ihr gesprochen. Sie stieß einen Schluchzer aus. »Ich liebe dich«, brüllte er, »ich werde dich immer lieben. Ich werde dich gewinnen!«

Newton stand mit gespreizten Beinen da. Er lächelte nicht mehr. Er warf das gelblichbraune Haar zurück. Einen Augenblick standen sie einander völlig regungslos gegenüber. Guy hatte das Gefühl, daß Newton gern aufhören, daß er einen Waffenstillstand begrüßen würde. Das veranlaßte ihn, einen Satz nach vorne zu machen und seinen Säbel in eine wirbelnde Bewegung zu versetzen, mit der, wäre sie erfolgreich und die Klinge scharf gewesen, Newtons Kopf vom Rumpf getrennt worden wäre. Aber die Attacke scheiterte kläglich. Newton parierte sie. Er tat es auf eine so lässige Art, daß Guy außer sich geriet, so leichthin und mit einer Anmut, die das Klirren der Klingen nur greller wirken ließ.

Newton vollführte eine rasche Riposte, die eigentlich eine Finte war. Er reizte bewußt seinen Gegner. Er tanzte mit seinem Säbel hin und her und deckte sich mit flinken Bewegungen, während Guy wie besessen Ausfälle machte. Leonora mühte sich verzweifelt, eines der Schiebefenster zu öffnen. Guy vergaß alles, was er im Fechtunterricht gelernt hatte. Er war nur noch ein Mann mit einer Stich- und Hiebwaffe. Er hantierte mit dem Säbel wie jemand ohne jede Übung, riß ihn zurück und stieß ihn nach vorne, nach rechts und nach links und begleitete jede Attacke mit wild herausgeschrienen Flüchen. Er hörte sich selbst brüllen.

Leonora brachte das Schiebefenster nicht hoch und lehnte sich einen Augenblick lang ermattet dagegen, den Kopf in die Hände gelegt. Guy schlug in die Luft, gegen die Klinge von Newtons Säbel, wenn er sie traf. Einmal erwischte er den Schirm der Deckenlampe und versetzte sie in ein heftiges Schwingen. Dann ging Leonora vom Fenster weg, stand da und schaute ihnen wie hypnotisiert zu. Das gab ihm neuen Schwung. Doch den schweigenden Newton konnte nichts mehr gefährden, was Guy tat. Er war absolut Herr des Gefechts. Manchmal streifte seine Waffe Guys Säbel, dann wieder schlug sie leicht dagegen. Guys Grimm, dem Siedepunkt nahe, stieg noch an, dann explodierte er. Mit einem Satz entzog er sich der Reichweite von Newtons Säbel und machte einen verzweifelten Versuch, ihn von der Seite her zu durchbohren.

Die Klinge verfehlte Newton, nicht weil er den Stoß mit seinem eigenen Säbel parierte, sondern weil er im letzten Moment die Muskeln anspannte. Die Säbelspitze fuhr an der Taille durch seinen Pullover und schlitzte ihn vom Saum bis zum Ausschnitt auf.

Newton knurrte wie ein Bär. Sein Pullover umschlotterte ihn wie eine nicht verschnürte Zwangsjacke. Er zog die Arme heraus, stand in einem schmuddeligen weißen T-Shirt da, und schnaubte zornig. Guy lachte triumphierend. Er zog seinen eigenen Pullover aus und warf ihn durchs Zimmer. Sein Erfolg hatte ihm zu neuem Können oder zumindest zu neuer Energie verholfen. Er begann, Hiebe und Stöße abwechseln zu lassen, und dazu zu jubeln und ein Indianergeheul auszustoßen. Mit aufgerissenen Augen sah ihnen Leonora zu, wie eine Zuschauerin, die zum ersten Mal einen Stierkampf erlebt – entsetzt und doch wie gebannt.

Guy begann mit der Klinge nach unten zu zielen, auf Newtons Genitalien. Er verdrehte die Spitze. Er lachte.

Beschimpfungen ausstoßend, tanzte er auf und nieder, während der Säbel vor Newtons Oberschenkeln in einem Halbkreis herumfuhr. Die Absicht war, Leonoras Liebhaber einzulullen, und wenn ihn der Überraschungsstoß unvorbereitet traf, würde er sich als Eunuch vom Boden erheben. Doch dies sollte Guys letzter Versuch bleiben. Mit einer erschreckenden Schnelligkeit war plötzlich alles vorbei. Newton parierte den Ausfall mit einer geschickten Drehung des Handgelenks, womit er den Säbel des Angreifers zur Seite schlug, stieß sofort nach und erwischte Guy am linken Arm. Die Säbelspitze schlitzte ihn geradlinig vom Handgelenk bis zum Ellenbogen auf.

Guy fiel der Säbel aus der Hand. Während das Blut aus der Wunde schoß, kippte er nach vorne und klammerte sich haltsuchend am erstbesten Gegenstand fest, den er zu fassen bekam. Es war der Rand des Tischtuchs, und mit diesem setzten sich Teller und Gläser, Messer, Gabeln und die Weinflasche in Bewegung. Er brach auf dem Boden zusammen, bedeckt mit einem Durcheinander von klebrigem Porzellan und Glas. Er hörte, wie Leonora aufschrie: ein tierischer, irrer Schrei. Sie stürzte auf ihn zu. Guy schloß die Augen, öffnete sie wieder und rappelte sich in Sitzstellung hoch. Aus seinem Arm strömte das Blut.

»O Gott«, schluchzte Leonora, »o Gott, o Gott!«

»Es ist nicht so schlimm«, flüsterte er. »Es ist gleich vorbei.«

Er preßte die Hand auf den Arm, doch sie war nicht groß genug, um den Schnitt abzudecken. Leonora begann das Tischtuch in Streifen zu zerreißen. Die erste

Bandage, die sie ihm anlegte, sog sich sofort voll Blut. Sie schluchzte und keuchte.

»Mach dir keine Gedanken, Liebling«, sagte Guy, »es ist nur eine Fleischwunde.«

Dies löste aus irgendeinem Grund ein frohlockendes Lachen bei Newton aus, der mit einer absurden Gelassenheit die Klinge abwischte und sie, ohne das Blut ganz abgewaschen zu haben, in die Scheide schob. Dann hängte er die beiden Säbel wieder an die Wand. »Noch immer daran interessiert, sie zu kaufen?« fragte er.

»O William, hör auf. Hast du nicht schon genug angerichtet?«

»Es tut mir leid«, sagte Newton. »Ich hätte mich nicht mit ihm schlagen sollen.«

»Nein, das hättest du nicht. Es war schrecklich. Schau, was du angerichtet hast. Ruf bitte sofort einen Krankenwagen.«

»Das geht nicht, oder? Er hat schließlich den Apparat ramponiert.«

Leonora wickelte den Verband aus dem Tischtuchstreifen auf und begann, einen neuen anzulegen. Guy saß noch immer auf dem Boden. Sein linker Arm war ziemlich taub, schmerzte aber nicht. Er hatte keinen Schmerz gespürt, nur ein Stechen, wie bei einem Insektenstich, als Newtons Säbelspitze die Haut aufriß. Newton seufzte und sagte: »Ich fahr' Sie ins Krankenhaus. Tut mir leid, daß dieser Schlamassel passiert ist, Guy. Jetzt können wir uns nur auf den Weg machen und schauen, daß wir irgendwo eine Ambulanz finden.«

»Danke, aber lieber sterbe ich, bevor ich mich von dir irgendwohin fahren lasse.«

»Okay, wie Sie wollen, aber Sie müssen Ihren Arm verarzten lassen.«

»Ich werde ihn fahren«, sagte Leonora. »Ich fahre dich, Guy.«

Diese Worte aus ihrem Mund waren Lohn genug für alles, was geschehen war. Sie umwickelte seinen Arm noch einmal mit einem Streifen von dem Tischtuch und machte diesmal den Verband fester. Einer ihrer Schals gab eine Armschlinge ab. »Leg dir deinen Pullover um.« Sie hob ihn vom Boden auf. »Möchtest du einen Mantel haben? Ich denke, ich könnte eine Jacke für dich finden.«

»Nicht eine von seinen«, sagte Guy.

Newton grinste. »Da erfriert er lieber.«

Guy ging trotz seines blutenden Armes mit erhobenen Fäusten auf ihn los. Leonora packte ihn, zog ihn herum, und dann begann die Wunde doch zu schmerzen, tief pulsierend setzte der Schmerz ein. Guy stöhnte auf. Leonoras Gesicht war tränennaß. Sie wischte es mit einem anderen Stück von dem Tischtuch ab. Newton berührte sie am Arm, und sie blickte ihn an, doch Guy konnte diesen Blick nicht deuten.

Er hätte sich treppab gerne an ihr festgehalten, aber sein Stolz ließ es nicht zu. Im Erdgeschoß ging eine Tür auf, und ein Mann, ein geschniegelter Yuppie mit einem Lippenbärtchen, streckte den Kopf heraus.

»Ist alles in Ordnung?«

»Es war nur ein Duell«, antwortete Leonora, und ihre Stimme hatte einen Beiklang von Hysterie.

Der Mann schien es nicht zu glauben. »Ich dachte, ich hätte was gehört. Meine Frau meinte, es sind Bauarbeiter.«

In einem großen Krankenhaus auf halber Höhe einer Steigung fanden sie eine Ambulanz, die geöffnet war. Guy kannte den Namen der Klinik nicht. Er kannte sich im Norden von London eigentlich kaum aus. Es kam ihm vor, als hätte er literweise Blut verloren. Sein Hemd war mit Blut getränkt. Es hatte ihn fast zweihundert Pfund gekostet, ein täuschend schlichtes und saloppes Kleidungsstück. Auch die Jacke von Leonoras Trainingsanzug hatte etwas abbekommen, und an ihrer weißen Hose waren gleichfalls Blutflecke. Die beiden sahen aus, als kämen sie von einem Schlachtfeld.

Er war glücklich. Natürlich sah er ein, daß es schrecklich war, was er getan hatte. Er würde zeitlebens von einer Narbe gezeichnet sein. Aber sie liebte ihn. Er hatte sie errungen. Hatte sie nicht diesem Wicht Vorwürfe gemacht? War sie ihm nicht selbst zu Hilfe geeilt und hatte ein tadelloses Tischtuch geopfert, um seine Wunde zu verbinden?

»Ich bezahle die Reparatur des Telefons«, flüsterte er.

Sie begann zu lachen. Es war ein freudloses, hysterisches Lachen, durchsetzt mit Schluchzern.

»Jetzt komm«, sagte er. »Du wirst sehn, alles wird wieder gut. Ich kaufe ihm einen neuen Pullover.«

Dann wurde er aufgerufen. Ein müder Assistenzarzt reinigte die Wunde und wollte natürlich wissen, wie es dazu gekommen war. Ein Mißgeschick mit einem Schnitzmesser, gab Guy an. Die Erklärung wurde ihm offenbar nicht abgenommen, aber der Arzt sagte vorerst nichts weiter. Er gab Guy eine Tetanusinjektion und vernähte die Wunde mit einem Halbdutzend Stichen. Es war eigentlich nicht mehr als ein tiefer Kratzer.

»Wollen Sie wissen, wie das für mich aussieht? Nur interessehalber? Als hätte jemand, der gut mit Säbeln umgehen kann, Ihnen demonstrieren wollen, daß Sie – verzeihen Sie das Wortspiel – ein blutiger Anfänger sind. Ihnen zeigen wollen, daß es ihm ernst ist, es aber bei dieser Lektion belassen, verstehen Sie?«

»Ich weiß nicht, was Sie meinen«, sagte Guy.

»Ich fechte selber ein bißchen, beziehungsweise ich hab's getan, früher, als das Leben noch normal war und ich, na ja, Muße hatte, wie man das nennt. Sie können jetzt gehen und nächsten Mittwoch zum Fädenziehen wiederkommen.«

Im Auto sagte Guy: »Bist du mir böse?«

»Ich weiß nicht. Ich glaube, ich bin einfach müde. Ich finde die ganze Geschichte widerlich.«

»Mein Liebling, ich verstehe dich. Ich weiß, was in dir vorgeht.«

»Nein, das weißt du nicht, Guy. Das ist es ja. Du weißt nicht, was in mir vorgeht, hast es nie gewußt und wirst es nie wissen. So, jetzt fahr' ich dich nach Hause. Kommst du allein zurecht?«

»Ich hatte gehofft, du würdest bei mir bleiben.«

»Das kann ich nicht. Was würde es bringen? Soll ich Celeste anrufen?«

Er schüttelte den Kopf. Sie warteten an einer Ampel, und er griff nach ihrer Hand. »Bitte, bleib bei mir.«

»Guy, ich begleite dich hinein, weil ich sehen will, ob du zurechtkommst, und mache dir was Heißes zum Trinken. Morgen vormittag ruf' ich dich an.«

Er begriff, daß sie Newton nicht einfach so verlassen konnte. Newton war verrückt, ein Psychopath, und imstande hierherzukommen, um nach ihr zu suchen. Vermutlich bewaffnet. Außerdem wollte sie wahrscheinlich mit Newton allein sein und ihm ins Gesicht sagen, was sie von seinem unbeherrschten Verhalten hielt.

Also bat er sie, wenigstens am Samstag wieder mit ihm mittagessen zu gehen.

»Das tue ich doch immer«, willigte sie ein.

Daß sie mit ihm ins Haus ging, überraschte ihn, obwohl sie es versprochen hatte. »Wie schön es hier ist«, sagte sie. »Es ist das hübscheste Haus, das ich kenne.«

»Findest du? Eines Tages wird es dir gehören.«

Er wartete, daß sie das zurückweisen werde, aber sie tat es nicht. »Ich weiß nicht mehr, wo die Küche ist.«

»Du brauchst die Küche nicht. Ich möchte nichts zu trinken, jedenfalls nicht so was. Du setzt dich jetzt hin, mein Liebling, und *ich* mache dir was zu trinken. Etwas Gehaltvolles. Das kannst du nach all diesen Scherereien vertragen.«

»Ich muß fahren«, sagte sie. »Denk daran.«

»Ach was, du wirst schon nicht in eine Alkoholkontrolle kommen.«

Sie nahm ihm das Glas aus der Hand und goß Sodawasser nach. Sein außer Gefecht gesetzter linker Arm behinderte ihn. Dann fiel ihm etwas von dem Abend ein, der hinter ihm lag. Vielleicht hatte ihn der Anblick des Fernsehgeräts in der Ecke, das er kaum jemals anschaltete, darauf gebracht. Er schenkte sich einen Brandy ein, ein üppiges Quantum.

»Hast du nicht einen Onkel beim Fernsehen? Der irgendwas bei der BBC ist? Hab' ich ihn nicht irgendwann kennengelernt?«

Sie nickte. »Der Bruder meines Vaters, Onkel Michael. Er ist der Intendant von TV East Anglia. Warum fragst du?«

»Ich nehme an, Newton ist durch ihn zu seinem Job gekommen, nicht?«

»Natürlich nicht, Guy. Es hatte nichts damit zu tun. William wird für BBC Northwest arbeiten. Er hat es dir doch gesagt.«

»Es kommt trotzdem alles auf das gleiche hinaus, nicht? Eine Hand wäscht die andere.«

»Nein, es ist nicht so. Guy, kann man dich unbesorgt verlassen? Ich sollte jetzt gehen.«

»Wo wollen wir am Samstag mittagessen?«

»Das liegt ganz bei dir.«

»Weißt du, im Auto habe ich eine Zeitlang gedacht, du würdest es vielleicht ablehnen, du wärst vielleicht zu sauer.«

Sie lächelte und stand auf. »Nun, jetzt weißt du's, ich bin es nicht. Zu sauer, meine ich.«

»Wieder im *Clarke's?*« sagte er.

»Ginge es nicht – ich meine, mehr im Zentrum? Waren wir nicht einmal in einem netten Fischlokal Nähe Haymarket?«

»Du meinst das *Café Fish* in der Panton Street.«

»Ja, richtig. Um ein Uhr? Guy...« Sie nahm seine Hand. Zusammen gingen sie hinaus in die Diele. Er stand innen vor der Haustür und sah sie an, den linken Arm noch immer in der Schlaufe ihres rotschwarzen Seidenschals. »Guy – ich weiß nicht, wie ich es sagen soll.« Sie zitterte. Das Licht in der Diele war schwach, aber er bemerkte, daß sie blaß geworden war. Ihre Augen glänzten. »Ich möchte ... könnten wir am Samstag den Tag miteinander verbringen? Ich hätte gern, daß wir zusammen mittagessen und den Rest des Tages gemeinsam verbringen, geht das? Vielleicht ins Theater oder ins Kino gehen, zum Abendessen – ach, ich weiß nicht. Ich möchte einfach ... aber dein schlimmer Arm! Vielleicht wird dir nicht danach zumute ...«

»Mein Liebling!« Er legte den heil gebliebenen Arm um sie, und sie schmiegte sich an ihn. »Ich hätte nichts dagegen gehabt, wenn er mir den Arm abgesäbelt hätte, wenn das Resultat so aussieht. Weißt du denn inzwischen nicht, daß du nicht zu fragen brauchst, ob wir den Tag miteinander verbringen können? Weißt du denn nicht, daß ich mich danach sehne?«

»Also abgemacht.« Sie hob das Gesicht.

Er küßte sie, wie er sie seit Jahren nicht mehr geküßt hatte, nicht einmal damals an den Embankment Gardens. Ihre warmen Lippen öffneten sich bereitwillig seinem Kuß. Er spürte, wie sich ihre Brüste gegen ihn preßten. Sein Herz pochte und ließ den verletzten Arm schmerzhaft pulsieren. Am seltsamsten aber war, daß er sich als erster aus der Umarmung löste und sich ihr entzog. Er konnte nicht anders, weil es weh tat, wie ihr Körper sich gegen seine Wunde preßte. Sie lächelte nicht, sondern schaute ihn mit einer eigenartigen, halb hypnotisierten Konzentriertheit an.

»Ich muß gehen«, sagte sie schließlich.

»Und du rufst mich morgen vormittag an?«

»Natürlich tue ich das.«

Er stand da und sah zu, wie der Wagen auf dem Kopfsteinpflaster wendete. Die Nacht war frisch und der

Himmel sehr klar. Oben in dem leuchtenden Purpurrot waren, was selten vorkam, Sterne als schwimmende Lichtpunkte zu sehen. Sie winkte ihm aus dem offenen Wagenfenster zu, kurbelte es hoch und verschwand dann ziemlich schnell aus seinem Blickfeld. Es war kurz vor Mitternacht. Er ging ins Haus und trank noch mehr Brandy, bis ihm leicht im Kopf wurde und sein Arm nicht mehr schmerzte.

18

Er schlief zu lange. Er hatte geträumt, daß er im Begriff sei zu heiraten. Leonora war die Frau, mit der er getraut werden sollte, und zwar kirchlich, jedenfalls nahm er es an, ganz sicher konnte er sich nicht sein. Er traf mit einem Taxi vor St. Mary Abbots ein und eilte allein in die Kirche. Er kam mit Verspätung an, und Hunderte von Gästen waren bereits versammelt. Außer Atem erreichte er die Altarstufen, nur um feststellen zu müssen, daß er den Ring vergessen hatte. Er stand da und überlegte, was er tun solle, während hinter ihm unter der Gemeinde ein Kichern einsetzte und anschwoll. Es wurde stärker, wurde zu einem lang anhaltenden, schallenden Gelächter. Guy blickte an sich nach unten und sah, daß er das Kostüm eines Fechters anhatte, die enge Jacke, Handschuhe, eine Fechthose und weiße Strümpfe. Nun erst wurde ihm bewußt, daß er eine Gesichtsmaske trug.

Das Telefon holte ihn aus diesem Traum, bevor ihm noch ärgere Demütigungen widerfahren konnten. Er griff nach dem Hörer, und sein verletzter Arm schmerzte, als er sich umdrehte. Die Erinnerung an den Abend vorher kehrte zurück, während er abhob, und Panik befiel ihn. Was hatte er getan? Er sagte vorsichtig: »Hallo?«

»Wie geht's dir heute vormittag, Guy?«

Er konnte es kaum glauben, daß es Leonoras Stimme war, die er vernahm. Wie lange war es her, seit sie ihn zum letzten Mal angerufen hatte? Jahre. Aber natürlich: die Dinge hatten sich verändert. Jetzt fiel ihm mehr vom vergangenen Abend ein. Beinahe ungläubig begann er sich zu erinnern, was sie gesagt hatte.

»Guy? Wie geht es dir?«

»Gut, Liebling. Bestens.«

»Konntest du ein bißchen schlafen?«

»Ich hab' geschlafen wie ein Murmeltier. Wie ein Toter. Tatsächlich hat mich erst das Telefon geweckt.«

»Ach, das tut mir leid. Dabei hab' ich extra bis neun gewartet. Ich hab' mir Sorgen um dich gemacht.«

Er schloß vor Seligkeit die Augen. Dann sagte er leise: »Es ist wunderbar, deine Stimme zu hören.«

»Findest du nicht, du solltest heute deinen Hausarzt aufsuchen?«

»Wieso? Alles, was getan werden konnte, ist ja geschehen. Die Wunde schmerzt nur noch ein bißchen.« Er hörte, wie unten Fatima die Haustür aufschloß und diese dann ins Schloß fiel. »Es ist ja wirklich schon neun Uhr. Sag mal, Leo, hab' ich das geträumt oder hast du wirklich gesagt, du würdest den ganzen Samstag mit mir verbringen?«

»Das hast du nicht geträumt.«

»Gott sei Dank. Ich hab' in letzter Zeit so sonderbare Träume gehabt, daß ich nicht mehr weiß, was wirklich ist und was nicht. Wenn ich Karten für eine Show bekomme, was würdest du denn gerne sehen?« Zu spät fiel ihm ein, daß sie dieses Wort »Show« nicht mochte und »Stück« vorzog. Er wartete darauf, von ihr korrigiert zu werden, aber sie sagte nur: »Mir ist es gleich. Such du was aus.«

»Ich weiß, du magst keine Musicals. Ich führe dich nicht in ein Musical. Leo?«

»Ja, Guy.«

»Hinterher, am Abend, kommst du dann mit mir hierher?«

Er wußte, sie würde nein sagen. Das tat sie ja immer. Ihr Zögern bedeutete nur, daß sie nach den passenden Worten suchte, um ihre Absage möglichst schonend auszudrücken. Eines Tages würde sie ja sagen, aber er wollte sich keinem abwegigen Optimismus hingeben, er wußte, bis dahin würde noch viel Zeit vergehen. Er wartete mit stoischer Geduld. Die Pause war sehr lang. Er hörte sie seufzen.

»Ja, ich komme mit dir«, sagte sie. »Natürlich. Was immer du willst.«

»Leo, hab' ich recht gehört? Hast du wirklich gesagt, du kommst mit zu mir hierher? Du wirst bei mir bleiben?«

»Ja, das habe ich gesagt.«

»Leo, ich bin ja so glücklich. Ich bin überglücklich, Liebling. Ich weiß, das hab' ich schon einmal gesagt. Aber ich kann nicht anders. Ich bin so glücklich. Leo, du weinst doch nicht?«

»Guy«, sagte sie, »verzeih' mir.«

Das löste ein Lachen bei ihm aus. »Es gibt nichts zu verzeihen. Sag, daß du mich liebst. Sag, daß ich der einzige für dich bin.«

»Du bist der einzige für mich. Ich liebe dich. Also dann, am Samstag um eins?«

»Am Samstag um eins, Liebling. Bis bald. Paß auf dich auf, bewahre dich für mich auf.«

Nun war es soweit. Sie war zu ihm zurückgekommen. Sie hatte ihn nicht auf das nächste Jahr oder Jahre später vertröstet, sondern jetzt würde es geschehen, übermorgen. Er konnte sich nun eingestehen, daß er gezweifelt, daß er manchmal die Hoffnung verloren hatte, aber seine Standhaftigkeit, der Kampf um sie waren nicht vergebens gewesen. Er hatte sie errungen. Er hatte um sie gekämpft und gesiegt. Voll Stolz sah er seinen verbundenen Arm an. Wenn er ihn verloren hätte, es hätte sich gelohnt.

Nachdem er ein Bad genommen hatte – wegen des Arms war an Duschen vorläufig nicht zu denken –, überlegte er, ob es vernünftig war, die Schlinge um den Arm zu behalten. Durch den Verband war kein Blut gedrungen. Die Wunde schmerzte zwar ein wenig, aber eben nur ein wenig. Ohne es sich einzugestehen, durchschaute er seine Unschlüssigkeit: Eigentlich wollte er auch weiterhin Leonoras Schal tragen. Hatten in den alten Zeiten nicht die Ritter – zumindest taten sie es im Film – die Halstücher ihrer Damen getragen? Susannah hatte ihn Leonoras Ritter genannt, hatte seine treue Liebe als etwas sehr Schönes bezeichnet.

Der Schal, den Leonora ihm gegeben hatte, war aus einem seidigen Gewebe, rot und schwarz. Er kleidete sich mit Sorgfalt an: Bluejeans, ein rosafarbenes Hemd, ein Pullover, den er kaum je anzog, der aber zufällig mit seinem gerippten Muster aus dunklem Grau und Venezianischrot zu dem Schal paßte. Er ertappte sich dabei, daß er länger als sonst in den Spiegel blickte. Er sah so viel besser aus als William Newton, war ihm in der äußeren Erscheinung derart überlegen, daß es beinahe schon zum Lachen war.

Gern hätte er den Vormittag in seinem Schießsportklub verbracht, aber das würde dem verletzten Arm nicht gut bekommen. Er begann verschiedene Theaterkassen anzurufen. Er selbst hätte sich am liebsten Andrew Lloyd Webbers *Aspects of Love* angesehen, aber Leonora hatte für Musicals nichts übrig, also kam es nicht in Frage. Die Schwarzmarktpreise für Karten waren sicher astronomisch, aber das kümmerte ihn nie. Celeste hatte ihm die Handlung von *Madame Butterfly* erzählt, und es hätte ihm vielleicht Freude gemacht, die Oper zusammen mit Leonora anzusehen, aber es war nicht das richtige Stück für die Frau, die man bald heiraten würde. Schließlich entschied er sich für Ayckbourns *Henceforward*... und buchte mit seiner American Express Gold Card zwei Plätze in der dritten Parkettreihe.

Am nächsten Tag rief Celeste an, um ihn zu erinnern, daß sie mit Danilo, Tanya und ein paar amerikanischen Freunden von ihnen, die sich in London aufhielten, zum Abendessen ausgehen wollten. Guy fragte sich, ob er seinen verletzten Arm vorschützen sollte, um abzusagen, überlegte es sich dann aber anders. So würde die Zeit bis zum nächsten Tag rascher vergehen. Die Dinnerparty sollte im *Connaught* stattfinden. Es wäre naheliegend gewesen, Celeste mit einem Taxi abzuholen. Statt dessen entschied er sich für den Jaguar. Die Idee gefiel ihm, den Wagen mit nur einem Arm zu lenken. Er gedachte, allen Leuten die Wahrheit zu erzählen: daß er sich seine Wunde bei einem Duell geholt hatte.

»Du machst Witze«, sagte Danilo.

Die Amerikaner wirkten auf Guy wie zwei Gangster. Sie waren beide kleinwüchsig; dunkle, auffällig gekleidete südländische Typen. Der eine hatte an einer Wange eine kreisrunde Narbe wie vom abgebrochenen Boden einer Weinflasche. Tanya hatte wieder einmal, wie sooft, vergessen, die Schuhe zu wechseln, und trug weiße Sandalen zu ihrem eleganten Minikleid mit schwarzer Strumpfhose. Sie zwinkerte einem der Amerikaner zu.

»Jemand ist frech zu Celeste geworden, stimmt's?«

»Nein, mit Celeste hatte es nichts zu tun.« Guy sah sie zusammenzucken, obwohl er ihr im Jaguar auf der Fahrt hierher bereits alles erklärt hatte. »Eine private Geschichte.«

»Sei ehrlich«, sagte Danilo, der Enthaltsame. »Es ist dir selber passiert, als du blau warst.«

Es war kein sehr gelungener Abend. Tanya sprach über ihre Kinder. Die Amerikaner reagierten, als wären Kinder eine seltene Spezies von Säugetieren, die sie außerdem nicht interessierte. Tanya ließ sich davon nicht beirren und wartete mit einer Anekdote über Carlo auf, der rote Farbe in den Swimmingpool geschüttet und ihr erzählt habe, der Gärtner sei hineingefallen und habe sich vorher die Kehle durchgeschnitten. Guy trank viel. Er ging zu Brandy über. Er hatte Celeste versprochen, sie würden spätestens um halb elf gehen. Sie mußte am nächsten Morgen vor acht Uhr zu einem Fototermin in den Kensington Gardens sein. Als es dreiviertel elf wurde, sagte sie, sie müsse sich aufmachen.

»Nur noch eine halbe Stunde, und ich komme mit.«

»Nein, Guy. Es ist schon gut. Ich besorge mir ein Taxi.«

»Das erlaube ich nicht.« Er rappelte sich hoch und unterdrückte einen Schrei, weil ihn sein Arm schmerzte. »Ich fahr' dich, wie versprochen.«

»Du kannst nicht mehr fahren, und ich muß wirklich gehen. Ich habe bereits gebeten, daß man mir ein Taxi bestellt.«

Guy war nur eines klar: Auf diese Weise würde er sie nicht die Nacht über bei sich haben. Ihre Hand legte sich leicht auf seine Schulter. »Ich seh' dich morgen abend«, sagte sie.

Sie mußten irgendeine Verabredung getroffen haben. Er würde sie am nächsten Vormittag anrufen und sie davon abhalten zu kommen; er konnte damit nicht jetzt vor all den anderen herausrücken. Schuldbewußt und erfüllt von einem undeutlichen Gefühl der Scham, berührte er die leicht auf ihm ruhende Hand. Sie verabschiedete sich und verschwand.

»Hübsche kleine Biene«, sagte einer der Amerikaner dreist.

Guy dachte, wie überaus peinlich es wäre, wenn er Leonora zu sich mit nach Hause brächte und Celeste wäre dort. Oder wenn die arme Celeste vorbeikäme, während er und Leonora beisammen waren. Er mußte sich ernsthaft überlegen, wie er Celeste beibringen sollte, welche Wende die Dinge genommen hatten.

»Wir fahren dich nach Haus«, sagte Tanya. »Das heißt, wir fahren deinen Wagen. Wir sind mit einem Taxi gekommen, und so können wir dich heimbringen und von dort aus mit einem Taxi weiterfahren.«

Danilo sagte nichts. Sein Froschgesicht war verkniffen. Guy wußte nicht mehr, wo er den Jaguar geparkt hatte, und sie stapften durch die dunklen, leeren Straßen auf der Suche nach dem Wagen.

»Wehe dir, wenn sie dir eine Parkkralle verpaßt haben.«

Aber es war nicht so. Guy stieg hinten ein. Die frische herbstliche Luft hatte ihn wieder auf die Beine gebracht. Es war beinahe Mitternacht, nur mehr wenige Minuten bis zum Anbruch des Tages, mit dem sein gemeinsames Leben mit Leonora beginnen sollte. Was würden Danilo und Tanya wohl dazu sagen?

Er hätte selbst fahren können. Abgesehen von dem schmerzenden Arm fühlte er sich vollkommen in Ordnung. Während sie durch Knightsbridge fuhren, fiel ihm Rachel Lingard ein. Tanya wußte genau Bescheid, womit Danilo sich beschäftigte – jedenfalls, soweit er wußte.

»Kannst du Chuck stoppen, Dan?«

»*Was* soll ich können?«

»Die Sache einfach abblasen, tust du das?«

Danilo schwieg. Guy merkte ihm an, daß er verärgert war. Er nahm die verkehrte Abzweigung und fuhr in die Fulham Road. Mit einem schwachen Achselzucken sagte Tanya: »Denk dir nichts, daß ich dabei bin. Ich habe lernen müssen, wann ich die Ohren zusperren muß.«

»Bieg nach rechts ab, sobald es geht«, sagte Guy. »Schau, Dan, es tut mir leid. Ich möchte die drei Riesen nicht zurückhaben.«

»Das wär' ja auch noch schöner«, sagte Danilo.

»Aber es läßt sich machen?«

»Ach, Scheiße, Guy, ich kann auf solche Scherereien wirklich verzichten.«

»Aber du kannst es einrichten?«

»Ich weiß nicht, offen gesagt. Ich weiß nicht, wen Chuck auf den Job angesetzt hat, und Chuck war in der letzten Zeit in Irland. Vielleicht ist er noch dort. Ich weiß nicht mal, ob Chuck seinen eigenen Mann darauf angesetzt hat oder der wieder einen andern.«

Danilo bog nach links ab und fuhr dann die Old Brompton Road hinunter. Guy sagte: »Du hast vierzehn Tage Zeit. Genau gesagt, ab morgen zwei Wochen. Sie ist noch zwei Wochen weg.« Plötzlich wurde ihm klar, wo sie waren und was sie vielleicht zu sehen bekommen würden.

Danilo sagte übellaunig: »*Yeah, yeah*, schon gut. Es wird Zeit brauchen, aber vielleicht doch nicht so lange. Aber laß dir nicht noch mal einfallen, so ein Geschäft mit mir zu machen, verstanden? Herrgott, was gibt's denn jetzt wieder?«

Guy klopfte ihm leicht auf die Schulter. »Halt bitte an, ja? Nur einen Moment. Park einfach dort drüben. Es dauert nicht lange, ich versprech's dir.«

»Was ist eigentlich los, Guy?« Tanya verlor allmählich die Geduld mit ihm. »Ich muß morgen früh im Geschäft sein.«

»Bitte, fahr dort drüben ran, Danilo.«

Sie mußten ein Stück zurückgehen. Der hochgewachsene, magere Mann lag ausgestreckt auf der Türschwelle des Bioladens. Er hatte die gleichen rußfarbenen Lumpen an, doch diesmal lag er auf dem Rücken, und die Mütze, die beim letzten Mal zur Aufnahme milder Gaben gedient hatte, bedeckte sein Gesicht. Guy sagte: »Es ist Linus.«

»Du machst Witze.«

»Nein, ich bin sicher, er ist es. Ich sehe ihn jetzt zum dritten Mal. Ich weiß, daß es Linus ist. Er hat mich beunruhigt, hat mein Gewissen belastet, weißt du. Dan, wir können ihn doch nicht einfach hier so liegenlassen. Wir müssen etwas für ihn tun.«

Danilo überquerte den Gehsteig, faßte die Mütze an und zog sie vom Gesicht des Mannes. Davon wurde dieser wach. Er setzte sich auf und begann sie anzuschreien, das Gesicht verzerrt, die blendend weißen, vollkommenen Zähne entblößt. Ein Strom sinnloser Beschimpfungen quoll aus seinem Mund.

»Herrgott noch mal«, sagte Danilo und reagierte mit einer obszönen Geste.

Guy sah nun, daß es sich nicht um Linus handelte. Der Mann hatte so wenig Ähnlichkeit mit Linus wie er selbst mit Danilo. »Gib ihm wenigstens was.«

»Gib ihm doch selber was«, sagte Danilo und ging, gefolgt von Tanya, zum Wagen zurück.

Guy war verstört. Was ging in seinem Kopf vor, daß er dieses menschliche Wrack mit seinem alten Freund verwechselt hatte? Er gab dem Mann einen Zehnpfundschein, was zwar zur Folge hatte, daß dieser verstummte, ihm aber kein »danke« entlockte. Er nahm den Schein, schob ihn in die Hosentasche und legte sich die Mütze wieder aufs Gesicht.

»Linus ist tot«, sagte Danilo, als er den Jaguar in Guys Garage fuhr. »Sie haben ihn in Kuala Lumpur aufgeknüpft. Hast du schon mal überlegt, AA-Mitglied zu werden?«

»Ich bin schon seit Jahren Mitglied.«

»Danny hat nicht die *Automobile Association* gemeint«, sagte Tanya, die vor Lachen nicht mehr an sich halten konnte. »Er hat an die Anonymen Alkoholiker gedacht.« Dann gingen die beiden weg, um nach einem Taxi Ausschau zu halten.

Er würde weniger trinken, wenn er die ganze Zeit mit Leonora beisammen war. Wenn sie wollte, daß er das Rauchen aufgab, würde er auch das versuchen. In einem Monat war sein dreißigster Geburtstag, und es würde nicht mehr viele Jahre dauern, bis er außerstande war, das Glas so zu halten, wie er es jetzt konnte. Wenn er künftig die ganze Zeit glücklich war und ein zufriedenes Leben führte, brauchte er den Alkohol nicht mehr als Puffer gegen Widrigkeiten, mußte das Elend, das sein Bewußtsein erfüllte, nicht mehr betäubt werden.

Die Exzesse vom vergangenen Abend hatten ihm nicht weiter geschadet, und sein Arm war schon viel besser. Er brauchte die Schlinge im Grunde nicht mehr, hätte sie aber gern weiter benutzt, weil sie von Leonora stammte. In sentimentaler Stimmung beschloß er, ihren Schal heute zum letzten Mal zu tragen und ihn ihr dann, wenn sie hier und mit ihm wieder vereint war, feierlich zurückzugeben. Sie würde ihn mit ihrem Vivien-Leigh-Lächeln anlächeln, und endlich würde es frei und offen sein.

Was er an diesem Morgen anziehen sollte, schuf ein kleines Problem. Obwohl er wußte, daß sie sich aus Newton nie besonders viel gemacht hatte – er war ihr zugeführt und sie war überredet worden, ihn zu akzeptieren –, hatte der Typ außer seinem angeblichen Gesprächstalent etwas an sich, das sie ansprach, und Newton zog immer Klamotten an, die teils aus *Dirty Dick's*, teils aus einem *Secondhand*-Laden zu stammen schienen. Man mußte sich damit abfinden, daß Leonora sich nicht für hübsche Sachen interessierte, weder für sich selbst noch bei ihren Typen. Vielleicht, überlegte er, sollte ich mir angewöhnen, auch weniger Wert darauf zu legen. Mit diesem Ziel vor Augen entschied er sich für die Jeans, die er am Tag zuvor angehabt hatte, ein schlichtes, blaues Baumwollhemd und ein blau und grau gestreiftes, leichtes, kreppartiges Leinensakko. Die Kombination wirkte noch immer zu anspruchsvoll, beziehungsweise sie würde auf Leonora so wirken. Die Jacke gegen den Pullover vom Vortag zu vertauschen, war ein richtiges Opfer für ihn, aber er brachte es. Sorgfältig verknotete er wieder die Enden des Schals und legte ihn sich als Schlinge für den Arm um den Hals.

Schon wollte er sich auf den Weg machen, da fiel ihm der Ring ein. Er hatte noch immer den Verlobungsring, den er lange Jahre zuvor für Leonora gekauft hatte. Er lag im Safe, den Guy seit vier Jahren nicht mehr benutzt oder geöffnet hatte, weil keine Notwendigkeit dafür bestanden hatte. Das letzte Mal war nach Con Mulvanneys Besuch gewesen. Er ging noch einmal nach oben, öffnete den Safe und nahm den Ring heraus. In einem kleinen, blauen Lederetui lag, auf mitternachtsblauen Samt gebettet, der Ring, mit einem großen, quadratisch geschnittenen Saphir, umgeben von einem Kranz aus Diamanten. Guy steckte das Etui mit dem Ring ein.

Es war zwölf Uhr, als er das Haus verließ, viel zu früh für eine Verabredung um ein Uhr im West End. Aber er hatte nichts zu tun. Er hatte das Haus sorgfältig inspiziert und sich vergewissert, daß für ihren Empfang alles so war, wie es sein sollte. Er hatte die Eisfächer in den Kühlschränken in der Küche und in der Bar im Salon nachgefüllt und auf dem Couchtisch *Guardian, The London Review of Books* und *Cosmopolitan* arrangiert, die der Zeitungshändler, welch ein Wunder, tatsächlich ins Haus geliefert hatte. Im Badezimmer, das fortan *ihr* Badezimmer sein würde, hatte er die verschiedenen Paloma-Picasso-Toilettenartikel aufgestellt, die Fatima am Vortag für ihn in der Parfümerie besorgt hatte. Es gab nichts mehr zu tun, und herumzusitzen und Zeitungen zu lesen, würde ihn nur nervös machen. Er hatte mehrmals Celeste anzurufen versucht, um zu verhindern, daß sie hier erschien, bis ihm schließlich eingefallen war, daß sie irgendwo zu Aufnahmen war. Also verließ er das Haus, um ein Stück des Weges zu Fuß zu gehen. Vor dem Schaufenster eines Immobilienmaklers blieb er stehen, und dann betrat er, einem Impuls folgend, das Geschäft.

Man hatte ein herrliches Haus am Lansdowne Crescent, in Notting Hill, im Angebot. Der Preis, erfuhr er, belaufe sich auf eine siebenstellige Summe. Als der Makler bemerkte, daß Guy nicht mit der Wimper zuckte, nannte er den exakten Preis und legte ihm Fotos der Räumlichkeiten vor: eine imposante Treppe, in der Form eines Schwanenhalses, ein prachtvoller, über zwölf Meter langer Salon, achteckige Badezimmer in jedem der Türmchen. Guy verabredete einen Besichtigungstermin für Montag nachmittag. Inzwischen war es zwanzig Minuten vor eins, die richtige Zeit, mit einem Taxi pünktlich dort einzutreffen.

Der Verkehr war weniger dicht als sonst, und der Taxifahrer setzte ihn vor dem *Café Fish* ab. Es war zwei Minuten vor eins. Vielleicht war sie bereits da, es war ja schon vorgekommen, und wieder meldeten sich die vertrauten Empfindungen, der kleine Sprung, den sein Herz machte, das Zusammenziehen in seinem Innern, der Druck im Kopf. Er blieb einen Augenblick auf dem Gehsteig stehen, sammelte sich und trat dann in das Restaurant.

Es war überfüllt, aber Leonora war noch nicht da. Das erfuhr er von dem Mädchen, das auf ihn zukam, um ihn an den bestellten Tisch zu führen. Raucher oder Nichtraucher? Eines Tages würde er den Teil für die Nichtraucher wählen, Leonora zuliebe, aber dafür war die Zeit noch nicht gekommen. Schon während er sich setzte, zündete er sich eine Zigarette an.

Das Lokal war offensichtlich ein Fehlgriff. Zwar war das Essen gut und die Auswahl groß, aber leider wußten das auch hundert andere Leute. Zwangsläufig standen die Tische dicht beieinander. Eine intime Unterhaltung war hier nicht möglich. Guy schnippte mit den Fingern zu einem Kellner hin, und als der Mann kam, bestellte er einen großen Gin Tonic. Zwar wäre Brandy mehr nach seinem Geschmack gewesen, aber er sah doch ein, daß Brandy in diesem Stadium vielleicht nicht ganz das Richtige war.

Mit sorgfältiger Überlegung hatte er die Theatervorstellung am Nachmittag ausgewählt. Sie begann um halb sechs, was bedeutete, daß sie kurz nach acht Uhr abendessen konnten. Sie hatten Zeit in Hülle und Fülle – alles würde in schöner Gemütlichkeit vonstatten gehen. Sollte ihnen zwischen Mittagessen und Theater genug

Zeit bleiben, würde sie sicher erlauben, daß er mit ihr einkaufen ging. Den Verlobungsring hatte er ja bereits, aber vielleicht einen Armreif? Cartier? Asprey? Oder vielleicht Ohrringe. Er stellte sich Diamanten dicht neben ihrem glühenden Gesicht vor. Als er zum ersten Mal die Einstiche in ihren Ohren gesehen hatte – sie waren damals noch Kinder gewesen –, hatte er von dem Tag geträumt, an dem er so reich sein würde, daß er ihr Diamantohrringe kaufen konnte.

Der Gin kam, zu seiner Erquickung, denn er hatte Durst danach. Der erste Schluck des Tages war immer wunderbar. Er brachte mit langen, weitgespreizten Fühlern Frieden in seinen Körper. Guy lehnte sich auf seinem Stuhl zurück, betrachtete das Muster ihres Schals und blickte dann auf die Speisenauswahl, die auf der Karte wie auch, mit Kreide geschrieben, auf Schiefertafeln stand. Was würde sie wohl bestellen? In letzter Zeit aß sie mehr Fisch, was er mit Freude vermerkt hatte, denn ihr Körper bekam nicht genug Protein. Er schob die Armschlinge zurecht, und dabei fiel sein Blick auf die Armbanduhr. Es war beinahe Viertel nach eins.

Das kam davon, wenn man sich auf die Northern Line verließ, statt ein Taxi zu nehmen. Er würde noch einmal das gleiche wie damals im *Savoy* erleben, nur in einer weniger luxuriösen Umgebung. Er trank seinen Gin und bestellte sich einen zweiten. Sie war damals mit mehr als zwanzig Minuten Verspätung erschienen, wie er sich erinnerte. Es sah ihr ähnlich, von der nächstgelegenen Station der Northern Line, Leicester Square vermutlich, zu Fuß hierherzukommen.

Die Leute am Tisch nebenan, vier Personen, lachten

hemmungslos. Es war zwar kein derbes oder rauhes Lachen, aber es irritierte ihn trotzdem. Der zweite Gin war rasch vertilgt. Wenn man in solchen Lokalen doch gleich die Flasche bestellen und sich selbst bedienen könnte! Er genierte sich etwas, um die Flasche zu bitten. Die Bemerkungen, die Danilo und Tanya am Abend vorher über die Anonymen Alkoholiker gemacht hatten, klangen ihm noch unangenehm in den Ohren.

Inzwischen war es fünfundzwanzig Minuten nach eins. Ein Kellner kam an seinen Tisch und fragte, ob er schon einmal bestellen wolle. Guy lehnte ziemlich heftig ab. Wieder erschütterten Lachsalven den Tisch nebenan. Die Leute tranken Champagner, offenbar feierten sie irgendein Jubiläum. Als sein Taxi um die Hyde Park Corner gefahren war, hatte sich beim ihm der Hunger zu regen begonnen, aber er war wieder vergangen. Trotz des reichlichen Quantums Gin war sein Mund trocken. Er bat um ein großes Glas Weißwein.

Um zwanzig vor zwei wurde ihm langsam elend. Er konnte sich nicht erinnern, daß sie jemals mit mehr als zwanzig Minuten Verspätung gekommen war. Sie würde nicht erscheinen. Es hatte keinen Sinn, sich noch länger vorzumachen, daß sie noch käme. Entweder es war ihr irgend etwas Furchtbares zugestoßen, oder sie war abgehalten worden. Irgend jemand aus ihrer schrecklichen Familie war dahintergekommen, was sie vorhatte – erst den Tag und dann ihre ganze Zukunft mit ihm zu verbringen –, und hatte sie abgehalten. Er blieb noch weitere zehn Minuten sitzen und starrte zur Eingangstür hin. Dann stand er auf.

Er sagte zu dem unerschütterlich-griesgrämig dreinblickenden Kellner, daß er nun doch nichts essen möchte, was mit einem galligen Achselzucken quittiert wurde. Er zahlte die beiden Gins und den Wein. Glücklicherweise hatte er diesmal eine Tasche voller Kleingeld. In der ersten leeren Telefonzelle, die er fand, wählte er die Nummer in der Georgiana Street.

Er hatte schon seit Jahren kein öffentliches Telefon mehr benutzt, und da sie in der Zwischenzeit modernisiert worden waren, mußte er erst sorgfältig die Bedienungsanleitung lesen, bevor er damit zurechtkam. Das Rufzeichen kam, doch es meldete sich niemand. Um sicherzugehen, wählte er die Nummer noch einmal – wieder vergeblich. Er schloß die Augen und stellte sich vor, wenn er sie öffnete, würde er sie durch die Straße auf das Restaurant zugehen oder vielmehr -laufen sehen, da sie wegen ihrer Verspätung in panischer Eile war.

Natürlich war sie nicht zu sehen. Er holte die Münzen heraus, die zurückgekommen waren, und wählte die Nummer in der Lamb's Conduit Street. Alle diese Nummern waren in sein Gedächtnis eingegraben. Er kannte sie besser als seine eigene Telefonnummer oder die Nummer seines Bankkontos. Er ließ es endlos läuten, aber auch dort hob niemand ab. Genausowenig meldete sich jemand, als er die Nummer in der St. Leonard's Terrace wählte, und auch in der Portland Road ging niemand ans Telefon, was allerdings ein Schuß ins Blaue war, es sei denn, irgendeiner von ihnen hatte es bewerkstelligt, Leonora in ihrem früheren Heim einzusperren. Als letztes versuchte er es bei den Mandevilles in der Sanderstead Lane, aber auch das war vergeblich.

Sie konnten doch nicht alle außer Haus sein. Für ihn

war klar, was da vor sich ging. Sie hatten sich verschworen, sich wie ein Mann gegen ihn zu stellen. Sie gingen alle absichtlich nicht ans Telefon. Leonora hatte ihnen berichtet, was am Donnerstagabend geschehen war, hatte es ihnen in aller Unschuld erzählt, weil sie immer noch glaubte, über ihr künftiges Leben selbst entscheiden zu können.

Man hatte sie irgendwo eingesperrt.

Zweifelsohne war ihr Vater der Hauptdrahtzieher, ihr Vater, der, nachdem seine Frau Leonora gegen ihn aufgehetzt hatte, einen willenlosen Lakaien, einen häßlichen Klugscheißer als Ehemann für sie beschafft und diesem dann, um auf Nummer Sicher zu gehen, einen Job im Norden Englands besorgt hatte, wohin ihn Leonora als seine Ehefrau begleiten sollte.

Nur wird es dazu nicht kommen, dachte Guy. Wo mochten sie sie gefangenhalten? In der Portland Road oder in der Georgiana Street? Er ließ sich mit einem Taxi nach Hause fahren. Obwohl er ziemlich viel getrunken und nichts gegessen hatte, fühlte er sich sehr klar im Kopf und ganz gelassen.

Zu Hause hängte er sich wieder ans Telefon. Methodisch versuchte er es mit jeder einzelnen Nummer: Lamb's Conduit Street, Sanderstead Lane, St. Leonard's Terrace, Georgiana Street, Portland Road. Wieder meldete sich niemand, unter keiner Nummer.

Im Geist sah er alle diese Telefonapparate ausgestöpselt oder den ganzen Verein, Anthony und Susannah, Tessa und Magnus, Robin und Maeve sowie Newton selbst, dasitzen und unerbittlich zuhören, wie es läutete und läutete.

Es war Viertel vor drei.

Er wählte alle Nummern noch einmal, um sie nervös zu machen, um sie zur Verzweiflung zu bringen. Dann ging er nach oben und nahm sein Gewehr, Kaliber 22, aus der Hülle.

19

Auf dem Weg zur Portland Road versuchte er, eine Erklärung zu finden. Endlich glaubte er, den Grund entdeckt zu haben. Das Duell zwischen ihm und Newton hatte den Anlaß zu alledem geliefert. Es hatte, würden Leonoras Angehörige sagen, das Faß zum Überlaufen gebracht. Er konnte sich nicht vorstellen, daß sie durch Leonora davon erfahren hatten, sicher aber durch Newton. Während Leonora ihn ins Krankenhaus gefahren hatte, hatte Newton wahrscheinlich ihren Vater und anschließend ihre Mutter angerufen und ihnen berichtet, was geschehen war. Im Geist hörte Guy Tessa sagen: »Er ist natürlich verrückt. Er ist ein gewalttätiger, gefährlicher Irrer. Er wird vor nichts zurückschrecken, um Leonora zu bekommen. Es gibt nur eine einzige Möglichkeit: sie bis zum Sechzehnten von ihm fernzuhalten, dann kannst du sie mit in den Norden nehmen, und er wird sie nie wiedersehen.«

Und Anthony Chisholm: »Er ist mit dem Säbel auf dich losgegangen? Das geht ein bißchen weit, nicht? Nein, ich bin ganz deiner Meinung, es ist nicht gut für Leonora, wenn sie ihn wiedersieht.«

Und Magnus Mandeville: »Leonora hätte die Polizei holen sollen. Selbstverständlich hättest du sie nicht mit ihm allein lassen können, das ist mir schon klar. Aber du hättest dafür sorgen sollen, daß *sie* geht. Das war nämlich ein tätlicher Angriff, man könnte sogar von einem Mordversuch sprechen.«

Und Susannah: »Der arme Guy, er ist so unbeherrscht, so aggressiv. Aber es ist auch soviel Gutes in ihm. Er ist wirklich schlecht für Leonora, der ungeeignetste Umgang für sie. Wenn nichts anderes hilft – nun ja, so bedauerlich es auch ist, aber man wird sie mit Gewalt von ihm fernhalten müssen.«

Er parkte den Wagen in der zweiten Reihe und hoffte, es werde schon nichts passieren, da es ja Samstagnachmittag war. Das Gewehr lag in einer schwarzledernen Golfschlägertasche im Kofferraum. Es dämmerte ihm bereits, daß es für eine Mission dieser Art eine unhandliche Waffe war. Er ließ es, wo es war, ging die Eingangsstufen hinauf und drückte auf die Klingel, neben der noch immer stand: Lingard, Kirkland, Chisholm. Niemand betätigte den Türöffner. Es überraschte ihn nicht.

Sein Arm störte ihn nicht, wenn er ihn nicht sehr bewegte, und das war dank der Automatik auch nicht nötig. Er ließ ihn leicht auf dem Volant ruhen. Seit dem Vormittag war der Verkehr viel dichter geworden, und es dauerte lange, bis Guy nach Camden Town kam. Diesmal nahm er das Gewehr in der Golfschlägertasche mit. Nachdem er geklingelt hatte, bekam er, wie er so dastand und wartete, das Gefühl, daß von oben jemand zu ihm herunterblickte. Er ging ein paar Stufen nach unten und schaute hinauf. Aber er sah niemanden, und sämtliche Fenster waren geschlossen, obwohl es ein warmer Nachmittag war.

Als nächstes zur Lamb's Conduit Street. Dorthin war es nicht so weit. Direkt vor dem Haus war Platz zum

Parken. Die Blumenkästen Susannahs waren gerade gegossen worden. Wasser tropfte auf den Gehsteig. Das sagte ihm, daß sie zu Hause sein mußten, daß auf jeden Fall irgend jemand da war. Niemand meldete sich im Türlautsprecher. Er drückte noch einmal auf die Klingel und hörte dann Schritte auf der Treppe. Eine Frau, die Guy noch nie gesehen hatte, öffnete die Tür. Noch bevor sie etwas sagte, spürte er, daß sie ihn erwartet hatte.

»Ich bin Laura Stow«, sagte sie. »Susannahs Schwester.«

Er sah die Ähnlichkeit. Sie war ein bißchen älter, steckte in Jeans und einem Hemd und trug ein Handtuch turbanartig um den Kopf gewunden. Offensichtlich hatte sie sich das Haar gewaschen. Er hatte nicht gewußt, daß Susannah eine Schwester hatte, war aber nicht überrascht. Hatten diese Leute überhaupt *Freunde*? Kannten sie denn irgend jemanden, der nicht zur Familie gehörte? Einerlei. Wem man bei ihnen zu Hause begegnete, wem man dort vorgestellt wurde, unfehlbar waren es Verwandte.

Er sagte knapp: »Guy Curran.«

Sie nickte und sah die Golftasche in seiner Hand an. Jeder mit ein bißchen Grips im Kopf mußte erkennen, daß sich darin ein Gewehr oder eine Schrotflinte befand.

»Ich suche Leonora«, sagte er und fügte hinzu: »Sie wissen doch, wen ich meine?«

»Aber natürlich. Sie ist nicht da. Außer mir ist niemand da. Ich hüte das Haus, während sie fort sind.«

»Fort?« sagte er.

»In Urlaub. Sie sind heute in Urlaub gefahren.« Sie war geduldig mit ihm, aber ihre Augen blickten wieder die

Golftasche an. »Tut mir leid, aber ich kann Ihnen leider nicht helfen.«

Es war einstudiert. Irgend jemand hatte sie für seinen Besuch präpariert, ihr diese Worte beigebracht. »Sind Sie sicher, daß sie nicht da ist? Sind Sie ganz sicher, daß sie nicht irgendwo oben ist?«

Einen Augenblick lang dachte er, er habe ihr Angst gemacht. Sie war ein, zwei Schritte zurückgewichen. Er schlug einen sanfteren Ton an. »Könnte ich vielleicht eintreten und – nun ja, nachsehen? Ich bin ein alter Freund der Familie.«

»Nachsehen, ob Leonora da ist? Ich sage Ihnen doch, sie ist nicht da. Natürlich kann ich Sie nicht hereinlassen.«

»Ich werde Leonora demnächst heiraten«, sagte er geduldig. Sie starrte ihn an, ein nervöses Lächeln umzitterte ihren Mund.

Er rief zur Treppe hin: »Leonora! Leo! Bist du da, Leonora?«

Laura Stow gab einen unverständlichen Ton von sich und schloß die Tür vor seiner Nase. Ohne es sehen zu können, spürte er, daß sie sich keuchend mit dem Rükken gegen die Tür lehnte.

Er hatte eigentlich nicht angenommen, daß Leonora in dem Haus war. Sie wäre ja längst nach unten gekommen. Er konnte nicht im Ernst glauben, daß sie tatsächlich gefangengehalten wurde, gefesselt, in einem Zimmer eingesperrt. Das würden sie nicht tun – oder vielleicht doch? In seiner Vorstellung sah er diese Laura Stow ans Telefon gehen, um unverzüglich Anthony und Susannah in ihrem Urlaubshotel anzurufen. Wahrscheinlich würde sie alle anrufen, um ihnen von seinem Besuch zu berichten, und vielleicht als erstes Robin und Maeve, denn wie es schien, sprach die Wahrscheinlichkeit dafür, daß Leonora sich bei ihnen aufhielt.

Er fuhr nach Hause, ließ den Wagen am Gehsteig stehen und ging nach oben, um das Gewehr wieder in seiner Schutzhülle zu verstauen. Es war eine unkluge Wahl gewesen, diese unhandliche Waffe. Es war halb sechs.

Der Hunger meldete sich wieder. Es war nie viel Eßbares im Haus, zumeist nicht mehr als der Grundbedarf fürs Frühstück: Brot, verschiedene Getreideflocken, Eier, holländischer Käse, Marmelade, Orangensaft. Nachdem er sich einen Wodka eingegossen und das Glas mit Orangensaft aufgefüllt hatte, überlegte er, ob er es fertig brächte, sich ein Ei zu kochen, entschied sich dann aber dagegen. Er aß etwas Brot mit Gouda, trank das Glas leer und wählte die Nummer in der St. Leonard's Terrace.

Noch immer meldete sich niemand. Noch immer ließen sie das Telefon klingeln. Guy schnitt noch ein Stück Brot ab und schenkte sich nochmals Wodka ein. Er versuchte es vergeblich in der Sanderstead Lane, dann in der Georgiana Street und – nur so zum Spaß, wie er sich sagte – in der Lamb's Conduit Street. Laura Stow kam an den Apparat. Sie hörte sich nervös an. Er gab ein unheimliches Lachen von sich, worauf sie den Hörer auf die Gabel warf. Mittlerweile fühlte er sich unvergleichlich besser. Es wäre keine Übertreibung gewesen zu sagen, daß er sich trotz seines Arms in Kampfform fühlte. Er hatte eine Kampfansage erhalten. Es war, als hätten sie ihm den Fehdehandschuh hingeworfen und ihn aufgefordert, gegen sie alle anzutreten.

Plötzlich war er in ein blutrünstiges Märchen oder ein Mantel-und-Degen-Stück verwickelt. Die schöne Prinzessin war von ihrem grausamen Vater und ihrer bösen Stiefmutter in einen Turm gesperrt worden. Heirate den Zimtzwerg, oder du bleibst auf alle Zeit gefangen! Doch ihr Retter war unterwegs, gepanzert und gewappnet und wenn auch nicht auf einem Schimmel, so doch in einem goldenen Wagen.

Er ging noch einmal nach oben und holte aus dem Kleiderschrank das neue, elegante Sakko aus schlachtschiffgrauem Kalbsleder, das er im vergangenen Mai bei Beltrami in Florenz gekauft hatte.

Er vertauschte seine Schuhe gegen graulederne Halbstiefel. Zögernd nahm er die Armschlinge ab, aber er brauchte sie eigentlich nicht mehr. Und er konnte ja den Schal um den Hals geschlungen tragen, warum nicht?

Im dritten Schlafzimmer, einem der beiden, die nach hinten hinausgingen und von denen aus man auf die Rückseite der Häuser in der Abingdon Villas genannten Straße blickte, ging er zu der Kommode, die an der Wand zwischen den Fenstern stand. Der oberen Schublade entnahm er den schweren Colt Kaliber 45, den er seit seinem siebzehnten Lebensjahr besaß, aber nie benutzt hatte.

Die Waffe hatte ihm Danilo beschafft, damals, als er von den Geschäftsleuten in Kensal Schutzgelder kassierte. Er hatte diskret zu verstehen gegeben, daß er gern einen richtigen Revolver besäße statt der – allerdings überzeugend wirkenden – Kopie, die er mit sich umhertrug.

Danilo hatte die Waffe eines Abends in das Pub in der Artesian Road mitgebracht und sie ihm auf der Herrentoilette gezeigt. Während Danilo die Spülung betätigte, bezahlte Guy den Revolver und die dazugehörige Munition in bar. Leonora hatte den Colt gesehen und ihn als ein mörderisches Schießeisen bezeichnet. Er sah, was sie damit meinte.

Er hatte kein Halfter dafür. Es war ihm überflüssig erschienen. Er legte den Colt auf den Beifahrersitz und darüber seine Lederjacke.

Der Abend wurde kalt. Es dämmerte bereits. Zum ersten Mal seit Monaten schaltete er die Wagenheizung ein. Er zündete sich eine Zigarette an. Es dauerte nicht mehr als zehn Minuten, bis er die St. Leonard's Terrace erreichte. Guy konnte nicht genau sagen, ob er schon einmal in dieser Straße gewesen war, doch nun, da er sie sah, war er beeindruckt. Robin hatte offenbar finanziell mehr Erfolg als die übrigen Mitglieder dieser Familie mit ihren schäbigen Duplexdomizilen in Bloomsbury und ihren Vorstadtvillen. Die Wohnung befand sich in einem eleganten, ansehnlichen Haus von klassischer Architektur mit einer vornehmen, blau lackierten Eingangstür unter einem Portikus, dessen kuppelförmiges Dach von korinthischen Säulen getragen wurde. Guy hätte gar nicht ungern selbst hier gewohnt. Auf dem gerahmten Schild über der Klingen stand: Ms. M. Kirkland, R. H. Chisholm. Sehr formbewußt. Die Wohnung, in der sie vermutlich wohnten, hatte einen riesigen Erker. Er hatte seine Jacke angezogen und den Colt in die rechte Außentasche gesteckt, die zum Glück ziemlich groß war. Niemand meldete sich im Türlautsprecher, als er klingelte.

Er versuchte es noch einmal und dann ein drittes Mal. Er stieg gerade die flachen Eingangsstufen hinab, als er am Ende der Straße Robin und Maeve daherkommen sah.

Sie gingen Arm in Arm, ja, noch dichter nebeneinander, irgendwie miteinander verflochten, ihr Kopf auf seiner Schulter, und sie waren äußerst aufgekratzt, lachten und zwickten einander. Doch mehr noch fiel Guy auf, wie sie angezogen waren. Verschwunden waren die Jeans und die identischen Sweatshirts, die Söckchen und Turnschuhe. Maeve trug ein hellrosa Seidenkostüm, dessen Ausschnitt in einem tiefen V nach unten führte. Die Puffärmel bauschten sich an den ausgepolsterten Schultern, der Rock war sehr weit und sehr kurz. Er enthüllte ihre Spitzenstrumpfhose bis zur Mitte der Oberschenkel. Ihre rosafarbenen Schuhe waren hochhackig, und in der linken Hand trug sie einen Hut, so groß wie ein Wagenrad und bedeckt mit hellroten Rosen.

Robin war in einem hellbeigen Anzug, vermutlich aus Wildseide. Die Krawatte hatte er offenbar erst kurz vorher abgenommen. Das untere Ende, bronze- und cremefarben gemusterte Seide, hing aus seiner Jackentasche. Als sie Guy sahen, blieben sie stehen, schauten einander an und brachen in ein Lachen aus.

Auch das ist einstudiert worden, dachte er. Sie begannen auf ihn zuzugehen, ein breites Lächeln auf ihren Gesichtern. Guy sagte: »Wo ist sie?«

Das hatte zur Wirkung, daß Maeve sich beinahe vor Lachen krümmte. Sie wußte sich nicht zu fassen und klammerte sich keuchend an Robin fest. Anscheinend standen die beiden stark unter Alkoholeinfluß. Robin kicherte albern.

»Sagt mir bitte, wo sie ist.«

Guy spürte den Colt schwer und kalt in seiner Jackentasche. Die Waffe zog seine Jacke an der rechten Seite nach unten. Er legte die Hand auf die Tasche.

»Ich weiß, ihr habt sie versteckt. Ihr habt kein Recht, so was zu tun, wir leben schließlich in einem freien Land. Ihr könnt niemanden gegen seinen Willen gefangenhalten.«

Sie stiegen die Eingangsstufen hinauf. Robin holte seinen Schlüssel heraus. Noch immer lachten sie. Maeve hatte tatsächlich Tränen an den Wangen. Guy sah, wie Robin sie nachsichtig anlächelte, angesteckt von ihrer Heiterkeit und vergeblich bemüht, ein ernstes Gesicht zu machen. Schließlich stieß er noch ein anscheinend ununterdrückbares schrilles Lachen, das Gewieher eines lebhaften Pferdes, aus, brachte den Schlüssel ins Loch und sagte zu Maeve: »Komm rein, komm um Gottes willen ins Haus! Du steckst mich erst richtig an. Jedesmal, wenn ich dich ansehe, packt's mich wieder.«

Guy blieb ganz kalt. Die Abenteuergeschichte, die er in der vergangenen halben Stunde erlebt hatte, begann, sich aufzulösen, wegzuschmelzen und sich zu verflüchtigen. Sie waren reale Menschen in einer realen Straße, und um ihn war Realität. Er hätte gern den Colt gezogen und die beiden erschossen, dort auf den Stufen. Er hätte es gar zu gern getan. Doch wenn ich das tue, sagte er sich, werde ich Leonora niemals wiedersehen. Das hielt ihn zurück.

»Wo ist sie?« fragte er noch einmal.

Robin, der zu lachen aufgehört hatte, nun, da Maeve im Haus war, sagte im Ton eines kleinen Jungen: »Das wirst du Mami fragen müssen.«

»Ich werd' *was* müssen?«

Plötzlich zum Erwachsenen werdend, sagte Robin lässig-gedehnt: »Das haben wir so ausgemacht. Falls du auftauchen solltest, meine ich. Wir sind zu dem Schluß gekommen, daß meine Mutter es übernehmen soll, dich aufzuklären. Verstanden?«

Er ging in das Haus und schloß die Tür hinter sich.

Als Guy die Themse überquerte, war es dunkel. Er steckte unterwegs eine Zigarette an der anderen an. Ein Glas Brandy, danach sehnte er sich, aber das mußte warten. Er hatte seine Lederjacke mit dem Colt in der Tasche an und Leonoras Schal um den Hals geschlungen. Er roch ganz leicht nach ihr.

Er parkte den Wagen am nördlichen Ende der Sanderstead Lane und lud den Revolver. Die Straßenlaternen brannten, sie glichen rauchigen, gelben Kugeln, und manche von ihnen waren im dichten, dunklen Laub der Bäume, die diese lange Straße säumten, halb begraben. Der Straßenbelag glänzte. Längs der Gehsteige waren keine Autos geparkt. Sämtliche Häuser hatten Garagen. Niemand war um die Wege, niemand führte seinen Hund aus, kein Mädchen eilte rasch und furchtsam zu einem abendlichen Rendezvous. Ein Auto fuhr vorüber, dann noch eines. Nichts rührte sich hier, es war still und kälter als in der Innenstadt Londons.

Er fuhr weiter, zum Haus der Mandevilles. Dort stand es, hinter dem langen Vorgarten, und es prangte in einer wahren Lichtflut. Überall, in den Schlafzimmern oben wie auch im Erdgeschoß, waren Lampen eingeschaltet, aber Guy hatte nicht das Gefühl, daß das Haus voll Menschen war, daß beispielsweise eine Party stattfand.

Das Haus wirkte um so auffälliger, weil das daran angebaute, das unbewohnt war, in völliger Finsternis dastand. Kein anderes Auto war weit und breit zu sehen, und vor dem Licht hinter den zugezogenen, doch durchsichtigen Vorhängen bewegten sich keine Schatten. Aber er hatte das Gefühl, daß er erwartet wurde, daß sie auf ihn warteten.

Robin hatte zweifellos seine Mutter angerufen, so daß sie vorbereitet war. Sie und Magnus waren bereit, ihn zu empfangen. Vielleicht hatte sie sich auch einen Leibwächter besorgt. Er spürte den Revolver in seiner Jackentasche und tätschelte ihn liebevoll wie ein Polizist auf Streife in einem Film. Das ins Schloß fallende eiserne Tor verursachte einen lauten, klaren Ton, der die Stille durchdrang. Er begann den Pfad entlangzugehen. Das beleuchtete Haus schien ihm entgegenzublicken.

Er sollte nicht die Chance bekommen, den ganzen Weg zurückzulegen und zu klingeln oder den Türklopfer in Form eines Löwenhauptes zu betätigen. Auf halber Strecke etwa öffnete Tessa Mandeville die Haustüre. Sie stand da, stumm, ohne ein Lächeln und anscheinend ohne jede Furcht.

»Wo ist sie?«

Maeve hatte gesagt, diese Worte würden dereinst auf seinem Grabstein stehen. Schon möglich. Vielleicht würde er mit diesem Spruch auf den Lippen sterben – es war ihm gleichgültig. Nur das, nichts sonst, wollte er sagen. Er wiederholte die Frage. »Wo ist sie?«

»Du kannst hereinkommen«, sagte Tessa. Ihr Tonfall war distanziert. Sie sprach ihn nur selten mit seinem Vornamen an, hatte es kaum je getan und tat es auch jetzt nicht. »Komm bitte herein. Wir können die Sache ja jetzt gleich hinter uns bringen.«

Magnus stand hinter ihr. Tessa war ebenso festlich gekleidet, wie Maeve es gewesen war; sie trug ein kupferfarbenes, hautenges Kleid mit einem Schnörkelmuster in Bronze und Gold am Hals und am Saum. Den runzligen Hals mit den hervortretenden Sehnen hatte sie unter dicken Bernsteinketten verborgen. Magnus hingegen hatte eine alte Sergehose und eine graue Strickjacke an, als hätte er sich zum Kampf bereit machen wollen. Dabei hatte er das durchsichtige, zerbrechliche Aussehen einer Heuschrecke.

Sie gingen in einen mit Möbeln vollgestellten Raum. In zwei riesigen Vasen befanden sich Blumensträuße, die in der Hitze welkten.

»Setz dich mal.«

»Nein, ich stehe lieber.«

»Schön, wie du willst. Du hast mich gefragt, wo Leonora ist.« Tessa blickte auf eine bedeutsam-theatralische Art auf ihre Uhr. Dann hob sie die Augen und sah ihn an. »Ich denke, daß sie sich in diesem Augenblick in zweitausend Fuß Höhe über Nordfrankreich befinden. Leonora hat heute mittag um ein Uhr geheiratet.«

20

Die Blumen in den beiden Vasen, exotische, blasse Exemplare mit üppigen Blüten, schienen sichtbar zu welken. Guy sah, daß es Hochzeitsblumen waren, die ursprünglich zu Sträußen gebunden gewesen waren oder als Tafelschmuck gedient hatten. Ein Schwindelgefühl erfaßte ihn. Er hatte sich zwar nicht setzen wollen, tat es nun aber doch. Der süße und muffige Duft der Blumen hatte etwas Obszönes an sich – wie Parfum an einem ungewaschenen Körper.

Tessa sagte: »Der Schal, den du da trägst, gehört meiner Tochter!«

»Sie hat ihn mir gegeben.«

Er merkte, daß seine Stimme matt, kaum noch beherrscht klang. Er räusperte sich und wiederholte: »Sie hat ihn mir gegeben.«

»Ich nehme an, du bist hierhergekommen, weil du Klarheit haben möchtest.«

Tessa hatte sich ihm gegenüber auf einem Sofa niedergelassen, dessen Chintzbezug mit Blumen gemustert war, die eigenartigerweise denen in den Vasen ähnlich waren, blaßrosa, beinahe weiße, bleiche, flieder- und pfirsichfarbene Rosen in üppiger Blüte. Eine kleine, scharf umrissene Figur, saß sie kerzengerade da, die Hände um die Knie geklammert. Wegen des hellen Brauntons ihres Kleides und des glänzenden Stoffs, ihres ebenfalls glänzenden dunklen Haars und ihrer walnußfarbenen Haut wirkte sie wie in Metall gegossen oder aus Holz geschnitzt. Ihre Augen waren sehr hell und funkelten vor Genugtuung, vor Triumph. Guy hatte einen furchtbaren Schlag empfangen, war derart niedergeknüppelt worden, daß er es mit ihr nicht aufnehmen konnte. Alle Energie hatte ihn verlassen, und er spürte einen starken Druck im Kopf. Trotz der Hitze im Raum erfaßte ihn ein Kälteschauer, so daß er eine Gänsehaut bekam. Magnus, der nervös, gleichsam wie ein teuflisches Gespenst, im Hintergrund schwebte, mußte es bemerkt haben, denn er sagte hastig: »Möchten Sie etwas zu trinken?«

Guy schüttelte den Kopf. Später kam ihm der Gedanke, ob das nicht das erste Mal in seinem Leben gewesen war, daß er ein angebotenes Getränk ausschlug. Von irgendwoher bot er eine Stimme auf, die seiner normalen nahekam.

»Dort waren Sie also alle? Auf ihrer Hochzeit?«

»Ganz recht«, sagte Tessa. »Das ist das erste Mal, daß du etwas begreifst. Sie wurde um ein Uhr getraut, danach haben wir zu Mittag gegessen.« Sie konnte sich eines Lächelns nicht enthalten, obwohl sie sich, wie er sah, bemühte, es zu unterdrücken. Ihre Lippen zuckten, und sie setzte sich sehr gerade hin. »Seitdem haben wir gefeiert. Es war eine schöne Hochzeit, das haben alle gefunden. Wir haben sie zum Taxi nach Heathrow gebracht, von ihnen Abschied genommen, und Robin hat einen Schuh hinten ans Taxi gebunden! Man kann ihn ja nicht bremsen, wenn er sich irgendeinen Unsinn in den Kopf setzt. Du möchtest sicher wissen, wohin William und

Leonora geflogen sind. Auf die griechischen Inseln – nach Samos, um es genau zu sagen.«

Er glaubte ihr nicht. Samos, dort hatte Leonora mit ihm Urlaub machen wollen. Tessas Lider zuckten, als sie die Lüge aussprach. Es war klar, daß sie es nicht wagen würde, ihm ihr wahres Reiseziel zu nennen. Obwohl es ihm furchtbar war, daß man ihm anmerkte, wie schwer er getroffen worden war, beinahe tödlich verwundet, sagte er verzweifelt: »Aber sie sollte doch erst am Sechzehnten heiraten. Immer wieder hat Leonora das gesagt, am Sechzehnten, und *Sie* haben es auch gesagt.«

Noch während er sprach, ging ihm auf, was es mit dieser Hochzeitseinladung auf dem Kamin in der Lamb's Conduit Street für eine Bewandtnis gehabt hatte. Es *war* die Einladung zu Leonoras Hochzeit gewesen, und sie hatte ohne Zweifel Janice und ihrem Mann gegolten. Und bestimmt war das richtige Hochzeitsdatum, der Neunte, darauf gestanden, eine Woche früher, als man ihm vorgegaukelt hatte. Sie hatten die Karte in aller Eile weggeräumt. Hätte er sie gelesen, wäre der ganze Plan ruiniert worden.

»Warum hat sie mir den Sechzehnten genannt?«

Tessa lächelte jetzt, ein durchtriebenes Lächeln mit hochgezogenen Augenbrauen. Er hatte sie noch nie so erlebt.

»Warum hat sie gesagt, sie würde mich heute wie gewohnt zum Mittagessen treffen?«

Er brachte es nicht über sich zu erwähnen, was sie ihm sonst noch alles versprochen hatte. Tessas Gesicht hatte sich ein wenig entspannt. Er spürte – und empfand eine gewisse Scham dabei –, daß seine hilflose Stimme sie gerührt, daß sie, trotz ihres grimmigen Triumphs, begonnen hatte, Mitleid mit ihm zu empfinden.

»Du mußt versuchen, dich in unsere Lage zu versetzen. Bemüh dich ausnahmsweise einmal, an andere zu denken. Meine Tochter hat sich wirklich ernste Sorgen gemacht, daß du zur Trauung kommen könntest und Krach schlagen würdest, wenn du das Datum wüßtest. Sie *kennt* dich ja schließlich. Wir alle kennen dich. Wir wissen, wozu du fähig bist. Denk dran, was letzte Woche passiert ist, als du dich betrunken und William angefallen hast. Mit einem *Säbel.* Das ist doch unglaublich! Heutzutage, in unserer Zeit, ein Säbelduell vom Zaun zu brechen. Es wäre dir durchaus zuzutrauen gewesen, daß du auf die Hochzeit kommst und alles kurz und klein schlägst, oder du hättest dir mit Gewalt Zutritt verschafft und den Standesbeamten angeschrien, er soll die Zeremonie abbrechen – weiß Gott, was. Du wärst zu allem Möglichen imstande gewesen. Buchstäblich seit Jahren hat meine Tochter in einem Alptraum des Schrekkens und der Angst gelebt, was du als nächstes tun würdest.«

Irgendwie war aus Leonora »meine Tochter« geworden. Guy spürte, daß Tessa sie nie wieder bei ihrem Namen nennen würde, wenn sie mit ihm sprach.

Magnus sagte auf seine milde, trockene Art: »Und deswegen habe ich ja empfohlen, Sie mit juristischen Mitteln davon abzuhalten, meine Stieftochter zu belästigen. Es wäre zwar ohne Zweifel zunächst unerfreulich gewesen, aber auf lange Sicht hätte es uns viele Scherereien und Kümmernisse erspart.«

Guy hob die Augen, die ihm schwer vorkamen, wie

angefüllt mit Tränen, die er nicht vergießen durfte. Er hatte ein Gefühl, als wären sie geschwollen. Er blickte Magnus an. Durch das weiche Leder seiner Jackentasche spürte er die Form des Revolvers. Aber es war, als fehlte ihm die Kraft, ihn zu benutzen, ja, als könnte er ihn nicht einmal aus seinem Versteck holen. »Verzeih mir«, hatte sie zuletzt am Telefon zu ihm gesagt. Jetzt verstand er ihren Grund. »Verzeih mir.« Ihre Stimme war so schwer und so unsicher gewesen, wie seine Augen es jetzt waren, voller Tränen. »Verzeih mir die Lügen, die sie mich gezwungen haben, dir aufzutischen, vergib mir, daß ich dich hintergehe, verzeih mir diese schrecklichste aller Lügen, daß ich mich morgen mit dir treffen und für immer bei dir bleiben werde.«

Tessa hatte gesprochen. Worte, Sätze, ganze Passagen waren ihrem Mund entströmt, ohne daß er sie hörte. Hin und wieder nahm er ein, zwei Worte auf – »cremefarbene Seide«, »gelbe Rosen«, »Weißgold«. Er sah sie an. Wieder erlebte er ein ihm unbekanntes Gefühl, eine Empfindung tiefer Qual, daß Menschen einer so raffinierten, sorgfältig berechneten Grausamkeit fähig waren.

»Ich will nichts darüber hören«, sagte er, und seine Stimme hatte Kraft gewonnen. Seltsam, sie klang wie eine neue Stimme, hart, knapp, kalt vor Verachtung. Ich bin gestorben, dachte er, und als ein anderer wiedergeboren worden, mit einer neuen Stimme, einem neuen Wertesystem. »Ich will nichts darüber hören.« Der Zorn kehrte allmählich zurück, und es war derselbe alte Zorn. »Lassen Sie mich in Frieden mit diesem Schrott, was sie anhatte, den verdammten Blumen, lassen Sie mich mit diesem ganzen Scheiß in Frieden.«

»Und Sie erlauben sich keinen solchen Ton gegenüber meiner Frau!«

»Wollen Sie mir den Mund verbieten?« Er berührte wieder den Colt. Magnus gab ein verdrossenes Geräusch von sich, und Guy wußte, der Mann hatte Angst. Er hätte lachen können, wäre er dazu imstande gewesen. Aber sein Kopf war schwer, und seine Lider desgleichen. »Wer hat sich das ausgedacht?«

»Wovon redest du eigentlich?« Tessa hörte sich sehr sarkastisch, ganz von oben herab, von Arroganz aufgeblasen an. Das Mitleid hatte nicht lange gehalten.

»Ich habe Sie gefragt, wer sich das ausgedacht hat, mir weiszumachen, Leonora würde eine Woche später heiraten, als es wirklich der Fall war. Das war doch nicht ihre eigene Idee, stimmt's? Sie hat sich das nicht ausgedacht.«

»Was zählt es schon, wer es sich ausgedacht hat. Ich weiß nicht mehr, wer auf die Idee gekommen ist. Ich nicht. Ich wollte, es wäre so gewesen, ich wollte, mir wäre so etwas eingefallen, etwas so... ja, so Einfaches und Wirkungsvolles. Laß dir eines sagen: Auch wenn meine Tochter nicht selber darauf gekommen ist, so war sie doch sofort einverstanden. Sie hat sich auf die Chance gestürzt.«

»Sie war moralisch zerstört«, sagte er. »Sie, Sie alle haben sie moralisch zerstört.«

»Wenn es moralisch zerstörend sein soll, jemanden vor einem Menschen in Sicherheit zu bringen, der ihn zu Tode ängstigt, dann lebe die moralische Zerstörung!«

»Leonora hat sich nicht vor mir gefürchtet. Sie hat mich geliebt. Sie hat mich gebeten, ihr zu verzeihen.«

Guy wandte sich zu Magnus um und sagte: »Jetzt geben Sie mir doch diesen Drink.«

Tessa brach in ein Lachen aus. »Du bist wirklich unverbesserlich. Diese Chuzpe, es ist nicht zu glauben!« Sie äffte seinen Ton nach: »Jetzt geben Sie mir doch diesen Drink. Begreif endlich, daß du nicht zu uns gehörst. Du gehörst nicht zu unserer Familie. Du hast dich vor weiß Gott wie vielen Jahren in unseren Kreis gedrängt, und seither versuchen wir, dich loszuwerden. Du hast anscheinend nie begriffen, daß du bei uns *nichts zu suchen hast, daß deinesgleichen nicht zu uns paßt.* Um es ganz offen zu sagen: Egal, wieviel Geld du gescheffelt hast, du gehörst nicht zu unserer Klasse. Im Grunde bist du noch immer ein irischer Halbstarker, ein Straßenjunge. Es wäre eine Beleidigung der Arbeiterschicht, dich dazuzurechnen, nein, du bist und warst von jeher ein mieser Kerl aus der Gosse.«

Jemand tippte ihm auf die Schulter, und als er hochblickte, sah er über sich Magnus' Totenschädel und ein mit irgend etwas gefülltes Glas, das die leicht zittrige Hand mit der Pergamenthaut hielt. Man hatte ihn nicht gefragt, was er wollte. Magnus hatte etwas gebracht, was er für das Richtige hielt (oder wovon er am meisten vorrätig hatte oder was er selbst nicht mochte). Eine Arznei. Ein Mittel gegen einen Nervenzusammenbruch. Tatsächlich war es etwas mit Wasser verdünnter Whisky. Der Geschmack löste bei Guy jene leichte Übelkeit aus, die Whisky bei ihm immer bewirkte, und dann wallte langsam Energie in ihm auf.

»Das Absurde ist«, sagte Tessa gerade, »daß du dir überhaupt eingebildet hast, meine Tochter könnte dich heiraten, könnte die *Erlaubnis* bekommen, dich zu heiraten.«

»Sie ist großjährig, Tessa«, sagte Magnus, wie immer ganz der Advokat. »Das hätte sie zweifellos selbst entscheiden können. Sie *hat* ja tatsächlich auch ihre eigene Entscheidung getroffen.»

»Das hat sie nicht«, sagte Guy. »Weder tatsächlich noch sonstwie. Andere haben sie ihr vorgeschrieben, so sehn die Tatsachen aus. Ihre Frau hatte recht, als sie davon sprach, daß es nicht erlaubt worden wäre. Sie alle miteinander, die Chisholms und was sonst noch dazugehört, haben nicht erlaubt, daß sie tat, was sie wollte.»

»Was für ein himmelschreiender Unsinn! Ich wollte, ich hätte die Dinge, die meine Tochter gesagt hat, auf Tonband aufgenommen, bei Gott! Wie oft ich sie gefragt habe, warum sie sich mit dir überhaupt abgibt, und wie sie geantwortet hat, daß sie sich mit dir trifft, weil das die einzige Möglichkeit sei. Sie hat mitgemacht, um Ruhe vor dir zu haben, damit sie die übrige Woche tun konnte, was sie wollte – nur deswegen hat sie's getan.«

»Wenn sie nur eingesehen hätte, daß der völlig vernünftige Schritt, eine einstweilige Verfügung zu beantragen, durchaus machbar gewesen ...«

»Du siehst ja, Magnus, sie hat es nicht getan. Sie wollte, ›seine Gefühle nicht verletzen‹, hat sie gesagt. Sie war immer viel zu weichherzig, als für sie gut war. Anders als bei unserem Gast hier waren ihr die anderen immer wichtiger. Sie hätte alles getan, nur um ihm nicht weh zu tun. Aber das ist jetzt nicht mehr wichtig, ist jetzt alles Vergangenheit, aus und vorbei. Sie ist verheiratet. Und wenn sie und William von ... äh ... Samos zurückkommen, fahren sie gleich nach Nordengland. Sie kommen nicht mehr nach London zurück. Und wenn du dir einbildest, ich würde dir die neue Adresse meiner Tochter geben, mußt du noch verrückter, gestörter oder weiß der Himmel, wie man es nennt, sein, als ich dachte.«

Guy tastete nach seinen Zigaretten. Sie waren in der Tasche, in der sich der Colt nicht befand. Er steckte sich eine zwischen die Lippen und zündete sie an, wobei er Tessa beobachtete. Sie reagierte erwartungsgemäß.

»Ich erlaube nicht, daß in diesem Haus geraucht wird.«

»Tut mir leid«, sagte er, »aber wenn Sie wollen, daß ich sie ausdrücke, müssen Sie Gewalt anwenden. Wollen Sie's probieren? Sie oder Ihr Mann?«

»Empörend!« sagte sie.

»Sie sollten keine Vorschriften aufstellen, wenn Sie sie nicht durchsetzen können.«

»Magnus«, sagte sie, »sorge dafür, daß er die Zigarette ausmacht.«

Magnus' Reaktion bestand darin, daß er einen Aschenbecher holte und neben Guys Ellenbogen stellte. Guy sagte: »Ihr Ehemaliger hat Newton über seinen Bruder diesen Job verschafft. Das hab' ich praktisch von Leonora. Er hat Newton mit ihr bekannt gemacht und dann alle Fäden gezogen, um ihm zu einer Stellung in Nordengland zu verhelfen.«

Tessa begann gespielt zu husten. Sie legte eine Hand auf den Mund und schüttelte sich ein bißchen. »Das mag sein. Ich weiß nichts darüber. Ich habe Michael Chisholm seit Jahren nicht gesehen.« Sie streckte eine Hand zu ihrem Mann hin. »Ich glaube, ich werde auch ein Glas trinken, Liebling. Gin und Ginger Ale. Und warum trinkst du nicht auch was? Anscheinend«, setzte sie hinzu, »müssen wir ja eine längere Diskussion über seine... wie würde man es nennen? Paranoia?... über uns ergehen lassen.«

»Offen gesagt, Curran«, sagte Magnus, »finden Sie nicht, es ist an der Zeit, daß Sie gehen? Meine Frau hat Ihnen sehr viel mehr erzählt, als Sie unter den gegebenen Umständen erwarten konnten.«

»Nein, ich gehe noch nicht. Ich möchte wissen, wer auf die Idee gekommen ist, mich hereinzulegen.«

Tessa sagte in einem gelangweilten Ton: »Ich bin mir nicht sicher, ob ich dich richtig verstehe. Wie bist du ›hereingelegt‹ worden?«

»Getäuscht, wenn Sie so wollen. Man hat mir vorgegaukelt, die Hochzeit wäre nächsten Sonnabend.« Guy hielt inne und formulierte um. »Nein, man hat mir vorgegaukelt, es wird überhaupt keine Hochzeit geben.« *Ich liebe dich, ich komme mit dir – was immer du willst.* Er erinnerte sich wieder, wie sie ihn geküßt hatte an dem Abend, als sein Arm verletzt worden war, und berührte ihn, berührte den seidigen Stoff des Schals. Wenn ich jetzt zu heulen anfange, dachte er, bringe ich sie beide um. »Wer«, sagte er mit fester Stimme, »hat sie dazu angestiftet? Wer hat ihr eingeredet, mir erst zu erzählen, die Hochzeit sei am Sechzehnten, und mich dann glauben zu lassen, sie sei abgesagt? Wer war das?«

»Ich sage dir ja, ich weiß es nicht.« Tessa nahm das Glas, das ihr Mann ihr hinhielt. Sie hob es wie zu einem Trinkspruch, als wollte sie etwas sagen, besann sich dann aber eines Besseren und trank daraus. »Es ist unwichtig, wer es war; wir haben es alle richtig gefunden.«

»Sie hätte ihm keine Unwahrheiten erzählen sollen«, sagte Magnus unerwartet. »Ich will damit sagen, wenn das stimmt, daß sie zu ihm gesagt haben soll, sie würde William nicht heiraten – das hätte sie wirklich nicht tun sollen.«

»*Was?* Auf welcher Seite stehst du denn, wenn ich fragen darf? Hör zu: Sie hatte jedes Recht, ihm weiß Gott was zu erzählen. Gleich was! Und wenn du noch ein einziges Mal mit deiner einstweiligen Verfügung anfängst, fang' ich an zu schreien.«

Magnus achtete nicht auf sie. Die Falten auf seinem Gesicht glätteten sich ein wenig, wie zerknülltes Papier, das von ordnungsliebenden Fingern glattgestrichen wird. Er lächelte und sagte: »Ich erinnere mich ganz genau, wer auf die Idee gekommen ist. Ich war sprachlos. Es kam mir so... wie soll ich sagen?... so kühn vor.«

Seine Frau machte eine ungeduldige Handbewegung. »Es ist doch völlig unwichtig, wer darauf kam. Die Hauptsache ist, daß es funktioniert hat und daß alle diese elenden Geschichten von früher jetzt wirklich Vergangenheit sind.« Sie faßte Guy in den Blick, sah ihm in die Augen, in beide Augen. Er merkte ihr an, daß sie nicht die geringste Angst vor ihm hatte, und das wunderte ihn. Sie musterte ihn ganz kühl, ja, mit einem klinischen Blick oder wie ein vom Staat beauftragter Folterknecht, der die Reaktionen eines Opfers abschätzt. Einen Augenblick lang dachte er, sie würde ihn munter fragen, ob er etwas zu sagen habe, bevor sie ihm die Daumenschrauben anlegte, doch sie tat es nicht. »Das wär's dann«, sagte sie, »alles liegt jetzt offen zutage. Und jetzt, meine ich, solltest du gehen.«

»O ja, ich gehe. Ich möchte nicht länger hierbleiben. Wozu auch?« Er drückte die Zigarette aus, aber so, daß sie noch ein bißchen weiterschmorte. Er sah Magnus an. »Also, wer ist auf die Idee gekommen?«

»Idee? Sie meinen, wer sich diese Geschichte mit dem Hochzeitsdatum ausgedacht hat? Es müßte eigentlich einen Namen für unser Verwandtschaftsverhältnis geben. Ich müßte eine Bezeichnung wie ›meine Stiefgattin‹ verwenden können, aber das wäre nicht ganz das Richtige, nicht? So bleibt mir nichts anderes übrig, als sie bei ihrem Namen zu nennen, nämlich Mrs. Chisholm, Susannah Chisholm.«

Der Kerl genießt es richtig, all das zu sagen, dachte Guy angewidert. Er genießt es, diesen ganzen pedantischen Schwachsinn von sich zu geben. Dann erst registrierte er, *was* Magnus Mandeville gesagt hatte. »Susannahs Idee war das?«

»Wir waren auf einem Familientreffen. Sehr zivilisiert ist es dabei zugegangen. In meiner Jugend wäre so etwas nicht möglich gewesen, daß geschiedene Männer und Frauen so familiär miteinander umgehen. Aber es ist sehr erfreulich, ich beklage mich nicht. Mrs. Chisholm – Susannah also – hat den Vorschlag gemacht. Meiner Frau hat er natürlich sehr gefallen, nicht wahr, Liebling?«

»O ja. Natürlich. Ich war begeistert.« Tessa, die gesagt hatte, sie könne sich nicht mehr erinnern, schien wieder voll und ganz im Besitz ihres Gedächtnisses zu sein. »Ich war Susannah ungeheuer dankbar und mit Freuden bereit, bei der Ausarbeitung des Plans mitzuhelfen. Ich habe meine Rolle dabei gespielt, erinnerst du dich nicht? Du weißt doch sicher noch, daß ich dich eigens in deiner Villa aufgesucht und dir erzählt habe, die Hochzeit finde am Sechzehnten statt. Wenn es nach mir gegangen wäre, hätte man dir eine *offizielle Einladung zum Sechzehnten* geschickt.«

Ihr Ehemann nickte in einem fort, wie eines dieser Hündchen mit Wackelköpfen, die manche Autofahrer im Rückfenster ihres Fahrzeugs sitzen haben. »Allerdings war Leonora nicht dafür. Sie wollte zuerst nicht mitmachen. Sie hat gesagt, es sei unrecht, aber ich habe zu ihr gesagt, es wäre nichts Verbotenes daran, wenn man zu einer Notlüge greift.«

»Daran erinnere ich mich aber nicht, Magnus. Ich nehme an, das hast du zusammengeträumt.« Sie hustete wieder, schüttelte sich und drückte Guys Zigarettenkippe aus. »Für Leonora war es ein Geschenk des Himmels. Es hat ihr alle ihre Sorgen genommen.«

»Wenn der Teufel am Werk ist, bleibt keine andere Wahl«, sagte Magnus mit einem Schimmer in den Augen und ließ wenig Zweifel daran, wer mit dem Teufel gemeint war.

Guy stand auf und klopfte dabei leicht auf die Jackentasche, in der sich der Revolver befand. Tessas Augen folgten seiner Hand. Der Telefonapparat stand in Griffweite neben ihr auf einem niedrigen Tischchen. Er hatte keinen Säbel, um die Schnur zu durchschlagen. Und wegen seines verletzten Arms fehlte ihm die Kraft, sie aus der Wand zu reißen. Er hätte ohnedies nicht den Wunsch danach gehabt, aber er streckte die Hand in die Tasche und befühlte das glatte, kalte Metall.

»Wohin sind sie gefahren?«

»Wohin ist wer gefahren?« Tessa war gleichfalls aufgestanden.

»Anthony und Susannah. Sie sind in Urlaub gefahren.« Oder war das auch eine Lüge, von der Schwester in die Welt gesetzt? »Man hat mir erzählt, daß sie weggefahren sind.«

»Nur auf ein paar Tage. Ich würde nicht im Traum daran denken, dir zu sagen, wohin. Es war schon schlimm genug, daß wir uns dieses Verhör gefallen lassen mußten. Aber ich habe es freiwillig auf mich genommen. Ich habe gesagt, sie sollen dich hierherschicken, ich wollte es übernehmen, dir gegenüberzutreten, um die anderen zu schonen. Ich fand, es war das wenigste, was ich tun konnte, und so kannst du dich darauf verlassen, daß ich in diesem Stadium nicht den armen Anthony und Susannah die Sache ausbaden lasse. Davon abgesehen könnten sie dir auch nicht mehr erzählen, als ich dir gesagt habe.«

Er spürte den Colt, und wieder kam ihm der Gedanke, die beiden zu töten. Aber in diesem Fall würde er sich um die Chance bringen, Anthony und Susannah zu finden. Er nahm die Hand aus der Tasche. Aus dem Zimmer Kleinholz zu machen, ja, nur die Blumenvasen umzustoßen, würde seine Chancen zunichte machen, Anthony und Susannah aufzuspüren. Magnus Mandeville war ein Mann von der Sorte, die unverzüglich die Polizei anrufen würde. Vermutlich telefonierte er ohnehin alle paar Tage mit der Polizei wegen dieser oder jener Sache. Guy blickte die beiden an, erst sie, darauf ihn, und dann schaute er angewidert weg.

Sie ist verheiratet, dachte er. Während ich im *Café Fish*

wartete, genau zu der verabredeten Zeit, wurde sie getraut. Ich habe diese vergeblichen Anrufe gemacht, bin von einem Haus zum andern gefahren, habe mich als ihren Retter gesehen, und während ich all das tat, war sie auf einer Party, ihrer eigenen Hochzeitsfeier, hat Champagner getrunken und gelacht und Glückwünsche entgegengenommen. Die Blumen hier waren dort in dem Raum, wo gefeiert wurde, sie hat wahrscheinlich an ihnen gerochen, sie berührt, einige davon vielleicht sogar als Brautstrauß getragen.

Er ging hinaus und durch die Diele, öffnete die Haustür, warf sie krachend hinter sich ins Schloß und ging den langen Weg zum Tor entlang.

Sie beobachteten ihn, das war klar, aber er blickte nicht zurück. Sie hatten gewonnen, sie alle miteinander. Tessa und Magnus, Rachel, Maeve und Robin, Anthonys Bruder und Susannahs Schwester, Anthony und Susannah. Sie hatten erreicht, was sie sich vier Jahre zuvor vorgenommen hatten. Vier Jahre hatte es gebraucht, um den Plan umzusetzen, aber sie hatten es geschafft, und die Anstifter, die Anführer der Verschwörung waren Anthony und Susannah.

Er setzte sich in den Jaguar. Er ließ den Motor an und beobachtete, wie die Leuchtziffern auf der Uhr erschienen: acht-fünf-zwei. All das war geschehen, hatte sein Leben, hatte ihn selbst verändert, und es war noch immer erst zehn vor neun. Es war nicht zu glauben. Er fuhr ein Stück weit weg und hielt dann wieder an. Er blieb einfach deswegen stehen, weil am Randstein eine freie Stelle und keine gelbe Linie war, die ein Parkverbot anzeigte. Die Zigarette, die er anzündete, brachte ihm eine solche Erleichterung, daß er beinahe geweint hätte. Wie hatte er nur jemals daran denken können, sich das Rauchen abzugewöhnen?

Er würde es niemals aufgeben.

Wenn sein Kopf klarer wurde und er wieder denken konnte, würde ihm einfallen, wohin Anthony und Susannah gefahren waren. Susannah hatte ihm ja gesagt, wohin sie wollten. Sie hatte es ihm an jenem Tag gesagt, als er seinen Besuch in der Lamb's Conduit Street gemacht hatte. Er hatte es vergessen, aber es würde ihm wieder einfallen. Außerdem konnte er die Schwester anrufen. Wie hieß sie gleich wieder? Ja, Laura Stow. Er konnte notfalls Laura Stow anrufen. Es war ja erst zehn vor neun – nun ja, inzwischen fünf nach. Er konnte um Viertel vor zehn zu Hause sein. Das war nicht zu spät, um jemanden anzurufen. Er würde sich am Telefon nicht zu erkennen geben, er würde sich irgend etwas ausdenken – eine dringende Nachricht für Anthony, ein Paket, das per Expreß zugestellt werden sollte...

Sie waren alle schuldig, Magnus und Tessa, Rachel, Robin und Maeve, Laura Stow und Michael Chisholm, am meisten aber Anthony und Susannah. Es hatte damit angefangen, als Susannah den Brief von Poppy Vasari öffnete. Damit hatte ihre gemeinsame Vendetta gegen ihn begonnen. Dann hatte Anthony mit seiner Wühlarbeit begonnen, ihr verboten, mit ihm Urlaub zu machen, sie daran gehindert, von ihm das Geld für die Wohnung in Portland Road zu borgen. Alles reaktive, abwehrende Züge, aber dann war ein aktiver Zug gekommen: einen Ehemann für sie zu finden, sie mit William Newton zusammenzubringen. Es war genauso schlimm, dachte

Guy, wie wenn in Indien Kinder miteinander verheiratet werden.

Sobald der Zukünftige an Land gezogen war, blieb nur noch, ihm einen Job im Norden Englands zu beschaffen, fern dem Mann, den sie wirklich liebte. Und der letzte Schritt war Susannahs Plan, eine geheime Trauung zu arrangieren, eine Woche vor dem Datum, das ihm vorgegaukelt worden war. Anthony und Susannah, sie waren die treibende Kraft gewesen, hatten die Pläne entworfen, die Operation ausgeführt und sie zu einem triumphal erfolgreichen Abschluß geführt. Die anderen waren nur ihre Handlanger, die willig und gehorsam auf ihre Instruktionen warteten. Und Newton war für sie eine bloße Schachfigur, ein harmloses Nichts gewesen. Wieviel hatten sie ihm gezahlt, damit er ihren Plänen zustimmte?

Guy ließ den Motor an, um nach Hause zu fahren. Auf der Battersea Bridge hielt er wieder an, stieg aus und blickte hinunter auf das braune, schimmernde, schmutzige Wasser der Themse. Er zog das blaue Lederetui, in dem sich der Verlobungsring mit dem Saphir befand, aus der Tasche und warf es nach einem ganz kurzen Zögern ins Wasser. Augenblicklich kehrten seine Gedanken zu Anthony und Susannah Chisholm zurück. Die Welt war nicht groß genug, um ihn zu beherbergen – und sie. Er würde nicht rasten noch ruhen, solange Anthony und Susannah am Leben waren.

21

Es war normal, daß die Lichter brannten. Ein Zeitschalter schaltete sie ein, wenn die Dämmerung anbrach. Er ließ den Wagen auf der Straße stehen, schloß die Haustür auf und ging geradewegs zum Telefon im Wohnzimmer. Das Telefonbuch in seinem Kopf, das eine Liste von Chisholm-Nummern enthielt, lieferte ihm sofort die für die Lamb's Conduit Street.

Ein Mann meldete sich. Laura Stow war wahrscheinlich verheiratet. Guy sagte, er sei vom Expreßzustelldienst Wing in der South Audley Street und habe ein Eilpaket für Mr. Chisholm. Er fragte, wo er ihn erreichen könne. Wäre Laura Stow selbst an den Apparat gekommen, hätte er die Stimme verstellt, aber gegenüber dem Ehemann war es nicht notwendig. Der Mann schöpfte keinen Verdacht. Er nannte Guy den Namen eines Hotels in Lyme Regis.

Guy holte sich einen Drink, einen üppigen, einen dreifachen Brandy. Auf dem Tisch, wo er sie hingelegt hatte, lagen *The London Review of Books* und *The Guardian*. Er hatte den Eindruck, er hätte auch das Magazin *Cosmopolitan* hier liegen lassen, aber das konnte nicht sein, denn es war jetzt nicht da. Andere Dinge fielen ihm ein, das Paloma-Picasso-Parfum und die Badelotion, die er im Bad aufgestellt hatte, das Haus, dessen Besichtigung er für Montag vereinbart hatte. Eine Wallung, die ebenso von Elend wie von Zorn gespeist war, ergriff ihn, und er packte die beiden Zeitungen und zerriß sie in Fetzen. Dabei stieß er Flüche aus und brüllte, den Kopf im Nakken, zur Decke hinauf – oder zu Gott. Er hörte sich rasen, als wäre es die Stimme eines anderen. Er versetzte dem Tisch Tritte und trommelte mit den Fäusten gegen die Wand.

»Guy«, sagte jemand, »Guy, was ist denn los?«

Er drehte sich um. Celeste stand unter der Tür.

»Mein süßer Guy, was ist passiert?«

»O Gott! Mein Gott!« Er hatte ihre Verabredung vergessen oder vielmehr vergessen, daß es ihm nicht gelungen war, sie abzusagen. Sie hatten ausgemacht, daß sie hierherkam, und sie war gekommen. Vor wie langer Zeit? Es war beinahe zehn. »Celeste.« Er sprach nur ihren Namen, die Stimme von dem Gebrüll ganz rauh und heiser. »Celeste.«

»Ich dachte, dir ist was passiert. Ich dachte, du hast einen Unfall gehabt.«

Als sähe ein anderer Celeste, nicht er selbst, als sähe er sie mit den Augen eines anderen Mannes, dachte er: Wie wunderbar sie aussieht! Ihr langes, dunkles, kastanienbraunes Haar hing lose, doch, da sie es vorher zu Zöpfchen geflochten gehabt hatte, noch gekräuselt herab. Ein zwei Zentimeter breites, goldenes Band verhinderte, daß es ihr ins Gesicht fiel. Sie hatte einen schwarzen Seidenpullover und einen schwarzen Rock an, der dicht mit Türkis, Blau, Rosa und Rot bestickt war. Alles war vollkommen, von den winzigen Goldknöpfen in Form von Schneckenhäusern, die sie in den Ohren trug, bis zu den Armbändern aus goldenem Draht und ihren flachen, goldbestickten Schuhen aus blauer und grüner Seide. Er schloß die Augen und sah Leonora in marineblauer und weißer, ausgewaschener Baumwolle und schmutzigen Turnschuhen. Der Anblick tat so weh, daß er zusammenzuckte.

»Hast du dir weh getan?« fragte sie. »Ist es dein Arm?«

»Celeste, es tut mir leid, daß ich nicht hier war. Ich hatte vergessen, daß du kommen wolltest. Entschuldige.« Wenn er die bewußten Worte verwendete und sie bat, ihm zu vergeben (»verzeih mir«), würde er zu weinen anfangen. »Schreckliche Dinge«, sagte er, auf Vorsicht bedacht, »schreckliche Dinge sind geschehen.«

»Was für Dinge, Guy?«

Er zündete eine Zigarette an und gab ihr auch eine. Er probierte den Brandy. Er war gut, ließ ihn aber erschauern. »Ich muß wieder weg. Ich bin nur nach Hause gekommen, um einen Anruf zu machen. Aber ich muß bald wieder fort. Ich werde die Nacht hindurch fahren.«

»Kann ich dich begleiten?«

»Nein. Ich muß allein weg. Du bleibst hier und gehst schlafen. Okay?«

»Ich würde dich gerne begleiten. Ich könnte fahren.« Sie sagte nicht, daß er schon bald nicht mehr fahrtüchtig sein werde, aber das war gemeint. Ohne den Blick von ihm abzuwenden, kniete sie sich auf den Boden und begann die Zeitungsfetzen aufzusammeln.

»Ach, laß das doch.« Er legte die Hände an die Schläfen. »Celeste, sie ist heute nicht gekommen. Sie ist verheiratet. Sie hat sich trauen lassen, während ich im Restaurant auf sie wartete.«

»*Was?*«

Er sagte alles noch einmal. Beim zweiten Mal war es einfacher. Sie setzte sich neben ihn, und er berichtete ihr alles über die Verschwörung der Chisholms. Celeste hörte ihm schweigend zu. Als er fertig war, schwieg sie noch immer. Dann sagte sie: »Furchtbar. So etwas zu tun.«

Er nickte. Es hatte ihm von jeher gefallen, wie sie sprach, mit diesem leichten Akzent der Menschen aus der Karibik, der Betonung auf der letzten Silbe der Wörter. Er sah sie liebevoll an. Er spürte, daß sie verstand, sie hatte ihn immer verstanden.

»Sie haben sich gegen mich verschworen«, sagte er. »Sie haben sich vorgenommen, sie gegen mich aufzubringen, und das ist ihnen gelungen.«

»Ich habe gemeint, es war furchtbar, was sie getan hat. Was *sie* getan hat: Es war hinterhältig, Guy. Ein anständiger Mensch würde so etwas nicht tun.«

Er sprang auf und trat ein paar Schritte von ihr weg. Das warme Gefühl, das er noch ein paar Augenblicke vorher empfunden hatte, war verschwunden. Celeste hielt den Blick auf ihn gerichtet.

»Sie ist sechsundzwanzig«, sagte sie. »Sie läßt sich von niemandem etwas einreden. Sie handelt nach ihrem eigenen Willen. Du mußt dich damit abfinden, daß sie es gewollt hat. Niemand hätte sie dazu zwingen können, sie ist kein Kind oder Tier, sie ist intelligent, sie hat viel mehr Köpfchen als ich, und ich bin jünger, aber ich tue nie, was man mir vorschreiben will, nie, nie! Und sie hat das auch nicht getan. Sie hat getan, was sie selber wollte. Sie hat es genossen. Ich glaube wirklich, daß sie es genossen hat. Du hast erzählt, sie ist dagestanden und hat zugesehen, wie du dich mit Newton geschlagen hast. Es hat ihr gefallen, daß du um sie gekämpft und eine Göttin aus ihr gemacht und überhaupt nichts dafür verlangt hast.«

Er zitterte am ganzen Leib. Er hätte sie am liebsten umgebracht. Es juckte ihn, den rechten Arm zu heben und mit der Hand zum Schlag auszuholen. Doch irgend etwas bremste ihn, ein altmodischer Ehrbegriff: Ein Gentleman schlägt eine Frau nicht. Man kann sie vielleicht töten, aber niemals prügeln. Er hob die Hand müde zum Gesicht, und dabei streifte der Schal sie, der seidige Schal Leonoras. Alles, dachte er, was ich von ihr behalten werde.

»Du bist eifersüchtig«, sagte er, »bist es immer gewesen.«

Sie schüttelte den Kopf. Er wußte nicht, ob es bejahend oder verneinend gedacht war. »Leonora ist in Newton verliebt, Guy. Nicht ihr Vater hat für sie einen Mann gefunden, das hat sie selber getan. Sie liebt ihn.«

»Woher willst du das wissen?«

»Sie hat es mir gesagt. Damals in dem Restaurant. Sie hat gesagt: ›Ich würde es schön finden, wenn Guy eine Frau so liebte, wie ich William liebe, und bei ihr Gegenliebe fände.‹«

»Komisch, daß du das noch nie erwähnt hast.«

»Ich habe versucht, es dir zu sagen, aber du wolltest es nicht hören.«

Er ging hinaus, um sein Glas aufzufüllen. Der Abend war sehr still geworden, obwohl es Samstag und noch nicht spät war. Er hörte sie sagen: »Wohin fährst du?«

»Weit weg. Nach Dorset.« Der Brandy ekelte ihn an.

Das hatte er noch nie erlebt. »Ich möchte Anthony und Susannah besuchen.«

Irgend etwas in seinen Augen mußte es ihr verraten haben. »Ich habe die Munition für deine Waffe versteckt. Als du so lange ausgeblieben bist, kam mir eine Ahnung, eine ungute Vorahnung.« Mit »Waffe« meinte sie sein Gewehr. Von dem Colt wußte sie nichts. »Ich werd' dir auf keinen Fall sagen, wo sie ist. Und wenn du mich umbringst.«

»Hör gefälligst auf, dich in meine Angelegenheiten einzumischen, Celeste. Du bist ja nicht meine Frau, du bist nicht einmal meine Freundin. Du bist nur *eine* Freundin. Wird es nicht allmählich Zeit, daß du dir das klarmachst?«

Er wollte sie verletzen. Früher hatte er manchmal erlebt, wie sie zusammenzuckte, und er wollte es jetzt wieder erleben. Aber ihre Miene blieb gelassen. »Hast du schon einmal daran gedacht«, sagte sie, »daß du hier bei dir zu Hause hättest haben können, was für dich am besten ist, wenn du nicht diesem Traum nachgejagt wärst? Du und ich, wir beide haben soviel gemeinsam, Guy. Wir mögen die gleichen Dinge, wir tun gern die gleichen Sachen, wir haben die gleichen Vorlieben. Du liebst mich zwar nicht, aber du würdest es eines Tages tun, wenn du deinen Gefühlen nur eine kleine Chance gäbst. Ich liebe dich. Das brauche ich dir nicht zu sagen. Wir verstehen uns gut im Bett, stimmt das nicht? Wir haben einander im Bett viel gegeben, oder nicht? Ich habe nie einen besseren Partner gehabt – und du? Eine bessere Partnerin? Sei ehrlich, Guy. Hast du schon eine Frau gehabt, die im Bett zärtlicher zu dir war als ich?«

»Ich habe dir schon am ersten Tag gesagt«, antwortete er, »daß ich Leonora liebe.«

»Ich weiß, daß du das gesagt hast. Aber was du sagst und was wirklich *ist*, das ist nicht dasselbe. Weißt du eigentlich, daß dein Leben zu hundert Prozent aus Illusion besteht?«

»Du redest über Dinge, die du nicht verstehst. Leonora ist die große Liebe meines Lebens. Sie *ist* mein Leben. Ich *bin* Leonora«, sagte er, »wir waren in eins verschmolzen.« Er erinnerte sich, daß Leonora diese Äußerung bestritten, daß sie sie einer Figur aus irgendeinem Buch zugeschrieben hatte. Der Brandy stieg ihm zu Kopf und bewirkte, daß er zu nuscheln begann. »Ohne sie bin ich so gut wie tot. Das Leben ist für mich sinnlos ohne sie.«

Einen Augenblick lang dachte er, Celeste würde ihn gleich auslachen. Sie tat es nicht, sondern sagte leise: »Wie oft hast du eigentlich mit ihr geschlafen?«

Die Frage war eine bodenlose Frechheit. »Das hat nichts damit zu tun«, sagte er eisig.

»Seit jenem ersten Mal, von dem du mir erzählt hast, auf einem Grab oder Gott weiß was, vor langen, langen Jahren – wie oft, Guy?«

Es war wie in einem jener antikatholischen Witze mit dem Priester im Beichtstuhl und dem knienden kleinen irischen Mädchen. »Wie oft, mein Kind?« Doch Celeste sah ihn ganz ernst an. Sie scherzte nicht. Er dachte zurück an die frühen Jahre, aber er konnte sich nur an Kensal Green erinnern, an das hohe, sommerliche Gras und die Schmetterlinge. »Ist es denn von Belang?«

»Ich nehme doch an, daß es für dich von Belang ist.«

»Fünf- oder sechsmal«, murmelte er.

»O Guy«, sagte sie, »o mein süßer Guy.«

Er zuckte mit den Schultern und blickte weg. Plötzlich spürte er die Müdigkeit, die ihn schwer und dunkel, wie eine Decke, umhüllte. Er griff nach dem Glas mit dem Brandy und trank es leer. Die Zigarette, die er anzündete, schmeckte schon beim ersten Zug wie Asche.

»Sie hat es genossen«, sagte Celeste. »Du hattest recht, als du gesagt hast, es war ihr Wunsch, sich sonnabends mit dir zu treffen und jeden Tag von dir angerufen zu werden. Sie hat es genossen, dich am Narrenseil umherzuführen. Was hat es sie gekostet? Gar nichts. Es war schmeichelhaft für sie, daß du ihr nachgelaufen bist, du, ein so gutaussehender und reicher und netter Typ. Ihr ist es nur darum gegangen, daß die Leute wußten, du bist in sie verliebt. Sie konnte sich einen anderen Freund zulegen und auf die Heirat mit ihm zusteuern, und du würdest ihr trotzdem bleiben, sie jeden Tag anrufen und sie samstags zum Essen ausführen, und sie müßte keinen Penny dafür zahlen und nicht einmal mit dir ins Bett gehen.«

»So war es nicht«, sagte er, aber es *war* so gewesen. »Würdest du mir bitte noch einen Drink holen?«

»Willst du denn nicht die Nacht durchfahren?«

»Hol mir bitte noch einen Drink.«

Morgen, in aller Frühe würde er nach Dorset aufbrechen. So wäre es am besten. Wenn Celeste noch schlief. Er wachte ja immer früh auf. Frisch, mit klarem Kopf würde er um acht Uhr losfahren und mittags dort sein. Dann fiel ihm ein, daß er, abgesehen von dem Käsebrot am Nachmittag, nichts gegessen hatte, aber ihm war nicht nach Essen.

In dem Himmelbett lag er eine Weile ein Stück von

Celeste getrennt. Er dachte über seine Pläne für den nächsten Tag nach. Es war besser, zuerst eine Nacht durchzuschlafen. Sobald er in Lyme angekommen war, würde er sofort in das Hotel gehen und nach ihnen fragen. Der Mann an der Rezeption würde sagen, sie seien ausgegangen, und er würde sich auf die Suche nach ihnen machen, vielleicht an den Klippen – gab es in Lyme Klippen? Es mußte welche geben. Er sah Anthony und Susannah in der Ferne, wie sie am Rand des Wassers den Strand entlanggingen. Der Colt befand sich noch in der Tasche seiner Lederjacke. Dort sollte er auch bleiben. Am nächsten Morgen würde er die Jacke anziehen und losfahren. Wie wäre ihnen wohl zumute, was würden sie tun, wenn sie ihn in der Ferne und dann über den Sand auf sich zukommen sahen?

Der breite, menschenleere Strand, das weithin sich dehnende Meer. Nichts, wohin man sich flüchten konnte, aber sie würden zu fliehen versuchen... Er sah wieder Leonoras Lächeln vor sich, kokett, gezügelt, geheimnisvoll. Vivien Leighs Lächeln aus *Vom Winde verweht.* Dies war ihre Hochzeitsnacht. Doch das bedeutete nicht viel, sie hatte mit diesem Typen immer wieder wochenlang zusammengelebt. Wie grausam sie zu mir war, dachte er. Er hätte nie vermutet, daß ihm Leonora als grausam erscheinen könnte, doch so erschien sie ihm jetzt, und Staunen und Selbstmitleid erfüllten ihn.

Celestes schlanke Hände berührten sein Gesicht, und ihre so weichen und warmen Lippen seinen Mund. Sie konnte beim Küssen sprechen; er hatte außer ihr noch nie eine Frau erlebt, die das fertigbrachte. »Guy, mein Süßer, ich liebe dich. Ich möchte, daß du mich nimmst.«

Er tat es. Er dachte, um dazu imstande zu sein, müßte er sich Leonoras Bild vor Augen führen, was ihm nie schwerfiel, doch diesmal wollte es nicht erscheinen, oder Celestes Gegenwart war zu stark, als daß Gespenster hätten eindringen können. Es war, als wäre Celeste entschlossen, mit ihrer Liebe alle anderen außer ihnen beiden zu vertreiben. Diese Frau in seinen Armen war Celeste und sonst niemand, ihre Augen waren geöffnet und glänzten, und ihre Stimme war verstummt. Er spürte, daß von ihr eine seltsame, gesammelte Kraft ausging, und das Wort »Hexenzauber« fiel ihm ein. Ihrem Körper, ihrem Ich wohnte eine heilende Weiße Magie inne.

Er tat sich etwas darauf zugute, daß er nie verschlief, es einfach nicht konnte. Er hatte eigentlich nicht erwartet, daß er überhaupt mehr als nur ausruhen, daß er einschlafen würde. Doch als er erwachte, sagten ihm die Zeiger der Uhr, daß es schon nach neun war. Celeste lag noch in Morpheus' Armen, so tief in den Schlaf verkrochen, als wäre es noch ganz früh am Tag.

So war es besser. Er konnte sich verdrücken, ohne daß sie es bemerkte. Er ging unter die Dusche. Es kam ihm absurd vor, daß jemand, der zu einer tödlichen Mission aufbrechen wollte, sich vorher noch einseifte, von Kopf bis Fuß wusch und sich unter diese Kaskaden heißen Wassers stellte. Warum sich überhaupt noch um irgend etwas kümmern? Warum stand er hier und machte Tee, wartete darauf, daß das Wasser im Kessel zu sieden begann? Warum überlegte er, in seinen Bademantel gehüllt, was er anziehen sollte? Nichts sollte eigentlich zwischen seiner zielbewußten Entschlossenheit und der Tat selbst stehen. Er sollte längst unterwegs sein.

Über dem kleinen Garten schwebte leichter Dunst. Die Sonnenstrahlen hatten ihn bereits zu zerteilen begonnen. Den ganzen Sommer lang hatten die Lilien auf seinem Teich geblüht, und auch jetzt, im Herbst, blühten sie noch. Ein lächerliches, absurdes und sofort unterdrücktes Verlangen ergriff ihn, hinauszugehen und den Kopf des Bronzedelphins zu streicheln. Aber er öffnete immerhin die Terrassentür und genoß den milden Hauch des Morgens.

Sein Kopf schmerzte dumpf, doch das war normal. Morgens hatte er meistens Kopfschmerzen. Sie kamen nicht an das monumentale, hämmernde, knochenzersplitternde Auseinanderreißen von Gehirnfasern heran, das er einen Kater nannte. Zu Dingen wie Hausarbeit ließ er sich nie herbei, nicht einmal dazu, eine Tasse abzuspülen, aber jetzt kniete er sich hin, begann die Papierfetzen vom Boden aufzuheben und trug sie in die Küche. Das Wasser im Teekessel kochte, das Lämpchen daran ging aus. Er gab in jeden Becher einen Teebeutel, beschloß dann aber, Celeste doch nicht zu wecken.

Leise, um sie nicht im Schlaf zu stören, zog er seine Sachen an, Jeans, ein schwarzes T-Shirt, den düstersten Pullover, den er besaß, in schlichtem Marineblau, mit Rollkragen. Es wurde ihm bewußt, daß er sich so ausstaffierte, weil dieser Aufzug am meisten der Kleidung eines Henkers ähnelte. Er schlang Leonoras Schal um den Hals, nahm ihn wieder ab und legte ihn in eine Schublade. Im Spiegel sah er sich, wie Anthony und Susannah ihn sehen würden, wenn er am Strand auf sie zukam. Er stellte sich das Jackett, die schwere Außentasche vor und tat so, als griffe er hinein, um den Colt zu packen. Und dann sagte er zu sich: Du spielst doch Theater, hör auf, Theater zu spielen, du weißt, daß du nicht nach Lyme fahren wirst, du fährst nirgendwohin, bringst niemanden um!

Am Abend vorher war ihm ernst damit gewesen. Von Schmerz und Zorn erhitzt, hatte er nur noch für seine Rache Gedanken gehabt, hatte nichts anderes gezählt als das. Eine Zukunft hatte es nicht gegeben. Daß er eine Nacht darüber geschlafen hatte, hatte alles verändert, Celeste hatte alles verändert. Ich wäre losgefahren, wenn sie nicht dagewesen wäre, dachte er. Ich wäre gestern abend losgefahren. Und Anthony und Susannah Chisholm wären jetzt tot, und ich wäre verhaftet worden oder von eigener Hand gestorben.

Aber ich will nicht sterben, dachte er. Ich will nicht ins Gefängnis. Ich möchte frei sein. Und er war ja frei. Mit dem, was Leonora getan hatte, hatte sie ihm seine Freiheit zurückgegeben. Die sklavische Abhängigkeit vom Telefon war zu Ende, und ebenso war es vorbei mit den Verabredungen an den Samstagen, die ihm ebensoviel Schmerz wie Freude bereitet hatten. Die Idee war so neuartig, daß er sich setzte, um darüber nachzudenken, daß er sich auf einen der weißen Stühle draußen in den blassen Sonnenschein setzte.

Er würde nicht aufhören, sie zu lieben; das wäre ihm unmöglich. Er würde sie immer lieben. Auf eine kühle, verständige, sehr erwachsene Art, so war ihm bewußt, würde er sie bis ans Ende seiner Tage lieben. So war es nun einmal. Es hörte sich melodramatisch an, aber es war die Wahrheit, daß er damals auf der Straße seinem Schicksal begegnet war, als er dort mit Danilo und Linus zusammen war und sie daherkam, ein kleines Mädchen, das stehenblieb und sie beobachtete.

Aber nun war sie davongegangen, war sie für ihn verloren. Er hatte den Ring, den er für sie gekauft hatte, in die Themse geworfen. Sie hatte einen andern geheiratet, und sollten sie einander wiederbegegnen, dann in Gegenwart anderer Leute, und sie würden alle dabeisein: Tessa und Magnus, Anthony und Susannah, Robin und Maeve, Rachel Lingard und Onkel Michael, vielleicht auch Janice mit ihrem Mann. Und ihn selbst würde Celeste begleiten.

Warum nicht Celeste? Sie hatte ihn am Abend vorher gerettet. Immer wieder rettete sie ihn. Sie hatte die Wahrheit gesprochen mit dem, was sie über die Art ihrer Beziehung gesagt hatte. Sie konnten es gut miteinander, sie hatten alles gemeinsam, sie konnten miteinander *sprechen*, sie konnten schweigen, wenn sie zusammen waren, zwischen ihnen gab es keine Scham und kein Getue. Sie liebte ihn, wie er sein ganzes Leben lang noch nie von einem Menschen geliebt worden war, und er hatte sie gern. Sogar er, so abgebrüht er war, der erwachsen gewordene Straßenjunge aus den Slums, der Exdealer, der mit harten Drogen gehandelt hatte, der Gangster, Zwischenhändler und gerissene Geschäftsmann, war ein Mensch, der Liebe brauchte.

Warum versuchen wir's nicht? Warum, dachte er, versuche ich nicht, etwas daraus zu machen? Was können wir schon verlieren? Er empfand eine ganz ungewöhnliche Leichtigkeit bei dem Gedanken, daß die Anrufe, die

Phantasiegespinste, das krankhafte Sehnen ein Ende hatten. Hätte er seinen Racheplan ausgeführt, hätte er alles verloren.

»O Leonora«, sagte er laut. Es war ein so langer Weg gewesen, so lang für jemanden seines Alters, für jemanden, der erst neunundzwanzig Jahre alt und doch vierzehn davon ein Sklave der Liebe gewesen war. »O Leonora.«

Als er in die Diele kam, warf er dem Kandinsky einen Blick zu. Das Bild hatte ihm nie gefallen. Mochten Leute wie Tessa Mandeville sagen, was sie wollten, es war scheußlich. Daß er es hier hängen hatte, war reine Prätention. Er würde es verkaufen. Er setzte sich auf einen der Georges-Jacob-Stühle, nahm den Colt aus seiner Jakkentasche und holte die Munition aus der Trommel.

Von oben rief Celeste nach ihm.

»Ich bring' dir deinen Tee«, sagte er.

Wenn es Leonora wäre, die dort oben in seinem Bett lag, seinem herrlichen chinesischen William-Linnell-Bett, und ihm erwachend die Arme entgegenstreckte ... Die Zeit für diese Wunschphantasien war vorbei. Er brachte den Becher Tee nach oben. Sie sagte: »Danke dir, mein süßer Guy. Hast du gut geschlafen? Fühlst du dich besser? Doch, ich sehe dir an, daß du dich heute morgen wohl fühlst.«

Er setzte sich neben sie auf den Bettrand, nahm ihre Hand und hielt sie, als wäre es die Hand einer Patientin in einem Krankenhausbett. Celeste war nicht krank, sie war jung und gesund, sie strotzte vor Gesundheit und Vitalität. Ihr dunkles Haar hatten den Glanz eines Halbedelsteins, eines Tigerauges. Ich werde versuchen, sie zu lieben, dachte er, ja, ich werde es versuchen. Wenn ich es ernstlich will, wird es mir gelingen.

Die Klingel an der Haustür läutete. Unwillkürlich erinnerte er sich, wie er früher, wenn das geschah, überzeugt gewesen war, es sei Leonora. Jetzt konnte sie es nicht sein. Es konnte auch niemand aus ihrer Familie sein. Er ließ Celestes Hand los und sagte zu ihr: »Später machen wir was Hübsches. Wir fahren aufs Land und machen uns einen netten Tag.«

Er war auf halbem Weg die Treppe hinab, als es wieder klingelte. Da war jemand sehr hartnäckig. Er öffnete die Tür und sah zwei Männer draußen stehen, von denen der ältere, ein Weißer in einem Anzug, wie ein Buchhalter aussah. Der Schwarze, ungefähr so alt wie er selbst, trug Jeans und gleichfalls einen Rollkragenpullover. Er sah wie ein Henker aus, und außerdem hatte sein Gesicht etwas Vertrautes ... Der Mann in dem Anzug sagte: »Mr. Curran? Mr. Guy Curran?«

Guy nickte.

»Ich bin von der Polizei, wir sind beide von der Polizei. Ich nehme an, Sie möchten unsere Dienstausweise sehen – damit Sie nicht erst danach fragen müssen. Ich bin Kriminalinspektor Shaw vom Morddezernat, und das ist Sergeant Pinedo. Können wir bitte hineinkommen?«

Es war Linus. Er mußte Guy als seinen alten Kumpel von der Straße erkannt haben, ließ sich aber nichts anmerken, und Guy sagte nichts, sah ihn nur an. Das also war aus Linus geworden, kein verkommenes Wrack oder ein Drogengangster, der wegen Schmuggels hingerichtet worden war, sondern ein Polizist. Das dunkle Gesicht, das inzwischen voller und weniger hübsch war, wirkte starr, fanatisch. Es hieß, nur ein Abstand, so breit wie ein Messerrand, trenne den Polizisten vom Kriminellen; beide seien durch eine starke Wesensverwandtschaft miteinander verbunden. Linus hatte sich dafür entschieden, lieber Jäger als Gejagter zu sein.

Guy trat ein bißchen zurück, um die Männer eintreten zu lassen, und das Licht, das durch die geöffnete Tür eindrang, fiel auf den Colt, der noch auf dem Tischchen lag. Shaw sagte: »Haben Sie einen Waffenschein für diese Waffe, Mr. Curran?«

»Aber natürlich.« Doch er hatte keinen, und sie würden ihn sehen wollen. »Für ein Gewehr, ja«, sagte er.

»Das ist aber kein Gewehr«, sagte Shaw.

Er berührte den Colt nicht, sondern ging durch die Diele in den Salon, gefolgt von Linus. Linus ging noch immer mit diesem Zuhältergang, die Hüften steif, die Oberschenkel dicht beisammen, die Schultern schwingend. Der magere Mann in dem grauen Anzug setzte sich auf das Sofa, nachdem er weder nach links noch nach rechts geblickt und den Kandinsky ignoriert hatte.

»Darf ich fragen, was Sie möchten?«

»Wir führen Ermittlungen über den Tod von Mrs. Llewellyn-Gerrard durch.«

»Ich kenne keine Mrs. Llewellyn-Gerrard.«

Guy war überaus erleichtert. Es mußte sich um irgendeine Nachbarin handeln. Die beiden Polizisten zogen anscheinend in allen Häusern an der Straße Erkundigungen ein. Es war einer dieser Fälle mit einer Frau, die erstochen oder an einer Überdosis Schlaftabletten gestorben in ihrem Schlafzimmer aufgefunden worden war. So etwas passierte immer wieder. Shaw blickte ihn mit zusammengekniffenen Augen an.

»Mrs. Janice Llewellyn-Gerrard, wohnhaft Portland Road, West, Nummer elf«, sagte Linus.

»Janice«, sagte Guy, baß erstaunt. »Ja, doch. Ich nehme an, ich kenne sie. Wenn es die ist, die ich meine. Aber in der Portland Road? Ich kenne ein paar andere Leute in der Portland Road.«

Er war verwirrt und sprach, wie er seiner Stimme anhörte, atemlos. Shaw blickte ihn an, und Linus sah ihn gleichfalls an. »Sie ist tot?« fragte er, bemüht, einen besseren Eindruck zu machen. »Woran ist sie denn gestorben?«

»Sie wurde ermordet.« Linus' Goldzahn glänzte zwischen den Lippen.

Er war völlig arglos. Er verstand nicht und sagte: »Wie ist sie ermordet worden?«

»Die Tat ist schiefgegangen«, sagte Shaw. »Der Mörder ist gesehen worden. Er befindet sich in polizeilichem Gewahrsam.« Aus der Stimme des Beamten schien, so Guys Eindruck, Stolz zu sprechen. »Er wurde eine Stunde nach der Tat, die er gestern abend um acht Uhr beging, festgenommen und befindet sich seither in Gewahrsam.«

»Sie wollen damit sagen, sie wurde überfallen.«

»Nein, das will ich damit nicht sagen. Er hat unten an der Haustür geklingelt, aber der Türlautsprecher hat nicht funktioniert oder so was Ähnliches, worauf sie nach unten gegangen ist. Er hat sie aus kürzester Entfernung niedergeschossen, mit einem Brust- und einem Kopfschuß. Sie war sofort tot und dürfte kaum begriffen haben, was sich abspielte. Ihr Mann hat die Schüsse gehört, ist hinuntergerannt und hat sie auf der Schwelle liegend gefunden.«

»Wir hätten gern, daß Sie uns begleiten, Mr. Curran«, sagte Linus. Er hatte den Akzent, Celestes karibischen Akzent, verloren. Er sprach wie jeder x-beliebige Polizist auf dem Weg nach oben. Der wird der erste schwarze Polizeichef, dachte Guy. »Hinunter zur Wache. Dort sehen wir dann weiter.«

»Ich?« sagte Guy. »Warum ich? Sie haben doch gesagt, Sie haben den Täter. Sie haben gesagt, Sie haben ihn verhaftet.«

»Charlie Ruck, ja. Möchten Sie diese Karte sehen, die wir bei ihm gefunden haben? Ihr Name und Ihre Adresse stehen drauf.«

Guy las die Karte, obwohl es nicht nötig war. Er hatte sie erkannt. Er hatte sie Danilo im *Black Spot* gegeben, als sie Rachel Lingards »Beseitigung« besprachen – *klein, Mopsgesicht, fett, Brille, dunkles Haar, straff nach hinten, ungefähr 27.*

»Ich kann das aufklären«, sagte er, und dann begriff er, daß er es nicht konnte.

Jetzt fiel es ihm wieder ein, daß irgend jemand erwähnt hatte, Janice und ihr Ehemann würden in der Portland Road logieren. Vielleicht hatte Leonora davon gesprochen. Er hatte sich immer zuverlässig daran erinnern können, wenn Leonora ihm etwas erzählte, jetzt aber war er dazu nicht imstande, und diese Erkenntnis bereitete ihm einen bitteren Schmerz.

Die beiden Polizeibeamten beobachteten ihn.

»Dann kommen Sie mal mit, Curran«, sagte Shaw.

Das »Mr.« war fallengelassen worden. Das war der Anfang vom Ende.

Tapfer rief er zu Celeste hinauf: »Bis bald.«

»Da hab' ich meine Zweifel«, sagte Linus.

Sie gingen hinaus auf die Scarsdale Mews. Einer von Guys Nachbarn warf ihnen einen kurzen, gleichgültigen Blick zu. Guy stieg in den Wagen der Kriminalbeamten, und sie brachten ihn fort.